ROMANZI E RACCONTI

Prima edizione 2015

ISBN 978-88-9388-462-4

Seconda edizione Baldini+Castoldi - La nave di Teseo settembre 2021

www.baldinicastoldi.it
info@baldinicastoldi.it

BaldiniCastoldi
BaldiniCastoldi
baldinicastoldi
baldinicastoldi

Stefania Auci

Florence

Baldini+Castoldi

A Fabio
perché ha rimesso insieme i pezzi
anche quando sembrava impossibile

PROLOGO

Greve in Chianti, novembre 1914

Colline galleggiano come isole in un mare grigio, imprigionate dalla foschia che ristagna tra le valli silenziose. Corvi e gazze ladre si muovono rapidi tra i rami degli alberi, si tuffano sui campi, arati da poco. Nelle vigne, tralci dai rami contorti si tendono contro il cielo; foglie d'oro e ruggine si accartocciano e cadono a terra. Folate improvvise le trascinano via, le affastellano lungo i solchi della strada.

È un autunno, questo, che ha il volto dell'inverno. Impietoso, freddo, morde la carne e riempie l'aria di odore di camino e legna bruciata.

Il chiarore dell'alba non riesce a spezzare la coltre di nubi che gravita su quella collina poco distante da Greve. Le nuvole sono così basse e dense che si potrebbe toccarle, quasi affondarci dentro. Neanche il vento che soffia radente e spazza la stradina di ciottoli riesce a spostarle.

Sull'altura sorge un grande casale. Dal tetto si innalza una torre di mattoni con i merli sbrecciati. Il fantasma di una luce trapela da una finestra.

Il respiro della ragazza è un ansito. Il gelo le trafigge la gola. Inghiotte a vuoto, si passa la lingua sulle labbra spaccate. Ha freddo. I pugni sono cacciati in fondo alle tasche del soprabito dal bordo di velluto.

Prima di arrivare alla villa, una salita ripida. Decine di ruote hanno scavato tracce profonde, ora piene di fango e sassi. L'affronta quasi di corsa, incurante delle pietre che le graffiano le scarpe di cuoio.

Non può essere. Non può essere vero, si ripete.

Mormora quella frase dalla notte precedente. Ha pianto a lungo, le palpebre sono gonfie e arrossate. Non ha dormito: è rimasta sveglia a mordere il cuscino, a ripetersi che è tutta una menzogna.

Non è riuscita ad attendere il giorno. Deve sapere, deve vedere. Ora.

«Niente e nessuno potrà cancellarti dalla mia vita. Mai.»

Così le ha detto una settimana prima.

Mentiva?

È brutale, la paura che l'angoscia. Le prende lo stomaco, le fa battere il cuore sotto lo sterno con un rumore cupo, ritmato. È un suono che ha imparato a odiare da quella notte.

E se fosse vero?

Il passo si sgrana, diventa veloce quando sta per raggiungere la mole massiccia della tenuta. Corre fino al portone del casale. Il legno è rovinato, alcune schegge le feriscono le dita. Una scossa di dolore lieve che la riporta al qui e ora.

L'uscio si socchiude. Appare un viso rabbuiato. Occhi scuri e stanchi, un pizzetto, occhiaie scure. «Cosa fai? Sei impazzita? Torna subito a casa.»

La ragazza scuote la testa, convulsa. «No. Devo vederlo.»

«Smettila di fare i capricci come una bambina. Dimenticati di lui. Torna a Firenze.»

«Non avresti dovuto avvertirmi, allora.» La risata di lei ha una nota isterica. «Sei pazzo se credi che me ne andrò senza averlo visto.»

«Vattene. Adesso.» È un ordine rabbioso.

«Lui ha bisogno di me.»

«Tu sei l'ultima persona di cui ha bisogno in questo momento.»

La frase la colpisce come uno schiaffo. «Non ci credo, e lo sai anche tu», protesta. Non piangerà, anche se ha voglia di farlo.

Un rumore di stoviglie giunge dall'interno. L'uomo trasale. «Dannazione, vattene!» sibila guardandosi alle spalle. È spaventato. «Vuoi che ci denuncino tutti?»

Ma lei non lo ascolta. Gli afferra la manica, lo tira verso di sé. «Ti supplico», mormora. «Io devo vederlo. Devo sapere.»

L'uomo non riesce a distogliere lo sguardo da quel viso. È straziata, lo capisce. Così come lo è lui.

«Non è più un gioco, questo», le dice. Senza rimprovero. Solo un ammonimento.

La ragazza stringe le palpebre e un sorriso amaro aleggia per un istante sul volto che in una notte ha perduto ogni traccia dell'adolescenza. «Non lo è mai stato per me.»

L'uomo sbuffa, si porta le mani sulla fronte.

«D'accordo, entra», mormora infine. Spalanca il portone per farla passare, poi indica le scale di mattoni all'estremità più lontana della sala. «Alla piccionaia. Stai attenta.»

Lei non si ferma a ringraziare. Non c'è tempo. Persino la peggiore delle verità sarà un sollievo.

Conosce bene quella casa. Per un periodo vi ha anche vissuto. Sa quali gradini cigolano, quali corridoi evitare per non ritrovarsi dinanzi una delle cameriere.

Supera il primo piano e il secondo, oltrepassa le finestre della loggia esterna. La scala che porta alla piccionaia si trova nel sottotetto, seminascosta da mobili e casse di vecchi abiti.

Adesso che è là, però, esita. Accarezza il corrimano, guarda la porta chiusa.

La verità.

Sale i gradini. Lei torce il velluto del soprabito mentre l'ansia si trasforma in una pietra nella trachea.

Apre la porta. La stanza è immersa nel grigio dell'alba. Un sentore di fumo e di chiuso impregna l'aria.

Lui è fermo davanti alla finestra.

Quando la sente entrare, si volta. Gli abiti sono in disordine, i capelli scompigliati. Sembra invecchiato. Gli occhi sono infossati, parlano di angoscia, colpa, dolore. Deglutisce e la ragazza comprende che anche lui ha pianto, quella notte.

Non è più l'uomo che conosceva, ma non è mai stato così autentico.

Si scrutano in silenzio. Nessuno dei due ha la forza di muoversi. O forse manca il coraggio di spezzare quella bolla di incertezza.

«Non sono stato io.»

È un sussurro venato di dolore. Le labbra si sono mosse appena, come se non avesse la forza di parlare. Ma è la verità, e lei lo capisce subito, lo sente nelle ossa, fino all'anima.

Si avvicina, apre le braccia. L'uomo la stringe forte, fin quasi a toglierle il fiato. Nasconde il viso nel collo di lei, mormora il suo nome. I respiri si mescolano, vibrano l'uno contro la pelle dell'altro.

La ragazza non prova sollievo. Piuttosto, una sorta di gioia disperata.

Quello è il suo uomo. Le appartiene. Sono insieme. Affronteranno Firenze e il mondo intero, se necessario.

E, ne è certa, supereranno tutto.

PARTE PRIMA

La Marna

Firenze, 7 agosto 1914

Una calura torpida scivolava tra i vicoli ancora impregnati del fresco notturno. Stormi di rondini volavano bassi, volteggiavano nei vicoli per poi sfrecciare sui tetti, rincorrendosi tra i merletti di marmo del campanile e la cupola inondata dal sole.

L'uomo si infilò svelto in una laterale di piazza del Duomo. Alle sue spalle, la sagoma imponente della chiesa gettava una lunga ombra che avvolgeva via Ricasoli. Solo un rivolo di luce si faceva largo a fatica tra i palazzi e tagliava in due l'oscurità che, in quel mattino d'agosto, ancora aleggiava nella stradina.

Sarebbe stata una giornata calda.

A testa alta, preso da mille pensieri, oltrepassò il teatro Niccolini senza degnare d'uno sguardo il programma affisso fuori dal porticato. Non si fermò nemmeno, come faceva di solito, dinanzi alle vetrine di legno verniciato del libraio Gonnelli. Accelerò, impaziente di giungere a destinazione.

Per la strada, i bottegai toglievano gli scuri alle porte e si salutavano a gran voce. Sotto i teli umidi, su banconi usurati dal tempo, c'erano meloni, pesche, piccole albicocche e una cesta di fichi che attirava nugoli di vespe. In un angolo, un carrettiere scaricava fiaschi di vino dinanzi alla mescita popolata dai primi avventori. Oltre il sale e tabacchi, un trippaio tirò giù dal carretto involti rossi di sangue, mentre la moglie preparava il calderone di rame per il lampredotto. Da lì a poco, l'odore pastoso del cibo avrebbe invaso la via, insieme con il pesante aroma della trippa.

Tuttavia, sui visi c'era una espressione di attesa che l'afa sembrava rendere ancora più angosciante.

La guerra era iniziata da pochi giorni. L'Austria contro la Serbia, i tedeschi contro la Francia, l'Inghilterra contro la Germania, e la Russia insieme alla Francia contro la Germania e Dio solo sapeva chi altri… Gli unici a tenersene fuori erano stati gli italiani, che avevano dimostrato d'essere alleati inaffidabili. La dichiarazione di neutralità, arrivata ai quotidiani pochi giorni prima, aveva suscitato reazioni contrastanti nella opinione pubblica.

L'uomo varcò un portone socchiuso. Il buio lo avvolse e lo consegnò alla fresca penombra d'un cortile in cui risuonava un clangore metallico. Le vibrazioni che provenivano dal ventre del palazzo si propagarono dalla pelle fino alle ossa, riempiendogli il petto, saturandogli il cervello.

Ludovico Aldisi provava una sorta di brivido ogni qual volta entrava alla «Nazione», il quotidiano più letto della Toscana. Poco importava che qualche settimana prima avessero cambiato sede. La sensazione era sempre la medesima: una vertigine gli afferrava lo stomaco, lo accompagnava dall'ingresso, attraverso le sale rumorose della rotativa, fino alla redazione del *suo* giornale, quello dove aveva iniziato a lavorare prima ancora di terminare l'università.

Inspirò l'aroma di olio per motori e inchiostro che riempiva i corridoi del numero 8 di via Ricasoli lasciandosi avvolgere dal rombo familiare delle macchine a pieno ritmo. Gli scatti e i sibili della pressa raggiungevano ogni mattone, ogni tegola, ogni frammento d'intonaco dell'edificio, insieme al profumo della carta appena stampata.

Ludovico salì i gradini a due a due. Dalla tasca interna della giacca qualcosa rischiò di scivolare fuori. Si fermò un istante e rassettò l'indumento, prima di entrare nella redazione al secondo piano, con aria insolente.

Pochi ambienti polverosi, illuminati da lame di sole che piovevano dalle finestre. Un lungo corridoio al termine del quale si trovavano lo stanzone dei cronisti e l'ufficio del direttore.

Incrociò dei colleghi. In pochi gli riservarono una frase o un gesto cordiale. Gli altri si limitarono a un vago saluto. Ricambiò con un ghigno venato di scherno. Non si era fatto molti amici negli anni trascorsi alla «Nazione», prima come archivista, poi come assistente e infine come cronista.

Non che gli importasse molto.

Attraversò la stanza ostentando una camminata sfrontata. Ai lati, le scrivanie erano occupate da giornalisti con le maniche delle camicie arrotolate, chini sulle macchine per scrivere e sui fogli zeppi d'appunti. Un ragazzo tentava di fissare una mappa della Francia al muro, insieme a un giornalista dal viso rugoso, grigio, e dai capelli radi, che teneva una scatola di puntine. Sulla camicia e sui polpastrelli, macchie d'inchiostro raccontavano anni di sciatteria.

«Aldisi! Vieni a dare una mano, tu che sei alto! Renditi utile, aiutaci ad appendere codesta roba.»

Ostentando una calma olimpica, Ludovico si avvicinò all'uomo. Lo conosceva sin dai tempi in cui il suo posto era negli archivi dei sotterranei di Borgo dei Santi Apostoli. Era uno di quelli che non aveva accettato di buon grado che un archivista divenisse un giornalista da prima pagina.

«Buongiorno, Pietro», rispose calcando sul nome. Indicò con un cenno la cartina. «Ci sono notizie fresche?» Poi, con una puntina bloccò alla parete il margine superiore della mappa.

Pietro Franceschini, decano della cronaca di Firenze, contemplò i confini tra il Belgio e la Francia. «Mah! I tedeschi stanno avanzando in Belgio senza incontrare resistenza. Tra pochi giorni, saranno a un tiro di sputo da Parigi.» Gli porse una puntina. «Non credevo che sarebbero arrivati a tanto.»

«E gli inglesi si scontreranno con i tedeschi», concluse Ludovico, fermando un altro lembo. Indicò l'ufficio del direttore. «Lui dov'è?»

«Chi, il Ghelli? Era giù, alle macchine, per discutere con il responsabile della stampa sull'aumento di tiratura. Iersera, le copie son state vendute tutte in mezz'ora.»

Ludovico scrutò la sala e rifilò un colpo sulla schiena di Franceschini. «Bene. Adesso ho da fare.»

«Oh, dove vai? C'è un articolo da assegnare», lo richiamò Pietro, irritato.

«Non sono ai tuoi ordini, Franceschini. Rispondo solo al direttore.»

«Che in questo momento è assente. Dunque tu darai ascolto a me, e subito.»

Lui si diresse verso la stanza, senza voltarsi. «Aspetterò Ghelli nel suo ufficio.»

Pietro lo inseguì, ciabattando sul pavimento di legno con le scarpe risuolate troppe volte. Lo bloccò sulla porta. «Mica penserai di entrare senza permesso?»

Alcuni colleghi sollevarono la testa, incuriositi dal tono scandalizzato di Franceschini. Non era usuale che l'anziano giornalista strepitasse, e in quel modo, poi.

Ludovico si costrinse a sorridere, rimproverandosi per lo scarso tempismo che lo aveva esposto alla reprimenda di quel vecchio corvo.

«Ho bisogno di parlargli. Da solo. È una faccenda privata.»

Franceschini sbuffò, socchiudendo le palpebre. «Che stai covando, Aldisi?»

L'espressione di Ludovico divenne gentile, persino affabile. «Qualcosa, Pietro. Qualcosa. E ne parlerò solo con Ghelli», rispose seccamente.

Vide le guance dell'uomo sbiancare e poi imporporarsi per la collera. Il giornalista arretrò di un passo e gli puntò un dito sul petto, così come faceva quando doveva rimproverarlo, anni prima.

«Perché noi mica siamo alla tua altezza, eh? Eri e rimani un garzoncello infido, io l'ho sempre detto! Tu pensi d'esser chissà quale grande penna e invece…»

«Franceschini, sta' cheto o ti verrà un colpo, sant'Iddio! Sin dalla mattina a litigare? E come si fa?» Silvio Ghelli era arrivato, seguito da un operaio col grembiule macchiato di grasso. «Allora, che diavolo succede?»

Ludovico allargò le braccia con fare teatrale. «Volevo parlare con lei in privato. Nulla per cui strepitare», spiegò.

Il direttore, capelli scuri tirati indietro e occhi penetranti, si voltò verso Pietro. «E si impianta un quarantotto per questo?» domandò con le mani sui fianchi.

«Voleva entrare nella sua stanza senza permesso!»

«E io l'avrei messo alla porta, e gli avrei fatto fare anticamera come tutti gli altri. Son problemi del direttore questi, Franceschini, non tuoi. È un tuo collega, non un segretario o un ragazzo a bottega.» Tuonò, abbracciando con lo sguardo l'intera redazione. «Tutti al lavoro, muoversi! Tu, Aldisi, fuori. Fammi sbrogliare codesta faccenda e poi parleremo.»

Franceschini gettò uno sguardo contrariato verso Ghelli. Quindi si diresse alla scrivania sotto la finestra, mugugnando tra i denti. Dopo essersi seduto, trafisse Ludovico con un'occhiata di puro risentimento.

Lui sogghignò, divertito da tanto astio.

Frattanto, Ghelli era entrato nel suo ufficio seguito dall'operaio. «Toh, Silvestro, porta queste ricevute dabbasso. Qui c'è l'ordine per la carta e per la fornitura dei nuovi rulli. Sbrigatevi, ché le copie devono essere in strada per le sei in punto.»

Ludovico lasciò scorrere lo sguardo sulle teste chine dei colleghi. Tentò di indovinare a cosa stessero lavorando, in attesa che il direttore terminasse di firmare le ricevute. Su un lato della stanza c'era chi raccoglieva e catalogava i telegrammi appena giunti dai corrispondenti locali. Su un tavolo vicino all'ingresso, si ammucchiavano le inserzioni inviate dalla Haasenstein & Vogler, pronte per essere inserite nella quarta pagina.

Sovrappensiero, passò i polpastrelli su una cucitura della giacchetta. Con disappunto si accorse che la stoffa era lisa. Avrebbe dovuto portarla a rammendare al più presto.

«Entra, Aldisi!»

Silvio Ghelli non aveva perso tempo. Si era tolto la giacca e l'aveva appesa a un gancio della parete. Poi si era seduto alla scrivania, un imponente mobile in noce scuro più simile a un forte napoleonico che a un tavolo. Tra le dita tozze, stringeva un lapis per le correzioni. Dinanzi a sé, gli articoli per l'edizione della sera.

Ludovico chiuse la porta e si avvicinò. Da lì a poco sarebbero arrivati i colleghi per l'assegnazione dei pezzi e lui avrebbe perso la possibilità di parlare con il direttore *vis à vis*.

Doveva convincerlo alla svelta.

Afferrò l'involto che teneva sotto la giacca e lo gettò sul tavolo. Era una copia del «Corsera».

Ghelli si accigliò nel vedere di cosa si trattava. «È il tuo modo per dirmi che andrai a vivere a Milano, o c'è qualcosa che non capisco?»

Senza chiedere il permesso, il giornalista si sedette sulla poltrona davanti alla scrivania e accavallò le gambe. «Assolutamente no, direttore.» Socchiuse gli occhi. «Diciamo pure che voglio battere la concorrenza sul suo stesso terreno. Ha letto l'editoriale di Angelini, l'altro ieri? Il "Corriere" è contro il governo: tace, non si sbilancia, ma si capisce bene che vorrebbe farlo. Sono certo che si muoveranno per avere notizie dal fronte francese senza censura, e penso di sapere chi sarà il loro inviato principale... Luigi Barzini.»

«Continuo a non capire. Che intendi?»

Ludovico afferrò la scatola di legno che il direttore teneva sul tavolo. La aprì e prese un sigaro, rigirandolo tra le dita. Infine, distese le gambe, con studiata calma. Da appassionato giocatore qual era, stava preparando la posta. Aveva distribuito le carte e adesso bisognava aspettare l'apertura dell'avversario.

«Non mi pare di averti dato il permesso di prendere i miei sigari», commentò gelido Ghelli. «Cosa vuoi?»

Ludovico studiò il cilindro scuro. Il tabacco aveva un profumo ricco, il rivestimento era ruvido, secco. «Voglio andare in Francia. Come inviato del giornale», affermò in maniera quasi distratta. Spostò lo sguardo dal pavimento al viso dell'altro che lo squadrava sbalordito.

«Inviato di guerra?» Dopo un istante, Ghelli scoppiò a ridere. «Cristo santo, Aldisi! Tu non sai di cosa stai parlando.» Si alzò e iniziò a dividere i fogli in pile ordinate. «Al fronte? Diobono! Non ti rendi conto nemmeno di cosa significa.»

Ludovico scattò in piedi e lo strinse per un braccio. «Sì, invece.»

Il direttore si divincolò dalla presa.

«Lei sa cosa sono capace di fare. Lo sa. Mi mandi laggiù. Sarò l'occhio e le orecchie di Firenze sul campo di battaglia.»

Ghelli l'osservò, torvo.

«Sì che lo so cosa sai fare: sono stato io a portarti in redazione, t'ho dato fiducia quando tutti gli altri erano pronti a rimandarti in archivio. Ma non tirare troppo la corda, perché prima o poi si spezza.»

Ludovico trattenne il respiro e lo incalzò. «Si ricorda il lavoro che ho fatto per le rivolte dei sindacati ad Ancona, due mesi fa? Le cronache che le ho inviato, quando qui i colleghi si nascondevano dietro ai gendarmi per timore dei rivoltosi? Pensi a quelle prima di dirmi di no.»

L'altro invocò un po' di calma. «Oh, sta' zitto.» Spostò degli oggetti sulla scrivania a casaccio, quasi per ordinare i pensieri. Prese un sigaro, ne staccò la punta con i denti e lo accese. Gettò il pacchetto di zolfanelli al cronista che lo afferrò al volo.

«Un inviato rischia la vita, Aldisi», spiegò, assaporando una robusta boccata di fumo. Poi tornò a sedersi imitato da Ludovico, che sfoggiò uno sguardo compunto, mentre torturava il sigaro per tenere a bada la tensione. Ora aveva le carte giuste, ne era certo.

«Ancona non è paragonabile a una zona di guerra, non è la stessa cosa. Sì, c'erano disordini e teste calde, ma non era il fronte. Immagina: solo, in un territorio che non conosci, senza nessuno che possa soccorrerti...» aggiunse Ghelli.

«Non conoscevo la città, signore. E quanto all'essere una zona di guerra, mi creda, da un canto c'erano i contadini e gli operai armati, pronti a uccidere al minimo sospetto, e dall'altro l'esercito e i carabinieri. Io ci sono passato in mezzo, io», scandì con forza. «*Io* ho raccontato cosa era successo alla Villa Rossa. *Io* ho parlato con i capi dei repubblicani. E prima che me lo dica, no, non mi spaventa la fatica o il pericolo.»

Ghelli si sfregò il mento senza parlare. Ludovico intuì che l'idea aveva messo radici, ma non era abbastanza. Doveva motivarlo, fargli desiderare di mandarlo in Francia.

«Il problema, Aldisi, è che sei troppo sicuro di te. Ti farai ammazzare, e non è una cosa che dispiacerebbe ai tuoi colleghi, credimi. Sei un bischero, sei arrogante, e non rispetti nessuno.»

Ludovico fece un sorriso compiaciuto. «Quanti di loro andrebbero in Francia?» Si piegò in avanti sul tavolo. «Quanti sarebbero disposti ad andare laggiù per seguire il conflitto? Nessuno. Qui non c'è un Barzini da inviare dietro le linee. Le sto offrendo storie vere, non roba di fantasia o notizie filtrate dai governi, come è successo nel 1911 per gli articoli della guerra in Libia. Io posso farlo, e lei lo sa.»

L'uomo sembrava scettico. «È e resterà una follia. E comunque, ammesso e non concesso che accettassi di spedirti là, dovrei risolvere il problema delle spese.» Ghelli si lasciò andare contro lo schienale della sedia. «Non abbiamo abbastanza fondi per mantenere a lungo un corriere all'estero», concluse, giocherellando con il lapis.

Ludovico attendeva quell'obiezione. Sapeva che sarebbe arrivata, così come sapeva che una volta a corto d'argomenti Ghelli l'avrebbe sfoderata. A quel punto calò la sua carta migliore. «Allora lo farò a mie spese.»

Quell'affermazione strappò al direttore un'altra risata. «Tu? E con quali risorse, di grazia?» Prese la copia del «Corriere» rimasta sulla scrivania e gliela sbatté sullo sterno. «Lo firmo io il mandato del tuo stipendio. So quanto guadagni.»

L'irritazione gorgogliò nello stomaco di Ludovico. Strinse il sigaro, ne percepì con fastidio il calore sotto i polpastrelli. Si forzò a rispondere in maniera garbata. «Ho le mie risorse, direttore. Sono parsimonioso, e comunque la guerra sarà rapida. Su questo son tutti d'accordo. Uno, due mesi al massimo.» Ignorò la perplessità balenata nell'espressione di Ghelli e proseguì: «Inoltre, in Francia avrei l'opportunità di intervistare D'Annunzio, o di avere un suo scritto per il nostro giornale. Ci pensi».

«Gabriele D'Annunzio? E come lo conosci? Ha lasciato Firenze da anni, ormai.»

Per un istante, Ludovico fu tentato di ammettere che no, non conosceva il poeta, e che avrebbe dovuto chiedere una lettera di presentazione ad alcuni conoscenti... Ma non lo avrebbe fatto, non era arrivato sin lì accettando i limiti o confessando colpe.

«Sono membro dell'Associazione Nazionalista Italiana. Lui è la nostra guida», rispose semplicemente.

Una mezza bugia. Una mezza verità.

Permise a Ghelli di frugare nel suo viso in cerca d'un segno di cedimento. Non ne avrebbe trovati: se c'era una cosa che lui, Ludovico Aldisi, desiderava, era scrollarsi di dosso lo status di cronista per divenire qualcosa di più. Era quella determinazione a rendergli impassibile il volto.

Il silenzio saturò la stanza. Ludovico scrutò il direttore che ricambiò il suo sguardo, mentre tamburellava con una matita sul tavolo. Infine mise da parte lapis e fogli.

«Oh, via! Ci penserò, ma non ti prometto niente.»

«Be', è già qualcosa, signore», commentò soddisfatto.

In risposta, il direttore gli fece cenno di alzarsi. «Non rallegrarti troppo, e non una parola con i colleghi. Adesso mettiti al lavoro.»

Cercò tra gli appunti sparsi, ne tirò fuori uno e glielo consegnò. «Domani mattina c'è un incontro alla biblioteca del Gabinetto Vieusseux, una lettura pubblica di saggi di pensatori tedeschi. Bah! Con che faccia osano fare una cosa del genere? E proprio adesso, poi!» Ghelli sbuffò nervosamente e si aggiustò i calzoni stretti sul girovita. «Sono certo che queste anime belle proveranno a spiegarci perché l'Italia non dovrebbe combattere contro zio Cecco e i tedeschi in nome di una... ah, sì... di una fratellanza culturale.» Il direttore non provò neppure a nascondere lo scherno che gli increspava la voce. Indicò la porta. «Va' a sentire cosa dicono e poi scrivimi un articolo bello forte.»

Ludovico scorse i nomi dei partecipanti, perlopiù professori universitari. «I soliti parrucconi da strapazzo», considerò sbrigativo. Appallottolò il foglio e se lo cacciò in tasca. «Devo preparare altro?»

Ghelli usò il lapis come una bacchetta. «No, concentrati sul pezzo. Dev'essere su questa scrivania nel primo pomeriggio perché dobbiamo andare in stampa. Ah, voglio che si capisca che razza di gentaglia è questa. I vigliacchi non devono avere spazio. Spezzagli le gambe.»

«Li consideri già azzoppati e pronti per la pistolettata in fronte.»

Ludovico uscì dall'ufficio quasi correndo, mentre gli

altri giornalisti, fogli in mano, si infilavano nella stanza per discutere del sommario. Era raggiante. Si trattava solo di una possibilità, certo, ma era molto più di quanto avesse osato sperare.

«Allora? T'è andata bene, Aldisi?» gracchiò Franceschini alle sue spalle.

Ludovico non si voltò. Salutò il vecchio con un gesto svagato e gli indicò la scrivania ingombra di fogli. «Benissimo, Pietro. Meglio di quanto sia andata a te in tutta la vita.»

Quello stesso giorno, nel pomeriggio

Un sole pigro s'insinuò nel varco tra le persiane, attraverso la tenda di cotonina, violando la confortevole penombra della camera da letto. Una fragranza di fiori e corpi sudati galleggiava nell'aria. La luce era pastosa, calda come miele. Illuminava il pavimento, le lenzuola chiare, la pelle color avorio della donna che dormiva sul letto. Era nuda, distesa sul ventre, con la bocca socchiusa. I capelli biondi sfuggiti allo chignon erano ricaduti sulle guance rilassate. Refoli rinfrescavano la stanza e portavano con sé i suoni di via Romana, il vociare dei negozianti e il trambusto dei carri che passavano sul selciato di pietra. Il chiacchiericcio del Giardino di Boboli era un rumore bianco, appena udibile. Le campane di San Felice segnarono l'ora, accompagnate dallo stridio di uno stormo di rondini. Si approssimava il tramonto e i fiorentini ne approfittavano per riprendere possesso di strade e parchi, adesso che l'afa concedeva un po' di tregua.

Ludovico si alzò dal letto. La donna protestò con un mugugno soffocato e cercò di trattenerlo.

«Sono le sei. Dovresti prendere in considerazione l'idea di svegliarti», le sussurrò, togliendole una ciocca dal viso.

Gli rispose un brontolio sommesso.

L'uomo ridacchiò, divertito. Si abbassò per cercare i pantaloni, imprigionati nel groviglio degli abiti gettati per terra. Quando si rialzò, fu sorpreso dallo sguardo azzurro e intenso che lo studiava attraverso lo specchio.

La donna era sveglia, seduta sul letto.

Ludovico ghignò. «Ti stai godendo la vista?» Afferrò i calzoni e, saltellando su una gamba, li indossò; poi sistemò le bretelle sul torace nudo.

«Preferisco restare con te, piuttosto che tornare a casa», rispose lei con leggerezza. Raccolse le gambe sotto il busto in una maniera che lui trovò stranamente pudica, con le braccia piegate a nascondere il seno.

Oltre lo specchio, Ludovico le accarezzò il corpo con lo sguardo. «Lasciati guardare, sei così bella. Non nasconderti.»

Lei inarcò un sopracciglio, scettica, e tuttavia si distese sui cuscini.

L'uomo si avvicinò alla scrivania dove, tra libri e appunti, giaceva un cartoccio di frutta. Lo aprì e il profumo delle pesche gli stuzzicò l'appetito. Scelse la più matura e l'addentò. La polpa era morbida e cedevole, la buccia sottile. *Deliziosa.*

Si voltò verso di lei. «Ne vuoi?»

La donna assentì.

Ludovico tornò verso il letto. Le avvicinò il frutto alle labbra e lei ne prese un morso sfiorandolo con i denti.

Un rivolo di succo le scivolò giù dall'angolo della bocca. L'uomo lo asciugò con i polpastrelli, poi si chinò a baciarla. Sapeva di zucchero.

«È tardi. Tuo marito potrebbe insospettirsi», le ricordò.

«Non ancora.»

Si distese accanto a lei. Erano spalla contro spalla, con le teste vicine e il respiro di lui che le solleticava la pelle sopra la clavicola. Rimasero a guardarsi, come se questo potesse proteggerli dai minuti che scorrevano via.

«Non ce la faccio a tornare a casa», ammise lei, malinconica. «Lasciami restare qui con te.»

«Devi, invece, e lo sai. Sei sposata…»

La donna si incupì. «Come se non lo sapessi, maledizione!» Strattonò il lenzuolo per coprirsi il seno. «Passami la sottoveste.»

Ludovico, a tentoni, trovò l'indumento di seta bianco. Lo tenne per qualche istante, e inspirò il profumo di tuberosa, poi lo abbandonò sul grembo di lei.

La stoffa scivolò su quel corpo. Al collo la donna portava un gioiello di grande valore: un pendente di smeraldi da cui non si separava mai. La pietra emetteva bagliori scuri, simili a graffi non rimarginati.

Lo sollevò con un dito. «Perché non lo togli?»

La donna giocò con i suoi capelli fulvi e ricci. «Perché è un simbolo. È la catena che rappresenta la mia schiavitù. È il dono di nozze di mio marito.» Non era arrabbiata. Sembrava sprezzante.

Ludovico si girò su un fianco e l'abbracciò. «Sai cosa accadrebbe se scoprisse che lo tradisci?»

«Preferisco non immaginarlo.» Lei trattenne il respiro. Sembrava che collera e terrore le avessero tolto il sorriso non solo dal volto, ma anche dall'anima. «È crudele e grottesco. Violento.» Si nascose nell'abbraccio dell'amante.

Le dita dell'uomo, lunghe e delicate, iniziarono a massaggiarle la schiena tra le scapole irrigidite. Ludovico la sentì rilassarsi. Abbassò lo sguardo, trovò quello di lei. Si era rasserenata, eppure qualcosa, un dubbio forse, o una traccia di malinconia, opponeva ancora resistenza.

«A cosa pensi adesso?»

Una pausa.

«A volte mi domando cosa accadrà quando ti stancherai di me.»

L'uomo socchiuse le palpebre. Una ruga si disegnò tra le sopracciglia. «Che intendi?»

«Che sono più vecchia di te, che non durerà per sempre e che presto o tardi mi lascerai.» La voce si era ridotta a un sussurro.

«Ma cosa dici!» Ludovico rotolò su di lei e l'abbracciò. Le scostò le ciocche di capelli dal volto. «Sei bellissima.»

«Ah, Ludovico.» La donna gli prese il viso e gli parlò con indulgenza. «Sei uno straordinario bugiardo, ma ti adoro anche per questo.»

«E per cos'altro mi adori?» Sembrava un bambino in attesa di sentir tessere le proprie lodi.

Nel vedere la sua espressione compiaciuta, la donna rise. «Perché sai ascoltarmi. Perché sai come mentirmi e sai cosa mi piace... E perché sei sfacciato e senza vergogna, e questo mi diverte molto», concluse.

«Sono di una qualche utilità. Me ne compiaccio.» Ludovico si puntellò su un gomito e la stuzzicò. «Allora se ti chiedessi un prestito, non me lo rifiuteresti, vero?»

La risata scomparve dagli occhi della donna. Si spense lentamente, come una fiammella che si affievolisce. «E per cosa?» domandò incerta, sospettosa.

Ludovico sapeva di essere su un terreno infido. «Forse dovrò fare un viaggio per conto del giornale. Non è certo che possano coprire tutte le spese, e i miei risparmi sono esigui.» Le si avvicinò e accostò la propria fronte sulla sua spalla. «Ancora non c'è nulla di certo, mia cara. Tuttavia, prima di dare il mio assenso al progetto, volevo sapere se posso contare sul tuo aiuto.» Le sfiorò la clavicola. «Preferisco indebitarmi con una persona che mi conosce bene, piuttosto che chiedere soldi a estranei.»

«Lo so che ti fidi di me. Più che mai in momenti come questo.» Un velo di amarezza le aveva cancellato la luce dal viso, che si era indurito, rivelando tutti i suoi anni.

«Non essere ingiusta, ora.» Ludovico le accarezzò la guancia ma lei si allontanò.

Le sollevò il mento. «Guardami.»

La donna obbedì.

La ricompensò con un bacio delicato. «Sei l'unica persona di cui mi fidi davvero. Non so cosa accadrà, non so nemmeno se Ghelli mi affiderà l'incarico di cui abbiamo parlato stamane, ma è una strada che devo percorrere, se voglio avere una speranza di diventare qualcosa di più di un semplice cronista. E se ci riuscirò, tuo sarà il merito, e di nessun altro. Vuoi aiutarmi?»

Lei lo studiò a lungo. La disillusione si stemperò pian piano nella tenerezza. Annuì. «Anche io mi fido di te.

Solo di te, Ludovico.» Parlò velocemente, in un sussurro colmo di imbarazzo e timore.

Quasi credendo che quella fosse la verità, e che il loro fosse davvero amore.

Firenze, 8 agosto 1914

Il calore risaliva dai marciapiedi, si avvinghiava alle gambe e le rendeva pesanti. Si sprigionava dai muri color biscotto senza concedere tregua. Tende di stoffa chiara schermavano le vetrine dei negozi. Frutta e verdura rilucevano nelle ceste, sotto le gocce d'acqua che gli ortolani spruzzavano per tenerle fresche. Dal barbiere alcuni anziani attendevano il loro turno leggendo la «Nazione».

Ludovico strizzò gli occhi per la luce ardente. Non metteva piede nella biblioteca del Gabinetto da molti mesi. Sarebbe stato bello immergersi di nuovo nell'atmosfera ovattata delle sale di lettura, ritrovare l'odore di libri e legno antico. Si sfilò la giacchetta mettendola sulla spalla e si diresse con calma verso il Vieusseux, concedendosi il lusso d'osservare la strana umanità che si muoveva attorno a Santa Maria del Fiore. Aveva tempo: la conferenza era fissata per le undici e mancava più di mezz'ora all'inizio.

C'erano alcuni turisti che sbucavano da via dei Calzaiuoli. E venditori ambulanti, borseggiatori, carrettieri e vetturini, impiegati e studenti. I fiorentini non si distinguevano dagli abiti o dalla camminata svelta, ma dall'occhiata di malcelato orgoglio che indirizzavano ai capolavori quando urtavano uno straniero con la testa rivolta all'insù e l'aria estasiata. Voci chiassose si mescolavano al nitrito dei cavalli e alle grida entusiaste dei visitatori.

Pigiati tra i marmi del Battistero e una striscia d'ombra, studenti d'arte e pittori dilettanti in camicia bianca e paglietta disegnavano la facciata col carboncino. Imprimevano scie nere sui fogli o cercavano di catturare l'animazione della piazza, senza curarsi degli omnibus che sferragliavano lungo le strade. I calessini erano dipinti di carminio e oro; le massaie con le ceste di frutta o gli impiegati frettolosi che camminavano verso il Tribunale erano nobili vestiti di raso e velluto, come negli affreschi delle chiese rinascimentali. Nessuno avrebbe potuto strapparli a quel sogno di un passato mitico.

Con aria rassegnata, Ludovico scosse la testa. Ripensò ai pomeriggi trascorsi a impartire lezioni d'italiano a ricchi inglesi o a tediati intellettuali francesi che avevano scelto di vivere lì, in Toscana. Chiedevano perché non vi fossero più poeti o artisti degni di quel nome a Firenze: perché erano stati rimpiazzati da bottegai e imbrattatele di strada? Dov'era finita la città di Dante, Michelangelo e Brunelleschi?

Morta, avrebbe voluto rispondere lui. *Uccisa dai secoli e dagli inganni degli uomini.*

Sopita, rispondeva, *perché bisogna saper cercare il vero cuore di Firenze. Mettersi in ascolto e lasciare che essa parli.*

Firenze, adesso, era ubriaca di ricordi, alla ricerca disperata di vita.

Anni prima, politici e burocrati l'avevano lusingata, blandita. La città aveva vissuto l'illusione di essere di nuovo importante, di nuovo viva.

Firenze capitale era stata una fola: uomini venuti da fuori l'avevano riempita di promesse e cantieri per abbandonarla dopo cinque anni, lasciando una città stravolta, popolata di palazzi deserti.

Il mercato, le torri, i vicoli, il ghetto. Spariti. Spazzati via.

Firenze si era specchiata nell'Arno e aveva stentato a riconoscersi: piena di viali, grandi palazzi umbertini, edifici maestosi, ma vuoti. Bellissimi, ma estranei. Così, sfigurata, aveva preferito rifugiarsi in un sogno fatto di splendore e decadenza per tenere lontani i rimpianti.

Tutto questo era accaduto cinquant'anni prima. Per anni, la città e i suoi abitanti avevano cercato di riappropriarsi di qualcosa che avevano inesorabilmente perduto, e alla fine c'erano riusciti.

Poi erano arrivati gli stranieri, soprattutto inglesi, che avevano portato il loro mondo, le loro abitudini. Firenze era cambiata ancora. Era divenuta un luogo fuori dal tempo, orizzonte aperto e insieme circoscritto.

Ma tutto questo non aveva più importanza per lui. Se le cose fossero andate per il verso giusto, Firenze sarebbe diventata un ricordo. Gli occhi grigi gli brillarono di eccitazione, il passo divenne elastico ed elegante.

La Francia. Cronista di guerra. Articoli di rilievo sulla «Nazione».

Altro che cronaca locale a vita come Franceschini.

Certo, c'era da risolvere la questione dei soldi, ma nemmeno quello era un vero problema. Sapeva perfettamente chi glieli avrebbe dati senza pretendere nulla in cambio.

Nulla, o quasi.

Rise tra sé.

Via dei Banchi era affollata, invasa da carretti e passanti. Alcune Fiat sfrecciavano sul selciato sconnesso attirandosi le maledizioni dei commercianti, tartassati dal puzzo dei gas di scarico e dal tanfo lasciato dai cavalli.

Ludovico si infilò in via dei Vecchietti, ma dovette fermarsi subito. Un assembramento occupava l'ingresso del Gabinetto Vieusseux. Era composto soprattutto da giovani. Rumoreggiavano, si muovevano frenetici da un punto all'altro della strada. Altri se ne stavano contro il muro a braccia conserte. Tutti, però, tenevano gli occhi puntati sul grande arco di pietra grigia che racchiudeva il portone, in attesa. Il rimprovero celato negli occhi del mezzobusto del fondatore non sembrava sortire su di loro alcun effetto.

Aria di guai, considerò Ludovico tra sé. Avanzò tra la folla e si avvicinò a un gruppo di ragazzi che spiavano l'ingresso.

«Chi c'è dentro?» chiese con disinteresse e il taccuino ben nascosto nella giacca che aveva appena indossato.

Uno studente lo squadrò con diffidenza.

«E che t'importa? Che vuoi?» L'accento era aspro, tagliente. Triestino, senza dubbio. Se ne potevano trovare diversi, a Firenze, in quel periodo, figli di esuli che si erano trasferiti in Toscana per studiare in un'università italiana.

Ludovico sollevò un angolo delle labbra. Si avvicinò

ancora di più, con fare complice. «M'importa. Di che si tratta?»

«Verranno a parlare dei cani pacifisti, amici dei tedeschi. Son quelli che dicono che combattere è ingiusto, perché sarebbe solo un massacro di povera gente. Dico, io sono figlio di artigiani, eppure voglio andare a combattere!» spiegò uno studente dalla zazzera ricciuta che doveva aver smesso da poco i calzoni corti.

Il giornalista finse sorpresa a quelle parole. «Dunque tu pensi che l'Italia debba scendere in guerra?» chiese. Nella mente si stava già delineando l'articolo che avrebbe scritto.

«E si capisce!» Era stato un terzo giovane a parlare, con capelli rossicci e un velo di barba a scurirgli il viso. «L'Italia non è completa. Trento e Trieste hanno sangue e anima italiani. Fiume e l'Istria ci appartengono, ma gli austriaci si sono ben guardati dal restituirceli. Quelle sono terre nostre e quella è la nostra gente. Sono italiani come noi, e dobbiamo liberarli!» Un esule istriano, a giudicare dalla foga e dalla parlata.

Ludovico assentì appena. Un osservatore attento avrebbe notato il bagliore di derisione nel suo sguardo, ma quei ragazzini erano troppo infervorati per accorgersene.

«Mia madre non sopporta che si facciano questi discorsi. L'altro giorno s'è messa a piangere a tavola e il babbo le ha fatto una scenata, le ha detto che non deve frignare, che una donna deve capire quali sono i doveri di un uomo verso la patria e che deve smetterla di frequentare le sottane nere con cui prega», raccontò la zazzera a Ludovico. «E lei? Niente, ha continuato a piangere!»

Il primo ragazzo piegò la bocca in un ghigno di disprezzo. «Guardate un po'… Finalmente hanno avuto il coraggio di far vedere i loro musi.»

Alcuni uomini in abito scuro erano comparsi dall'angolo di via dei Corsi. Si avvicinavano alla biblioteca insieme a studenti e operai che li circondavano per proteggerli.

«Si sono portati la scorta, i vigliacchi!»

Un istante dopo, qualcuno fischiò. Poi un altro fischio, e ancora uno. I ragazzi accanto a Ludovico iniziarono a imprecare. «Rintanatevi nelle vostre biblioteche!»

«Che ci fate qui? Tornate a nascondervi dietro le gonnelle delle vostre donne.»

«Non siete italiani! Vergogna!»

In pochi secondi, via dei Vecchietti fu invasa da urla assordanti. Un impiegato del Gabinetto si affacciò da una finestra. Spaventato, sbarrò gli occhi e si affrettò a chiudere gli scuri. Subito dopo, anche il portone fu sprangato a doppia mandata. Il Vieusseux si trasformò in una sorta di fortino, mentre i passanti si allontanavano lanciando sguardi avidi e spaventati insieme.

Dall'Albion Tea Room, la sala da tè accanto all'ingresso del Gabinetto frequentata dagli inglesi, uscì un cameriere in livrea nera. «Che volete? Non importunate gli ospiti con questi schiamazzi!»

Nessuno si curò di lui o delle sue proteste. La tensione montava rapida come un'onda.

L'una dopo l'altra, le persiane del palazzo di fronte si spalancarono e numerose teste fecero capolino per guardare giù in strada. Nella primavera appena trascorsa c'erano stati diversi scontri fra studenti e polizia, oltre allo sciopero dei ferrovieri che aveva paralizzato la città. Firenze era percorsa da inquietudini difficili da comprendere e, con la guerra che premeva oltre le frontiere, l'eccitazione aumentava di giorno in giorno.

«Cos'è codesto baccano? Teppa della malora, non sapete far altro che picchiarvi? Andate a lavorare!» gridò esasperato un anziano in giacca da camera.

«Trovatevi qualcosa da fare, anziché ciondolare per strada», li rimproverò un altro.

Gli fece eco una domestica: «Se dovete picchiarvi, andatevene al Quercione, ché qui ci sta gente onesta».

Ludovico arretrò per assicurarsi una via di fuga. Sapeva riconoscere i segni premonitori di una zuffa e lì, in quel momento, c'erano tutti.

Ci fu un grido – «Porci!» – che risuonò come un segnale atteso a lungo. Sotto i suoi occhi, la massa sgranata di uomini si trasformò in una creatura dotata di vita propria. Accerchiò il corteo che scortava i professori e lo schiacciò contro il muro.

Come in una reazione alchemica, le fazioni opposte si amalgamarono per diventare frammenti simili a particelle che si agitavano, cozzando le une contro le altre. Il suono dei lamenti e dei pugni seguiti dalle imprecazioni riempì la strada. Gli uomini si picchiavano, afferravano il corpo dell'avversario o cercavano di sfuggirgli.

Apparvero i bastoni. Qualcuno cominciò a raccogliere delle pietre.

«È ora di filarsela», sibilò tra sé Ludovico. Stava per raggiungere il marciapiede opposto quando il fragore tacque di colpo. Fu la pausa di un istante, un vuoto nel tempo, interrotto dal tintinnare d'un vetro in frantumi e dal tonfo di un corpo che cadeva sul selciato.

Si voltò.

Qualcuno aveva fracassato la vetrina del negozio di tessuti, a pochi passi dall'ingresso della biblioteca. Come un'aureola, frammenti di cristallo circondavano una pietra. Un drappo di popeline candido era finito sul marciapiede. Su di esso, una chiazza di sangue.

C'era un uomo riverso a terra. Aveva la fronte insanguinata e gli occhi chiusi.

«È morto! C'è scappato il morto!»

Un fremito attraversò la strada, scaricandosi sul selciato. Paralizzati dal panico, ansimanti, scarmigliati, gli studenti si scambiarono sguardi incerti, mentre la consapevolezza dell'accaduto si faceva largo nelle menti offuscate dalla rabbia.

All'improvviso, lo stridio dei fischietti. Carabinieri.

Simili a formiche in fuga dalla tana allagata, i dimostranti sciamarono per disperdersi nelle strade vicine, inseguiti da un gruppo di militari.

Dal cantuccio dove si era acquattato Ludovico aveva osservato lo scontro con aria divertita. I professori avevano approfittato del parapiglia per scappare con la testa incassata tra le spalle cercando di proteggersi i volti impauriti. *Buffo che i paladini della pace universale non abbiano sentito il bisogno d'intervenire in prima persona per placare gli animi*, pensò.

Mentre i carabinieri inseguivano alcuni studenti lungo via dei Vecchietti, il giornalista scarabocchiò un appunto: la protesta di quegli universitari sarebbe stata più che sufficiente per dar forma all'articolo. Poco importava che si trattasse di una manciata di ragazzini esaltati: le sue parole l'avrebbero trasformata in una folla indignata.

Con prudenza, si avvicinò all'ingresso del Gabinetto per valutare i danni causati dallo scontro. Il portone era graffiato, nulla che una buona passata di vernice non potesse cancellare. Anche l'Albion Tea Room era uscito indenne dalla rissa. Il negozio di stoffe, invece, aveva avuto la peggio. Il proprietario strepitava sull'uscio, brandiva un metro di legno e minacciava di colpire chiunque gli capitasse a tiro. Strillava e sbandierava un grembiule di tela verde che si era strappato di dosso per la disperazione. «Sciagurati! Chi mi ridarà i soldi per il popeline? Disgraziati, che ne sapete voi di quanto costa aggiustare una vetrina? C'era pure il nome scritto sopra!»

Poco distante, un paio di studenti soccorrevano l'uomo ferito. Era suo il sangue ad aver sporcato la stoffa. Non era stato colpito in maniera grave e scuoteva piano la testa, come per schiarirsi le idee, mentre un giovanotto vestito di scuro lo sorreggeva.

«Maremma, la sbirraglia sta tornando!» urlò un uomo stempiato. Spintonò Ludovico e fuggì. I pochi dimostranti rimasti si dileguarono tra i vicoli e nei portoni socchiusi.

Il ferito spalancò gli occhi: si rialzò a fatica e si puntellò al muro. Il suo compagno lanciava occhiate colme di angoscia, prima a lui e poi alla coppia di carabinieri che avanzava verso di loro, incerto su cosa fare. Fu l'altro a decidere: gli afferrò il braccio e lo allontanò. «Vattene, Daniele. Ci manca che prendano anche te.»

Daniele non attese un altro incitamento. Si allontanò senza guardarsi indietro, seguito dallo sguardo rassegnato, forse anche deluso del compagno che nel frattempo si era lasciato scivolare di nuovo a terra.

Ludovico si voltò verso il tizio rimasto da solo. Non era un ragazzo. Il fisico smilzo e l'aria disorientata lo avevano ingannato. Ne incrociò lo sguardo, impedendosi di provare compassione per quel poveraccio che aveva subìto la parte peggiore dello scontro e che di certo...

Socchiuse le palpebre. Si inclinò in avanti per guardare meglio, poi si avvicinò a passi svelti, per fermarsi a pochi metri dal ferito.

A sua volta l'uomo lo studiò. Sotto il sangue che si stava rapprendendo c'erano due occhi scuri e una barbetta incolta che Ludovico trovò familiari. «Dante? Dante Ducceschi?»

«Ludovico?» rispose l'altro. Abbozzò una risata che terminò in un gemito di dolore. «Non ci credo. Di tutti i posti dove potevamo ritrovarci...»

Quanti anni erano passati? Tre? Quattro?

Simili a una folata di vento, i ricordi avvolsero i due uomini.

Notte. Un vicolo di Firenze. Ragazzi ubriachi all'uscita di un'osteria. Uno di loro rimette con conati rumorosi.

«Diobono, Dante! Un altro poco e vomiterai anche l'anima.»

Dante alza la faccia. Alla luce del lampione a gas la pelle è livida, ma riesce ancora a ridere. «Mannaggia a te che m'hai portato in codesto postaccio. Questo era aceto... Perché non m'hai fatto andare dove dicevo io, che si mangiava pure bene? Non era così che volevo festeggiare la laurea, porco d'un cane!»

Ridono di nuovo. La risata di Ludovico, però, si spegne subito. L'ha vista alla laurea, la famiglia di Dante.

Gente ricca, che c'ha i soldi.

Lui non sarà mai così.

Un carabiniere si fermò trafelato mentre il collega proseguiva per inseguire Daniele. «Uno degli agitatori, eh? Vediamo se dopo una notte in guardina ti passerà la voglia di menare.»

Il militare si piegò per afferrare il braccio di Dante ma Ludovico lo fermò. «Non è andata così, signore. Questo pover'uomo camminava per la sua strada e uno dei manifestanti l'ha colpito.»

«E magari sei rimasto qui ad assistere, vero? In caserma anche tu, subito», ordinò il militare con un tono in cui si mescolavano sarcasmo e minaccia.

Ludovico si raddrizzò e distolse lo sguardo con aria pensosa. «Non credo che arrestarmi possa rendervi un buon servizio», spiegò sottovoce, come se facesse una preziosa confidenza. «Sono un cronista della "Nazione". Scriva pure il mio nome: Ludovico Aldisi. E vi assicuro, *vi assicuro*», ripeté fissandolo, «che è andata come vi ho appena spiegato. Quest'uomo è vittima dei facinorosi.»

Allungò il braccio verso Dante e quello, gemendo, vi si appoggiò con tutto il suo peso. «C'è un cittadino che è stato aggredito e lei gli sta impedendo di curarsi. È questo che devo scrivere? Che la forza pubblica arresta giornalisti e feriti per lasciarsi sfuggire gli agitatori?» domandò Ludovico arrogante.

Il carabiniere si guardò attorno. Non c'erano commilitoni in vista. Via dei Vecchietti era deserta. Fissò Dante, che aveva i lineamenti deformati dal dolore. «Via, allora», scandì furioso. «Che non ti veda più in giro.» Puntò il dito contro Ludovico, allontanandosi di qualche passo. «Quanto a te, sei una bella lenza. T'ho capito, sai?»

Si girò e corse oltre l'angolo della strada.

Ludovico sentì il corpo di Dante afflosciarsi contro la spalla. Lo sorresse e l'altro si aggrappò alla sua giacca.

«T'hanno conciato bene, eh?» domandò.

Dante gli diede un colpetto sul torace. «Lascia perdere. Non ho avuto modo di ricambiare.» Accettò il fazzoletto che Ludovico gli porse.

«Dove ti accompagno?» chiese quest'ultimo.

Dante si strofinò la pezzuola sulla faccia e tolse una striscia di sangue raggrumato. «Lungarno Corsini», disse, accennando a una direzione vaga. «A casa del professore.»

Si misero in cammino, l'uno sostenuto dall'altro, in quel caldo mattino d'agosto.

Il professore.

Ludovico si lasciò travolgere dai ricordi.

«Il *nostro* professore?» domandò, diviso tra l'incertezza e la sorpresa. «Il professor Laurenti?»

Dante rise. Aveva ancora la risata furba e maliziosa che gli faceva strizzare gli occhi. Ludovico la ricordava bene. «Cattedra di lingua e letteratura francese. 1908. Proprio lui.» Si tirò un po' su, cercando di rilassare i muscoli del collo. «Sono diventato il suo assistente l'anno scorso.»

Ludovico fischiò piano. «Hai fatto carriera.»

L'altro si schermì. «Mai quanto te, cronista della "Nazione"! Li leggo i tuoi articoli, e accidenti se non sei bravo. Hai ottenuto un gran risultato, no?»

«Credo di sì», ammise con un sorriso distratto. Sbirciò verso l'uomo che continuava a sorreggersi al suo braccio. Anni prima, lui e Dante erano stati studenti. E amici. Tuttavia, qualcosa era cambiato dopo la laurea. Non era avvenuto in maniera cosciente o volontaria. I fili si erano allentati, la trama del legame si era fatta lasca fino a che non era rimasto un buco sfilacciato.

«È per questo che eri al Vieusseux? Per il giornale?» chiese Dante. Aveva il fiatone e la camicia era intrisa di sudore. Si fermarono per rifiatare contro un muro, subito dopo via del Parione. Ludovico indicò la porta di una mescita poco distante. «Vuoi che ti prenda un sorso?» chiese col fiato corto.

La giornata calda e il peso di Dante ferito lo avevano fatto sudare. Quello rifiutò. «Sto già accalorato così, il vino mi farebbe star peggio.» Si rimisero in cammino. I piedi di Dante strisciavano sul terreno, sollevando piccole nubi di polvere che sporcavano gli orli dei pantaloni.

Ludovico riprese a parlare. «Sì, comunque. Ero lì per scrivere un pezzo sulla lettura dei saggi tedeschi.» Lo guardò in tralice. «Ve le hanno date, e di brutto, pure.»

«Ragazzini. Non hanno idea di quello che li aspetta se l'Italia entra in guerra.»

«E tu pensi di saperlo?» replicò senza nascondere il sarcasmo.

Dante abbozzò una risata nervosa. «Oh, più di molti altri. Non siamo pronti a sopportare una guerra. L'Italia ha troppo da perdere.»

Ludovico si trovò a fissare gli occhi scuri dell'amico, divenuti improvvisamente seri. «O da guadagnare, dipende dai punti di vista.» Gli passò un braccio attorno alla vita. «Dov'è che abita adesso il professor Laurenti?» chiese per cambiare argomento.

«Al numero 14, subito dopo la curva, quasi dinanzi al ponte alla Carraia. L'ho raggiunto stamane, avevo del materiale da fargli vedere...» Il respiro divenne affannoso. «C'è mia sorella ad aspettarmi, dobbiamo tornare alla tenuta di Greve, stasera.»

Soffiava un vento afoso. S'insinuava tra i vicoli che ancora tentavano di custodire la penombra. Si attaccava addosso e incollava gli abiti alla pelle. L'aria era impregnata degli odori del fiume che si mescolavano al profumo di cucinato proveniente dalle finestre spalancate.

Era quasi ora di pranzo. Si udiva il suono delle stoviglie tirate fuori dalle credenze e lo sfrigolio delle fritture sul fuoco. Qui e là, arrivavano voci di donne che chiamavano i figli per mettere in tavola.

«E il vecchio Laurenti che fa? Pensavo si fosse ritirato...» chiese d'un tratto Ludovico.

«Chi, lui? Dio santo, si ritirerà solo quando qualcuno gli toglierà la sedia da sotto il culo. Ama troppo l'insegnamento.» Dante si asciugò la fronte sulla manica della camicia di lino, imbrattata di polvere e gocce di sangue. «Sai, è stato lui a suggerirmi di approfondire a Parigi i miei studi sulla letteratura francese. Son stato là tre volte. Laurenti insegnava alla Sorbona e mi ha fatto conoscere i suoi colleghi, ha firmato le lettere di presentazione per le biblioteche e la facoltà. Insomma, mi ha aiutato in tutto.»

«Deve esser stato interessante», commentò Ludovico con voce roca, dopo un lungo istante.

«Tanto. Parigi mi piace, è bello viverci. Ci son stato sei mesi quest'anno, e sono tornato a Greve da poche settimane. Mia sorella amministra bene la tenuta, ma con la vendemmia c'è bisogno di un uomo che tenga d'occhio i braccianti, specie se vuoi avere il borsellino pieno.» Allargò le braccia, rammaricato. «È un altro mondo, nulla a che vedere con Firenze. Il professore aveva ragione a non voler lasciare la Francia.»

«Francia? Se non ricordo male, sua moglie è francese.»

«Era. È rimasto vedovo lo scorso anno. Ha una figlia, era ancora una ragazzina quando frequentavamo il suo corso al secondo anno, ricordi? Venne a trovarlo un giorno, all'università.»

Ludovico mugugnò un assenso. Un ricordo sfocato: una bambina vestita di bianco con le trecce nere e un cappello di paglia, insieme a una donna dai lineamenti eleganti e le guance diafane. La moglie e la figlia di Laurenti.

Dante proseguì. «Quando è tornato in Italia, dopo la morte della moglie, mi ha chiamato per collaborare con lui. Ovviamente non mi paga, ma non ne ho bisogno... Immagina, ho scritto il saggio su Racine e il teatro, lui l'ha tradotto in francese e lo ha fatto pubblicare.»

«Una pubblicazione in francese. Laurenti deve tenerti in gran conto.»

Dante ignorò la sfumatura velenosa delle parole e gli strinse la spalla in un gesto affettuoso. «Lo considero il mio mentore. Talvolta nelle sue lettere mi chiedeva di te. Ti ha sempre stimato.»

Ludovico rallentò. «Sul serio?» chiese, scettico.

L'amico bofonchiò un sì. «S'è persino lasciato sfuggire che sei stato uno degli studenti più brillanti che abbia mai avuto. Non è stato bello sentirselo dire, dopo aver fatto di tutto per conquistare la sua considerazione.»

Qualcosa si rimescolò nel cuore di Ludovico. Una sensazione acre, che aveva il sapore del rimpianto. Che parlava di occasioni perdute, e rancore. La ignorò, nascondendola nel retrobottega della coscienza.

Dante arrancò accanto a lui. Nella via galleggiava una calma soffice, appena incrinata dal cigolio di carretti e dal brusio che proveniva dalle strade vicine. «Parliamo di te, invece. Com'è che sei arrivato alla "Nazione"? Raccontami, dai, ché son quasi quattro anni che non ti vedo.»

Il giornalista respirò profondamente prima di rispondere, per mettere in ordine le idee. «Be', io sono un cronista, ma questo già lo sai.» Passò in rassegna gli ultimi anni. Le immagini dello scantinato di Borgo Santi Apostoli gli ritornarono alla mente. «Ho fatto la gavetta al giornale, e da un anno a questa parte mi hanno dato la possibilità di scrivere articoli d'inchiesta.»

«Ho letto i tuoi pezzi sulle giornate rosse di Ancona. Bella penna, mi sono piaciuti molto. Tutto sommato, non t'è andata male fino a ora, no?»

Ludovico abbassò il capo. Trattenne il respiro fino a sentire il petto che gli doleva. «No», rispose infine.

Come un setaccio, la vita aveva separato la pula dal grano. Dante era un privilegiato. Lui no.

«Basta...» biascicò Dante dopo una manciata di minuti. «Fermiamoci, la ferita mi duole, maledizione.»

Si accasciarono su un gradone al fresco della Colonna della Giustizia, ignorando le facce scandalizzate dei passanti. Quasi all'unisono, cominciarono a sghignazzare.

«Perché sei sempre tu a portarmi in collo, eh?» Dante ansimò. Nella domanda, il suono di una risata.

«Stavolta non sei ubriaco.» Ludovico si ravviò le ciocche scomposte e sudate.

«Eh, bei tempi. Ci si buttava via dalle risate, all'università. Ubriachi di notte e mezzi addormentati a lezione. Tu eri quello che teneva il vino meglio di tutti.»

Dante gli diede un colpo sul braccio e lui rispose con una spintarella leggera. Subito dopo, però, Ludovico distolse lo sguardo. Quel gesto sapeva di abitudini familiari, di una complicità che credeva dimenticata e invece era ancora lì, nascosta in un angolo. Tuttavia, adesso era a disagio. Provava un imbarazzo che non riusciva a definire, né a comprendere. «Manca molto?» chiese.

«No, è proprio qui dietro», spiegò l'altro con il fiato corto.

Si rimisero in piedi. «Andiamo da via del Parione? C'è un po' di fresco...»

«Meglio dall'Arno, ché s'arriva prima.»

Lungarno Corsini, con i suoi palazzi raffinati e i balconi di pietra serena, era semideserto, conquistato da un sole impietoso. I rispettabili fiorentini stavano terminando il pranzo e già alcune persiane si abbassavano per il riposo pomeridiano.

Il fiume scorreva pigro, illuminato dai raggi del sole che a contatto con l'acqua si trasformavano in schegge incandescenti. Il suo gorgogliare era appena udibile, coperto dal suono dei carri e delle poche, sparute automobili che attraversavano i ponti dinanzi a loro.

Arrivarono a un portone di legno massiccio racchiuso da un arco, che si apriva su un cortile dal pavimento di marmo grigio e bianco, reso opaco da innumerevoli passi. Oltre l'androne, iniziava una scala col cancello in ferro battuto.

«Sei un cencio. Come ti senti?» chiese Ludovico.

Dante si aggrappò al corrimano. «C'è un caldo della malora. Mi gira la testa», sibilò. La fronte era imperlata di sudore, cerea. Ludovico lo sorresse, quasi trascinandolo fino al secondo piano.

Finalmente apparve una porta dal battente nero. Sulla targa d'ottone, un nome: *Prof. Giuseppe Laurenti.*

«Ci siamo», mormorò il giornalista, voltandosi verso l'amico. Ma quello non lo stava più ascoltando: si era afflosciato sullo zerbino con gli occhi semichiusi, pallido come un cadavere.

«Cristo santo!» Ludovico bussò con violenza. «Aprite!»

Udì uno scalpiccio di passi. L'uscio si schiuse, apparve il viso sospettoso di una donna anziana. Sotto il peso del corpo, la porta si spalancò e Dante cadde riverso a terra. Un grido di sorpresa. «Signorine! Signorine, venite, è successa una disgrazia!»

Imprecando, Ludovico si inginocchiò per aiutare l'amico. «Dante? Ehi, ci sei?» chiese, dandogli dei buffetti.

Gli rispose un mugolio indistinto. L'uomo socchiuse le palpebre e accennò una smorfia imbarazzata. «Credo d'esser svenuto, proprio come una donnicciola. Mia sorella si burlerà di me per giorni.»

«Oh, Vergine santa, che è successo?»

La voce era secca, dura, aggressiva, diversa da quella che aveva urlato poco prima. Due ruvide mani femminili entrarono nel campo visivo di Ludovico. Alzò lo sguardo e si trovò di fronte una giovane donna. Capelli raccolti in una treccia, mento sottile, occhi scuri, brillanti e severi, carnagione olivastra. Simile, fin troppo, a Dante.

«Via, Luciana, non c'è bisogno di strillare così.»

«Sciagurato te e chi t'ha dato 'sta botta. Te lo meriti, anzi. Te le dovevano dare più forte», replicò la donna, scostandogli i capelli incrostati dalla fronte. Nel tono si mischiavano irruenza e preoccupazione. «Signore, che patata c'hai in fronte!»

«Smettila di cianciare e aiutami ad alzarmi. Mi sento un grappolo d'uva pigiato... Ah, e questo è il mio vecchio compagno d'università Ludovico Aldisi.»

Il giornalista accennò un saluto alla donna, osservandola con maggiore attenzione. Non più giovanissima, era vestita di blu. I lineamenti ostentavano severità, eppure nello sguardo c'era una dolcezza che lo incuriosì.

«Ah. Pure lei è uno degli scalmanati che protestano come mio fratello?» domandò battagliera.

Dante non gli diede il tempo di rispondere. «Ma no! Lui m'ha portato qua dopo che alcuni esaltati ci hanno aggredito in via dei Vecchietti e m'ha salvato dai carabinieri che volevano arrestarmi. È un giornalista della "Nazione", lui. Daniele, invece, se l'è filata.» Si tirò su e si mise a sedere. «Adesso aiutami anziché lagnarti.»

«Daniele è stato accorto, altroché.» Mugugnando rimproveri, Luciana passò un braccio sotto l'ascella del fratello, imitata da Ludovico. Lo rimisero in piedi e l'uomo si sorresse alla parete dell'ingresso. «Il professore è tornato dall'università?» chiese.

Luciana stava per rispondere ma una voce preoccupata la bloccò.

«Luciana? Armida m'ha detto che Dante sta male. Cos'è successo?»

Una ragazza era apparsa sulla soglia di una delle stanze che davano sul corridoio. Dalla porta spalancata entrava un fiotto di luce che illuminava le pareti di damasco verde chiaro e la cappelliera dalle linee moderne, lasciando al buio il resto dell'ambiente.

Ludovico intravide una *silhouette*. Sottile, i capelli corti, l'accento vagamente francese.

Dante sventolò una mano liberandola dalla presa della sorella. «Nulla di grave. Ho rimediato una pietrata alla conferenza del professor Martini. Quattro tangheri che ci aspettavano pronti ad attaccar briga...»

«E che ti hanno picchiato», lo zittì la sorella.

La figura si rivolse a Luciana. «Va' in salone, fallo stendere sul divano. Dirò ad Armida di portare asciugamani e acqua, poi la manderò a chiamare il dottor Bottai.»

La ragazza sparì nella stanza da cui era venuta. Subito dopo la si udì chiamare la cameriera. Con un sospiro spazientito, Luciana indicò a Ludovico una porta. «Di là.»

Il salone era immerso in un chiarore soffuso, con un divano di velluto color salvia e un'immensa libreria che correva per tutto il perimetro della stanza. Dalle finestre entravano folate di vento e suoni distanti: gli strilli degli ambulanti, lo scalpicciare dei cavalli sul ponte, il frusciare leggero dell'Arno. Il vento gonfiava le tende candide e le faceva danzare in maniera capricciosa.

Ludovico notò due poltrone di chintz in un angolo, accanto a una finestra. Sul pavimento, un cestino da ricamo e un libro dal dorso di cuoio. Zola. *Nanà.* In francese.

«Qui.» La ragazza era ricomparsa all'improvviso. Aveva un asciugamano di lino con cui coprì il bracciolo del divano. Ludovico aiutò Luciana a sistemare il fratello, mentre Armida disponeva su una sedia una bacinella smaltata e delle bende.

La giovane si mise in disparte, per consentire a Luciana di sedersi accanto al divano. Sulla fronte, una ruga di preoccupazione, unico segno visibile di tensione. Congedò la cameriera. «Chiama il dottor Bottai, adesso. Di' che si tratta di un amico personale del professor Laurenti e di sbrigarsi.» Poi si accostò a Dante e gli prese la mano. Un gesto spontaneo, affettuoso, su cui si soffermò l'attenzione di Ludovico.

Era la sua fidanzata?

Le riservò un'altra occhiata curiosa, prima di avvicinarsi a Dante. «Ti sei ripreso?»

Luciana iniziò a ripulire la fronte. «Ma sì, ha la zucca dura, mio fratello... È solo un taglio, anche se è bello gonfio.» Staccò le ciocche incrostate di sangue dalla ferita, una linea frastagliata che partiva tra i capelli e terminava sul sopracciglio tumefatto.

«Mi hanno rifilato questa botta a tradimento, altrimenti avrei ricambiato con gli interessi. Certa gentaglia dovrebbe andarci davvero in guerra, così potrebbe prenderle di santa ragione!»

«E Daniele?» domandò Luciana strizzando il panno nel bacile.

«No, lui se l'è svignata quando sono arrivati i carabinieri. Ahi, fai piano!» Dante cercò di allontanare le dita della sorella dalla fronte.

«Era quel tizio che t'ha soccorso?» si intromise Ludovico. «Veramente se l'è data a gambe al primo fischio. Un vero cuor di leone.»

«Ma no, è solo uno studente, mica una pellaccia come noi. Gli sto dando un aiuto per la tesi. È in gamba e... ohi! Mi vuoi strappare i capelli?»

«Sta' fermo o schizzerò il sofà.» Luciana spinse indietro il fratello e lo costrinse a stendersi di nuovo. «Avrai tutto il tempo per fare i tuoi comizi», concluse mentre gli puliva il collo con una benda umida.

Ludovico spostò il baricentro da una gamba all'altra, con un atteggiamento saccente in cui si mescolavano irritazione e scherno. «Sarebbe meglio per tutti se l'Italia andasse davvero in guerra, Dante. Non potremmo trarne che beneficio, credimi.»

Per un istante, si udì soltanto il fruscio delle tende contro il davanzale. Ludovico vide Luciana irrigidirsi e stringere la pezza. Dante lo guardò mentre una luce incredula faceva capolino nello sguardo.

«Ma cosa stai dicendo?» domandò accorato.

Lui ripeté il concetto scandendo le parole. «Che dovremmo entrare in guerra contro l'Austria. Adesso.»

Il silenzio dilagò nella stanza. Tutti distolsero lo sguardo, tranne Ludovico che continuò a fissare Dante con i suoi occhi grigi e freddi.

«È a favore del sangue versato per la patria o semplicemente coltiva aspirazioni da vecchio patriota, signor...?»

Ludovico si voltò, sconcertato.

Dietro di lui c'era la ragazza con l'accento francese. Lo squadrava severa, in attesa di una risposta.

Si rese conto di non sapere chi fosse, né perché potesse permettersi la libertà di parlare con quel tono. «Ludovico Aldisi, signorina...?»

«Irene Laurenti.»

Dio santo. La bambina con le trecce nere.

Incuriosito, le dedicò una seconda occhiata. *Oh, se era cresciuta! E voleva discutere con lui di politica? Come si avventurava in una polemica di quel genere?*

La ragazza gli tese la mano, avanzando di un passo. «Mio padre mi ha parlato di lei qualche volta, ma non mi aspettavo che fosse così.»

«Così come?»

«*Così*», replicò Irene. Sul volto era affiorato un rimprovero sprezzante.

«Dubito che lei abbia le idee chiare su questo. Mi sembra un po' troppo giovane per leggere le cronache politiche, o anche solo per capirle. Sto parlando del bisogno che questa nazione ha di uscire dalla crisi in cui si crogiola da ormai troppo tempo.»

Irene lo studiò con durezza. «Mio padre mi parlava di lei come di un letterato con l'animo del poeta. Probabilmente parlava di qualcun altro», concluse, tagliente.

Ludovico rise, a disagio. «Sono passati molti anni, signorina. Le persone cambiano.»

«Sei cambiato parecchio, allora.» A parlare, stavolta,

era stato Dante. Luciana gli aveva ripulito il viso e Ludovico notò segni sconosciuti che scavavano il volto del vecchio amico. Anche l'espressione giocosa era sbiadita, nascosta da una nuova serietà.

«Non credere che la guerra mi piaccia. So che è una brutta faccenda ma credo, anzi, ne sono certo, che in questo modo si possa risvegliare l'anima della nazione. Io mi guardo attorno ogni giorno. Scrivo articoli, incontro la gente, parlo con l'operaio e l'intellettuale... e quello che vedo è decadenza, Dante. Decadenza.»

Irene si mise a sedere sulla poltrona sotto la finestra. Raccolse il romanzo e iniziò a sfogliarlo senza un vero interesse. «Lei ritiene davvero che una guerra possa far del bene a questo Paese? Io no. Ho vissuto abbastanza in Francia da riuscire a guardare le cose con distacco e credo di sapere cosa manchi all'Italia in questo momento.» Sollevò gli occhi, verdi e intensi. «La dignità.»

«La sua prospettiva è parziale. Non credo che abbia avuto occasione di confrontarsi con il popolo e di rendersi conto di cosa sta accadendo adesso in Italia. C'è bisogno di un rinnovamento. Di pulizia.» *Che non venisse a fargli prediche, quella mocciosa. Era cresciuta a pane di fior di farina e scuole private. Non sapeva di cosa stava parlando.*

«La gente comune non ha interesse alcuno a farsi ammazzare. La guerra è un massacro di molti per il beneficio di pochi. L'Italia non ha bisogno di morti da piangere.» Il tono della ragazza era pungente, l'aria determinata. Non era tipo da lasciarsi sfuggire l'ultima parola.

Ludovico si guardò attorno, sbigottito. «Complimenti.

Lei vanta certezze che altri non hanno», considerò con sarcasmo.

«Perché sono una donna o perché sono molto giovane?»

«Entrambe le cose. Tuttavia, ammetto che vi è del vero nella sua analisi. Siamo un Paese di approfittatori e avventurieri. Quindi dovremmo sfruttare questo momento di debolezza dell'Austria per rivendicare Trento e Trieste, o addirittura riprendercele con la forza, ignorando i piagnistei dell'impero e del Kaiser, come loro hanno fatto con noi. Hanno dichiarato guerra alla Serbia e ci hanno messo dinanzi al fatto compiuto. Invece abbiamo un mucchio di governanti inetti che non sanno come approfittare dell'occasione. Una volta che il nostro esercito sarà lì, vedremo cosa fare.» C'era un velo di condiscendenza in quelle parole. Irene dovette coglierlo perché gli rispose con un sorrisetto stizzito. Distolse lo sguardo e continuò a sfogliare il libro, facendo frusciare le pagine nervosamente.

Dante ghignò, amaro. «Arraffare con le unghie e con i denti ciò che non riesci a ottenere. È diventata questa la tua filosofia di vita? E secondo te sarebbe da applicare anche alle nazioni? Sacrificare migliaia di vite per un pugno di montagne quando si potrebbe ottenerle con un trattato?»

Ludovico avvertì un moto di fastidio. Una sensazione aspra, di disagio e irritazione, dilagò in lui, costringendolo a serrare le dita sull'orlo della giacchetta.

«Penso che sia ora di andare. Ho un articolo da scrivere.» Si rivolse a Luciana. «Sarebbe così gentile da inviarmi un messaggio per farmi sapere come sta Dante?»

La donna si alzò. Scambiò uno sguardo imbarazzato con Irene. «Certo, con piacere. Dove?»

Ludovico prese il suo taccuino e strappò un foglietto. Lo consegnò a Luciana. «Qui. Via Romana. È il mio indirizzo.»

Si era già diretto verso la porta quando Irene lo fermò. «Aspetti.»

Gli si avvicinò. Era in imbarazzo e si muoveva quasi con cautela. «Resti ancora un po'. Mio padre sarebbe lieto di vederla.»

L'uomo sbirciò verso Dante. Aveva voltato la testa verso lo schienale del divano e fissava il velluto con ostinazione, come un bambino cui è stato negato un capriccio. Il volto era segnato dalla contrarietà.

Non era il caso di restare. Aveva espresso le sue idee, ed era chiaro che erano opposte a quelle dei presenti. Sarebbe stato difficile per tutti sostenere una conversazione.

«Non credo sia...»

«Rimanga», lo interruppe Irene. Mise la mano sulla manica della sua giacca, proprio sopra il polso. «Per favore.» Nella voce si sentivano gentilezza e pazienza. Forse anche del rammarico per l'asprezza con cui lo aveva affrontato poco prima.

Qualcosa nel tono della ragazza lo impressionò, costringendolo a guardarla. Aveva occhi grandi e verdi, pieni di una saggezza precoce che strideva su quell'adolescente dai tratti ancora infantili. I capelli corti e neri, tagliati secondo la moda francese, si arricciavano attorno al viso. Non somigliava affatto al padre, considerò Ludovico. Sembrava molto più simile alla madre.

«Solo per salutare il professore», capitolò. «Poi dovrò scappare in via Ricasoli per scrivere il pezzo.»

Irene gli regalò un fugace sorriso che la illuminò tutta. Stava per aggiungere qualcosa ma fu interrotta da un leggero tramestio proveniente dall'ingresso. Si staccò dal braccio di Ludovico lasciandovi un'impronta di calore.

Il suono di chiavi si mescolò a chiacchiere frettolose e al suono di passi strascicati.

«Dev'essere lui, e credo ci sia anche il dottor Bottai. Con permesso», mormorò lei. Superò Ludovico e sparì nel buio del corridoio.

«Non capisco perché si debba ricorrere alla violenza. Una sana, civile discussione non può che rinsaldare le convinzioni o mettere in dubbio presupposti che si ritengono incontestabili...»

Un'aula gremita di studenti in un freddo mattino di dicembre. Ragazzi che giocano a carte, mani scaldate da mezzi guanti, sciarpe attorno al collo. Un richiamo. Veloci gli allievi fanno sparire le carte all'arrivo del professore. Corpi che scattano in piedi.

Questo fu il ricordo che si parò dinanzi agli occhi di Ludovico nell'udire quella voce benevola. Subito dopo gli apparve una faccia rotonda e seria, con una barba brizzolata e un paio di occhiali dalla montatura di tartaruga.

Adesso quella barba era diventata grigia e le lenti erano più spesse, cerchiate d'oro. Il professor Giuseppe Laurenti varcò la soglia del salone seguito da un uomo avanti negli anni, dal portamento distinto, che lo superava di parecchi centimetri. Questi portava con sé una borsa di cuoio consunto, e giocherellava con la bretella seminascosta dalla giacca.

«Dante, figliolo, come stai? Ti hanno ferito?» esordì Laurenti avvicinandosi.

«Nulla di grave, professore», Dante spiegò. La stanchezza e il malessere cominciavano a farsi sentire. «Sono stato colpito prima di arrivare alla biblioteca. Alcuni *di loro* ci aspettavano per darci una lezione.»

Ludovico notò lo sguardo rancoroso di Dante e si allontanò verso la porta. Non sarebbe dovuto rimanere, proprio no.

«Ma Armida ha raccontato che lei è svenuto. Non è cosa buona perdere i sensi quando si batte il capo. Su, mi faccia controllare. Si tolga la camicia.» Il medico posò la borsa sul tavolo e si sfilò la giacca. «Ha nausea? Capogiri? Vede male?» chiese tastando la fronte del ferito mentre Luciana aiutava il fratello a mettersi seduto e a togliersi l'indumento.

«Dovremmo lasciare la stanza. Soprattutto tu, *ma petite*...» disse Laurenti rivolto a Irene. Fu in quell'istante che intercettò lo sguardo di Ludovico.

Sul viso dell'anziano docente balenò la sorpresa: la sensazione di qualcosa che alterava l'ordine del proprio mondo, qualcosa di dissonante, di sbagliato. Ma fu questione di un attimo. Il volto si distese, la tensione sparì dallo sguardo sostituita dalla meraviglia e dalla gioia.

«Aldisi? È lei?»

Ludovico si avvicinò. «Professore», lo salutò con deferenza. «È un piacere rivederla.»

«Incredibile. Questa è la giornata delle sorprese, sembra Natale.»

Irene sfiorò il braccio del padre. «È stato il signor Aldisi ad accompagnare qui Dante dopo gli scontri. L'ha cavato d'impiccio e lo ha soccorso.»

L'anziano lo elogiò con entusiasmo. «Molto generoso da parte sua. Generoso e coraggioso.»

Ludovico si lasciò sfuggire un sorriso nel sentire quelle parole. «È stato solo un caso che fossi lì. Sulle prime non mi ero nemmeno accorto che fosse lui: non ci vedevamo da anni.»

La ragazza li interruppe: «Adesso dovremmo lasciare che il dottor Bottai visiti Dante, papà». Poi lo spinse con dolcezza verso il corridoio. Ludovico li seguì, chiudendosi la porta alle spalle mentre dalla stanza provenivano le deboli proteste di Dante.

Il professore strofinò le dita sul panciotto. Il tempo non era stato clemente con lui: il dorso delle mani rivelava il peso degli anni attraverso una mappa di macchie e solchi incisi sull'epidermide. «Davvero un incontro inaspettato. Resta per un bicchiere di limonata, Aldisi?»

«Purtroppo devo già congedarmi. Ho un incarico da portare a termine», rispose il giornalista. «Mi piacerebbe fermarmi, ma è impossibile. Sono desolato.»

«Oh!» Laurenti sembrava davvero dispiaciuto. «Non può aspettare? Mi dia modo di rinfrescarmi, non sono più abituato alla calura toscana, ahimè, dopo tanti anni trascorsi in Francia. Aspetterà qualche minuto?»

«Davvero, non mi è possibile», rispose lui, simulando un rammarico che non provava davvero. Non del tutto, almeno.

«Allora mi prometta che tornerà a trovarci. No, non si schermisca. La ricordo sempre con molto piacere, sa? Faceva osservazioni pungenti e insolite. Uno spirito molto acuto, uno dei miei migliori allievi.» Assentì, lo sguardo appannato dai ricordi. «Suppongo che abbia fatto strada nella vita.»

La sensazione di fierezza che Ludovico aveva sentito crescere nel petto si unì a un fastidio strisciante. «Sono un giornalista della "Nazione", signore», rispose alzando lo sguardo in uno scatto d'orgoglio. «Scrivo articoli di cronaca e approfondimento politico.»

Gli occhi del professore s'illuminarono di piacere. «Eccellente! Motivo in più per tornare a trovarmi. Ogni mercoledì un piccolo gruppo di amici si riunisce qui. Purtroppo d'estate siamo in pochi, giusto cinque o sei persone. Talvolta c'è anche Dante, quando non è a Greve. Parliamo di tutto, di politica, di letteratura. Lei sarebbe il benvenuto. Un giornalista gode di una vista privilegiata sul mondo ed è il primo tutore della verità, soprattutto in momenti difficili come quelli che stiamo vivendo.»

Ludovico ringraziò impacciato. La stima di Laurenti era autentica. Era strano sapere di esser ricordato, persino dopo tanto tempo, da persone con cui non spartiva più nulla, se non la memoria.

Non credo di aver molto da dire, specie se gli amici son tutti pacifisti come Dante e tua figlia, avrebbe voluto rispondere.

«Ci penserò», rispose.

«L'aspetto. Irene, *ma petite*, scrivi l'indirizzo del signor Aldisi, così da mandargli un promemoria per la prossima settimana.»

«*Oui, mon papa.*»

Ludovico osservò l'uomo allontanarsi nell'oscurità del corridoio. Aveva il passo pesante, la schiena curva. L'immagine sbiadita e rovinata di ciò che era stato fino a pochi anni prima.

«Siamo tornati a *Florence* perché lui si sente vecchio.»

Si voltò. «Prego?»

Irene teneva gli occhi fissi nell'ombra dove era svanito il padre. Sul viso, un velo di inquietudine. «L'anno scorso, dopo la morte di mia madre, ha avuto un malore. Nulla di grave, ci hanno assicurato i medici a Parigi, ma ha avuto paura.» Sollevò la testa. «*Pour moi.*»

Il giornalista le indirizzò un'occhiata confusa e la ragazza spiegò a bassa voce: «Ha paura di lasciarmi sola. Che possa morire e che io mi trovi in difficoltà».

«Capisco.»

Lei assunse un'espressione impassibile. Rimase ferma, una figura bianca nel buio del corridoio. «Davvero?»

Era scetticismo o curiosità ciò che venava il suo tono?

«Suo padre ha a cuore il suo benessere.»

Lei sorrise. Un sorriso appena accennato, serio e insieme carico di tenerezza. «Strano. Negli ultimi anni sono stata io a occuparmi di lui.» Fece una pausa seguita da un respiro. «È diventato vecchio.»

Il ticchettio della pendola in corridoio riempì il silenzio. «Sì», ammise Ludovico dopo un istante. Il tempo passava per tutti, anche per lui, e aveva assunto le forme e l'aspetto del professore. Era una constatazione crudele da fare. «Adesso devo andare», sussurrò.

Irene si voltò e lo precedette verso la porta dell'appartamento. Si fermò sulla soglia per salutarlo. «Non verrà mercoledì prossimo, non è vero?» Non c'era rimprovero in quelle parole. Era solo una considerazione, asettica; tuttavia, nella voce risuonava una nota di rammarico che lo sorprese.

Ludovico valutò per un istante le possibili risposte. «Ci penserò su ma… non credo», confessò infine.

«È per ciò che è avvenuto poco fa? Per quello che ha detto Dante?»

La ragazza si appoggiò allo stipite, squadrandolo senza alcun imbarazzo. «Nessuno di noi è amico degli interventisti. Ma non sarebbe aggredito né picchiato, questo glielo assicuro.»

Ancora una volta, Ludovico esitò prima di rispondere, evitando quegli occhi indagatori e soppesando le parole con cura. La sua sicurezza lo infastidiva e insieme lo incuriosiva. Ebbe la netta sensazione che non fosse possibile mentirle con facilità.

«Per questo e per molto altro.»

Perché preferisco lasciare le cose come stanno. Perché non c'è nulla di buono a rivangare il passato.

Irene annuì. «Le manderò comunque l'invito.»

La porta si chiuse con uno schiocco alle spalle di Ludovico. Nel ballatoio c'erano frescura, e quiete, e la luce pastosa del primo pomeriggio che proveniva dall'alto. Con un gesto meccanico, tastò la giacca alla ricerca del taccuino. Era al suo posto.

Iniziò a scendere le scale mentre altri pensieri inseguivano le immagini del mattino che già impallidivano nella memoria trasformandosi in ricordi.

Irene, Dante, il professore, Luciana.

L'articolo. Le righe, le idee, le parole in fila per formare un concetto, per instillare un'idea.

Tutore della verità, aveva detto Giuseppe Laurenti.

A quel pensiero, Ludovico rise forte.

Firenze, 9 agosto 1914

Nonostante l'assedio dell'oscurità, Firenze restava aggrappata alla luce. Al chiarore dei lampioni, al riflesso opaco nelle acque del fiume, ai lumi che si intravedevano attraverso le imposte delle case. Dall'Arno, bagliori opalescenti s'irradiavano sino ai tetti, colorando di bianco gli argini sabbiosi, i canneti e le facciate segnate dai secoli. Firenze non cedeva alla notte. Le tenebre si rintanavano nei vicoli, sotto gli archi, negli angoli dei cortili. Ma oltre il solco delle mura, oltre i viali che stringevano il centro, il buio vinceva la sua battaglia e conquistava la città nuova, costruita durante i fasti fugaci della capitale, lontana dal fiume e dalle vecchie case di pietra e arenaria. Firenze non opponeva resistenza, si abbandonava a se stessa e alla sua solitudine. Ombre catturavano le strade che conducevano in periferia, giocavano con gli alberi intrecciandosi alle cancellate di palazzine nobiliari.

Laggiù, nascosta da un grande giardino, resisteva un'oasi di luce. La villa al numero 45 di via Trieste splendeva nella notte, illuminata da lampadari di cristallo e animata da voci allegre. Dalle finestre del primo piano provenivano risa e tintinnii di bicchieri. Un grammofono suonava Puccini. Il crescendo sontuoso del *Te Deum* di *Tosca* riempiva le stanze, tracimava oltre il balcone e le finestre aperte, inondava il giardino immerso nella notte.

L'edificio, dal prospetto bianco, con il balcone in pietra serena sorretto da un piccolo colonnato, sorgeva su un'altura, al termine di una strada delimitata da maestosi pini.

Ludovico oltrepassò le colonne di travertino adornate da due bracieri di metallo e risalì il viale di ghiaia rischiarato da torce basse. Suonò il campanello di ottone. Un cameriere in livrea aprì il portone in legno scuro.

«Buonasera, signor Aldisi.»

Tappeti orientali, mobili pregiati, una scala di marmo e legno. Alle pareti, ritratti di uomini in toga e parrucca si mescolavano a paesaggi moderni. Macchiaioli: un Fattori, un de Tivoli e una coppia di quadri di Francesco Gioli.

Benessere.

Anzi: ricchezza.

Giunto al piano superiore, Ludovico si fermò dinanzi a una specchiera, considerando la propria immagine riflessa. Indossava il suo abito migliore. I capelli, ondulati e fulvi, erano domati con la brillantina. Alcune ciocche ribelli si arricciavano sulla nuca. Le lisciò, consapevole che da lì a poco avrebbero ripreso la loro piega naturale. Il grigio delle iridi sprizzava insolenza. Gli zigomi alti e la bocca ben disegnata si distesero in un sorriso soddisfatto.

Entrò nella stanza con il mento in alto, le palpebre socchiuse e le dita della mano sinistra che giocherellavano con i gemelli d'argento.

Vasi di fiori e composizioni di frutta decoravano il salone illuminato a giorno. Gli uomini discutevano a gruppi. Le poche donne stavano intorno a un tavolo e ridevano per qualche facezia. Gioielli scintillavano alla luce di un lampadario di cristallo.

A passo deciso, Ludovico si diresse verso alcuni ospiti seduti su un divano ad angolo. Uno di loro stava discutendo animatamente, con gesti nervosi che ne assecondavano la foga. I capelli ricci sembravano i serpenti di Medusa: si agitavano quasi fossero dotati di vita propria.

«Vedete in che condizione siamo? Circondati da gentaglia inetta che non comprende come la guerra possa tirar fuori il meglio di questa nazione. C'è bisogno di far pulizia, specie tra le masse del popolo che sanno solo copulare nel fieno.»

Ludovico batté sulla spalla dell'uomo. «Fosse per te, saremmo tutti in divisa, eh, Giovanni?»

Giovanni Papini si voltò infastidito per l'interruzione, ma reagì con piacere quando lo riconobbe. «Ludovico!» Sventolò il fascio di fogli. «Stavo dando ai nostri amici un assaggio di ciò che scriverò nell'editoriale. Che si sappia: noi di "Lacerba" non staremo a guardare!»

Ludovico sorrise paziente. Il «noi» di Giovanni Papini suonava molto come un *plurale maiestatis*. Tutti coloro che collaboravano con la rivista ne avevano preso coscienza in fretta... oppure, altrettanto rapidamente, avevano lasciato la redazione.

«Sono ansioso di leggerlo. Piuttosto, ho terminato quell'articolo sulla cultura popolare. Te ne invierò una copia domani», gli annunciò.

L'altro assentì vigorosamente. «Ottimo. Lo inserirò nel prossimo numero.»

Ludovico non aggiunse altro e si rivolse all'uomo in piedi dinanzi a lui, l'avvocato Mario Anselmi, ultimo discendente di una stirpe di giureconsulti, notai e giudici: «Grazie per l'invito». Gli tese la mano.

Era il padrone di casa. Baffetti stretti fra le labbra e il naso, lineamenti spigolosi, abito di ottimo taglio, occhi scuri e opachi.

L'uomo lo salutò. Tuttavia, non vi era stima o cordialità in quella presa, né sul viso. «Mia moglie ama circondarsi di letterati e intellettuali. Lei è sicuramente fra questi. Ho letto il suo articolo, stasera. Interessanti le considerazioni sull'università e sul ruolo che dovrebbe giocare in questo momento cruciale per la nostra storia.»

Ludovico assentì compiaciuto. «Sono del parere che l'istruzione debba formare il carattere dei nostri giovani, e non solo il loro sapere.»

«Forse è questo il problema. Consentire a troppi di erudirsi. Così adesso hanno le teste piene d'idee socialiste», li interruppe Giovanni. Ficcò i fogli in una tasca, con un movimento nervoso.

«Colpa di chi ha permesso che ciò avvenisse.» L'avvocato estrasse un portasigarette dalla giacca. Lo aprì facendolo girare tra i presenti, prima di prendere una sigaretta. «Abbiamo l'occasione di attaccare gli austriaci e ottenere ciò che ci spetta di diritto, ma nessuno vuole agire. Vergognoso!»

L'avvocato fece scattare l'accendino, porgendolo a Papini. Questi accese con una profonda boccata. «Grazie», mormorò.

Anselmi ritirò la mano ma, con un sommesso colpo di tosse, Ludovico lo costrinse a fermarsi. L'uomo incrociò lo sguardo sfrontato del giornalista che gli tendeva la sigaretta.

La linea della bocca si trasformò in una stretta fessura. «Prego», disse, accendendo la fiamma a pochi centimetri dal viso di Ludovico, che aspirò con voluttà.

In quel momento, una donna dai capelli biondi, legati sulla fronte con una fascia di raso, richiamò l'attenzione del padrone di casa.

Era la moglie, Claudia Anselmi.

La donna si muoveva con quella grazia composta che solo un'istruzione aristocratica poteva dare. Gesti misurati, portamento elegante, un volto illuminato da occhi azzurri e inespressivi. Fredda come una statua di marmo.

Bella e sterile, aggiungevano i pettegolezzi della buona società fiorentina. *Dieci anni di matrimonio e neanche un figlio.*

Il marito aveva rimediato, sfornando un paio di marmocchi con la sua mantenuta.

«Mario, stanno per servire i canapè. Credo sia il caso di accantonare la politica per dar ristoro allo stomaco, non trovi?» La donna parlava in maniera roca e impostata. Passò in rassegna gli ospiti con lo sguardo. «Buonasera signori, e benvenuti. Prego, accomodatevi pure al tavolo.»

«È sempre un onore ricevere i suoi inviti», ribatté Papini.

Con un gesto di blanda cortesia Claudia Anselmi si allontanò seguita dal marito.

Il grammofono suonava su un tavolino di mogano abbellito da sottili fregi *art déco*.

Scarpia, insinuante come il serpente nel Paradiso terrestre, cantava la sua brama di possesso per Tosca e il desiderio di annientare Mario Cavaradossi.

A doppia mira
tendo il voler, né il capo del ribelle
è la più preziosa. Ah, di quegli occhi
vittoriosi a veder la fiamma illanguidir
con spasimo d'amor tra le mie braccia...
L'uno al capestro,
l'altra tra le mie braccia...

Ludovico rimase in disparte dedicandosi all'osservazione dei presenti. C'erano alcuni volti noti della borghesia cittadina, un paio di giornalisti e tre o quattro industriali.

«Aldisi!» Un giovane dinoccolato si avvicinò a lui per salutarlo.

«Oh, Cecco, come va?»

«Al solito, si lavora. Verrai alla riunione di domani? Vogliamo stilare una dichiarazione di protesta contro il governo.»

Ludovico assicurò che non sarebbe mancato. Altri si avvicinarono per discutere. Molti intellettuali, alcuni professionisti, ricchi proprietari terrieri. Un solo comun denominatore: appartenevano o erano vicini all'Associazione Nazionalista Italiana.

Come Ludovico.

Per un attimo, il ricordo di ciò che era avvenuto quel mattino lo sfiorò: Dante e la sua acrimonia, la voce bonaria del professor Laurenti si insinuarono nel pensiero cosciente portando con sé l'immagine del viso serio di Irene con le sue considerazioni sarcastiche.

Fu lesto a scacciare quei pensieri come un insetto molesto.

Il caldo, le parole e il buon vino riscaldarono l'ambiente. L'aria divenne stantia. L'odore di fiori e frutta troppo matura si mescolò a quello del tabacco, fino a diventare soffocante.

Con un bicchiere di prosecco, Ludovico si diresse verso il balcone. Immerso nella notte, osservò i tetti di Firenze che emergevano a malapena da un manto d'umidità lattiginosa.

Inalò i profumi del giardino. La brezza gli portò frammenti di discorsi. Giovanni Papini parlottava fitto con uno degli ex redattori della «Voce». Un avvocato cianciava, lamentandosi con qualche collega di un cliente che ancora non l'aveva pagato. In basso, qualcuno corse sul viale facendo stridere i ciottoli e Ludovico scorse delle ombre tra le siepi di bosso.

Poi, all'improvviso, alcune parole gli giunsero più chiare.

«Mi domando come mai quell'individuo sia qui, collega.»

Era stato l'avvocato lamentoso a parlare. Ludovico si rintanò nel buio del balcone. Riconobbe la sagoma di Anselmi, fermo sulla soglia. Le figure dei due uomini si proiettavano nella luce che proveniva dall'interno.

«Mia moglie ama circondarsi di intellettuali da due lire. Purtroppo non fa distinzioni di sorta. Ritiene che anche la marmaglia sia interessante.» Il tono di Anselmi era basso, l'accento fiorentino particolarmente carico. Sembrava sdegnato. Sul pavimento la sagoma fece ruotare il bicchiere. «Sai come sono le donne, Saverio. Se gli imponi qualcosa, fanno di tutto per renderti la vita un inferno. Non voglio problemi per un'inezia del genere, anche se non ti nascondo che avere in casa il figlio ripulito d'un pescatore mi dà fastidio.»

«Santo cielo! Un pescatore?»

«Sì, amico mio. Ho saputo che la famiglia di Aldisi vive in una stamberga poco lontano da Castiglioncello. Firenze, alla fine, è un paesone in cui si sa tutto di tutti, compreso il fatto che un pescivendolo cerchi di mescolarsi a gente perbene.»

Ludovico sentì il proprio respiro fermarsi in gola e divenire solido, duro come un sasso. La rabbia lo fece avvampare.

L'altro avvocato annuì, grave. «Rimane sempre un cafone. L'ho visto, poco fa, come si è rivolto con te. Avrebbe meritato di esser cacciato a calci. Che buffone!»

Mario Anselmi emise un suono a metà tra un ghigno e un colpo di tosse. «Non lo farei mai. È questa la differenza tra zotici e signori, una differenza che non puoi conoscere se hai passato la tua vita a rammendare reti.» Bevve un sorso dal bicchiere quasi vuoto. «Mi domando ancora come abbia fatto a laurearsi e a scrivere per la "Nazione".»

Ludovico si impose di respirare con calma. Ignorò la risata dei due avvocati e attese che si allontanassero. Quindi lasciò che l'ira sbollisse. Poi distese le dita e rilassò i muscoli.

Quando tornò nel salone, sorrideva amabile. Si complimentò con la padrona di casa per la magnifica serata. «Grazie a lei per essere venuto», rispose Claudia Anselmi. «Tra poco apriremo il *fumoir* per chi vuol giocare a carte. Lei parteciperà?» Aveva un tono gentile e insieme formale. Sapeva come tenere a distanza coloro che la circondavano senza apparire scostante, considerò lui tra sé.

«Con piacere. Non manco mai a una buona partita.»

Quasi sovrappensiero, la donna assentì prima di allontanarsi. Ludovico, invece, raggiunse un gruppo che discuteva sull'opportunità di mandare un battaglione in Francia per aiutare i belgi, e accettò un altro bicchiere di vino da un collega della «Tribuna». Parlò, scambiò battute, discusse con tutti. Ma nessuno notò il momento in cui abbandonò la stanza.

I corridoi di Villa Anselmi erano deserti. Senza far rumore Ludovico scese al pianterreno. Scrutò con attenzione le porte, fino a individuarne una da cui trapelava un filo di luce, un bagliore incerto.

Entrò.

Era lo studio privato di Mario Anselmi. Profumava di libri e cera d'api. Si distingueva anche un vago sentore di tabacco, mescolato alla frescura che entrava dalla portafinestra spalancata. Una lampada sulla scrivania creava una pozza di luce, accerchiata dall'oscurità che invadeva la stanza.

L'uomo la spense e si guardò attorno, cauto.

«Pensavo che non saresti più venuto.»

Una frase. Proveniva dal fondo della stanza. A passo

indolente, Ludovico si avvicinò alla vetrata. Il giardino sembrava vuoto. Una luna velata illuminava le cime degli alberi e delle siepi, colorandole d'argento.

Sentì una mano scivolargli lungo la schiena. Poi una testa si appoggiò sulla sua spalla e un aroma lieve di fiori e tuberosa lo avvolse.

«Faceva un caldo della malora, di sopra», mormorò lui.

Claudia Anselmi sollevò il viso. «Detesto che tu mi tratti con tanta freddezza in pubblico. Non lo sopporto.»

Ludovico le indirizzò uno sguardo sarcastico. «Mandami al diavolo.»

«Non posso e lo sai. Con te mi diverto troppo», replicò. Poi andò a sedersi sopra la scrivania del marito. Il suo abito, una tunica di seta marezzata, riluceva di bagliori dorati.

«Ho voglia di vederti al più presto. Ho bisogno di scappare da tutto questo», dichiarò, giocherellando distrattamente con il pendente di smeraldi. Scrollò il capo, divertita da un pensiero clandestino. «Santo cielo! Da che ti conosco non ho più una dignità.»

Ludovico si dondolò sui talloni come un bambino annoiato. Il compiacimento che trapelava dal tono di Claudia aveva smesso di stupirlo da un pezzo. Da un anno, per l'esattezza. «Non credo di esser la causa di tale perdita. Non sono il tuo primo amante.»

Claudia sembrò non udire il tono brutale. «No, infatti. Ma sei il più giovane e il più divertente», ribatté con leggerezza. «Domani Mario si recherà all'Associazione, dove ci sarai anche tu, immagino. Non passerà da casa per cambiarsi. Verrò dopo le tre.»

«Avremo poco tempo.»

«Ce lo faremo bastare. Come sempre.»

L'uomo le lanciò un'occhiata al di sopra della spalla e tornò a osservare le sagome indistinte degli alberi. «Tuo marito mi disprezza. Lo sospettavo, ma ne ho appena avuto conferma. Tu lo sapevi?»

Il viso delicato di Claudia s'incupì. Un ricciolo biondo sfuggì dalla fascia di seta per sfiorarle il collo. «Mario disprezza tutto e tutti. Al tuo posto non ne farei un cruccio, piuttosto un punto d'onore.»

Ludovico la studiò per un lungo istante. Quella donna, più grande di lui di alcuni anni, era una creatura saggia e insensibile. Lo aveva affascinato sin dall'inizio.

Le si avvicinò fin quasi a toccarla.

«Perché dici così?»

Claudia rise. Una risata scabra, con lo sguardo rivolto a terra e le dita aggrappate al bordo della scrivania. «Dopo dieci anni di matrimonio, ho capito che devo temere una persona se gode della stima di mio marito.»

«Allora con me puoi stare tranquilla. Ha saputo chissà come della mia famiglia d'origine. Ritiene che io non sia adeguato al vostro ambiente.»

La donna rovesciò la testa indietro. «Oh, quanto è prevedibile il vecchio Mario. Non lo sa che è quello che mi piace di te. Che non sei come loro.»

Fu un bacio feroce, ruvido. Ludovico le afferrò la nuca stringendole i capelli. Lei gli conficcò le unghie nel collo. Poi lo respinse. Ansimava. «Non qui.»

Le prese i polsi. «Non qui a casa tua, o non qui sulla scrivania del tuo amato consorte?»

A quel pensiero, Claudia rise forte. Ludovico la trascinò in un angolo della portafinestra e la bloccò contro il muro.

«Qui. Adesso.»

Le sollevò l'abito e la sottoveste strattonandoli. Claudia non protestò. Si avvinghiò a lui, gli occhi sulla porta, un sorriso rabbioso. Ludovico la sentì, la schiena tesa, in allarme.

Era così che accadeva tra loro. Senza guardarsi in viso.

Quando finirono, rimasero contro la parete. Ludovico mise la fronte sulla spalla seminuda di Claudia e lei gli sfiorò i capelli con una carezza. «Mario si starà chiedendo che fine ho fatto. Devo tornare di sopra.»

Aprì le braccia, si scostò e la lasciò andare.

La donna lisciò il vestito in disordine. «Grazie al cielo, è un abito di Mariano Fortuny. Così non devo spiegare perché è sgualcito», scherzò, mentre abbassava la tunica.

Ludovico taceva. Riannodò la cravatta allentata specchiandosi nel vetro della portafinestra. Poi la studiò con cautela. «Hai pensato alla richiesta che ti ho fatto?» chiese all'improvviso.

Claudia si bloccò con le dita a mezz'aria. «I soldi? Ti hanno dato l'incarico di cui mi parlavi?»

«Forse sì. Lo saprò presto, e in caso dovrò partire entro pochi giorni.»

La bocca della donna si storse. «Partire?» Gli afferrò il viso e lo costrinse a guardarla. «Ti mandano in Belgio, non è vero?» chiese impaurita.

Ludovico le baciò le nocche. «È il mio lavoro», replicò con tono rassicurante. Non era il momento di dirle che era stato lui a chiedere che lo inviasssero laggiù.

«Rifiuta. Già l'idea che l'Italia possa scendere in guerra mi angoscia.»

«Tu? La moglie di uno dei più accaniti interventisti fiorentini che dice queste cose?»

Claudia lo respinse. Chiuse gli occhi, si massaggiò le tempie. «Se ci andasse Mario, io sarei già in camera a preparargli la valigia. Ma...» sussurrò disorientata, «...non tu.» Si aggrappò alla sua mano.

Ludovico le sfiorò una guancia con il dorso delle dita. Provava un disagio pungente, mescolato al fastidio per quella scenata che non aveva previsto. «Non essere melodrammatica, Claudia. Si tratta di andar lì e descrivere ciò che accade. Mica mi daranno un fucile.»

«Non è...»

Ludovico le impedì di continuare. Le carezzò prima le guance, poi la nuca. Aveva dita eleganti, e sapeva quanto Claudia amasse quel contatto. Glielo aveva confessato pochi giorni dopo l'inizio della loro relazione. Gli aveva raccontato anche che Mario non voleva essere toccato da lei.

«È il mio lavoro», ripeté. «Ed è l'occasione che ho per far ingoiare a tuo marito l'arroganza con cui mi tratta.» Si avvicinò ancora, sino a sfiorarla con il proprio respiro. «Mi aiuterai?»

Claudia annuì senza guardarlo, la mano racchiusa tra le sue. «Sono patetica», commentò. Poi rise, un suono in cui si univano cinismo e malinconia.

«Perché ridi?» le chiese Ludovico, colto alla sprovvista.

«Perché sono talmente disperata da lasciarmi prendere in giro da un mascalzone come te. Non negarlo. Mi usi per i soldi e le conoscenze. Ma almeno non ti nascondi dietro una maschera. Non fingi di essere qualcos'altro», concluse. La mestizia dello sguardo si era trasformata in disprezzo.

«Non è bello esser paragonati a tuo marito o ai vostri amici», replicò lui infastidito.

La donna gli accarezzò i capelli con un gesto simile a un addio. Poi si sciolse dall'abbraccio. Quel gesto lasciò a Ludovico una scia di freddo, una sensazione sgradevole. Rabbrividì.

Impeccabile nell'abito di alta sartoria che le frusciava attorno alle caviglie, Claudia raggiunse la porta. «Ne esci comunque vincitore», mormorò prima di lasciare la stanza.

Ludovico rimase solo. Sarebbe andato via da lì, lo promise a se stesso, e nulla e nessuno l'avrebbe trattenuto. Lontano da quella gente patetica che tentava disperatamente di essere anticonformista senza riuscirci. Lontano dalla mediocrità in cui si sentiva invischiato.

Fuori, nella calma della notte, il giardino colorato di argento e di nero dormiva.

Firenze, Lungarno Corsini, 12 agosto 1914

Nella stanza aleggiava un lieve odore di colonia maschile, mescolato al sentore del vermouth e del cognac. Nuvole di fumo galleggiavano attorno al lampadario di cristallo, si consolidavano per un attimo prima di svanire, sospinte via da refoli freschi che provenivano dalle finestre. La serata era terminata da poco. Quasi tutti gli ospiti si erano congedati. Ne rimanevano solo due, nel salotto di casa Laurenti.

Armida, la governante, raccoglieva i bicchieri sporchi su un vassoio. Le dita, segnate da un inizio di artrosi, accarezzavano i bordi di cristallo senza farli tintinnare. Ludovico si sorprese a guardarla, rapito dalla grazia efficiente con cui la donna si muoveva nella stanza in disordine. Per un istante, si sovrappose l'immagine sfocata di sua madre, che non vedeva dal Natale precedente.

Non sentiva alcuna nostalgia della propria famiglia o della povera casa vicino al mare.

La domanda di Dante lo sottrasse al flusso dei ricordi. «Ancora un po' di moscato, Ludovico?»

«Sì, grazie.»

Dante versò il liquore per sé e per l'amico. «Lei, professore?» chiese, alzando la bottiglia quasi vuota. «Un ultimo sorso?»

Laurenti rifiutò con un movimento stanco. «No, ragazzo. Ho bevuto fin troppo.» Sprofondato nel divano verde, l'anziano si voltò verso Ludovico che torturava lo stelo del bicchierino. «Sono davvero lieto che sia venuto, sa? Anche se le sue idee sono un po'...» Si interruppe alla ricerca di una parola che non suonasse offensiva.

«Guerrafondaie», concluse Dante. C'era asprezza nel tono, temperata da una punta di rammarico.

Ludovico non rispose.

Non doveva essere lì. Se l'era detto ogni istante, sin dal momento in cui aveva calcato le scale di casa Laurenti. Se l'era ripetuto seduto nella poltrona in penombra, mentre ascoltava gli sproloqui di sindacalisti e universitari che vivevano in una realtà fatta di pace e amore universale.

Aveva partecipato poco alla discussione. Solo una frase o due, sufficienti a chiarire quale fosse la sua posizione sulla guerra e sul ruolo che avrebbe dovuto avere l'Italia. Poi aveva annunciato che sarebbe andato in Francia come inviato di guerra, e che avrebbe cercato di raccontare la verità per com'era.

Dante aveva cercato di provocarlo chiedendogli a quale verità si riferisse.

«La verità è stabilita dai vincitori», aveva risposto lui, polemico. «Non esiste altro. Non durante una guerra.»

Da quel momento Ludovico era stato guardato con perplessità, persino con sospetto.

Irene Laurenti, invece, gli aveva regalato uno sguardo intenso che non era stato in grado di decifrare. Sembrava colpita, o forse curiosa. Non avrebbe saputo dirlo. Lo aveva studiato per una manciata di secondi, prima di rispondere a una battuta di Daniele, lo studente del professore che Dante seguiva in vista della tesi. Era un giovanotto sfrontato, chiacchierone, con una risata sonora che aveva trovato irritante. Irene sembrava concedergli una certa confidenza. Lo aveva accompagnato alla porta ed erano rimasti a lungo a parlare. Se tra i due non era ancora nata una tresca, era solo questione di settimane.

Il professor Laurenti congiunse le mani sul ventre, osservandolo al di sopra delle lenti dorate. «Cosa l'ha portata a queste scelte, Aldisi? Una volta era molto più conciliante. Avrei detto che sarebbe divenuto un letterato o un poeta, o che avrebbe continuato la carriera universitaria.»

«Avevo vent'anni, professore», commentò con lo sguardo puntato sui disegni rossi e avorio del tappeto di lana.

Dante si lasciò andare contro lo schienale della poltrona. «Avevi un'autentica passione per gli autori francesi. Non ho mai capito perché dopo la laurea hai mollato. Avremmo potuto continuare a studiare insieme, e questo non ti avrebbe impedito di scrivere per un giornale.»

Ludovico indurì la mascella. «Era il desiderio d'un ragazzo infatuato che non si rendeva conto di cosa fosse la vita. Diventare pubblicista era un'altra delle mie aspirazioni e l'ho realizzata.»

«Balle!» Dante esplose in un mugolio strozzato. «Tu volevi studiare letteratura francese come me.»

Ludovico si concesse un sorso di moscato prima di replicare. Era fastidioso fare i conti con i ricordi. Gli lasciavano in bocca un sapore di frutta troppo matura, dolce e ingannevole.

«Il mondo universitario non faceva per me. Me ne sono accorto prima di fare un errore», concluse in tono vagamente tediato.

Dante sbuffò e masticò un «Ma va' al diavolo», che tutti ignorarono garbatamente. Laurenti, invece, si incupì. Ludovico vide il vecchio professore scrutare Dante per poi riportare l'attenzione su di lui. Oltre le lenti d'oro, il suo sguardo interrogò l'ex allievo, ponendogli tacite domande che, per la prima volta, trovavano risposte. Ed erano così ovvie, così scontate. La scintilla di comprensione che balenò negli occhi del suo maestro costrinse Ludovico ad abbassare lo sguardo. D'improvviso la poltrona divenne troppo calda, l'aria irrespirabile.

Scattò in piedi. Ignorò le chiacchiere di Dante e del professore, che avevano iniziato a parlare di alcuni conoscenti, per avvicinarsi alla finestra.

Respirò a pieni polmoni la frescura di quella notte d'agosto. Sotto di lui, l'Arno cantava una nenia leggera, che s'insinuava tra i vicoli e le pietre della città, e sembrava placarlo.

Estrasse dalla tasca un portasigarette, ne prese una e l'accese con una boccata nervosa. Lasciò che il malumore gli scivolasse addosso, come un detrito ingombrante trasportato dalla corrente, e si concentrò sulle sagome dei palazzi di Lungarno Guicciardini velati dalla bruma che saliva dal fiume. In lontananza, il campanile di Santo Spirito si ergeva tra i tetti come una guglia scura. La cupola di San Frediano in Cestello e i suoi costoloni bianchi erano appena riconoscibili nelle tenebre.

Una folata di vento fece ondeggiare la tenda. Il profilo di Irene si delineò come un fantasma attraverso la stoffa.

«La disturbo?»

«Affatto.» Ludovico le fece posto alla finestra accanto a sé, prima di tornare a fissare il profilo dell'Oltrarno illuminato da sparuti lampioni. «Questa casa ha un panorama splendido. Le luci che si riflettono sull'Arno, San Frediano. È uno spettacolo incantevole.»

Irene si limitò ad annuire. Sembrava assorta. Malinconica. «*Enchanteur*. Ma non è la Senna.»

Un po' di cenere cadde sul davanzale. La ragazza la soffiò via, poi guardò la sigaretta con desiderio. «Me ne offrirebbe una?» domandò sottovoce.

Ludovico corrugò la fronte. Le passò il portasigarette con lentezza. «Non è un po' troppo giovane?»

La ragazza si nascose nell'ombra. Pescò un cilindro di carta, lo strinse per alcuni momenti e lo annusò. Il viso si distese in un sorriso leggero.

Senza parlare, Ludovico sfregò un cerino. Irene si avvicinò con la mano per riparare la fiammella dal vento.

«Qui a *Florence,* a quanto pare, sì», rispose, dopo aver aspirato una boccata. «A *Paris* ero libera di fumare, anche in pubblico. *Ici*...» La frase sfumò in un soffio di amarezza. «L'unica libertà che ho è di andare in chiesa.»

Ludovico piegò la testa per studiarla meglio. «Dev'essere una brutta sensazione. Capisco.»

La ragazza si sporse per guardare la strada deserta. Sulla fronte le comparve una ruga severa. «Non credo», replicò con durezza. Mise i gomiti sul davanzale e nascose la sigaretta. La brace sembrava una lucciola contro il grigio della pietra serena.

Irene lo scrutò a lungo, in maniera impietosa. «Pensavo che non sarebbe venuto. Com'è che ha cambiato idea?» chiese alla fine.

Ludovico rivolse la propria attenzione alle luci che tremolavano sull'acqua. «Curiosità? Malinconia? Voglia di ricordare, forse.»

«Avrei detto voglia di farsi del male. Almeno a giudicare dalla sua faccia», ribatté la ragazza con una sfumatura sarcastica.

Ludovico gettò la sigaretta che percorse una parabola rossastra fino a una pozzanghera. Quindi incrociò le braccia sul petto. «Perché dice così?» chiese con più tensione di quanto volesse ammettere.

«La sua fronte è rimasta corrucciata per tutta la sera. Sembrava la statua di un pensatore in mostra al Louvre.»

Quella risposta lo spiazzò. «Davvero? Dovrei essere onorato da un simile paragone, visto che sono tutto fuorché un filosofo», rispose piccato. Stava per continuare ma un richiamo del professor Laurenti lo interruppe.

«Irene, *ma petite*? *Qu'est-ce que tu fais*? Non starai fumando, *n'est-ce pas*? Sai che è sconveniente qui…»

«*Mais non, papa!*» Irene alzò gli occhi al cielo. Buttò la sigaretta fuori dalla finestra, scostò il tendaggio e mostrò le mani con un gesto seccato e insieme infantile. «*Voilà!*»

Il padre tirò un sospiro rassegnato. «*Très bien*. Cerca di essere discreta, figlia mia. *Je dis cela pour votre propre bien*.»

Ludovico si accorse che Irene stava fremendo. Provò un'improvvisa tenerezza per quella ragazza, poco più grande d'una adolescente, che cercava di trovare il suo posto nel mondo.

«Su, non se la prenda. Ha molta più libertà di altre ragazze della sua età: ha amici come Dante, o il signor Ricciardi, e gode del rispetto di molte persone. Non tutte le ragazze partecipano a una discussione politica come ha potuto fare lei questa sera, anzi. Credo che la stima di suo padre sia più importante di una sigaretta o due», mormorò.

Irene lo gelò con un'occhiata. «Non riesce a capire, vero? Cosa si prova a essere prigionieri in questa città? Essere sottoposta al giudizio di questa gente? Mi sento…» Si voltò a guardare fuori con rabbia. «Ma cosa può saperne?» sibilò alla fine.

Per un istante, il ricordo di Claudia e della sua frustrazione si impossessò di Ludovico. «Forse più di quanto pensa.»

Dopo una manciata di secondi, Irene si avvicinò. Il suo braccio gli sfiorò la manica della giacca e dita sottili come quelle di una bambina si fermarono a pochi centimetri dalla sua.

«Ho lasciato Firenze da cinque anni», spiegò sommessamente. Sembrava quasi volesse scusarsi. «A tredici anni la vita non ti appartiene: sei in balia dei tuoi genitori, che fanno di te quello che vogliono. Ma adesso ne ho diciotto, di anni, e vorrei poter vivere come ho fatto fino a ora, e leggere, e vestirmi, e scegliere ciò che voglio. Vorrei essere libera di fumare o sedermi in un caffè, da sola, senza avere addosso gli sguardi degli uomini o peggio sentire il rimprovero delle signore che mi guardano come se fossi una poco di buono.» Nel tono, sdegno. Sovrappensiero lisciò il vestito di crêpe candido e si voltò a guardarlo. «Lei è un uomo, signor Aldisi, e agli uomini appartiene il mondo. In Italia, le donne sono costrette a restare qui.» Diede un colpo sul davanzale di pietra. «Alla finestra», concluse. Sulle guance, un rossore disegnava la mappa di un risentimento impotente che la corrodeva.

«Non credo che resterà a guardare.»

La vide scuotere la testa. «Io non posso fare nulla. Qui sono niente», ribadì con più forza. Solo in quel momento Ludovico si accorse che stringeva ancora la stoffa dell'abito. Che tremava di collera. «Gli uomini possono scegliere. Le donne no. Lei può decidere di andare sulla Marna, o in Belgio, o in capo al mondo. Io sono bloccata qui. Inchiodata, e senza speranza», scandì, battendo il palmo sul muro.

Ludovico stava per rispondere, ma preferì tacere. Perché quel rancore, quell'impotenza gli erano arrivati addosso come un'onda gelida che lo aveva colto di sorpresa. «Mi spiace», riuscì solo a mormorare. «Mi spiace davvero», ripeté.

Il viso di Irene si ammorbidì appena. «Anche a me. Tanto.» Raddrizzò la schiena per darsi un contegno. «Le auguro buon viaggio, signor Aldisi», dichiarò. Si rivolse al padre e a Dante che confabulavano sul divano. «*Mon papa*, vado a dormire. *Bonne nuit*.»

Dante la raggiunse per salutarla con un bacio sulla fronte. «Verrai a Greve la prossima settimana?» le chiese.

«Luciana mi ha detto che puoi stare da noi, in attesa che tuo padre finisca il lavoro qui.»

Irene assentì. «Ti farò sapere.» E si allontanò con passi leggeri.

Dante prese dal taschino l'orologio d'oro. «Uh, è davvero tardi, accidenti. Ludovico, vieni anche tu?»

«Sì, certo.» A malincuore, il giornalista si staccò dalla finestra e salutò il professore che aveva iniziato a sbadigliare. Laurenti gli strinse a lungo la mano. «Lo dica al mondo», dichiarò con enfasi sulla soglia di casa, «che i belgi e i francesi stanno lottando per sopravvivere a un'aggressione pretestuosa. E lo dica, che la guerra è un'inutile follia.»

«Certo, come no!» biascicò Dante.

Ludovico non rispose. Ciò che aveva visto e sentito quella sera aveva rafforzato le sue convinzioni. Sapeva di essere nel giusto, e poco importava che l'Italia non avesse risorse per impegnarsi in una campagna militare o che la guerra fosse crudele o che ci fosse un trattato che non valeva la carta su cui era scritto. Era qualcosa che andava fatto. I tempi erano maturi e lui ne avrebbe dato la prova.

Sorrise tra sé, abbandonandosi alla soddisfazione che cullava da quella mattina. Da quando aveva avuto ricevuto l'assenso di Ghelli. Da quando aveva avuto conferma che sarebbe partito per la Francia.

Firenze, il giorno dopo

Lo zaino sulle spalle, i soldi in tasca, Ludovico contemplò la stanza in affitto dove abitava: tutto era al proprio posto. Chiuse la finestra e la camera precipitò in un buio denso. L'incertezza o forse il timore – non avrebbe saputo dirlo – lo pungolarono.

Il cuore batteva forte.

La sua prima missione come cronista di guerra.

Fu l'orgoglio a scacciare il timore. La certezza che, da quel momento, la sua vita sarebbe cambiata.

Chiuse la porta dietro di sé e si incamminò nell'alba livida. Il fiume era grigio, scorreva lento, si insinuava tra i giunchi e le stoppie secche che infestavano l'argine. Una famigliola di nutrie emerse dall'acqua torbida e sparì in un canneto.

Ma Ludovico non le vedeva. Era già avanti, oltre il selciato di sassi e terra battuta, oltre i muri di pietra e i tetti di tegole rosse.

Santa Maria Novella. Il treno per il Nord. Vagoni di legno e metallo pieni di segni e impronte, visi sconosciuti, odori dell'umanità che vi aveva viaggiato. Le campagne pianeggianti diventavano stoppose, lasciando indietro le vertebre di roccia degli Appennini.

Milano era gente accalcata sotto la volta di ferro e vetro. Il fischio di altre locomotive. Un'attesa, un altro treno.

Poi la pianura e le risaie, il caldo, le zanzare mentre la notte calava, gli uomini russavano e i bambini piangevano. Di nuovo il caldo e, oltre, un refolo pulito. Le montagne, i boschi, il confine.

Ludovico osservava la vita che gli passava davanti, avvinto dallo stupore, con la mente a immaginare i campi di battaglia e le parole con cui li avrebbe descritti. Non voleva, o non poteva cedere alla stanchezza. Divorava tutto, se ne impossessava per tenerlo dentro di sé. Ascoltava voci e inflessioni, guardava il paesaggio mutare fuori dal finestrino.

La guerra era ancora lontana, e già lontana era Firenze.

Parigi, 16 agosto 1914

Un autunno paradossale e precoce invadeva i viali disegnati da Haussmann. Un vento frizzante lambiva le chiome dei platani, spazzava le foglie e sospingeva stralci di nuvole basse e grigie nel cielo del mattino. Sembrava che l'estate fosse fuggita come un esercito in rotta. La notte precedente era piovuto a lungo e adesso Ludovico camminava a passo lento per evitare le pozzanghere.

Il profumo del pane appena sfornato era diffuso nell'aria. L'uomo pensò che avrebbe dovuto prendere qualcosa per pranzo, e magari per cena, ma il denaro che gli aveva messo a disposizione la «Nazione» era poca cosa e anche il prestito di Claudia non era stato munifico quanto aveva sperato.

Con la luce del giorno, Parigi era una città fatta di vitalità e bellezza. Ma al calar delle tenebre, oscurata per il timore degli zeppelin tedeschi, la *Ville Lumière* sprofondava in un oceano di buio e sussurri. E lui si era immerso in quell'oceano, nuotandoci fino in fondo.

Aveva trascorso le ultime notti passeggiando nel buio, inseguendo le pozze di luce delle finestre schermate dai teli neri. La notte prima era entrato in un locale dal soffitto basso, gremito di chiacchiere, fumo e calore. Più un sottoscala che un *café*. Un'orchestrina scalcinata faceva musica in un angolo. La luce giallognola che pioveva dal lampadario si rifletteva sul bancone di peltro e marmo graffiato da mille boccali.

Si era seduto lì, con un bicchiere di vino e una strana indecisione in gola. Non aveva voluto chiamarla paura, non se l'era concesso.

Poi si era avvicinata una donna.

Un solo sguardo era bastato a Ludovico per capire che era una puttana in cerca di clienti. Ma sotto il trucco pesante, oltre la barriera dei guanti di capretto sdruciti, c'era una ragazza divisa tra il bisogno di soldi e il terrore che da un giorno all'altro la sua esistenza sarebbe potuta finire.

Si chiamava Adele. Le aveva pagato da bere; lei, dopo un tentativo di seduzione piuttosto goffo, gli aveva raccontato che aveva ventun anni e un protettore che beveva al bancone. «Quel tizio laggiù. È stato lui a mandarmi qui.»

Ludovico si era alzato e le aveva teso la mano. «Andiamo», le aveva detto, agendo d'impulso, con spavalderia, quasi desideroso di sfidare la sorte che l'attendeva.

La ragazza aveva esitato per un istante. Infine aveva accettato.

Avevano camminato a lungo, fino a raggiungere l'Île de Saint Louis. Davanti a loro, Parigi si attaccava alla vita con voracità, città infestata da centinaia di fantasmi, ombre che si muovevano per i boulevard inseguite dall'incertezza.

A distanza di ore, non riusciva a ricordare di cosa avessero discusso. Come una pipa d'oppio, quell'incontro aveva placato i timori, e dissipato l'umore tetro. Ludovico rammentava bene, però, l'odore di spezie e sudore che gli aveva lasciato addosso, quando l'aveva scopata contro un albero nel giardino dietro Notre-Dame. Anche se era una puttana, era una donna. Alla fine lo aveva tenuto stretto con la tenerezza dei veri amanti.

Rammentò il saluto triste con cui si erano lasciati. «Cerca di restare vivo, italiano», gli aveva detto.

Malgrado tutto, la gente continuava a uscire e divertirsi. C'era una smania disperata, febbrile, negli sguardi delle persone che aveva incontrato la sera precedente, come se tentassero di strappare alla vita gli ultimi scampoli d'una gioia che, forse, non sarebbe tornata mai più.

Perché quello che stava accadendo a pochi chilometri dalla capitale era terribile.

Perché il Belgio era stato annientato.

Perché i tedeschi stavano affondando oltre confine, e la memoria delle divise prussiane che assediavano Parigi nel 1870 trasmutava nello straniamento di un orribile *déjà vu*.

Ludovico scrutò con attenzione l'incrocio e svoltò a destra, tenendo un occhio alla cartina disegnata dal proprietario della pensione in cui alloggiava. Si guardò attorno, poi frugò nello zaino per trovare il biglietto dove aveva segnato il numero civico: avenue Kléber era una strada grande ma tranquilla. I portoni in ferro battuto, le linee eleganti dei palazzi, i platani sottili erano così diversi da ciò che era abituato a vedere.

Era tutto gigantesco. Monumentale, rispetto alla grazia severa di Firenze.

Una poi due gocce di pioggia caddero su di lui. Ricominciò a piovere in maniera insistente. Ebbe un brivido di freddo.

Camminò a passo veloce fino al numero 44. Lì, in un appartamento al secondo piano lo attendeva il fondatore dell'Associazione Nazionalista Italiana: Gabriele D'Annunzio. Poeta. Scrittore. Intellettuale.

Ludovico non sapeva se sentirsi onorato o intimorito. Lo aveva contattato per un'intervista il giorno prima, presentandogli i saluti di alcuni soci fiorentini. Il poeta aveva ringraziato con un biglietto e l'aveva invitato per la domenica mattina.

Il portone si aprì con uno schiocco. Era un edificio distinto, quello, con una scalinata di marmo e le porte in mogano. Ludovico si avviò per le scale, lanciando uno sguardo dubbioso all'ascensore a gabbia.

Per alcuni istanti l'eco delle note d'un pianoforte gli accarezzò le orecchie prima di esser rimpiazzato da un grammofono che suonava una marcia militare.

Giunto al mezzanino, si trovò dinanzi a un lucido portone a doppia anta. Stava per bussare quando l'uscio si aprì. Sulla soglia, un uomo stempiato, avvolto in una veste da camera a disegni cachemire lunga sino ai piedi.

«Dunque è lei il giornalista fiorentino. Venga.» Lo invitò con ampi cenni a entrare in casa. «È una tale gioia incontrare un compatriota. Benvenuto.»

Ludovico guardò in basso. Sovrastava il poeta di venti centimetri buoni.

«Ludovico Aldisi, della "Nazione". È un onore per me conoscerla», esordì, sfilandosi il cappello. Per tutta risposta, D'Annunzio si diresse in una stanza che dava sull'ingresso. Al posto della porta, c'era un pesante telo rosso, simile a una quinta teatrale. Le finestre che davano su avenue Kléber erano socchiuse. Il profumo della pioggia filtrava attraverso le tende di damasco cremisi, scacciando quello dell'incenso che ardeva in una ciotola di rame.

«Ecco, mettiamoci comodi.» Il padrone di casa indicò un divano ingombro di libri e carte che gettò sul pavimento, ricavando giusto un posto per accomodarsi. Buttò a terra i cuscini di Gobelin. «Si sieda pure», lo incoraggiò, intanto che faceva spazio su un tavolino per offrirgli un bicchiere di *pastis*.

Il giornalista osservò la stanza. Arredata con opulenza, traboccava di mobili diversi per stile e colore. Stipetti di ebano e madreperla provenienti dalla Cina, una specchiera francese dalle linee moderne, lampade di bronzo e mezzibusti disseminati qui e là, una raffinata credenza inglese stipata di libri e fogli.

Un caos splendido e soffocante.

D'Annunzio gli allungò un calice decorato con disegni oro e blu, insieme a un vassoio colmo di pasticcini, praline di cioccolato, sfoglie al limone e datteri ripieni di pasta reale. «Scelgo solo i migliori sapori. Il piacere è cosa rara, specie adesso che siamo in guerra. Credo che quelli saranno gli ultimi datteri che mangerò per molto tempo», commentò malinconico, in risposta allo stupore di Ludovico, meravigliato da una tale abbondanza. Raccolse le falde svolazzanti della vestaglia e si lasciò sprofondare su una poltrona di marocchino dai braccioli consunti. Lo interrogò, impaziente: «Allora? Che novità dall'Italia?»

«Ben poche. Nessuna intenzione da parte del governo di scendere in guerra, manifestazioni a non finire, e la Chiesa che condanna il conflitto, salvo lasciare liberi i suoi fedeli di far ciò che vogliono.» Ludovico estrasse dallo zaino una copia de «Lacerba». «Giovanni Papini ha espresso idee molto forti in questo editoriale.»

Il poeta assentì con un mugugno. «*Amiamo la guerra!* Bel titolo, d'effetto.» Lesse, borbottando commenti a mezza voce. Infine chiuse la rivista con uno scatto. «Un pezzo interessante, non c'è che dire, ma ritengo che il primo motivo per cui si debba combattere contro l'Austria sia riprendere ciò che ci appartiene, e non purificare le masse.»

«Trento, Trieste, Fiume e l'Istria», considerò Ludovico. «Senza contare che questo darebbe una bella scossa alla nostra economia.»

«Non lo dica a me. Sono stato costretto a fuggire dalla nostra patria per colpa di strozzini vergognosi che mi stavano riducendo sul lastrico.» D'Annunzio tirò su le maniche della vestaglia di seta e sbuffò in maniera plateale. «Mi hanno imposto di vendere i miei beni personali. Tutto: persino i libri.»

«Desolante», commentò, mentre lo sguardo correva dalle scarpe inglesi del poeta agli oggetti di grande valore e dubbio gusto che decoravano il salone. Una statua di bronzo su una colonna di porfido raffigurava una baccante in preda all'estasi, racchiusa in una nicchia dipinta in oro. Sull'*étagère* sulla parete più lontana, bottiglie di cristallo mescolate a caraffe di terracotta antica e a vasi intarsiati. Non sembrava affatto la dimora di un uomo in ristrettezze economiche.

«Ma mi dica di lei, mi parli del suo incarico. Come stanno i soci dell'Associazione a Firenze? Conoscerà l'avvocato Anselmi, immagino.»

«Sono spesso ospite del suo salotto.»

«Bene. È un uomo molto influente, dalle ampie vedute. Un patriota.»

Ludovico trattenne il ghigno di scherno che sentì affiorare. Se Mario Anselmi era un uomo dalla mente aperta, D'Annunzio era un frate che aveva fatto voto di povertà.

«Ho avuto un interessante scambio epistolare con lui. Ha una moglie splendida, una vera Salomè. Si chiama... Carla, Clara...?» continuò lo scrittore cercando di ricordare.

«Claudia. Claudia Anselmi.»

«Bella donna, dal fascino aristocratico, anche se non è più nel fiore degli anni.» Tuffò le dita sottili in un mucchio di carte e ne estrasse un portasigarette. «Lei fuma?»

«Sì, grazie.» Ludovico accettò la sigaretta, la accese e aspirò. «Tabacco aromatizzato», mormorò, incapace di nascondere la sorpresa.

«Una miscela turca preparata apposta per me», replicò l'altro. Poi si protese in avanti e incrociò le mani sotto il mento. «Su, continui. Mi dica il resto.»

Il giornalista estrasse dallo zaino una carta geografica dagli angoli consunti. L'aveva studiata talmente tante volte negli ultimi giorni che i bordi si erano arricciati. «Voglio spostarmi verso la Sambre. Pensavo di partire già domani mattina.»

«Il confine con il Belgio, verso Charleroi e Mons.» Il

poeta si massaggiò il viso, pensoso. «Non credo che le permetteranno di raggiungere il fronte. I francesi si sono trasformati in vigilanti con la fobia delle spie. Sa che pochi giorni fa mi hanno arrestato?»

«Davvero?» chiese Ludovico divertito.

«Oh, sì. Stavo facendo degli schizzi sulla Senna, a Pont des Arts. Alcuni passanti si sono fermati, incuriositi dai miei disegni. Hanno pensato che fossi una spia, così ho trascorso una serata in cella.» D'Annunzio scrollò con noncuranza la cenere della sigaretta sul tappeto Kazak. «Deve stare molto attento, signor Aldisi. Siamo ospiti in una nazione in guerra: non esiteranno a metterla faccia al muro, se avranno anche il minimo sospetto su di lei.» Spense la sigaretta. «Conosce bene il francese? Perché parlare in maniera comprensibile e rapida potrebbe salvarle la vita o, perlomeno, cavarla d'impiccio.»

Ludovico trasse una profonda boccata dalla sigaretta. Rispose a occhi socchiusi, simile a un gatto. «Mi sono mantenuto all'università dando lezioni ai turisti stranieri che trascorrevano l'inverno a Firenze. Conosco bene l'inglese e il francese. Mastico anche qualcosa di tedesco e per un certo periodo ho tradotto articoli di giornali esteri per l'archivio della redazione.»

«*Bien*. Questo è un ottimo inizio.»

Parlarono a lungo, quel pomeriggio. Dell'Italia, così incerta, così vigliacca. Dell'arte, della bellezza, della poesia. Ludovico lasciò avenue Kléber con la sensazione di aver assistito a uno spettacolo messo in mostra da un uomo geniale e incredibilmente solo.

Passeggiò per i grandi viali, rimuginando sotto un cielo fatto di acciaio brunito. I giornali francesi dipingevano una situazione ben diversa da quella cui aveva accennato D'Annunzio. «Non ho certezza alcuna, ma ho saputo dai suoi colleghi giornalisti che i tedeschi stanno sbaragliando le truppe francesi. Hanno già preso la Lorena e quasi inghiottito il Belgio. Stia attento», gli aveva raccomandato al momento dei saluti.

Ludovico si strinse nella giacca e si affrettò. Il freddo si era fatto più insistente.

Non ci voleva molto a capire che le autorità francesi tentavano di tenere calma la popolazione. La stampa minimizzava le perdite e taceva le sconfitte. Per la prima volta da che aveva lasciato Firenze, un senso di preoccupazione concreta gli scivolò addosso per insinuarsi nel flusso disordinato dei pensieri costringendolo ad affrontare la realtà.

L'indomani sarebbe partito alla volta del confine con il Belgio.

Il fronte. La terra di nessuno.

Sapeva che avrebbe potuto percorrere solo una piccola parte del cammino con il treno e che poi avrebbe dovuto scarpinare in aperta campagna. Sperare nella buona sorte.

Lì, tra quelle strade alberate ed eleganti, la guerra era un pensiero astratto. Una parola priva di corpo, un mondo lontano ed estraneo che si incuneava nella quotidianità attraverso alcuni segni: l'oscuramento delle luci, le file per i giornali, i primi razionamenti, le truppe che si raccoglievano ogni giorno nelle stazioni ferroviarie.

Ogni passo che avrebbe fatto, ogni metro di suolo

francese che avrebbe percorso l'avrebbe resa vera. Non più un'idea, non più un mito, non più un racconto.

La guerra.

Ludovico si impose di ignorare i propri timori. Respirò l'aria umida. *Sono qui per questo*, si disse. A suo modo, era anche lui un combattente. Aveva la sua guerra. Ed era lì per portare a casa la vittoria.

Parigi, 17 agosto 1914

Soldati. Centinaia. In divisa blu e rossa. Ammassati sui binari, marciapiedi, sale d'aspetto. Parlavano senza interruzione con i familiari venuti a salutarli. Un muro umano che impediva ai viaggiatori di raggiungere i convogli. C'era tensione sui volti. I fumaioli vomitavano nuvole di fuliggine, segno che i treni sarebbero partiti per il fronte da lì a poco.

L'afrore penetrante e acido degli uomini si impastava con il tanfo dell'olio di macchina. Il panico era palpabile, denso come il fumo delle locomotive.

Ludovico fu risucchiato dalla folla. Si aggrappò a un corrimano e cercò con lo sguardo lo sportello della biglietteria nascosto da decine di berretti con i pennacchi bianchi. Troppo tardi.

Sbarrata.

«Maledizione!»

Avanzò con fatica controcorrente, verso l'uscita. Era il caos. Voci, grida, polvere, pioggia. Il fischio dei treni che partivano dalla stazione, uno dopo l'altro, lo stridere dei pistoni contro le rotaie, le grida dei vetturini. Il pavimento era sporco di segatura e cartacce, segnato dal passaggio di centinaia di stivali.

Confuso e impaziente, Ludovico si guardò attorno. Non poteva restare indietro, non ora che la guerra gli veniva incontro.

Nella notte era giunta la notizia che le forze francesi e britanniche si erano spostate ai confini delle Ardenne per sbarrare l'avanzata dei tedeschi verso Parigi. Poco era trapelato dai giornali, ma la rapida concentrazione di truppe nelle stazioni e la ricerca spasmodica di vettovaglie e mezzi di soccorso avevano messo in allarme i parigini.

Si avvicinò a un trasportatore in procinto di salire su un camion carico di casse di legno. Lo bloccò. «Dove si dirigono questi carri?»

L'uomo si fermò, un piede sul pianale e l'altro sul selciato. Dietro di lui, un ragazzino emaciato. «Dove vuole che vadano? Al fronte. Sono casse da morto, queste.»

«State andando lì anche voi?»

«Certo che no. Ci fermeremo prima. Ai civili non è permesso raggiungere le zone di guerra.» Si mise le mani sui fianchi guardandolo con sospetto. «E tu perché stai facendo queste domande?»

I giornalisti non sono visti di buon occhio. «C'è un gruppo di soldati italiani laggiù. Voglio raggiungerli. Mi dareste un passaggio?»

L'uomo aveva un viso arrossato, coperto da baffi a manubrio in cui il grigio si mescolava al biondo. Rimase incerto per un istante. «No, bello mio, non se ne parla. Potresti essere una spia o un pazzo.»

Il giornalista tentò di fermarlo. «No, aspetti!» L'afferrò per la giacca, ma l'altro lo respinse.

«Sparisci, o chiamo i gendarmi!»

Lo sportello si richiuse con un cigolio lamentoso. Il camion si mise in movimento e Ludovico fu costretto a scartare di lato per non essere travolto.

Si rialzò senza ripulire i calzoni sporchi. L'impotenza gli fece serrare i denti. «Maledizione!»

Cavalli, biciclette e carri sciamavano verso la fine del boulevard, mentre lui rimaneva solo sotto un cielo di metallo. Calciò un barattolo rotto. Restare lì? No. Piuttosto sarebbe andato al fronte a piedi, anche se ci avrebbe messo giorni.

«Non posso caricare il carro senza un aiuto. Non ce la faccio!»

«Fatti tuoi, bifolco. Queste brande devono arrivare al confine con il Belgio entro stanotte, o l'ospedale da campo dovrà mettere i feriti per terra. Lo capisci questo?»

Ludovico si girò, cercò con gli occhi la provenienza di quelle voci. Due uomini: un ufficiale con grandi favoriti, il cappello dal pennacchio candido e una risma di fogli scarabocchiati, da una parte. Dall'altra, un contadino in abiti trasandati che lo supplicava.

«Non posso farcela», ripeté l'anziano, accorato. Aveva mani nodose, rattrappite dall'artrosi.

«O carichi subito o requisiamo il tuo trabiccolo. Queste brande ci servono al più presto a Charleroi.»

«Non potete! Mi sono indebitato per comprarlo, è l'unico mezzo che ho per vivere!»

L'ufficiale gli rise in faccia. «Idiota! Hai pure pagato per questo catafalco che puoi a malapena guidare?»

Charleroi.

«Se vuole, l'aiuterò io, buon uomo.»

I due si voltarono all'unisono verso Ludovico. L'uomo avanzò di un passo e lo squadrò, più sospettoso che sollevato. «Perché?»

Il militare, invece, allargò le braccia, ansioso di liberarsi di quell'impiastro. «Hai trovato chi ti aiuta? Muoviti allora, e non chiedere nulla, razza di scimunito.» Si allontanò di fretta verso un altro convoglio che aveva invaso la strada per controllare casse e lettere di consegna.

Rimasero soli, il vecchio e il giornalista. L'uomo aveva una faccia di legno incisa da rughe profonde e una barba ispida che non vedeva un rasoio da giorni. Lo sguardo, però, era acceso, vigile. «Non posso pagarti. Voglio dirtelo subito, nel caso tu speri di guadagnare qualcosa.»

Ludovico annuì. «Non mi servono soldi. Voglio un passaggio fino al fronte.»

«È zona di guerra, quella.»

«Devo andarci. Io ho bisogno di te, e tu devi portare laggiù questa roba, se non vuoi perdere tutto.» Ludovico si avvicinò alla catasta di brande accanto al carro e gli diede alcuni colpetti, quasi per saggiarne la consistenza. «Affare fatto?»

Sul viso dell'uomo apparvero sospetto e incertezza, seguiti dalla perplessità. Infine, rassegnazione. Si mosse verso le casse e chiamò il giornalista. «Sbrigati. Abbiamo dieci minuti.»

Fiesole, quello stesso giorno

«Irene, mancano pochi minuti all'inizio dello spettacolo. Sbrigati, su!»

Il richiamo nervoso di Luciana raggiunse la ragazza che si attardava dentro l'abitacolo della Fiat di Dante.

«*J'arrive*. Ho dimenticato lo scialle.»

Daniele Ricciardi, accanto allo sportello, tamburellava con le dita sul tettuccio. «Il teatro è già pieno», brontolò, quando lei uscì dalla vettura con uno scialle di pizzo sulle spalle. Lo prese sottobraccio, senza curarsi delle occhiate curiose di una coppia a poca distanza.

«Stia tranquillo. Sono certa che Dante avrà difeso i nostri posti anche a prezzo del sangue.» La ragazza continuò a camminare accanto a lui, stando attenta a dove metteva i piedi. Il sentiero che conduceva al Teatro romano era sconnesso, nonostante i lavori di ammodernamento condotti poco tempo prima. Dalla cavea proveniva un brusio continuo, forte, che sovrastava il frinire dei grilli.

«Non pensavo che suo padre le avrebbe concesso così facilmente il permesso di venire all'opera.»

Daniele rallentò il passo in maniera impercettibile.

«È stato merito di Luciana. Grazie a lei il mio guinzaglio diventa un po' più lungo, almeno ogni tanto.»

Una pausa. Dal teatro giunse il suono dei violini che venivano accordati. «Il professore è severo, ma ha ragione a esserlo.»

All'improvviso, Daniele le sembrò impacciato. Lo vide fermarsi, lasciare il suo braccio. «Se lei fosse mia figlia, non la lascerei andare. E nemmeno se fossi suo fratello. È una creatura troppo preziosa.»

Il primo istinto di Irene fu quello di ridere. Cosa stava dicendo?

Quella frase, pronunciata furtivamente. Quegli occhi così accesi. Era tutto così terribilmente *melò*.

«Ci mancherebbe solo questo», mormorò.

Attorno a loro, spettatori ritardatari sciamavano verso i propri posti. Era già suonata la prima campana e presto sarebbe iniziato l'*Elisir d'amore*.

Daniele sospirò con disappunto. Le aggiustò un lembo dello scialle per coprirle il gomito nudo e accennò un invito. «Sì, è vero. Andiamo.» Sul viso, però, era comparso un velo di imbarazzo. «Dicevo che sta diventando una donna incantevole, Irene. E che prima o poi qualcuno glielo dirà in un modo migliore del mio e allora lo capirà anche lei. Spero solo che quella sia la persona giusta.»

«Ah. *Folies*», rise lei nascondendo il proprio disagio. «Ci vorrà ben altro.»

Lo precedette lungo il sentiero di pietra, proprio nel momento in cui suonava la campana d'inizio spettacolo. Giocherellò con la catenella della borsetta di rete quando si sedette accanto a Luciana. Non voleva che l'amica le chiedesse perché le tremavano le mani.

Se quella sera qualcuno avesse chiesto a Irene Laurenti notizie dell'allestimento o dei costumi dei cantanti, lei avrebbe avuto serie difficoltà a dare la risposta.

Era rimasta in silenzio, persa nei suoi pensieri, crogiolandosi nell'euforia sconosciuta ed esaltante che le parole di Daniele le avevano regalato.

Nel buio, scrutò lo studente di suo padre. Era un ragazzo arguto, che lei aveva sempre considerato cortese e preparato. Nulla più. Non aveva mai pensato a lui come a un corteggiatore. Tuttavia era compiaciuta. Nessuno le aveva mai parlato in quel modo.

Daniele manteneva un riserbo rispettoso nei suoi riguardi. Non era timidezza, quanto piuttosto una regola di vita: si era ritagliato uno spazio per osservare il mondo da lontano, come se quella fosse la distanza perfetta per lui. Era molto legato a Dante, che lo seguiva e che lo aveva preso sotto la sua protezione. Quando il flusso dei pensieri incappò in quella considerazione, una ruga si incise sulla fronte della ragazza. I suoi occhi si spostarono sul viso dell'amico, che ascoltava la musica con aria assorta.

Dante per lei era un mistero. Nessuna donna, nemmeno un filarino o uno spasso: lei lo avrebbe saputo da Luciana.

No, Irene nutriva un sospetto di cui non poteva parlare con nessuno, qualcosa da nascondere o dimenticare. Eppure, quell'intuizione che le era cresciuta dentro e continuava a resistere. Era più simile a un presentimento che una vera certezza. Nessuna prova, solo frammenti, sguardi, gesti raccolti nel corso degli anni che le avevano regalato quella convinzione.

Aveva trascorso l'adolescenza nel *milieu* parigino e sapeva che non sempre l'amore segue il sesso che il destino ha assegnato al corpo.

Era affascinata dal pensiero che l'amore riuscisse a individuare in mezzo alle strade del mondo il percorso migliore da seguire, anche se impervio. Poi i suoi pensieri inciamparono in un'idea vagabonda: che un giorno anche lei avrebbe potuto provare qualcosa del genere. Ma era stato un pensiero evanescente, un'immagine appena abbozzata e troppo complicata da comprendere veramente, così l'aveva accantonata. Non sognava un amore romantico, non era da lei.

Neanche adesso riusciva a capire bene cosa potesse davvero significare quella sorta di dichiarazione, al di là del compiacimento che provava.

Cercò di concentrarsi sullo spettacolo. I costumi erano sontuosi, le scene eleganti. Eppure un pensiero continuò a torturarla.

Se Dante era davvero ciò che lei pensava, era riuscito a mantenere un riserbo assoluto su quell'aspetto della sua vita, ma a un prezzo davvero molto alto. Come poteva vivere così, rinunciando a tutto? Era una condanna senza appello. Uno status che lo costringeva alla solitudine e all'ipocrisia, per tutta l'esistenza. Era qualcosa con cui lei non riusciva a venire a patti. Non avrebbe mai potuto sopportarlo.

Mons, 21 agosto 1914

Acqua.

La sete l'aveva logorato. E con essa la fatica, le scarpe bagnate, la giacca inzuppata dell'acquerugiola grigia caduta nelle ultime ore. La fame lo torturava ormai da un giorno intero. I soldi quasi finiti.

Difficoltà. Tante.

La Grand Place di Mons era gremita di mezzi militari e soldati in divisa beige. Sembrava una scena teatrale, una recita che di lì a poco avrebbe avuto il suo inizio. Ma non era così. Era la guerra, quella vera.

Nessuno faceva caso a lui, seduto in un angolo con lo zaino sotto le ginocchia. Sembrava un miserabile o un fuggiasco come tanti altri. Le macchie di fango sui pantaloni e sul maglione raccontavano giorni di cammino; il viso diceva di fatica e sonno perduto.

Ludovico si strofinò il mento. Avvertiva un pizzicore sulla mascella. La barba lunga di tre giorni gli dava fastidio.

Provava la tremenda sensazione di aver dilapidato tempo e soldi, di aver sprecato l'occasione della sua vita in mezzo a campi devastati, innanzi alla rotta dell'esercito francese.

Non aveva immaginato che arrivare al fronte fosse così difficile. Dopo aver lasciato il carrettiere e il suo carico ad Harmignies, un sobborgo di Mons, si era diretto a piedi verso la linea del fuoco. Aveva cercato di raggiungere Charleroi attraverso le campagne seguendo il fiume Sambre.

Aveva trovato l'inferno, o qualcosa che doveva assomigliarci molto.

Centinaia, migliaia di uomini che arretravano, un'onda incalzata dai nemici che si ritraeva disordinatamente per le campagne, trascinando con sé feriti, pezzi di artiglieria, cavalli coperti di schiuma e terriccio.

Il giorno prima era giunto quasi a ridosso del fronte, sull'argine della Sambre. Nascosto fra i tronchi che costeggiavano la riva, aveva gettato lo zaino a terra e si era arrampicato su un albero. Da là, aveva visto uomini in movimento e la polvere delle colonne tedesche che avanzavano verso la Francia.

Poi, al di là del fiume, aveva notato un gruppo di militari arrancare sul crinale di una collina. Erano soldati francesi in fuga. La loro buffetteria di metallo lucido splendeva nel sole del mattino, le divise rosse e blu spiccavano sulle stoppie dorate, sui prati verdi, tra i boschi. Sembravano soldatini di stagno sul tappeto della stanza di un bambino.

Aveva udito i colpi. Li aveva visti crollare con le braccia alzate al cielo. Erano stati uccisi, uno dopo l'altro.

Quando gli spari erano cessati, aveva sentito i lamenti

di chi stava per morire e si aggrappava alla vita. Gemiti flebili, che si mescolavano al brusio del fiume e allo stormire dei rami mossi dal vento. Gli riecheggiavano ancora dentro, in quell'istante, sotto la pioggia che aveva ripreso a battere sul selciato della Grand Place.

Aveva assistito a quella scena con il fiato imprigionato tra le costole e le dita che artigliavano i rami. Aveva schegge di corteccia sotto le unghie e lo sgomento avvinghiato alle ossa.

Si costrinse ad alzare la testa, a ravviarsi i capelli.

Priorità, si disse. Un piatto di cibo. Un letto. Scrivere per il giornale, mandare un articolo che faccia saltare Ghelli sulla sedia; chiedere altri soldi, se possibile.

Si rialzò. La piazza si stava svuotando lentamente. Rimanevano solo i mezzi militari e le facciate grigie degli edifici dagli stili più disparati. Gotico, neoclassico, fiammingo. Molti negozi, alcune *brasserie*, una delle quali gremita di militari. Ludovico riusciva a scorgerli attraverso i vetri appannati.

Avevano calore, compagnia, cibo. Li invidiò.

Al centro della piazza, un palco per i concerti in ferro gettava ghirigori d'ombra sul selciato. Il tramonto si stava esaurendo e presto sarebbe calata la notte. Ci sarebbe stato il coprifuoco. Era meglio muoversi.

À la Civette era una *brasserie* con un porticato e un telone a bande colorate sulla porta. Tavoli e sedie verniciati di nero erano accatastati contro la vetrata, in attesa di una giornata di sole.

Il locale era caldo. Aveva interni di legno, sedili di cuoio annerito dal tempo e specchi macchiati di grigio che arrivavano al soffitto. Su una parete, un camino acceso. La luce pioveva da un lampadario di vetro e si moltiplicava attraverso il riflesso sugli specchi e sul bancone di zinco.

L'odore di cibo, lana bagnata e grano fermentato avvolse Ludovico. C'erano soldati, soprattutto graduati, seduti davanti a boccali di birra e taglieri di formaggio, carne salata e pane scuro. Inglesi arrivati dal Nord, a giudicare dalle divise senape e dalle voci che riecheggiavano. Aveva già incontrato alcune brigate nei dintorni di Mons e ad Harmignies.

Si avvicinò al bancone. Una ragazza in camicia bianca e grembiule nero sporco di unto aiutava a riempire i bicchieri d'una birra schiumosa. Passava i boccali a un uomo stempiato, con baffi grigi. Parlavano tra loro, lanciando sguardi ansiosi ai soldati.

«Si può avere da bere?» chiese Ludovico. Allungò le monete sul bancone e ignorò il fremito di freddo e stanchezza che gli percorreva la schiena.

L'oste lo squadrò, quasi con malanimo. «Dopo. Aspetta il tuo turno.»

Strinse il denaro. Aprì la bocca per ribattere ma dovette mordersi il labbro e tacere. Non c'era altro posto dove andare nel raggio di chilometri e lui aveva un dannato bisogno di rifocillarsi. Così attese in piedi, con le monete conficcate nel palmo.

Un tenente, a giudicare dalle mostrine sulla spalla, si alzò dallo sgabello, si diresse verso il fondo della stanza, chiamato da un commilitone, e sparì dietro una porta chiusa. Ludovico fu lesto a prenderne il posto.

Di nuovo, allungò il suo denaro. «Un boccale e qualcosa da mangiare.» Poi abbassò la testa. «Per favore», aggiunse.

Bicchiere e pietanza furono dinanzi a lui poco dopo. Ludovico si avventò sul cibo, lo ingoiò quasi senza masticarlo. La birra era robusta e sapeva di frutta. Placò la sete e lo scaldò.

Una mano paffuta comparve sotto i suoi occhi per togliere il piatto vuoto. «Fame, eh?» chiese la ragazza. Aveva le stesse gote rosse dell'oste: era la figlia, o forse la nipote. Giovane, non doveva avere neanche vent'anni. Trecce bionde le ricadevano sulle spalle; la sua pelle era screpolata, abituata al lavoro.

«Sì», ammise Ludovico. Fece dondolare il boccale quasi vuoto. «Questa roba è eccellente. La fabbricate voi?»

«È una Lambic, una birra aromatizzata alla frutta. Non l'avevi mai bevuta?»

«No. Dalle mie parti, solo vino.» Il giornalista mise i gomiti sul bancone. «Ne state vendendo parecchia, stasera», considerò.

L'ansia distorse i lineamenti della ragazza. «È l'ultima che abbiamo. Entro stasera esauriremo le scorte e Dio solo sa cosa accadrà domani. Forse non avremo nemmeno più un tetto.» Desolata, contemplò i piatti sporchi. «Se i tedeschi arriveranno qui, non ci rimarrà più nulla. Solo macerie e morti, com'è successo nel resto del Belgio. Li abbiamo visti i profughi, le abbiamo sentite le notizie: villaggi rasi al suolo e uomini passati per le armi. Non ci aspettiamo niente di buono.»

«Allora perché non scappi, come hanno fatto gli altri?»

La vide raddrizzare la schiena con orgoglio. «Mons è la mia città, e la Civette è la *brasserie* della mia famiglia. È il mio posto, questo.»

Era fiera, quella ragazza. Spaventata, sì, ma determinata a resistere. Ludovico la guardò con ammirazione. Era davvero molto giovane. D'improvviso, gli tornò in mente lo sguardo intelligente e testardo di Irene Laurenti. Lei viveva in un mondo protetto, agiato. La sua era la rabbia di chi ha avuto tutto dalla vita e vuole ancora di più.

La ragazza che aveva di fronte, invece, possedeva il coraggio della disperazione. Le sicurezze di cui aveva goduto fino a pochi giorni prima erano svanite. Avrebbe dovuto lottare per conservare la propria dignità.

«Gli inglesi sono qui per difendervi. Avete ancora una speranza», tentò di consolarla.

Un'occhiata amara. Disillusa. «Difendono un trattato. Non la gente come noi.»

Ludovico tacque per una manciata di secondi, prima di bere un altro sorso. «Perché la pensi così?»

La ragazza afferrò un mastello d'acqua e iniziò a sciacquare le stoviglie con gesti nervosi. «Se non ci fosse stata una minaccia per la Francia, nessuno si sarebbe mosso. Il Belgio non conta davvero. Men che meno le Fiandre, che sono la terra di nessuno.»

«Ma il Belgio è ancora...»

La ragazza scoppiò in una risata che si concluse in un singhiozzo. «Il Belgio è caduto nello stesso momento in cui i tedeschi hanno superato il confine. Quanto a noi, non abbiamo soldi o diamanti come ad Anversa. Non c'è niente, nemmeno il carbone. Se gli inglesi sono qui, è per un pezzo di carta e per difendere la Francia, non certo per Mons. Nessuno ha il coraggio di dirlo, anche se è la verità.»

«No», Ludovico ammise, pensoso. *E non immaginavo nemmeno che potesse essere così.*

«È una storia che nessuno vuol sentire.» La ragazza aveva lo sguardo desolato di chi è stato costretto a crescere in fretta. Passò lo strofinaccio sul piano di zinco e gli indirizzò un sorriso malinconico.

«Grazie per esser rimasto ad ascoltare.» Gli afferrò la mano. «Nessuno lo fa.»

Lui ricambiò la stretta. «È il mio mestiere. Ascoltare, scrivere. Descrivere ciò che vive la gente», si lasciò sfuggire.

La ragazza afferrò una pila di piatti e iniziò ad asciugarli. «Davvero? Cosa fai?» Non c'era sospetto. Solo curiosità.

«Scrivo della guerra, dei soldati, di quello che succede qui, ecco.» Ludovico bevve l'ultimo sorso di birra. Percorse il bordo del bicchiere con un dito. «Ho già visto più di quanto potessi immaginare.»

Lei fece schioccare la lingua. Si interruppe per servire dei boccali a due soldati e poi tornò da lui. «Come uno *chansonnier*? Raccontami qualcosa di bello, allora. Dimmi com'è il mondo là fuori, lontano dal fronte.»

Suo malgrado, Ludovico si ritrovò a descrivere ciò che aveva visto. «Allora… ti racconterò della strada che ho percorso per arrivare qui da Parigi. Là fuori c'è ancora il sole, e il vento profuma d'estate. Ci sono colline che si innalzano dalla pianura, verso l'orizzonte. I campi sono stati arati e quelli a maggese sono distese di verde punteggiati di fiori gialli che luccicano sotto il sole di agosto.»

Lo ascoltava piena di aspettativa. «E poi?»

Il convoglio su cui aveva viaggiato con il vecchio carrettiere. Si erano lasciati alle spalle villaggi con i tetti di tegole rosse e tende di pizzo alle finestre, simili a case di bambole.

Avevano percorso strade di campagna, nastri bianchi tra frutteti e terreni coltivati a orzo.

Poi erano arrivati i profughi. I contadini abbandonavano le terre a ridosso del fronte. Famiglie che trascinavano carri di masserizie a testa bassa, con i vestiti coperti di polvere e visi mesti. Quando incontravano il convoglio, i fuggiaschi li guardavano passare in silenzio. Le donne avevano la pena negli sguardi. Bimbi si nascondevano dietro le lunghe gonne o tra le braccia di vecchie dall'aria desolata, sistemate tra canestri e materassi come un fragile pezzo di mobilio.

Altri, più caparbi, restavano nelle proprie case: si riconoscevano dal volto duro e dagli occhi ostinati. Osservavano i carri, con il loro carico di rumore e umanità, e sputavano per terra maledicendo la sorte.

No. Questo non poteva narrarlo. La disperazione di quei volti, la rassegnazione di chi aveva perso tutto. Quella ragazza aveva bisogno di vita.

Ludovico si costrinse a continuare. «E poi ci son frutteti carichi di mele e le cicale che friniscono fino al tramonto. E api, tantissime. I campi di orzo ondeggiano al vento, e producono un rumore simile alla risacca del mare.»

«Le cicale! Riuscivo a sentirle fino a poche settimane fa. Ora non si sente che il suono di quei maledetti cannoni tedeschi.» Lei sospirò. «Chissà quando finirà...»

Lui le indirizzò un mezzo sorriso di incoraggiamento. Ma quello che riuscì a tirar fuori era più simile a una smorfia. «Presto. Un paio di mesi, il tempo di cacciare il Kaiser a pedate.»

«Spero che tu abbia ragione.» Tra le dita della ragazza apparve un boccale di birra che fu spinto sin davanti a Ludovico.

«Tieni. Offre la casa.»

Il giornalista provò a replicare ma lei lo fece tacere e lo congedò triste e grata insieme. «No. Grazie a te.»

Con la pancia piena e il corpo scaldato dalla Lambic Ludovico si sentì in pace. Poteva pensare persino di scrivere un articolo degno di quel nome. Si rintanò in un tavolino in fondo al locale, con il bicchiere e il taccuino.

Il brusio si era trasformato in una sorta di rumore bianco. Ogni tanto raccoglieva frammenti di conversazione dai tavoli, fermandosi ad ascoltare le chiacchiere degli altri avventori. Erano le voci di chi combatteva per mestiere. Il British Expeditionary Force. BEF. Soldati professionisti che avevano combattuto durante le guerre coloniali, dalle sabbie dell'Africa centrale alle montagne dell'India.

Fu in un momento di silenzio che udì le risa.

La porta, quella dietro la quale era sparito il tenente, era a pochi passi da lui.

Sollevò la testa. No, non si era sbagliato. Si sbarazzò del taccuino, nascose lo zaino sotto il tavolo e si avvicinò all'uscio socchiuso.

Era una sala privata. C'era un tavolo da biliardo nella

zona più buia, con rastrelliere semivuote, oltre al tavolo da gioco presso cui sedevano quattro uomini. Ufficiali, a giudicare dalle mostrine sulle uniformi. Una pozza di luce illuminava un piano verde coperto da carte francesi.

Un soldato, in posizione di riposo, seguiva l'esito della partita da un angolo buio. Ludovico ne intuì la presenza tra la penombra e le scie di fumo delle sigarette che si consumavano nel posacenere sul bordo del tavolo.

Avvertì il profumo di tabacco di qualità e un sentore leggero di legno e di chiuso, lo aspirò quasi con voluttà. Aveva giocato a carte durante gli anni dell'università, insieme a Dante e ad altri colleghi. Ramino, canasta, tresette; e poi con gli stranieri cui dava lezioni di italiano. Dagli inglesi aveva appreso bridge e whist, dai francesi il *piquet*; una volta aveva persino partecipato a un pharaon. Lunghe, interminabili partite che si intrecciavano con discussioni sulla letteratura, su Firenze e su come stava cambiando il mondo.

Si prese alcuni istanti per capire a cosa stessero giocando. In quel momento, l'ufficiale che si trovava dinanzi a lui svelò l'ultima carta.

«Partita vinta», decretò. Il tono era sicuro, basso.

L'uomo seduto accanto a lui si lasciò andare contro lo schienale della sedia. «È sempre così. Non c'è storia: hai una fortuna sfacciata.» C'era un'ironia sottile in quel tono, e insieme la certezza che le parole non sarebbero state mal interpretate. *Amici di vecchia data.*

«Più che buona sorte, direi abilità, signore.» A parlare era stato il tenente che Ludovico aveva incontrato poco prima al bancone.

«Grazie, tenente Havers.» Poi l'uomo sbirciò con aria ironica il militare che aveva parlato per primo. «Non inizio mai nulla senza esser sicuro di portarla a termine. Dovresti saperlo, James.»

«Hai avuto fortuna. Punto.»

«Via, ammettere una sconfitta non è disonorevole. Vuoi la rivincita?» Collocò al centro del piano verde le carte. Aveva unghie curate e una dizione perfetta. Sicuramente una persona colta, forse anche benestante. Un paio di guanti di capretto giacevano accanto al suo braccio.

L'altro accennò un diniego. «No, mi sono stancato di perdere. Chiedi a qualcun altro.»

Lo sguardo del militare scivolò sul tenente. «E lei?»

L'uomo si schiarì la voce e sfregò la visiera del berretto. «Domani ci metteremo in marcia all'alba, signore. Con il suo permesso preferirei dormire qualche ora.»

L'uomo afferrò le carte sul tavolo, ne seguì i bordi consunti. «Saggia decisione.» Si alzò in piedi. «Andate pure tutti a riposare. Domani mattina alle quattro voglio un rapporto per conoscere lo stato delle truppe.»

Gli ufficiali raccolsero cappelli e guanti, mormorarono un saluto deferente e quello ringraziò. Il volto rimaneva in penombra, schermato da una lama di luce.

Il giornalista stava per andare al proprio posto quando una voce lo bloccò.

«Perché ci stava guardando?»

Ludovico si fermò sulla soglia, incerto. Percepì uno sguardo indagatore. Indicò il tavolo. «Vi ho sentito giocare. Mi sono incuriosito e sono venuto a vedere di cosa si trattava.»

L'ufficiale si sedette. Stava mescolando le carte. Aveva una rapidità ipnotica nei gesti, nel modo di muovere le dita attorno ai bordi levigati. «Lei non è francese, e neanche belga. Da dove viene?» Prese la sigaretta tra indice e pollice. Tirò una boccata.

«Sono italiano», ammise con cautela.

«Cosa ci fa qui, signor...»

Il giornalista studiò l'ufficiale: questi aveva iniziato a disporre le carte in un *solitaire* con fare distratto. «Ludovico Aldisi.»

«Non ha risposto alla prima parte della mia domanda.» La sedia strisciò sull'impiantito di legno con un sibilo rauco. «Come mai è qui, a Mons, in zona di guerra?»

La scusa che aveva ripetuto in quei giorni venne fuori con naturalezza. «Sto cercando di unirmi alla brigata dei volontari italiani. Non sono riuscito ad arruolarmi con loro in patria.»

«Peccato che non si trovi in quest'area.»

L'ufficiale superò il tavolo e gli venne davanti. Era un uomo alto, muscoloso, dal viso severo. Una sottile cicatrice partiva dalla fronte e arrivava allo zigomo. Aveva occhi scuri, ma le efelidi tradivano origini nordiche.

Indossava stivali lucidi; alla cintura una pistola, privilegio concesso solo agli appartenenti ai ranghi superiori. Tuttavia, non era questo a incutere soggezione.

No, era qualcosa di più sottile. I gesti, forse, o l'imperturbabilità, Ludovico non avrebbe saputo dire cosa. Eppure avvertì una fitta di timore quando lo vide avvicinarsi. Si impose di non arretrare.

«Non provi a mentire: mi basta solo una parola e si

troverà con la faccia contro il muro nel giro di due minuti. Cosa ci fa qui?»

Si avvicinò di un altro passo. Lo scrutò a lungo, sorpreso e incuriosito dal comportamento testardo di Ludovico che taceva senza mostrare cenni di cedimento.

Una ruga divertita si disegnò sulla fronte.

Alzò due dita. Il soldato emerse dall'ombra e gli si accostò. «Signore?»

«Gregory, chiami Havers. Gli dica che c'è un prigioniero da mettere ai ceppi.»

L'uomo sgusciò tra la folla. Ludovico avvertì una stretta alla gola. Quell'inglese non stava scherzando, non era una finzione. E lui si era comportato da idiota.

«Aspetti.» Si morse le labbra, maledicendosi per la propria faciloneria. «Sono un giornalista. Vengo da Firenze, scrivo per la "Nazione"», capitolò. «Sono qui per seguire il conflitto.»

Attimi di pesante silenzio scivolarono tra i due. Lui respirò in fretta, mortificato e furioso all'idea di essere rimandato indietro. Essere così vicino al fronte sarebbe stato impossibile.

L'inglese batté un piede per terra. «Ha una lettera di accredito? Dei documenti che possano provarlo?»

Ludovico armeggiò sotto il maglione, ne tirò fuori un plico. Lo affidò all'uomo, che lo prese e lo aprì.

«Dunque lei sarebbe davvero un cronista di guerra.» L'uomo parlò senza degnarlo d'uno sguardo.

In quel momento, Ludovico si accorse che stava leggendo i documenti, scritti in italiano.

«Conosce la mia lingua?»

Per la prima volta, un inizio di sorriso piegò la bocca dell'ufficiale. «Ho compreso che era toscano sin dalla prima frase che ha pronunciato. Ho trascorso sei mesi in giro per l'Italia con la mia famiglia, alcuni anni fa.» Lanciò il plico sul tavolo. «E ho avuto modo di studiare la vostra musica.»

Dietro di lui uno scalpiccio. Il tenente Havers era tornato, seguito dal soldato di nome Gregory e da altri due militari di truppa. «Ordini, signore?» chiese. Squadrò Ludovico con attenzione. «Si tratta di quest'uomo?»

Ludovico si irrigidì, presagendo la stretta attorno alle braccia e il freddo dei ferri militari sui polsi. Cosa sarebbe accaduto quando Ghelli l'avrebbe saputo? E i suoi colleghi? Dio che risate si sarebbero fatti!

Il superiore lo interruppe. «No, tenente.» Si soffermò su Ludovico, che si era voltato a guardare i soldati. «Non ancora. Può ritirarsi.»

Gli uomini si allontanarono dopo un momento di esitazione. Ludovico li vide confondersi tra gli altri che ancora occupavano la *brasserie.*

Stava per ringraziarlo ma l'uomo gli impedì di replicare. «Non può restare qui. Gli ordini dei miei superiori sono tassativi: ogni cronista che si trovi in prossimità del fronte deve essere arrestato e rinviato in patria, anche in maniera coatta. Lei non è inglese e si trova in un territorio in cui presumibilmente sono infiltrati degli informatori tedeschi.» Indicò le lettere di accredito che aveva gettato sul tavolo. «Ci sono solo queste carte tra lei e un plotone di esecuzione. Potrebbero accusarla di averle falsificate. Stia attento.»

Ludovico sentì la mascella contrarsi. «È una minaccia?»

«No. Lo definirei piuttosto un *friendly advice*. Un avvertimento amichevole.» Tornò a sedersi e a disporre le carte dinanzi a sé. «Si allontani da qui entro l'alba.»

Il giornalista colse il cambiamento nel tono dell'uomo. Si era fatto metallico. «Se non volessi?»

«Non ha scelta. È un mio ordine.» Intrecciò le dita sul panno verde, osservando le carte. «Sono il capitano Jasper Freeman, del Primo Battaglione dei Gordon Highlanders.»

Ludovico cacciò i pugni serrati in tasca, gelidi come pietre. «Non posso obbedirle. Questo è l'incarico più importante di tutta la mia vita.» La voce vibrò, forte. Non aveva più nulla da perdere ormai.

Freeman lisciò i baffetti curati, le palpebre socchiuse. Sembrava impressionato. «Lei è un uomo temerario, signor Aldisi. Nell'udire un comando del genere, i miei soldati avrebbero afferrato lo zaino e sarebbero già arrivati di corsa alle porte della città. Lei, invece, non si è mosso di un pollice.»

«Non sono uno dei suoi uomini.»

«O forse non mi conosce ancora, ed è per questo motivo che si comporta con tanta insolenza.» Gli indicò una sedia. «Venga. Mi spieghi perché dovrei permetterle di restare qui.»

La sensazione di allarme crebbe. Ludovico si avvicinò al tavolo verde con cautela e si sedette. Gli occhi scuri dell'ufficiale lo scrutarono per un istante, poi l'uomo divise il mazzo di carte, lasciando scorrere le metà l'una dentro l'altra.

«Gioca?»

Ludovico espirò piano. Toccò il piano verde. Sotto i polpastrelli, la stoffa era dura, rovinata. «Certamente.»

«Stavo proprio cercando qualcuno con cui condividere le ore che ci separano dall'alba.» Una smorfia fugace apparve sulle sue labbra. «Una partita è un ottimo modo per restare calmi dinanzi alla prospettiva della morte.» Il capitano seguì il profilo di un cavallo stampigliato sul retro delle carte.

«Che gioco?»

Freeman si strinse nelle spalle con indifferenza. «Quel che vuole. *Piquet*, *écartè*...»

In Ludovico affiorò il ricordo di pomeriggi trascorsi a Firenze a conversare di letteratura e politica con maturi gentiluomini inglesi mentre giocavano a whist e canasta.

«Oh, sì. *Écartè* andrà benissimo.»

L'ufficiale estrasse dalla giacca un portasigarette smaltato e ne offrì una a Ludovico.

Al suo fianco si materializzò il suo attendente. Allungò al centro del tavolo un posacenere pulito e tornò nell'ombra, senza concedere nemmeno l'eco dei suoi passi.

«Grazie», disse Freeman scrollando la prima cenere. Poi si rivolse a Ludovico, che continuava a fissare quell'uomo con aperta curiosità. «Si chiama Gregory Morstan. È il mio attendente da quindici anni.»

Mentre il capitano preparava le carte e toglieva dal mazzo i punti dall'uno al sei, Ludovico sbirciò verso la figura nel buio. Sembrava avanti negli anni, aveva un profilo pacioso che contrastava con la postura rigida.

Dal buio giunse una domanda. «I signori gradiscono dello sherry?»

«Sì grazie, Gregory. Lei, signor Aldisi, preferisce qualcosa di più forte? Del whisky, forse?»

Ludovico annuì meccanicamente. Si sentiva frastornato: un istante prima stava per essere arrestato e adesso quello stesso ufficiale lo aveva invitato a giocare.

Come il gatto con il topo.

Prese una carta per determinare chi sarebbe stato il mazziere. L'ufficiale aprì a sua volta. Asso. Mentre Freeman dava le carte, Morstan si avvicinò. Due bicchieri raggiunsero le postazioni dei giocatori.

Il giornalista prese il suo e lo annusò. Il whisky aveva un profumo nuovo: sapeva di mare e sale, il sapore era intenso, bruciato.

Per la prima volta, l'ufficiale sorrise davvero. Ludovico ebbe un brivido.

«*Sláinte Mhath.*»

Ludovico si bloccò con il bicchiere a mezz'aria. «Prego?»

«Le ho detto salute in gaelico, la lingua della mia terra, la Scozia. Quello», spiegò, indicando il bicchiere, «è whisky dell'Aberdeenshire. Un *single malt* distillato in prossimità della costa».

Spinse verso Ludovico prima tre, poi due carte. «Vogliamo iniziare?»

Era trascorso molto tempo da allora. Il brusio della *brasserie* si era affievolito fin quasi a sparire del tutto. Il silenzio era una coperta di lana intessuta da pochi rumori: il tintinnare dei boccali lavati e messi in ordine, il fruscio della scopa sul pavimento, le voci stanche dell'oste e della figlia.

Jasper Freeman era un giocatore raffinato e un uomo da non sottovalutare. Aveva scelto con accortezza le carte da cambiare e atteso con calma le mosse dell'avversario. Nella prima partita aveva collezionato ben tre mani complete. Solo dopo alcuni giri, Ludovico aveva trovato la concentrazione ed era riuscito a battere quell'inglese dalle maniere cortesi e gelide.

Adesso non esisteva altro che la partita. Una *manche* dopo l'altra. Un re dichiarato all'inizio, la sottile soddisfazione di un punto inaspettato, l'ebbrezza fugace di una carta insperata. O la contrarietà per una vittoria sfumata all'ultima presa.

Ma ora il giornalista cominciava a sentire la stanchezza, mescolata alla birra e al terzo bicchiere di *single malt*. Aveva la testa dolorante e le membra rigide, mentre Freeman sembrava rilassato.

Ludovico sentì montare l'angoscia. Nella mente già prefigurava un'altra sconfitta.

Rintocchi ovattati si incunearono nella *brasserie*, passarono oltre i tavoli deserti fino a raggiungere la stanza in cui stavano giocando. Due colpi cupi, uno più acuto.

A disagio, Ludovico picchiettò le dita sul piano e ruotò il collo per rilassare i muscoli.

Il capitano Freeman lo scrutò in tralice. Bevve un sorso di sherry. «Domani mattina dovrà partire. Vuole continuare o preferisce dormire qualche ora?»

Quelle parole scivolarono su Ludovico come acqua ghiacciata. Di colpo, l'idea del fallimento gli snebbiò il cervello e lo costrinse a tornare lì, in quella stanza angusta.

Non aveva più soldi. E, più di tutto, gli mancava il tempo.

Ludovico spense l'ennesima cicca nel posacenere. Lo fece con lentezza, meditando sulle proprie possibilità. Come se potesse davvero schiacciare il destino avverso insieme con i frammenti di tabacco imprigionati dalla carta.

«Le piace giocare.» Una considerazione neutra.

«Molto. Ma non perché amo essere vittima della sorte: preferisco calcolare quante probabilità possono essermi favorevoli. Puro esercizio matematico.» Freeman si rilassò sulla sedia. Un vago interesse gli coloriva lo sguardo.

Ludovico lo scrutò attraverso una voluta di fumo. «Allora le faccio una proposta», azzardò.

L'altro inarcò le sopracciglia in attesa.

«Un'ultima partita. Arriviamo fino a cinque punti.» Il giornalista tagliò il mazzo per decidere chi avrebbe distribuito le carte. «Se perdo andrò via senza far storie.»

Girò la carta. Regina di fiori.

Freeman tagliò il mazzo a sua volta. «E se vince?»

Voltò la carta. Otto di picche.

«Allora mi permetterà di seguire i Gordon Highlanders.»

Freeman scoppiò in una risata secca.

«Sta scherzando?»

«Mai stato più serio in tutta la mia vita.»

L'ufficiale si raddrizzò. «Impossibile. Non saprei come giustificare la sua presenza nella compagnia. Un civile, per di più un giornalista? No.»

Per un attimo, l'attenzione di Ludovico era stata catturata dalle stellette dorate del risvolto della manica. Avevano un riflesso opaco sotto la luce della lampada a gas, e graffiavano il tessuto verde senza produrre alcun suono.

«Allora mi fornisca un lasciapassare.» Accompagnò la richiesta con uno sguardo fermo. «Mi dia la possibilità di seguire le truppe. È il mio lavoro, ed è l'occasione che aspettavo da una vita intera. Io... io devo vedere la guerra per poterla raccontare.»

«La guerra non è qualcosa che si racconta. Si vive, ci si passa attraverso.»

«Appunto per questo sono qui.» Ludovico strinse la mascella. «Io voglio portare la guerra in Italia. Capisce cosa intendo? *Devo*.»

Il capitano emise un sospiro pesante. Si inclinò in avanti, gli occhi scuri e inespressivi puntati in faccia all'altro.

«Non sa a cosa va incontro.»

«Non devo sparare, io.» Cosa voleva dimostrargli quell'inglese?

«Oh, no. È qui che si sbaglia. Anche lei combatterà questa guerra, e a suo modo, con le parole.» Freeman non sembrava scalfito dalla sua irritazione. «Quanti anni ha?»

«Ventotto», rispose.

Il militare indicò il bicchiere vuoto. «Vuol bere dell'altro?»

Lui fece cenno di no.

«Io, dieci più di lei. Gran parte della mia vita l'ho trascorsa con questa divisa addosso, preparandomi per momenti come questo. Dovrei essere pieno di orgoglio patriottico, bruciare dalla voglia di sterminare i tedeschi che ci aspettano là fuori. Dovrei. Ma non è così.»

Ludovico batté le palpebre, sconcertato. *Cosa stava dicendo? Era ubriaco?* Una meraviglia sgradevole e improvvisa gli fece alzare la voce. «Ciascuno di noi ha un dovere da compiere in questa guerra: il mio è quello di raccontare cosa accade, così come il suo è quello di combattere. La realtà deve arrivare a chi è lontano da qui, a chi non può vedere il sangue versato e non può udire il rombo dei cannoni.»

Freeman rise sommessamente. Un suono malinconico, che gli rammentò la risacca su una spiaggia di ciottoli. «Oh, amico mio, per essere un adulto, è ancora così ingenuo. Pensa che la verità arriverà intatta sul suo giornale? Che non ci sarà qualcuno che la manipolerà? Non capisce che è tutto inutile? Che la gente vede solo ciò che vuol vedere?»

Ludovico ammutolì, incapace di trovare una risposta immediata. «L'Italia non è in guerra. Non siamo coinvolti, e non vedo perché dovrebbe accadere una cosa del genere», farfugliò dopo alcuni secondi.

Freeman lo soppesò, quasi dovesse scegliere se fidarsi o meno di quello sconosciuto. «Ma presto o tardi finirete per essere trascinati nel conflitto. Ricordi sempre questo, signor Aldisi: nessuno vuol sapere cosa accade davvero su un campo di battaglia. Mai. Se lo facesse, sarebbe costretto ad ammettere che l'animo umano è capace d'ogni bassezza. La guerra riporta in vita il nostro peccato originale, ciò di cui vogliamo dimenticarci. Che siamo animali, prima di tutto.»

«Animali?» Gesù, quell'uomo doveva essere più ubriaco di quanto immaginasse.

«Animali», ripeté Freeman con caparbietà. «Bestie feroci che non hanno nemmeno la giustificazione della fame. Non mi crede? Lasci che le racconti qualcosa. Ha mai sentito parlare della seconda guerra anglo-boera, Aldisi?»

Lui annuì. La perplessità stava lasciando spazio all'interesse. «Sì, anni fa. Un articolo di un quotidiano inglese.»

«Che non sarà mai veritiero, mi creda. Per mesi le nostre truppe rimasero prive di bende e medicine: i soldati andavano in setticemia o morivano dissanguati. Nessuno in patria seppe nulla: non il governo, non la pubblica opinione. Solo l'esercito sapeva, e tacque fino a che un medico, Burdett-Coutts, rivelò le reali condizioni dei soldati in Sudafrica. Nonostante ci fossero le testimonianze di reduci, per molto tempo si negò che lo stato delle cose fosse davvero così tremendo. Fu una commissione parlamentare a riconoscere la verità, alla fine del conflitto. E sa perché? Non era *conveniente* che si sapesse. Sì, conveniente», sottolineò. «La gente, compresa la mia famiglia, voleva cronache di trionfi e atti d'eroismo. Non gli interessava sapere che dietro le bandiere c'erano arti in cancrena e ferite bendate con luridi stracci.»

Gli occhi scuri di Freeman erano persi nel vuoto. «Avevo poco più di vent'anni. Ero un tenente fresco di accademia, pieno di speranze e voglia di uccidere soldati boeri. Invece, ho visto bambini al campo di Bloemfontein che morivano di tifo e difterite senza che nessuno se ne curasse. Erano nemici, non importava che avessero pochi anni, o mesi. Per non parlare del trattamento infame riservato alle donne di qualunque età.»

L'uomo era diventato cupo. Dietro di lui, Ludovico percepì Gregory muoversi a disagio. «Appartengo a una famiglia di militari, signor Aldisi. I Freeman hanno dato all'impero vite e parti del corpo. Letteralmente. Mio padre è andato in guerra come maggiore dei Gordon Highlanders. È tornato a casa in una bara, privo delle gambe, l'ennesimo eroe ucciso dalla setticemia.» Aveva spento la sigaretta nel posacenere. «Per questo odio la guerra. Sì, la odio. Ma nonostante ciò, sono convinto che servire la patria è un onore e un dovere cui non mi sottrarrò mai, qualunque sia il prezzo da pagare. Posso e devo fare la mia parte nel modo migliore.»

Ludovico tirò sulle nocche i polsini del maglione. L'umidità che trapanava gli abiti strappava brividi alle gambe intorpidite, ma non era questo che alimentava il suo malessere. Le confidenze di Freeman gli avevano messo soggezione. Non aveva immaginato di poter sentire parole così terribili e sofferte, da un militare di carriera per di più.

Scelse di parlare con sincerità, come aveva fatto quello sconosciuto.

«Io, invece, sono convinto che questa sia una guerra giusta. Non so cosa accadde davvero in Sudafrica, ma vedo ciò che sta accadendo adesso. È quello che voglio raccontare: i profughi che fuggono dalle case, i campi distrutti, i soldati francesi che muoiono e sì, anche la storia di chi prova a resistere, come la gente di Mons. Lei mi ha detto ciò che sente. Io adesso le dico che ho paura. Mi vergogno ad ammetterlo con lei che è un estraneo, ma so anche cosa mi aspetta in Italia. Laggiù non ho speranze. A Firenze io sono niente, solo uno scribacchino. Questa è la mia occasione per lasciarmi alle spalle ciò che non mi appartiene e cercare il mio posto nel mondo. Per cui, se adesso mi rimanderà indietro, sappia che tornerò di nuovo, ancora e ancora, fino al fronte, fino a che non potrò ottenere ciò che voglio o farmi fucilare.»

L'ufficiale allargò le braccia. «Allora, a questo punto, non c'è nulla che possa aggiungere.» Negli occhi, un'espressione stanca. «Vuole così tanto il suo lasciapassare?» Riprese le carte, tagliò il mazzo. «Sarà la sorte a decidere.»

Quella era l'ultima mano.

Ludovico aspirò una boccata. Poi la sigaretta finì nel posacenere che Gregory aveva già svuotato più volte.

Per un istante, il giornalista ebbe la strana sensazione di trovarsi in una vera sala da gioco, con camerieri in livrea e croupier dalle camicie inamidate. Jasper Freeman e le sue maniere eleganti sarebbero stati adeguati a un club del genere, ben più che a quella stanza.

Il punteggio era tre a tre. Sul tavolo, le ultime carte da prelevare.

Ultima possibilità.

«Ne chiedo due.»

L'altro annuì.

Ludovico prese le carte senza guardarle. Cercò di sfuggire al buio incombente che gravava attorno a loro. A cosa sarebbe accaduto se avesse perso quella partita.

Nella stanza galleggiava una quiete solida. «Prego», lo invitò Freeman.

Ludovico trattenne il fiato. Aprì le carte che aveva cambiato. Accarezzò il profilo di quella più alta, con lentezza, quasi con sensualità. «Re di quadri. Punto extra.»

Le labbra dell'ufficiale si fecero sottili. «Ah.» Gettò la sua carta senza valore sul panno verde.

Ludovico raccolse le carte e gettò la successiva.

«Regina di quadri.»

Il capitano lasciò scorrere i secondi, indugiò prima di scegliere. Alla fine presentò il Jack di fiori.

«Non ha più carte di quadri?»

L'altro tenne gli occhi concentrati sul tavolo. «Visto la carta con cui ho risposto, le lascerò trarre le conclusioni.»

Il re di picche, guerriero solitario, fece la comparsa sul panno. Ma non era del seme giusto. Freeman perse la battaglia e la guerra.

Ludovico rimase con le dita aperte sul piano verde. Avvertì un sollievo che dilagò sotto lo sterno per propagarsi nelle braccia e nelle gambe. La stanchezza scivolò via.

Aveva già raggiunto i cinque punti. Aveva vinto.

Dinanzi a lui, il militare sogghignò senza allegria. «E sia. Il destino non era d'accordo con me.» Si alzò in piedi, gli tese la mano.

Ludovico rispose alla stretta, frastornato dall'eccitazione che gli era esplosa dentro nel momento in cui Freeman aveva ammesso la sconfitta. Si lasciò sfuggire una risata nervosa. «Pare di sì.»

Ce l'aveva fatta.

Freeman raccolse il cappello. «Vada a dormire, Aldisi. Alle quattro e mezzo si presenti qui in piazza. Parli con il tenente Havers che le darà un lasciapassare. Lei seguirà gli addetti alle cucine da campo nelle retrovie.» Poi lo squadrò con una sola rapida occhiata. «Gregory», chiamò.

L'attendente si avvicinò e il capitano indicò le scarpe rovinate di Ludovico. «Procura al signor Aldisi un paio di stivali e delle mollettiere per le caviglie. Non andrà da nessuna parte con quelle», disse con una punta di biasimo nella voce.

Il giornalista contemplò le scarpe, sconsolato. «Oh. Grazie.»

«Non mi ringrazi.»

Ludovico lo vide indossare i guanti per poi dirigersi verso la porta. I suoi tacchi colpirono il pavimento di legno come tonfi di un martello.

«Si è appena procurato un biglietto di sola andata per l'inferno.»

Firenze, 20 agosto 1914

Claudia si rigirò nel letto, con il gomito piegato sul viso umido. La pelle le doleva e la schiena, dove si erano abbattute le cinghiate, era segnata da righe violacee. Sentiva i solchi sotto i polpasrelli: la sagoma della fibbia di suo marito era stampata sulla carne, come un marchio.

Se avessi saputo…

Già. Se avesse saputo che sposare Mario avrebbe significato violenza fisica e umiliazioni di ogni sorta, non avrebbe accettato di entrare sulle sue gambe in quell'incubo.

Con fatica, si mise a sedere. Nel cassetto in basso della toeletta c'era una pomata che un farmacista dallo sguardo opaco le aveva preparato per cancellare lividi e graffi.

L'unguento era freddo, placò il dolore. Tornò a stendersi sul ventre con la camicia arrotolata fino alla vita e i glutei esposti all'aria fresca della notte.

Mario era tornato tardi dal circolo, e aveva preteso di fare del sesso. La prendeva spesso da dietro, ma questo non gli era sufficiente a eccitarlo, non più. La volta precedente le aveva morso un seno fino a lasciarle un segno.

Stavolta, indispettito dalla lentezza con cui lei si era svegliata, l'aveva picchiata con la cintura. Doveva aver bevuto, o forse era arrabbiato con un cliente per una causa perduta o chissà cosa.

Se avessi saputo...

A vent'anni guardi se un uomo è bello, se ha soldi. E così aveva fatto. Mario era fascinoso, benestante e proveniva da una famiglia in vista.

Ora, che di anni ne aveva quasi quaranta, l'unica cosa che si chiedeva era quando avrebbe tirato le cuoia.

Chiuse gli occhi. Mario Anselmi era stato come acido versato nell'anima. La rabbia amara che provava sin dal primo anno di matrimonio si ripresentò, puntuale e tagliente. Aveva odiato Mario per talmente tanti anni da non riuscire a rammentare cosa l'avesse spinta a sposarlo, a parte il prestigio di cui godeva a Firenze. Non avrebbe più saputo dire se c'era stato amore, o solo attrazione, o qualcosa che gli somigliasse.

I suoi sentimenti erano cambiati, come il rame che ha la stessa luce dell'oro antico, ma che si ossida appena esposto alle intemperie. Il rancore che provava era tanto corrosivo da aver cancellato anche la pena per non aver mai avuto un figlio.

Non aveva nessuno da rimproverare, nessun altro se non se stessa. Perché lei aveva accettato la corte di quell'avvocato affascinante e ricco. La sua famiglia, i D'Altieri, erano stati ben lieti di vedere il proprio nome legato a quello di un casato così prestigioso.

Quando però lui l'aveva picchiata per la prima volta, fino a farla sanguinare, lei era corsa da sua madre. E la madre aveva risposto, con un sospiro: «Oh figliola, è tu' marito. Tu te lo sei scelto, tu te lo tieni. E che vuoi che sia una battuta? Chissà che avrai combinato per farlo irritare. Sei femmina, devi star buona e compiacerlo. Su, asciugati le lacrime e va' da lui a chiedergli scusa».

Lei aveva chiesto scusa, molte volte, anche per cose che sapeva di non aver commesso.

Poi aveva smesso.

Si concentrò sul fruscio lieve, simile alla risacca del mare, che proveniva dalle chiome dei pini che circondavano Villa Anselmi. Il ricordo di Ludovico arrivò di soppiatto, dolcemente, e la consolò.

Pâturages, 23 agosto 1914

Ludovico accese una sigaretta, l'ennesima di quella giornata lunghissima, cercando conforto nella boccata acre. Era una delle ultime che restavano nell'astuccio. Avrebbe dovuto chiedere un po' di tabacco a George Latimer, il soldato che gli giaceva vicino. Con lui aveva condiviso chiacchiere smozzicate e la ritirata. Un estraneo che gli era divenuto subito familiare. Era consolatorio sentirlo a fianco, dopo quelle ore angoscianti.

Il giornalista piegò le ginocchia e si appoggiò al tronco dell'albero. Si guardò le mani.

Tremavano.

Sciocco, si rimproverò. *Riprendi il controllo.*

Accanto a lui, Latimer si tirò a sedere. Aveva un viso da bambino, occhi chiari e capelli color caramello. Parlava un inglese misto a strani termini scozzesi che Ludovico non riusciva a pronunciare, eppure si erano intesi subito.

All'inizio di quel mattino, il giornalista gli aveva dato carta e lapis per scrivere alla famiglia. Il soldato aveva ricambiato dividendo con lui parte del boccale di tè che i soldati avevano preparato su un fornellino.

«Hai dormito, italiano?»

«No. Troppo rumore.»

L'altro aveva masticato una battuta in scozzese. «Ti abituerai.»

Ludovico assentì, distratto. Scrutò tra le figure che affollavano la radura. Laddove avrebbero dovuto esserci uomini e divise c'era il vuoto.

Molti caduti. Aveva appena fatto in tempo a conoscerli prima di vederli morire a braccia spalancate.

Quel giorno aveva imparato una cosa. Che i morti in guerra avevano tutti la stessa espressione spaurita, disorientata. Cambiavano i lineamenti, il colore della pelle, le ferite ma non lo stupore nei volti increduli.

Si costrinse a ripercorre gli eventi di quel giorno. Non era certo di essere lucido, ma doveva scrivere l'articolo per il giornale. Condensare tutto ciò che aveva visto in una manciata di parole da dettare al telegrafo.

Prima Latimer gli aveva accennato che si sarebbero acquartierati presso Pâturages, un villaggio a poca distanza da Mons, per riorganizzare le fila e contare le perdite. Là, forse, avrebbe trovato il modo di comunicare con Firenze.

Dallo zaino tirò fuori taccuino e matita. Avrebbe approfittato dell'ultimo sole per scrivere. Un tramonto quieto irrorava le cime degli alberi, appena interrotto da nubi; la luce arrivava fino in basso, lunghi raggi di un arancio brillante che trasformava le ombre e le mescolava con i colori della campagna. Un pomeriggio tiepido di fine estate, di quelli dove si sarebbe dovuto sentire solo il ronzio degli insetti e non fischi di pallottole.

Era una ritirata crudele, quella, che lasciava dietro uomini morenti, accolti dalla terra che li avrebbe cullati come una madre che protegge il sonno di un figlio.

Di nuovo, la sensazione di impotenza lo investì. E con essa giunse il timore di non riuscire a raccontare davvero quello che stava accadendo, perché l'orrore di ciò che aveva visto era troppo, e troppo grande.

No. Non è così.

Prese il mozzicone del lapis e iniziò a scrivere.

Mons e la sua gente operosa non avrebbero mai pensato di trovarsi, un giorno, sulla linea del fuoco. Eppure è ciò che è accaduto oggi. Questo piccolo borgo è stato il centro di una battaglia furiosa.

Da una parte i tedeschi che hanno attaccato con ferocia sin dall'alba, bombardando senza tregua le linee delle forze alleate. Dall'altra, i francesi e le truppe del British Expeditionary Force di Sir John French.

Gli inglesi si erano schierati lungo l'argine del canale che porta verso il fiume Sambre. La loro perizia militare e l'organizzazione metodica non sono esagerate: sono scrupolosi, rispettosi degli ordini e dotati di un coraggio che travalica il disprezzo del pericolo e della morte.

Verso le nove del mattino facevano la loro comparsa decine di figure grigie, fino ad allora rintanate nei boschi, che si inoltravano nei campi. Ma c'era un canale da attraversare, e pochi ponti dove farlo. La fanteria tedesca procedeva a ranghi compatti per il sentiero che conduceva a Mons. A difendere la città e il suolo belga, una compagnia dei Royal Fusiliers e poche mitragliatrici. Un manipolo di uomini ardimentosi che hanno fermato gli invasori, i quali avanzavano con tracotanza in formazione di parata, come se si trattasse di una marcia trionfale. Il coraggio e il sangue freddo dei tiratori inglesi li hanno puniti.

Resisi conto dell'errore tattico, i tedeschi sceglievano una strategia diversa. Si sparpagliavano per i campi, nascondendosi tra l'erba. Ben presto i valorosi soldati inglesi si trovarono sotto il fuoco incrociato. Uomini si accasciavano sugli affusti delle mitragliatrici. Chi restava, raccoglieva il fucile del compagno e le sue munizioni, pronto a offrirsi ai proiettili del nemico, altri conservavano le piastrine dei morti senza versare una lacrima.

Verrà il giorno per ricordare i caduti. Adesso è il momento della difesa e dell'orgoglio. Un tenente ha resistito da solo sul ponte di Nimy per bloccare l'orda tedesca, unico superstite del proprio drappello, fino a che non è stato ucciso dai colpi del nemico. Poco più avanti un soldato semplice ha protetto la postazione fino a che non è stato accerchiato. Allora ha distrutto la propria mitragliatrice per impedire che divenisse preda dei tedeschi, e dopo si è lasciato catturare, dando prova di una fierezza che l'avversario ha ben riconosciuto.

Di questi e altri atti eroici si parlerà a lungo. Insieme ai Royal Fusiliers, c'era il Quarto Battaglione del Middlesex Regiment e il Primo dei Gordon Higlanders. Anch'essi hanno riportato gravi perdite, ma hanno affrontato forze maggiori delle loro.

Il sangue degli uomini si è mescolato con le acque del canale, ha bagnato le zolle fertili. Uomini hanno esalato il loro ultimo respiro, con il pensiero rivolto alla patria e alla propria famiglia.

Essi hanno tenuto le posizioni mentre i rinforzi arrivavano faticosamente, protetti dal fuoco dell'artiglieria della divisione. Gli assalitori, aiutati dalle foreste di abeti, si son vigliaccamente celati dietro gli alberi, avvicinandosi come serpenti nell'erba alta fino a colpire in maniera proditoria le postazioni inglesi. Quando la manovra tedesca si è fatta più vasta e feroce, una vera e propria pioggia di fuoco, i soldati d'oltremanica son stati costretti a recedere dalle proprie postazioni, divenute ormai cimiteri, malgrado gli aiuti che provenivano dalle retrovie.

Nonostante l'olocausto di vite e il dispendio di mezzi, gli inglesi hanno dovuto ripiegare in vista di una nuova offensiva con cui ricacciare oltre la Sambre gli invasori.

Greve in Chianti, 26 agosto 1914

«Che follia!»

Irene chiuse la «Nazione» con stizza. Sollevò lo sguardo sul padre per commentare l'articolo ma lo trovò addormentato sulla poltrona di vimini della veranda, con i piedi su uno sgabello e la bocca semiaperta. Aveva il respiro pesante, affaticato.

Avvertì una fitta di preoccupazione.

Dante aveva offerto ai Laurenti una minuscola casa colonica, per trascorrere alcune settimane lontano dalla calura fiorentina, quando lei gli aveva confidato le proprie ansie per la salute del padre. Irene aveva sperato che il soggiorno in campagna e il clima più fresco lo avrebbero aiutato a riprendersi. Evidentemente, non era stato così.

Ne aveva parlato con Dante giusto poco prima, quando era arrivato alla *dépendance* portando un cesto con frutta e uova. «*Mon père m'inquiète*. Stamane, appena alzatosi dal letto, mi sembrava gonfio e affaticato», aveva commentato con aria assorta.

Dante le aveva scompigliato i riccioli. «Probabilmente ha dormito male.» Poi l'aveva fatta sedere sul divano all'ingresso della casa. «Tuo padre è anziano, Irene, ma ha una fibra forte. E tu non devi farti carico di angosce inutili. Hai tutta la vita per preoccuparti per lui, e quando verrà il momento lo farai. Ma non adesso. Non ve ne è motivo.»

Ma lei non lo aveva ascoltato. «Dopo la morte di mia madre, io...»

«Pensi di essere sola, ma non lo sei. Io t'ho vista crescere, qui e in Francia, e per me sei una sorella.»

«Oh, grazie.» All'improvviso, la ragazza lo abbracciò. «A volte non so cosa fare, Dante», ammise mentre la voce le tremava. Ma solo un po': Irene non era tipo da scoppiare in lacrime. Chiuse gli occhi, nascose il viso nell'incavo del collo e avvertì l'odore di sapone da barba dell'amico che le massaggiava la schiena e la rassicurava. Era bello sapere, o perlomeno immaginare, che qualcuno si sarebbe preso cura di lei nonostante tutto.

Questo pensiero l'aveva sorretta per tutta la mattina. Ma in quello scampolo di pomeriggio lo sentì scemare fino a sparire. Fino a lasciarla sola con i suoi timori.

Si coprì con lo scialle e andò alla balaustra. Dalla loggia poteva scorgere le sagome dolci e azzurrate delle alture del Chianti immerse nel crepuscolo. Nuvole basse, ambasciatrici di un temporale estivo, stavano rotolando verso il poggio della Torricella. Si accorse di stringere ancora il giornale che aveva accartocciato.

Lisciò le pagine spiegazzate e rilesse l'articolo di Aldisi. C'era qualcosa che l'aveva colpita, ma non era riuscita a capire di cosa si trattasse. Adesso riusciva a darle un nome.

Aveva immaginato che il giornalista si soffermasse sull'orgoglio patriottico e sulla bellezza del sangue purificatore, o altre amenità di cui cianciavano gli interventisti in Italia, ed era pronta a criticarlo aspramente per questo.

Invece, al di là delle immagini crude e della ricostruzione del giorno della battaglia, aveva avvertito la *pietas* nelle parole di rispetto per i morti e per il loro sacrificio.

Non era ciò che si aspettava.

Un brontolio lieve la fece voltare. Suo padre si era svegliato e si stava frizionando le braccia infreddolite. Batté le palpebre più volte per metterla a fuoco.

«Figlia mia», la chiamò.

Lei tornò sui suoi passi. «Tra un po' pioverà, *mon papa*. Sarà meglio rientrare.» Una raffica di vento sottolineò quella considerazione. Il professore assentì.

Facendosi forza si rimise in piedi. Rimase fermo alcuni istanti, quasi a voler saggiare il proprio equilibrio, poi raggiunse la figlia sulla soglia della portafinestra.

«Ho letto l'articolo del tuo ex allievo. *Très intéressant*», disse Irene, mentre chiudeva l'uscio.

«Un buon pezzo. Quel ragazzo sa scrivere bene.»

Irene rise. «È un uomo, papà. Ha la stessa età di Dante.»

Il professore scrollò le spalle. Si aggirò per il soggiorno, fino ad arrivare alla credenza su cui aveva impilato un gran numero di libri. «Abbi pazienza. È l'abitudine: per me rimangono tutti studenti», celiò. Scelse un saggio e si accomodò su una poltrona di velluto stinto, poco distante dall'*applique* che illuminava la parete. «Era molto in gamba, Ludovico Aldisi.»

Irene si sistemò su una poltroncina di vimini dinanzi la

finestra. Raccolse le ginocchia al petto e vi mise la fronte sopra rivolgendosi verso la campagna. Voleva vedere il temporale che si abbatteva sui pioppi lungo la strada carraia, i viticci squassati dal vento, i campi staffilati dalla pioggia.

«A me è sembrato solo un tizio troppo sicuro di sé», considerò a mezza bocca. Si rannicchiò nello scialle.

«Era un lettore molto perspicace, capace di cogliere sfumature insolite là dove gli altri si fermavano al testo.»

«Le qualità di una persona, papà, non si possono giudicare dai talenti. Lui è presuntuoso, oltre che essere uno di quei militaristi. È stata una delusione per me scoprire che era così diverso da come l'avevi descritto», concluse con una nota di avversione nella voce.

Il professore tuffò il naso nel libro. «*Ma petite*, la gente cambia. Lui ha fatto le sue scelte. Adesso sii gentile, va' a prendermi qualcosa per scaldarmi, ché da quella portafinestra entra uno spiffero che mi sta facendo gelare. Non riesco a concentrarmi con questi brividi.»

Irene annuì e andò in camera a prendere una coperta, la drappeggiò sopra le gambe del padre e tornò a raggomitolarsi sulla sedia, con lo sguardo che vagava tra i campi e l'orizzonte.

Un tuono fece tintinnare i vetri. Il temporale era arrivato.

«Preferisco stare qui piuttosto che a Firenze», disse Irene a un tratto, senza alzare la guancia dalle ginocchia. La pioggia che cadeva sulle tegole produceva un suono confortante. Spruzzi trasportati dal vento bagnavano i mattoni di cotto della loggia.

Il padre bofonchiò un «Ma cosa dici?» perplesso e continuò a leggere.

«Preferisco stare qui. Ieri Luciana ha detto che mi ospiterebbe volentieri alla Torricella», ripeté, più forte. Si girò a osservare il padre. Il professor Laurenti si era acceso la pipa e adesso la teneva con fare assente, concentrato sul libro che stava leggendo.

«Papà», lo chiamò. «Hai sentito?»

L'uomo interruppe per un attimo la lettura. «*Oui*. Se vuoi possiamo restare ancora per una settimana o due.»

La ragazza trattenne un sospiro. «Te ne sarei grata. Qui mi trovo bene, e mi piace la compagnia di Luciana.»

«*Bien*, cara. Tuttavia dovremo tornare in città per fine settembre: io ho da riprendere l'università, e tu dovresti provare a farti delle amiche della tua età a Firenze, o conoscere giovanotti.»

Indispettita, la ragazza giocherellò con la frangia dello scialle. «Io avevo le mie amiche, papà. A Parigi», rispose in tono accusatorio.

«Ma adesso sei in Italia. Sei intelligente e arguta, Irene, hai sempre colmato di gioia la vita mia e di tua madre. Sono certa che riuscirai a incontrare delle compagnie che ti aggradano. E poi, cominci ad avere anche un'età in cui sarebbe giusto fare progetti per il futuro.» Fece una pausa carica di significato. «Sai cosa intendo, ne abbiamo parlato altre volte. Devi trovare un giovane che sia adatto a te. È il tuo momento, questo, ed è ora che inizi a pensare a una famiglia tua.»

La ragazza nascose il volto tra le braccia. *Di nuovo questo discorso*, pensò. In maniera subdola, le tornò alla memoria ciò che era avvenuto con Daniele, a Fiesole. E se gli avesse dato una possibilità? Era una persona colta, aveva idee aperte.

No, era lei che non voleva pensarci, non ancora.

«Ho diciotto anni, non venticinque. È troppo presto!» La frustrazione stava per soffocarla, la sentiva addosso come una coltre bagnata e pesante.

Giuseppe Laurenti tacitò le obiezioni della figlia con uno sguardo severo. «Allora quando hai intenzione di pensarci? Ad aprile ne avrai diciannove. Tua madre a ventuno era già incinta di te.»

«E tu ne avevi quindici più di lei. Perché hai potuto scegliere quando sposarti e io no?»

«Irene, che ragionamento è questo? Io sono un uomo», sbottò lui irritato. «Una donna, specie se giovane come era lei allora e come sei tu adesso, ha bisogno di essere guidata. Un marito e dei figli sono la naturale finalità di un'esistenza serena.»

Uno sbuffo insofferente fu la risposta.

L'uomo alzò gli occhi al soffitto: era esasperato. In occasioni come quelle avrebbe voluto accanto Isabelle, la moglie morta l'anno precedente.

Lui non sapeva cosa dire o fare con quella figlia così testarda. Aveva pensato che tornare in Italia l'avrebbe aiutata a maturare e a ritrovare le proprie origini, ma così non era avvenuto. Irene era arrabbiata e confusa, e lui non aveva più le energie per affrontarla.

Avrebbe dovuto sposarsi, e avere dei figli che le togliessero di dosso quella voglia di libertà che le covava dentro sin da quando avevano lasciato Parigi.

«Sii più conciliante, bambina. Da che sei tornata in Italia sei tutta un mugugno. Cerca di comprendere che la tua vita è qui, adesso.»

La ragazza aprì la bocca per rispondere ma la richiuse. Non sarebbe servito a nulla. Navigare controvento quando la corrente ti trascina e strattona via i remi è uno sforzo inutile e frustrante. Puoi solo guardare il gorgo che sta per inghiottirti.

Rasserenato dal silenzio che aveva il sapore di un tacito accordo, l'uomo tornò a chiudersi nel bozzolo confortevole del libro. Sua figlia, ne era certo, sarebbe venuta a più miti consigli e si sarebbe placata.

Irene lo fissò, incredula. Era amareggiata, e piena di rancore. Suo padre non poteva e non voleva capire ciò che provava.

Corse alla portafinestra, la aprì e uscì sulla veranda, incurante delle proteste del professore per il vento freddo entrato nella stanza.

Fuori, l'aria era satura di elettricità. Spruzzi di pioggia le bagnarono le dita strette sulla balaustra. Gocce d'acqua le sfiorarono la pelle e poi la fecero rabbrividire. Si abbracciò il corpo, mentre il respiro, compresso tra le costole, le premeva contro lo sterno.

Lacrime di rabbia le bagnarono le guance. Le asciugò con un gesto adirato e impedì ai singhiozzi di squassarla. Alzò il viso e ascoltò il temporale.

Ripensò a Ludovico Aldisi, fermo alla finestra della casa di Firenze, che la guardava e le parlava come se fosse un'adulta, che affermava di comprenderla. Le diceva che lei non era tipo da subire gli eventi.

Oh, come si sbagliava. Non era lei a volersi arrendere. Era suo padre, i loro amici, era un'intera città a schiacciarla contro quei vetri, a impedirle di essere se stessa, a imporle una vita che non le apparteneva. Quei giorni a Greve erano un'inutile fuga.

Era sola.

Le Cateau, 26 agosto 1914

Una cortina grigia di polvere velava l'azzurro. Il sole era una macchia indistinta.

Ludovico tentava di scorgere il cielo attraverso le travi sbrecciate per capire che ore fossero. Le due? Le tre?

Un altro boato, un proiettile di mortaio. Il giornalista si rannicchiò contro il muro del fienile in cui aveva trovato rifugio quando era iniziata la battaglia. Era sudato e sporco, e non per la calura estiva.

Doveva essere accaduto qualcosa al tempo, che ne aveva alterato il corso e la velocità: dopo il mattino assolato, i minuti si erano dilatati sino a divenire ore, e le ore giorni. La notte si era trascinata lentamente e aveva lasciato la sua eredità di stanchezza a un giorno caldissimo.

A Mons, Freeman, attraverso Gregory, il suo attendente, gli aveva ordinato di restare nelle retrovie. Ma durante la ritirata Ludovico era riuscito a incunearsi tra gli artiglieri, e poi risalire la colonna fino a raggiungere la fanteria in prima linea. Quel mattino aveva scorto Latimer, che gli aveva fatto l'occhiolino.

«Il capitano t'ha visto, italiano? Sai che non dovresti stare qui, vero?»

«Conto che nessuno glielo vada a dire. Come va oggi?»

«Come vuoi che vada? Non lo vedi che corriamo con le baionette tedesche sotto il culo? Quelli dello stato maggiore non dicono nulla nemmeno agli ufficiali.» Lo aveva guardato con serietà. «Bah. Non so come ne usciremo.»

Era accaduto solo poche ore prima. Dopo mezzogiorno era iniziato il fuoco di sbarramento per arrestare l'avanzata tedesca. Una lunga linea di uomini dalle divise beige aveva approntato sacchi di sabbia a ridosso d'una foresta sparuta; postazioni di difesa per l'artiglieria erano state incassate in buche poco profonde e lì si erano distesi i fucilieri armati di Mk1, i Lee-Enfield, che Ludovico aveva imparato a conoscere bene.

E poi...

Un'esplosione lo scosse, lo strappò ai ricordi.

La battaglia. Faticosa, convulsa, sembrava non dover finire mai. Lo scoppio di uno shrapnel generò un'onda d'urto, lo riportò al presente, a quella mattina di guerra. Pietre e mattoni gli caddero addosso. Urla giunsero dall'esterno e si mescolarono al sibilo dei proiettili.

Ludovico avvertiva quei suoni con tutto il corpo. Attraverso il suolo, le vibrazioni penetravano strati di epidermide e muscoli fino a riverberarsi nelle ossa. Colpi si sovrapponevano gli uni agli altri, gli risuonavano nel cervello, lo confondevano.

Un altro proiettile. Il moncone di tetto sopra di lui barcollò e si schiantò a terra. Fiammelle si propagarono dalle spine di legno e attaccarono le sterpaglie.

«Muoversi in ordine sparso.»

Udì l'ordine del capitano Freeman, nonostante il bombardamento feroce. Con gli occhi offuscati dai calcinacci, Ludovico strisciò fuori dal proprio rifugio. Non doveva perdere i Gordon Highlanders. Preferiva rischiare di finire maciullato da una granata, perché c'era un destino peggiore, ed era quello di restare solo in mezzo ai morti, in attesa che i tedeschi lo fucilassero come spia.

Abbandonò il fienile mentre un altro sparo di artiglieria distruggeva ciò che ne restava. Lo spostamento d'aria lo scagliò ad alcuni metri.

Ludovico rimase per alcuni istanti a occhi chiusi. Sentì in bocca un gusto ferroso e amaro. Lo zigomo gli faceva male, la tempia pulsava con violenza, giusto sopra l'occhio.

Protese un braccio alla cieca e cercò di rialzarsi. Tastò qualcosa di caldo, avvolto in una stoffa ruvida, e istintivamente la strinse. Si girò.

Era una gamba. Il suo proprietario, o ciò che ne restava, giaceva pochi metri più in là insieme ad altri compagni dilaniati dallo scoppio, e a due cavalli. Uno degli animali nitriva ancora debolmente.

Urlò, Ludovico. Scattò e fuggì incespicando su sassi e corpi. Corse via e non guardò altro. In mezzo al fumo riconobbe alcuni kilt e calze a rombi rossi che si ritiravano verso macchie di alberi. Era laggiù che i Gordon Highlanders si stavano radunando e lì doveva arrivare.

Li seguì, un po' correndo, un po' trascinandosi sulle ginocchia. Tentò di ripulirsi il palmo sui pantaloni per levare il sangue e la memoria di quel residuo di calore che gli era rimasto attaccato alla pelle.

Tra i denti masticava una preghiera e il sapore della terra.

Quando raggiunse la boscaglia, vide i Gordon Highlanders che rifiatavano e bevevano dalle borracce. Li osservò, pieno di gratitudine. Provò quel sollievo che si avverte quando si riconosce un volto familiare in un Paese straniero: non importa che quel volto sia di una persona che ti è indifferente, od ostile. È qualcuno che appartiene alla tua vita, in un modo o nell'altro.

Ludovico si sedette nella radura con gli altri, si ripulì gli occhi dal terriccio. Scrutò quei visi. Riconobbe Latimer che medicava un commilitone; il tenente Havers passava tra i soldati, chiedeva loro se fossero feriti e quante munizioni avessero. Sembrava invecchiato: aveva un'escoriazione sul viso e una macchia rossa sulla divisa.

Qualcuno si passava la borraccia di acqua, altri bevevano da una fiaschetta. Poco lontano, barellieri preparavano lettighe di fortuna per trascinare i feriti sui carri.

La voce pacata di Freeman arrivò in un momento di quiete. Portò calma e ordine. Il capitano si mise al centro della radura e studiò i suoi uomini uno per uno. Sembrava privo di emozioni, indifferente, mentre Gregory chiamava l'appello.

Alcuni risposero subito. Altri biascicarono il loro «Presente», fra dolore e stanchezza. Altri non risposero affatto. Allora Gregory ripeteva il nome per la seconda volta, in attesa, e in quel silenzio sospeso galleggiava la speranza di udire un lamento, o qualcuno che dicesse «Qui» o «Presente».

Una speranza che moriva soffocata dal nome successivo.

Ludovico lasciò lo zaino vicino all'albero dove era crollato e si avvicinò.

Il capitano gli fece cenno di tacere, mentre scorreva l'elenco. «Quasi un terzo degli uomini è caduto o ferito.» Appose una firma e diede il foglio all'attendente. «Fa' che il comando lo riceva al più presto.»

L'ufficiale seguì Gregory con lo sguardo, poi si voltò verso il cronista. «Non dovrebbe trovarsi in prima linea», lo rimproverò con asprezza.

Ludovico deglutì. Il sospiro che emise era spezzato. «Lo so.»

Freeman lo gelò con un'occhiata. La collera distorceva i suoi lineamenti aristocratici, la sofferenza lo rendeva più umano. «Molti dei miei uomini sono morti oggi. Dovrò scrivere lettere alle famiglie e spiegare che sono caduti nel corso di una resistenza per pochi acri. E prima ancora di essere miei soldati, sono la mia gente, scozzesi arruolati negli Highlanders.» Il capitano, con un gesto rude, spinse Ludovico e lo fece voltare. «Guardi.» Indicò un punto tra gli alberi, verso il campo aperto. «Li vede, quei fanti laggiù?»

C'erano soldati inglesi sulla pianura coperta di erba, che aveva perduto la sua brillantezza: batterie di artiglieria che bloccavano l'avanzata delle truppe vestite di grigio, e che vomitavano proiettili su proiettili. «Quello è il Royal Irish Regiment. Tra di loro ci sono i migliori fucilieri della divisione. Stanno bloccando i tedeschi per consentire a noi di ritirarci. Quando saranno troppo vicini, metteranno fuori uso i loro cannoni e i fucili e si lasceranno catturare o moriranno. Lo capisce che significa questo?»

Ancora una volta, Ludovico annuì. Sentì un nodo allo stomaco.

Freeman gli serrò la spalla in una morsa dolorosa. «Lo scriva, allora.» Digrignò i denti, furioso e addolorato. «Voleva la guerra, Aldisi? Il sangue? Il fuoco? Eccoli.»

Firenze, 1° settembre 1914

Claudia Anselmi scrutò il marito di sottecchi. Stava seduto a tavola con la schiena diritta, indifferente a tutto ciò che lo circondava; reggeva con mollezza il cucchiaio con cui sorbiva la minestra. Per un istante desiderò avere un coltello da potergli conficcare in gola.

Immaginò il fiotto di sangue che gli lordava i vestiti e schizzava sulla tovaglia candida. I suoi rantoli mentre moriva. Riconquistare la sua libertà.

Tornò alla realtà, opprimente come la cappa d'afa che incombeva su Firenze. Osservò con distacco la fronte dell'uomo, alta e severa. Stava perdendo i capelli e alcuni fili bianchi coloravano qui e là il nero. Le guance sembravano cascargli.

Gioì. Stava invecchiando.

Ignaro di ciò, Mario Anselmi era assorto nella lettura del giornale, inconsapevole delle occhiate della moglie. Ogni tanto beveva un sorso di vino. Non alzava mai lo sguardo.

Erano soli nella sala da pranzo usata dai coniugi Anselmi per i pasti in famiglia che dava sul retro della casa.

Claudia odiava quell'ambiente dai mobili di legno scuro. Odiava la tappezzeria con il decoro dei gigli di Francia, odiava le tende di velluto pesante che le celavano la vista del giardino.

Era costretta a restare con suo marito, senza la confortante presenza della domestica, che si allontanava dopo aver servito il cibo.

Claudia cercò il pendente di smeraldi che portava al collo e poi si massaggiò il ventre. Le doleva ancora.

Riprese a mangiare, senza sentire il gusto della zuppa. Mario la picchiava sempre in punti dove nessuno potesse vedere. Le spalle, l'addome, le gambe. Lo aveva fatto molte volte, all'inizio del loro matrimonio, quando pensava che lei non volesse restare incinta. E lei aveva subìto tutto.

Poi aveva provato il tradimento. Il primo amante.

Aveva accettato la corte di un conoscente con la speranza di avere un figlio. Un pegno da sacrificare al marito, una vittima per placare la rabbia d'una divinità crudele.

Ma non era accaduto, né con quell'uomo, né con gli altri.

Sua la colpa. Era sterile.

C'erano stati giorni in cui l'incapacità di essere madre l'aveva straziata. Adesso la considerava una benedizione. Non avrebbe dato al mondo un altro uomo schifoso come il marito.

Lui aveva concepito due bastardi con la sua mantenuta. Il più grande, un maschio, doveva avere circa sette anni, pensò con distacco, e prima o poi lo avrebbe legittimato.

All'inizio, l'infedeltà di Mario aveva avuto il sapore del fallimento. Era lei quella difettosa, ed era giusto che suo marito cercasse altrove ciò che non poteva dargli. Con il trascorrere degli anni la vergogna si era trasformata in insofferenza, e poi in collera. Infine, la ribellione si era raggrumata in una quieta indifferenza che era rifugio e difesa, spezzata da relazioni fugaci.

Fino a lui. A Ludovico Aldisi dagli occhi grigi, la bocca sempre pronta a una risata di scherno. Un arrampicatore sociale della peggior specie, il miglior bugiardo che avesse mai conosciuto. L'unico che riuscisse a strappare un sussulto al suo cuore sepolto sotto una lapide di cinismo.

Non aveva più remore nel tradire Mario, e da molto tempo. Anzi: con Ludovico aveva provato persino gioia, perché il giornalista incarnava tutto ciò che il marito disprezzava. Sperava quasi che lui venisse a sapere della loro relazione, e che provasse la stessa vergogna che aveva provato lei.

«Interessante.»

Claudia abbandonò la posata nel piatto. Sapeva che quella frase era l'esordio di un monologo del marito. Sorrise, amabile. «Cosa, Mario?»

L'avvocato rispose senza smettere di leggere il giornale. «Il resoconto di quell'Aldisi. Ha dato una descrizione molto vivida della ritirata degli inglesi e dei francesi.» Sfogliò la «Nazione» fino a giungere alla quarta pagina, dove si trovavano le ultime notizie. «Adesso le truppe si stanno riorganizzando. I tedeschi non possono raggiungere Parigi, bloccati come sono dal BEF, e stanno cercando di riposizionarsi.»

«Così i francesi potranno inseguirli?» azzardò Claudia.

Il marito liquidò l'osservazione con un sospiro. «Non

dire idiozie! I francesi hanno subìto perdite enormi. Sarà tanto se riusciranno a consolidare il fronte, altro che vincere.»

Un fiotto di rancore le si riversò addosso. Artigliò il cucchiaio. «Non sono una stupida. Puoi anche parlarmi con maggior rispetto.» Lo fissò con durezza. Ludovico le spiegava ciò che accadeva, e soprattutto l'ascoltava.

«Mia cara, non credevo che ti interessasse», replicò Mario in tono beffardo. Tornò a leggere il giornale.

Mia cara. Odiava quando la definiva così. C'erano derisione e noia custoditi in quelle parole, un'espressione di affetto che pronunciata da lui si trasformava in un insulto capace di farla sentire impotente.

«Mi interessa invece, e molto», ribatté, aspra. *E non perché me lo dici tu, ma perché chi ha scritto quelle parole è molto più uomo di te.*

Mario non rispose.

La donna appallottolò il tovagliolo accanto al coperto. La minestra era ormai fredda, l'appetito era svanito. La sedia stridette sul pavimento quando si alzò per lasciare la stanza.

Mario Anselmi chiuse il giornale. «Dove vai?»

«In camera mia.»

«No. Tu resti qui e aspetti che io abbia finito di mangiare.» Le indicò la sedia vuota. «Siediti.»

L'immagine del sangue che sgorgava sullo sparato bianco della camicia del marito tornò a offuscarle la vista. Si aggrappò al bordo del tavolo. Obbedì.

Poi rammentò cosa aveva nella tasca della gonna. Lì, nascosta tra le pieghe, c'era una lettera. La strinse e la collera scemò, sostituita da una sensazione di rivalsa quasi inebriante.

Portava un timbro francese.

Mia cara Claudia,
ho solo pochi minuti per scrivere queste righe. Sto preparando l'articolo per il giornale e questo significa ripensare a ciò che ho visto e vissuto in questi giorni difficili. Non posso dirti dove mi trovo, questioni di censura. Spero che capirai.
Ti scrivo per rassicurarti che sto bene e sono in buona salute. Sono stato fortunato. Un ufficiale inglese mi ha preso in simpatia e mi ha permesso di aggregarmi al suo battaglione. Non potrei stare con i soldati, in verità: ci sono ordini precisi, ma il capitano che ha firmato il mio lasciapassare è una persona... originale. Credo che lo faccia per il proprio divertimento, una sfida all'autorità, ma so anche che non esiterebbe ad allontanarmi o farmi arrestare se agissi fuori dei confini che lui ha segnato. Legge i miei articoli, li epura dai dettagli che possano mettere il nemico in allarme su ciò che accade tra gli alleati e commenta le mie frasi facendo riferimento ai classici della letteratura inglese. Non abbiamo avuto che pochi momenti di riposo, in questi giorni, ma sono bastati per permettermi di apprezzare la sua compagnia.
In realtà è scozzese, ci tiene a precisarlo, ed è un uomo molto colto. Ti piacerebbe conoscerlo: è un musicista, suona il violino, ed è appassionato dell'I-

talia. Ha un attendente serissimo che lo segue sin dall'inizio della carriera militare. Non parla molto e mi guarda con diffidenza.
Per il resto, posso dirti poco altro rispetto a ciò che leggerai sul giornale. Sappi che sei nei miei pensieri e che spero di poterti riabbracciare presto. Il tuo profumo di fiori è una memoria che serbo nel cuore e che mi consola.
Spero tu stia bene. Ti mando i miei più cari saluti.
A presto,
L.

Gournay-sur-Marne, 4 settembre 1914

La casa era piccola, di pietra grigia, con gli infissi dipinti di bianco e tende candide alle finestre. Aveva un tetto di lastre di ardesia lucidate dal sole del tramonto. Nell'aria, la fragranza rasserenante dell'erba falciata di fresco. Il frinire degli insetti e il pigolio degli uccelli salutavano il primo giorno di stasi in quella strana guerra.

Ludovico si sedette con la schiena contro il tronco del pioppo che svettava nel giardino. Provava una sorta di straniamento, come se quello fosse un mondo irreale, partorito da una mente malata. Come se tutto ciò che avesse visto o vissuto appartenesse a un altro uomo.

Eppure la guerra continuava. Il paesaggio ne portava le tracce, ferite simili a sfregi lo deformavano.

Il giorno precedente, le truppe del BEF avevano camminato verso Gournay-sur-Marne su strade costeggiate da mezzi in fiamme e fattorie distrutte. Tra le colline, Ludovico aveva intravisto la sagoma di uno dei tanti villaggi occupati e si era permesso un fischio allegro. Lo aveva indicato a Latimer che procedeva dinanzi a lui.

Il ragazzo aveva esultato. «Diamine, sarebbe anche ora

di fermarsi!» Il tenente Havers lo aveva rimproverato. L'entusiasmo, però, si era diffuso tra i soldati. I pensieri di tutti erano andati a un pasto caldo, un'intera notte di sonno sulla paglia fresca e magari un secchio d'acqua per radersi. Non mangiavano un rancio decente da giorni: la cucina della compagnia era nelle retrovie, insieme ai rifornimenti. L'unica cosa che avevano messo sotto i denti erano mele sottratte ai frutteti.

Poi erano arrivati al villaggio.

Finestre sventrate. Mobili fatti a pezzi, tendine lacerate che ondeggiavano, aiuole distrutte, muri imbrattati da scritte oscene, autocarri bruciati. Le case sembravano teschi abbandonati, sbiancati dalle intemperie. Un cane si aggirava tra i cortili, abbaiando ai soldati con un latrato impazzito.

Allora avevano proseguito. A notte fonda era finalmente giunto l'ordine di acquartierarsi. Non c'era stata alcuna esultanza, solo mormorii di assenso sepolti in fretta dal sonno.

Ludovico seguiva i Gordon Highlanders in disparte, con lo zaino sulle spalle e gli occhi fissi a terra. Non indossava la divisa, né portava armi, ma aveva assorbito il loro passo ordinato. Un'andatura misurata, senza scatti o accelerazioni che induceva una sorta di torpore in cui i pensieri galleggiavano senza acquistare una forma determinata. Aveva imparato a dosare le forze, a non chiedere troppo al proprio corpo, a dormire anche solo un'ora.

Adesso, dopo giorni di confusione e stanchezza, quella tranquillità sembrava irreale. Sentiva i muscoli tesi. Il terrore di dover correre tra gli spari restava in agguato.

Sulle ginocchia indolenzite aveva un taccuino e dei fogli che crepitavano, mossi dal vento. Doveva preparare l'articolo e scrivere una lettera a Claudia.

Claudia.

Mordicchiò l'estremità della matita. Pensieri scomodi gli affollarono la coscienza, riflessioni amare, sconcertanti, che lo costrinsero a coprirsi il viso per resistere alle vertigini.

Ciò che aveva vissuto in quelle settimane lo aveva trovato del tutto impreparato, ora poteva ammetterlo. Il malessere che lo soffocava non era legato al timore di essere ucciso o ferito. Sentiva che la vita, i pensieri, la sua stessa esistenza potevano sfuggirgli in uno schioccare di dita e lui non sarebbe stato in grado d'impedirlo.

Aveva provato un'urgenza quasi dolorosa di condividere quella consapevolezza. Di sfogarsi, di parlare per riuscire a capire cosa gli stava accadendo.

Aveva ripensato al passato, alla sua famiglia. Alla madre, Adelina, con le ossa rattrappite dall'artrosi, che sapeva leggere poco e male, e al padre, Vittorio, morto dopo la sua laurea, che non aveva mai accettato il suo bisogno di essere diverso da tutti loro. I fratelli erano stati un pensiero fugace, privo di vera emozione. Non li amava e si sentiva distante da loro, più che mai in quei momenti. Gli rimproveravano di esser stato l'unico a studiare, a riempirsi la testa di chiacchiere anziché spaccarsi le reni a pescare come loro. Lui li disprezzava per non aver avuto la capacità di scrollarsi di dosso la puzza di pesce e catrame.

Si chiese dove fossero. Forse si erano imbarcati su qualche nave in giro per il mondo, o a pescare con la barchetta che il padre gli aveva lasciato.

Amici? Non ne aveva. Un tempo c'era stato Dante, ma ora? Cosa era rimasto del loro legame? C'era sempre Ghelli, era vero. Avrebbe voluto scrivergli per spiegare le reali condizioni del conflitto, indicandogli le proprie perplessità. Il direttore lo stimava, ma non era certamente una persona vicina. Non avrebbe potuto capire quell'impotenza che lo logorava.

In quel momento George Latimer, il tenente Havers o il capitano Freeman erano gli unici che avrebbero potuto capire. Estranei con cui stava dividendo il brandello di esistenza più importante di tutta la sua vita.

Claudia era la sola persona con cui aveva un legame, seppur evanescente. L'unica che avrebbe avuto voglia di ascoltarlo, o che rappresentasse qualcosa per lui. Qualcosa che non era in grado di definire, che non era amore, almeno non come l'aveva immaginato quando, ancora adolescente, si perdeva dietro a simili pensieri.

Affetto? Forse.

Si accorse di Freeman solo quando l'ombra del capitano si allungò su di lui.

«Disturbo?» Appariva rilassato, con la fronte distesa e la divisa stirata di fresco. Sul fianco riluceva l'impugnatura della Webley Fosbery, l'arma personale. Un privilegio riservato a pochi ufficiali, ricchi abbastanza da potersi permettere una pistola, e di quel tipo per di più.

«Affatto.»

L'uomo si sedette accanto a lui. «L'ho vista così in pace che ho provato invidia per la sua tranquillità. Quindi ho deciso di importunarla.»

Ludovico mostrò il taccuino e la matita. «È la prima

volta dopo giorni che riesco a scrivere un articolo senza sentir fischiare i proiettili. Volevo approfittarne.» Tacque. Aveva una domanda da fare e scelse con cura le parole. «Da ciò che ho sentito, il fronte ha retto l'avanzata dei tedeschi. Non sono riusciti a sfondare le difese e adesso sono troppo lontani dalle linee di rifornimento.»

Jasper Freeman staccò con delicatezza un pezzo di corteccia dal tronco e un insetto scivolò via. «Lei, Aldisi, è un uomo fin troppo acuto. Comunque sì. I francesi stanno pensando di contrattaccare, forse già da domani.» Aggrottò la fronte. «E con loro, anche noi del BEF.»

Ludovico si passò una mano tra i capelli sporchi e assentì. Puzzava di sudore. L'idea di una tinozza e dell'acqua per potersi lavare erano un sogno irrealizzabile. «Ci muoveremo presto, non è vero?»

«Sì. Ovviamente è una notizia da non divulgare.»

«*Ovviamente*», ripeté lui.

Rimasero in silenzio per alcuni minuti. La matita di Ludovico graffiava il foglio, lo spazio bianco si riempiva di parole e cancellature nervose. Il capitano lo guardò scrivere con discrezione, affascinato da quell'anomala, minuscola creazione che si materializzava dinanzi a lui. Rimase in paziente attesa, finché Ludovico non ebbe finito.

«Posso?» chiese.

«Prego.» Ludovico gli passò l'articolo.

Freeman cancellò solo una frase, poi glielo restituì. «Potrà telegrafare il testo dal paese.» Fece una pausa, poi cambiò tono. «Adesso mi permette di parlarle liberamente, signor Aldisi?»

Ludovico sgranò gli occhi, colto di sorpresa. «Cosa? Sì, certo.»

«L'ho osservata in questi giorni. È riuscito a resistere a questa ritirata che ha fiaccato molti dei miei soldati, ha seguito le truppe senza un lamento, sempre pronto a scrivere. Ha una tenacia rara per un civile, ma c'è qualcosa che mi ha davvero colpito. È come se lei si nutrisse della voglia di dimostrare al mondo di essere capace di tutto. Come se fosse perennemente in guerra con se stesso e non potesse permettersi il lusso di fermarsi.»

Le parole di Jasper gli bruciarono la coscienza.

La risposta fu rapida, secca, la difesa di un animale ferito. «Vengo da una famiglia di povera gente, capitano. Ho affrontato persone che volevano umiliarmi a tutti i costi, che pensavano sarei dovuto restare a pescare con mio padre e i miei fratelli perché non dovevo nemmeno pensare di migliorarmi. Ho iniziato a lavorare prima ancora della laurea per diventare ciò che volevo, cioè un giornalista; ho inghiottito fiele e aceto per troppi anni. Ma ho sempre saputo una cosa, ce l'ho chiara qui.» E si toccò lo sterno. «Io so cosa voglio, e so che posso raggiungere i miei obiettivi. So di essere una persona di valore. Ora sono un cronista di guerra, e quando tornerò in Italia avrò un nome. Non sarò più un paio di iniziali al termine d'una colonna di giornale. Sarò io, sarò Ludovico Aldisi. Perciò sì, io sono sempre stato in guerra. La mia vita è una guerra.»

Jasper replicò con aria mesta. «Amico mio… posso chiamarla amico, vero?»

Ludovico prese un profondo respiro. «Ne sarei onorato», ammise. E lo era davvero.

Il capitano assentì. «Lei è una persona di grande coraggio e lo ha dimostrato in questi giorni. Ma la sua rabbia rischia di farle compiere degli errori, o di farle perdere di vista le cose importanti, come gli affetti. La collera ci impedisce di vedere ciò che conta nella nostra vita e alla fine non lascia che cenere. Tutti hanno bisogno di qualcuno che li accolga, che sia una persona o un luogo. Dà uno scopo alla nostra esistenza.» Indicò il foglio dove campeggiava la scritta *Claudia*. «Non mi dica che si tratta solo di una banale infatuazione. Non le scriverebbe, se fosse così.»

A quelle parole, Ludovico avvertì un crampo alla gola, ruvido come un nocciolo di frutta. Alzò il viso verso il cielo: sopra di lui le foglie sussurravano nel vento del crepuscolo.

Avvertì su di sé lo sguardo del capitano. «Claudia è molte cose. Ma non è la persona da cui poter tornare, anche se mi illudo che sia così.»

La risposta accese l'interesse di Jasper. «Cosa intende?»

Ludovico si grattò la mascella coperta da una barbetta chiara. «È una donna incantevole», provò a spiegare. «Colta, intelligente... ma spenta. Eppure, in questo momento, è l'unica certezza che mi resta, per quanto labile sia.»

Freeman lo incoraggiò a continuare con un cenno.

«Questa donna cerca vie di fuga che non può percorrere. Io sono una di queste», spiegò.

«Vorrebbe che cambiasse atteggiamento e che la vostra amicizia diventasse qualcosa di più impegnativo?»

Ludovico si sentì vulnerabile, per la prima volta dopo molto tempo. Provò imbarazzo, ma anche una sorta di fugace leggerezza, un senso di liberazione che gli scioglieva il nodo al centro del torace. Freeman era andato oltre le parole: aveva estratto dalle frasi incerte i dubbi cui non sapeva o non voleva dare una definizione.

«Nessuna delle due. Claudia è sposata a un uomo molto in vista, un avvocato di Firenze. E il suo è un matrimonio infelice. Abbiamo questo legame da un anno circa. Lei si è rassegnata a vivere delle briciole di esistenza che le gettano gli altri.»

Gli occhi scuri di Jasper lo inchiodarono. «Compreso lei.»

Ludovico iniziò a strappare fili d'erba. Li stringeva alla base e li spezzava uno dopo l'altro, con lo sguardo fisso sul terreno. «Sì. Ma è stata una scelta condivisa. Claudia è la mia amante. Sono stato io a cercarla e lei non si è tirata indietro, anzi. Sa cosa voglio, così come io so cosa posso darle, ed è molto poco. Di certo, non posso farmi carico della sua sofferenza.» Le parole gli sfuggirono, quasi senza rendersene conto. «Non ho mai voluto vincoli. Non voglio avere catene. Io appartengo a me stesso.»

Lo guardò, in attesa di una risposta piccata.

Jasper, invece, rimase imperturbabile. «Tutti abbiamo bisogno di trovare un posto nel mondo. Non si tratta solo di quattro mura, ma di braccia che ti stringono. Di ricordi, di luoghi e persone cui possiamo affidare le nostre paure per far sì che le custodiscano e ci aiutino a portarne il peso. O a condividerlo, se necessario», ribadì.

La sensazione di libertà lo abbandonò, cancellata dall'insofferenza. «Non è il mio compito.»

Il capitano lo scrutò serio. «Ne è davvero certo?»

Ludovico negò energicamente. Prese un sasso e lo scagliò lontano. «Non so perché sto raccontando queste cose», proruppe di colpo. Il respiro era corto e gli scuoteva il petto come dopo una lunga corsa. «La mia vita va bene così, accidenti!»

Poi indicò l'anello che il capitano portava al dito. «E lei? È sposato?»

«Per questo?» Freeman sfiorò il gioiello con riverenza. Sul castone riluceva un monogramma intrecciato. «È un anello di famiglia: apparteneva a mio padre. Comunque sì. Maude, mia moglie, vive ad Aberdeen. È una delle poche certezze che resistono nella mia esistenza. Forse la più importante.»

«Allora è un uomo fortunato», considerò in tono neutro.

«Lo so.» Jasper si rimise in piedi e si ripulì i calzoni della divisa sotto lo sguardo inquieto di Ludovico. Riprese a parlare in tono lieve: «Questa sera, forse, riusciremo a consumare un pasto caldo degno di questo nome. Siamo stati molto fortunati ad accamparci qui: Gregory ha trovato un eccellente vino bianco nella cantina e dei conigli che adesso cuociono nel forno della cucina che i tedeschi non hanno avuto modo di distruggere. Sarei lieto se si unisse a me, ad Havers e agli altri ufficiali per cena».

«Non mancherò.»

Guardò il capitano allontanarsi nel sole. L'uomo sparì all'interno della casa mentre gli ultimi raggi del tramonto irroravano di arancio le colline. Avrebbe voluto fermarlo, ringraziarlo per aver ascoltato, ma non lo fece.

Ludovico fissò i palmi aperti. Terriccio ed erba gli avevano macchiato i polpastrelli. Poi notò la lettera che aveva iniziato.

Il nome di Claudia era una striscia tortuosa, nero su bianco.

L'accartocciò e la lanciò via con rabbia.

Greve in Chianti, 7 settembre 1914

Irene riconobbe le voci chiassose ancor prima di aprire la porta. Sull'uscio, sotto il porticato della *dépendance* della Torricella, Dante e Daniele parlottavano, anzi. Sghignazzavano e si davano di gomito come se avessero bevuto.

«*Bon*. Ora direte anche a me cosa accade.»

«Mai. Segreti di uomini.» Dante la salutò con un bacio sulla guancia. Daniele, invece, le porse la mano con un misto di distacco e timore. «Stiamo discutendo della mia tesi. Io vorrei inserire dei bozzetti satirici che illustravano Rabelais. Lui dice che sarebbero eccessivi.»

Dante negò, serio come un censore romano. «Decisamente.»

Tuttavia Irene comprese che si stava trattenendo dal ridere. Li prese sottobraccio entrambi, guidandoli verso le scale che portavano al piano superiore.

«Suppongo che non esporrete l'idea a *mon père*.»

Dante si schiarì la voce. «Questo disgraziato ha idee a dir poco blasfeme sulla letteratura, roba che farebbe venire una sincope al professore. Non voglio portare questa colpa dinanzi al Creatore. A proposito, lui dov'è?» Sventolò una cartella da cui traboccavano fogli. «Ho da presentargli un indice per un nuovo articolo. Poi entrerai tu a parlare con lui», concluse rivolgendo un'occhiata allo studente che assentì.

Daniele e Irene rimasero da soli nel salottino affacciato sulla loggia. La ragazza sistemò il colletto del suo abito e si aggirò per la stanza sotto lo sguardo intenso dell'ospite.

Il ricordo della sera a Fiesole si era insinuato in Irene in maniera distratta, con dolcezza, alimentato da una sorta di piacere sconosciuto. Suo malgrado, ora guardava Daniele diversamente: non era più solo un allievo di suo padre o un protetto di Dante.

Era qualcosa cui non sapeva dare un nome.

Il ragazzo, impacciato, finse di curiosare tra i libri che il professore aveva lasciato sul tavolo. «Io...» Esitò. «Credo di averla messa in imbarazzo. Non era mia intenzione.»

«Non si preoccupi.» Irene accarezzò il piano di mogano. Le dita cercavano qualcosa che nascondesse il nervosismo eccitato che le stringeva lo stomaco.

«Solo... posso chiederle una cosa?» disse Daniele avvicinandosi.

Irene fu costretta ad alzare il viso, a incrociare quegli occhi timidi e infuocati. Macchie rosse erano comparse sulle guance ombreggiate da una peluria scura.

«Io vorrei solo sapere se ho una speranza. Se c'è un'altra persona, magari a Parigi, mi farò da parte. Ma se non è così, se c'è anche solo una possibilità... Mi perdoni l'indiscrezione, ecco.» Il rossore si era esteso fino alle orecchie. Fece un passo indietro e lasciò cadere le braccia lungo il corpo.

Irene lo fissò senza parole. Nessuno dei libri che aveva letto l'aveva preparata a questo, alla difficoltà di capire davvero che qualcuno le stava chiedendo se un giorno avrebbe avuto la possibilità di…

«Non lo so», ammise con semplicità.

Il cenno di assenso dell'altro fu triste. «Capisco.»

«Non è un rifiuto, Daniele.» Si affrettò a rassicurarlo, senza sapere bene perché.

Forse…

«Non ho pensato al mio futuro perché non ne ho avuto ragione.» Fece una pausa. «Finora.»

Gli occhi chiari del ragazzo si rianimarono di colpo. Il rossore sbiadì e si stemperò nelle pieghe di un sorriso che colse Irene di sorpresa.

«Allora aspetterò. So essere molto paziente.»

Regione dell'Aisne, 13 settembre 1914

Era notte. Una notte fredda, con la pioggia che bagnava fino al midollo. Teste ciondolavano qui e là, in attesa di un ordine. La pazienza era una dote che i soldati stavano imparando a coltivare, in quei giorni di continue attese. Nessuno sapeva dove fossero di preciso. L'ultima indicazione su una pietra miliare diceva Bourg-et-Comin.

«Che pioggia infame!» George Latimer sputò per terra e si aggiustò sulle spalle la cerata che copriva lui e il proprio fucile. «Fino a pochi giorni fa c'era un caldo della malora e adesso diluvia. Sembra di stare sul Canale.» Il soldato cercò a tentoni nella giberna che portava al fianco e prese due sigarette già arrotolate. Ludovico ne accettò una e ringraziò.

«Ma non vivi in Scozia, tu? E lì non piove sempre? Che ne sai del Canale?»

«A sud di Edimburgo c'è sempre un tempo di merda, amico. È un dato di fatto.»

Risero. George allungò il collo verso l'inizio della colonna, là dove si trovava Freeman con Havers e un altro ufficiale.

Il giornalista si mise le mani sotto le ascelle per scaldarsi un po'.

«Che tipo è Freeman? Nella vita civile, intendo.»

Latimer soffiò una nuvola di fumo. «Un riccone. La sua famiglia possiede un sacco di pascoli fuori Aberdeen, hanno una distilleria e un castello. Gente che nasce con le scarpe.» Spense la cicca sotto la suola. «Metà della compagnia lavora per lui, in Scozia. È un brav'uomo, che non ha paura di spendersi per la sua gente.» Si rannicchiò, raggomitolandosi accanto a lui. «Dormi, italiano. Approfittane, adesso che puoi.»

Ludovico mormorò un assenso, poi aspirò una boccata e si guardò attorno. Ovunque vide scarpe e pantaloni coperti da un denso strato di mota. Le strade messe a dura prova dalla caotica ritirata tedesca si erano trasformate in ammassi di pietre e fango.

Gli uomini riposavano stretti l'uno a fianco all'altro, alla ricerca di un po' di tepore. Le voci erano un brusio. La compagnia si era assottigliata, e di molto. E Ludovico, che rimaneva in disparte, aveva avuto troppi pochi giorni per conoscere quegli uomini. Li aveva visti muoversi, ridere e talvolta morire.

Sapeva solo che erano vissuti.

Ludovico si sdraiò accanto a Latimer, con la schiena addossata al pianale di un autocarro distrutto dai tedeschi. Si addormentò subito, talmente esausto da non sentire l'odore di cherosene e metallo bruciato.

Il calore arrivò all'improvviso. Dolce, avvolgente, si diffuse nelle membra con lentezza, e soppiantò il freddo che risaliva dal terreno. Avvertì una fragranza conosciuta che cancellò il puzzo dell'umanità che lo circondava.

Profumo di tuberosa.

Una parte di Ludovico si rese conto che si trattava d'un sogno, ma era una consapevolezza remota, isolata che svanì presto.

La fragranza era così intensa da sembrare reale. Ludovico riusciva persino a sentire la sensazione della pelle contro la propria. A stringere la donna che aveva su di sé.

Percorse la linea dei fianchi. Gambe tornite si allacciarono attorno al bacino; dita leggere si muovevano sul suo petto, stuzzicavano i capezzoli, arrivavano fino alla clavicola e alla fossetta della gola, sotto il pomo di Adamo. Mani lo studiavano, lo blandivano con pazienza, lo toccavano senza vergogna.

Ludovico ghermì il ventre piatto, poi risalì verso il torace. La strinse, avido, seguì la colonna vertebrale e arrivò fino alla gola. I seni avevano una larga areola scura. Si abbassò, lambì con la lingua le loro increspature. Succhiò con forza.

Afferrò la donna per la nuca e la baciò mentre le braccia di lei gli circondavano il collo. Il corpo si tese e aderì completamente al proprio.

Il bacio gli fece accelerare il battito del cuore. La bocca era morbida, familiare, l'abbraccio accogliente. Era in pace, al sicuro.

Desiderava solo restare dentro di lei e dentro quel sogno il più possibile.

Voleva guardarla. Trovare il conforto del suo sguardo adorante.

Occhi verdi e sfrontati lo fissavano con desiderio. Il volto era contornato da ricci neri che ricadevano in disordine sulla fronte. Le guance erano arrossate, il respiro affannoso, carico di desiderio. Qualcosa che sembrava stonato, persino osceno su quel viso.

Non era Claudia, la donna con cui stava facendo l'amore nel sogno.

Era Irene Laurenti.

Si svegliò di soprassalto, madido di sudore. Nel cielo, un chiarore appena accennato sfumava il nero della notte.

Nella bocca arida, sapore di confusione e polvere.

Bourg-et-Comin, 14 settembre 1914

L'argine del canale dell'Aisne era coperto di erba fresca che emergeva dal fango. Un sole stentato si infrangeva sul grigio delle nubi. Il vento freddo del Nord portava con sé la promessa di altra pioggia.

Dietro alcuni cipressi, Ludovico osservava i soldati che si muovevano in prossimità della riva. In mezzo ai canneti, le truppe inglesi aspettavano.

Dall'altro lato del canale, Bourg-et-Comin: una manciata di case di pietra e un campanile di una piccola chiesa su cui erano asserragliati i soldati e l'artiglieria tedesca. I ponti sul canale erano stati fatti saltare pochi giorni prima. Tutti tranne uno.

Il capitano Freeman si girò sulla schiena e passò il binocolo all'attendente. Ordinò ai fucilieri di ritornare al riparo tra gli alberi. Non si poteva far nulla per il momento.

Un sibilo. Poi un altro. I cecchini sulla torre della chiesa avevano scorto i Gordon Highlanders che strisciavano nell'erba. Proiettili si conficcarono nel terreno. Zolle schizzarono tutt'attorno.

Spaventato, Ludovico si rincantucciò in un angolo

nell'ombra, cercando di rimanere immobile. I soldati rimasti nella macchia di alberi si disposero dietro i tronchi, in ginocchio. Puntarono gli Enfield e regolarono l'alzo in fretta mentre i compagni cercavano di raggiungerli.

George Latimer era tra quelli che Freeman aveva portato con sé verso l'argine. Era stato colpito. Proiettili tedeschi lo inseguivano in un tiro al bersaglio, mentre annaspava trascinandosi dietro la gamba ferita.

Ludovico lo vide arrancare tra l'erba e i canneti, con la faccia stravolta dal panico. «George!» lo chiamò. Carponi, si avvicinò al confine della boscaglia. «Qui!»

Quando finalmente Latimer arrivò agli alberi, tese la mano verso di lui e lambì l'ombra dei cipressi. Il giornalista, d'istinto, allungò la propria. «Coraggio. Ci sei quasi.»

Poi un suono secco, simile a un ramo che si spezza. Il viso di Latimer affondò nella terra, a bocca aperta. Una macchia bruna si allargò sulla sua schiena.

Ludovico ritirò il braccio verso il petto, guardò quel ragazzo con cui aveva diviso sigarette e boccali di tè.

Avvertì un tremito feroce. Il gelo.

Arretrò fino al folto degli alberi e vomitò.

La Torricella, quello stesso giorno

Un altro temporale, l'ennesimo di quello scorcio di fine estate. La temperatura s'era rinfrescata, il terreno era umido ma non fangoso. All'ombra del filare di pioppi che ombreggiava la strada verso la casa padronale, Irene osservò i colori che cambiavano dinanzi a lei. I campi ospitavano minuscole pozzanghere in cui si specchiavano brandelli di azzurro.

Il pensiero corse a Parigi, al nero lucido del ferro battuto dei lampioni e alla Senna, alle sue acque gonfie e grigie. Per un istante ripercorse la scala dell'appartamento dove abitava, nella zona tra il Palais Royale e la Senna. Rivide le chiome degli alberi che si piegavano sotto la sferza del vento, nei viali che vedeva dalla sua stanza e l'odore della pioggia si mescolò con quello della campagna.

Si fermò a riprendere fiato e si voltò per guardare la valle che si apriva dinanzi a lei quieta e silenziosa. Difficile non pensare che a pochi chilometri dalla capitale migliaia di uomini morivano per una guerra assurda. Le notizie che giungevano dal fronte erano angosciose.

Riprese a camminare. Le cronache le avevano riportato

alla memoria volti e ricordi di giovani che aveva conosciuto a Parigi. Il figlio del panettiere. I garzoni del negozio di stoffe, i figli dei vicini di casa, gli studenti di suo padre e, soprattutto, sì, Claude. Era un amico di Dante, un suo collega di studi. I due condividevano una stanza nel Marais, e sembravano molto uniti. Lo ricordava bene, un ragazzo dai capelli chiari e il volto sornione, con gli occhi sorridenti e allegri.

Chissà se erano al fronte. Se erano vivi. Che cosa ne sarebbe stato di loro, dopo quella carneficina.

Era un pensiero che la tormentava. Continuava a sperare di poter tornare in Francia, in quella che considerava la sua casa, ma laggiù cosa l'aspettava? E se mai vi fosse andata, avrebbe di nuovo trovato il suo posto?

Aveva pochi parenti, poche amiche della sua età con cui aveva tenuto una corrispondenza regolare, fino a che non era arrivata la guerra. Ma adesso anche quel tenue legame era svanito.

Un movimento la sottrasse a quei pensieri. Un tremar di foglie, un arbusto scosso all'improvviso. Dall'altra parte del cespuglio, due orecchie fulve avevano fatto capolino e una massa di pelo scuro si era precipitata tra i filari delle viti. Era una lepre, fuggita via, spaventata dai passi di Irene. La ragazza si fermò a guardarla piena di meraviglia e l'animale ricambiò, intimorito, il suo sguardo.

Irene trattenne il respiro. No, questo non avrebbe mai potuto vederlo a Parigi.

Osservò immobile l'animaletto che saltava tra i viticci bassi. Lo seguì fin quasi al limitare delle vigne, fino ai campi lasciati a maggese per l'inverno.

Percepì un sibilo tra gli alberi. Un suono radente, secco, e un'ombra solcò i filari, tagliando la tiepida luce del pomeriggio.

Quando comprese cosa fosse era troppo tardi, la gioia le si cancellò dal viso. Avanzò gridando, ma non servì a nulla.

Un gheppio aveva puntato la lepre. Con precisione, quasi fosse lì davanti e non a molti metri di distanza, Irene vide gli artigli conficcarsi nel pelo della bestiola. Avvertì il terrore della lepre come se fosse proprio, quasi che gli artigli dell'uccello si fossero conficcati in lei.

La vide dibattersi per alcuni istanti, prima che il rapace si alzasse in volo, e tentare una fuga disperata. Svanirono insieme, oltre le cime degli alberi.

Irene, invece, rimase in mezzo ai campi, tra le viti. L'orlo dell'abito assorbiva il fango e i tacchi si incrostavano di terra mentre continuava a guardare l'orizzonte.

Così doveva essere la morte per quegli uomini che combattevano.

Ma la lepre e il gheppio erano nemici naturali. Il cacciatore rapace e la sua preda.

Là non era così. Laggiù uomini si ammazzavano in nome di qualcosa che non aveva nulla a che fare con la giustizia. E alcuni affermavano che la guerra era un male necessario. Che era giusta, come aveva detto Ludovico Aldisi.

Bourg, 15 settembre 1914

Ludovico serrò gli occhi per un istante cercando di cancellare le immagini di quelle ore. George Latimer non c'era più. E con lui, altri dieci ragazzi non sarebbero tornati alle loro montagne. Erano morti in una stupida ritirata, uccisi da cecchini in un campo sperduto del Belgio.

Si erano lasciati dietro l'Aisne; Bourg-et-Comin era stato liberato. Ma subito dopo, ai margini di una foresta, c'era Bourg: poche case di pietra nei pressi della foresta dove era asserragliato un manipolo di artiglieri tedeschi.

Gli inglesi avevano trascinato le proprie batterie su una collina, poco distante dal villaggio. Avrebbe coperto l'avanzata della fanteria fino alla strada principale e da lì, si sarebbe combattuto casa per casa.

Freeman estrasse dalla fondina la Webley Fosbery. Lo sguardo scuro era opaco. Il capitano si torturava il labbro inferiore con i denti.

Contemplò la distesa di orzo che nessuno aveva mietuto: un mare dorato che ondeggiava, mosso dal vento, e frusciava inclinandosi in avanti. «Sono circa trecento iarde in campo aperto. Ci muoveremo in ordine sparso. Innestare la baionetta!»

Ludovico vide i soldati abbassarsi sulle ginocchia, pronti a correre, simili a bambini che giocavano in un prato.

Il capitano si rivolse a Ludovico, nascosto a ridosso di un abbeveratoio pieno di acqua stagnante. Gli indicò un punto dietro di lui: una costruzione con i tetti di ardesia e le finestre di legno. Nel cortile, carri militari con una grande croce rossa stampata su un lato. «Lei, Aldisi, vada all'ospedale da campo e ci resti. Mi ha capito?»

Era un ordine. Lui annuì.

Il capitano contemplò il cielo del tardo pomeriggio. Ludovico lo vide toccare la fede nuziale con un movimento furtivo. Molti uomini mormorarono una preghiera. Alcuni si segnarono con la croce, altri rinsaldarono la presa sul Lee-Enfield. Le canne di metallo dei fucili rilucevano nel tramonto tiepido.

In quell'istante arrivò il segnale dell'artiglieria. Un colpo di obice, che investì un lembo della foresta e si dissolse in una nuvola di schegge.

In risposta, giunsero decine di proiettili dalle case di Bourg. Crepitavano attorno a loro, riempirono l'aria dell'odore di pirite e combustione.

Insieme ai Gordon Highlanders, altre compagnie si muovevano nell'orzo. Procedevano a scatti, talvolta con lentezza, a volte con balzi improvvisi.

Ogni passo era una conquista, un minuto in più strappato alla vita.

Poi arrivarono gli shrapnel.

Il rumore dello shrapnel è ingannevole.

Dapprima è un sibilo acuto. Poi si trasforma in un suono cupo, simile a un tuono. In quell'istante ti sorprende, cambia ancora, e si scioglie in mille deflagrazioni che perforano la testa e la carne.

Ludovico, che aveva imparato a riconoscere quel rumore, si acquattò contro il muretto dell'abbeveratoio. Si coprì le orecchie, pronto a sentire le grida di chi era stato ferito. Il suolo gli trasmise la forza delle esplosioni. Prima una, poi un'altra e un'altra ancora. Arrivarono tutte insieme e gli mozzarono il respiro, lo schiacciarono contro la fontanella. Ansimò, respirando terriccio e angoscia.

I cannoni del BEF risposero un istante dopo. Un fuoco veloce, seguito dalla scarica di molti fucili. Ludovico si levò sui gomiti quel tanto che bastava per vedere. Scorse soldati raggiungere le case di Bourg, gettarsi tra le stradine con le baionette innestate. Vide Freeman che avanzava, con il tenente Havers più indietro, accanto agli altri soldati.

Poi un sibilo. Giungeva da destra, lo sentì salire e trasformarsi in rombo e passare oltre i campi fino alle case.

«No!»

Si protese in avanti, quasi per fermare quel proiettile che stava cadendo, come se la sua volontà potesse alterare il tempo e lo spazio. Il cuore gli esplose per la disperazione nel momento in cui comprese che non vi era più speranza.

L'onda d'urto lo travolse. Lo zaino rotolò di lato e si ritrovò coperto di steli dorati e zolle.

Si puntellò sui gomiti.

Là dove c'erano i soldati, restava un cratere.

Barcollando, Ludovico si rimise in piedi. Iniziò a correre, e corse, corse verso quella buca, verso quelli che erano stati uomini fino a pochi istanti prima e che adesso non avevano più neanche la dignità di un cadavere. Non poteva lasciarli laggiù, non dopo aver visto morire Latimer.

In verità, non era ben cosciente di ciò che stava facendo, o di cosa stava accadendo attorno a lui. I suoni gli giungevano attutiti, le immagini distorte. Riusciva solo a vedere ciò che restava dei corpi, brandelli di stoffa insanguinati, mani che stringevano le armi, occhi immobili che fissavano il nulla. I proiettili fioccavano attorno a lui, si insinuavano tra i corpi e le spighe d'orzo ormai devastate.

Quando giunse al punto dell'esplosione, Ludovico si lasciò cadere in ginocchio. Il tenente Havers era caduto, con le braccia spalancate, quasi alla ricerca di un abbraccio. Il torace era squarciato. Sangue e terra si mescolavano nella ferita aperta, un immenso fiore scarlatto di carne e ossa.

Pensò di scuoterlo, perché sì, forse le ferite erano gravi ma non poteva essere morto, si disse. Non poteva esserlo, non quell'uomo gentile e severo.

Non riuscì a toccarlo. Tremava. La disperazione si era trasformata in un dolore fisico così acuto da paralizzarlo, da impedirgli persino di parlare. Udì suoni spezzati provenire da qualche parte vicino a sé e solo dopo alcuni secondi si rese conto che erano i propri singhiozzi.

Il caos degli spari si affievolì per un istante. L'artiglieria stava rallentando e, in quel momento, gli giunse un flebile lamento. Un suono insistente, stranamente familiare, che lo obbligò a guardarsi attorno.

Proveniva dalle rovine dinanzi a lui. Chiunque fosse, l'esplosione lo aveva sbalzato laggiù.

A forza, si strappò dal cadavere di Havers e scivolò nella buca creata dallo scoppio. I gemiti continuarono, più forti.

Ansimò e si afferrò una mano con l'altra per impedirsi di rabbrividire. La razionalità gli suggerì di aspettare che la battaglia finisse, che qualcuno venisse a prendere i morti. Doveva pensare a salvarsi, e vivere per raccontare.

Ma non poteva. Se ne rese conto confusamente, nel momento in cui si ritrovò aggrappato al bordo del cratere, e a strisciare in mezzo alle sterpaglie, senza capire bene perché stava mettendo a repentaglio la propria incolumità per dei cadaveri.

Giunse al mucchio di calcinacci. Oltre la cortina di macerie, intravide una gamba fasciata da uno stivale.

Un proiettile centrò il muro. Una scheggia di pietra gli graffiò il collo. Ludovico si schiacciò contro le rovine. Nell'aria, galleggiava l'odore della pirite e dei calcinacci.

Voci concitate parlavano in tedesco. Potevano ucciderlo. Chiuse gli occhi e si lasciò cadere dall'altra parte del muro.

Jasper Freeman era lì.

Aveva perso conoscenza. Non era la sola cosa che aveva perduto. Al posto della mano destra, c'era un ammasso informe. Solo lembi di carne, e sangue che gli inzuppava la manica della divisa.

Corse accanto a lui, lo afferrò e lo scrollò. «Freeman! Jasper.»

Nessuna risposta, solo altri lamenti. Ludovico si asciugò la faccia sporca di lacrime, poi si guardò attorno. Doveva bloccare l'emorragia. *Come?*, si chiese in maniera febbrile. *Con cosa?*

Ebbe un pensiero, un'idea. Frugò sotto il maglione che indossava, trovò le bretelle, le strattonò e le legò attorno al moncone, sotto il gomito.

Lo schioccare netto di tacchi contro il pietrisco che risuonò poco distante lo fece bloccare.

Freeman gemette forte e si contorse. Ludovico dovette tappargli la bocca. «Sssh», lo implorò, pur sapendo che non poteva sentirlo. «Per l'amor di Dio, sta' zitto!»

Un fruscio. Una macchia di grigio comparve tra le rovine.

Era un soldato tedesco con il fucile spianato. Ludovico intravide la baionetta, il lucore oscuro che balenava attraverso le pietre. Incontrò gli occhi dell'uomo, sorpresi e impauriti come i suoi. Lo vide puntare l'arma. Sparare.

Ludovico percepì a malapena il bagliore del proiettile esploso. Avvertì un calore bruciante al polpaccio. Il dolore gli incendiò il sangue, arrivò fino al cervello, così potente da annebbiargli la vista.

Urlò.

Il tedesco era di fronte a lui, adesso. Quando lo vide così vicino, Ludovico arretrò a forza di braccia. Le pietre gli graffiavano i palmi ma era un dolore che sentiva a malapena, poca cosa rispetto a quello che gli dilaniava la gamba. E comunque, nulla importava più, perché stava per morire, era chiaro, e non avrebbe più scritto una parola, non avrebbe riabbracciato sua madre. Non avrebbe più rivisto Firenze.

Il soldato gli puntò l'arma contro lo sterno. Gridò qualcosa, forse di arrendersi. Lui indietreggiò ancora, allontanandosi da Jasper.

«Non sono un soldato», biascicò in italiano. «Non spararmi.»

D'un tratto, percepì sotto la natica qualcosa di metallico e freddo. Afferrò l'oggetto senza rendersene conto. Le dita si avvinghiarono alla canna gelida della Webley Fosbery del capitano Freeman. La impugnarono. La sollevarono.

L'uomo rise nel vedere quella mano tremante e incerta maneggiare la pistola. Abbassò il viso all'altezza del mirino, pronto a colpirlo e disse qualcosa.

Ludovico serrò le palpebre. Premette il grilletto.

Sparò.

Molte volte. Mentre l'arma vibrava contro il suo palmo, Ludovico riaprì gli occhi. Vide comparire chiazze scure sulla divisa del soldato, una dopo l'altra, fino a che non cadde al suolo.

Nei mesi successivi, avrebbe ripensato a quegli istanti con un misto d'incredulità, terrore e angoscia. E ci avrebbe ripensato spesso, più di quanto avrebbe voluto, come un maleficio da cui non riusciva a liberarsi.

Sconvolto, si lasciò cadere all'indietro. Si rannicchiò in posizione fetale, pregando che quell'inferno avesse fine e pianse. Pianse forte.

Continuò a stringere la pistola, mentre i rumori della battaglia si affievolivano. A pochi metri c'era l'uomo che aveva ucciso: aveva ancora il fucile e uno sguardo sorpreso, simile a quello di un bambino che si vede sottrarre all'improvviso un giocattolo. Poco distante, ignaro di tutto, Freeman continuava a gemere.

Poi, le lacrime finirono.

Il freddo gli invase la trachea e si insinuò in tutto il suo corpo scosso dai singhiozzi. Guardò in alto, verso il cielo.

Era azzurro, finalmente libero dalle nuvole.

PARTE SECONDA

Firenze, di nuovo

Firenze, ottobre 1914

Il buio della stanza.

Il frusciare delle lenzuola.

Silenzio.

Il sole debole che si stende su una Firenze addormentata, spolverata da un sottile strato di bruma.

Il bastone abbandonato sulla scrivania.

L'uomo rotolò sulla schiena e si coprì il viso con il braccio nudo. Gli incubi non smettevano di tormentarlo, impedendogli di dormire.

Sospirò.

Il medico gli aveva assicurato che sarebbero scomparsi con il ritorno in patria, in un ambiente più familiare. Peccato non fosse così.

In quell'alba immobile, Ludovico Aldisi si concesse il lusso di una risata. Ciò che aveva visto e vissuto in Francia era qualcosa che avrebbe portato addosso come un marchio. Ci sarebbe venuto a patti, forse, ma non adesso.

Si sedette sul letto. La sera prima si era coricato con addosso i pantaloni e null'altro. Rabbrividì per il freddo e si massaggiò le braccia indolenzite. Adesso toccava lavarsi, rivestirsi e rendersi presentabile per la redazione.

Sorreggendosi alla testiera e poi alla sedia, l'uomo giunse fino al bastone. Ne accarezzò per un istante l'impugnatura e poi vi caricò il peso del corpo.

Gli incubi non erano la sola cosa che l'avventura sulla Marna gli aveva lasciato. La ferita al polpaccio tardava a rimarginarsi ed era costretto a camminare con un sostegno.

Preparò il sapone da barba e scaldò l'acqua sul fornellino a gas. Compì ogni gesto con lentezza, avvertì la sensazione del pennello umido che strisciava sulla mandibola, e dopo la lama che sfiorava la pelle sul collo risalendo fino al mento. Mentre si tamponava la mascella con l'asciugamano di tela, si ripeté per l'ennesima volta quello che gli aveva detto Jasper Freeman, al momento di salutarlo.

«Essere vivi. Tornare a casa. Questa è l'unica cosa che conta.»

L'autunno a Firenze è ladro e bugiardo. Sfoggia una luce scintillante, simile a un mantello d'oro sontuoso, ma in segreto sottrae alle strade il tepore, i suoni, i colori. All'improvviso, la città si ritrova spenta. Gli alberi, privi di foglie. Le mura di pietra e tufo si scoprono nude. Firenze si riveste d'un velo di bruma che nasconde la bellezza e porta con sé il sapore ferroso dell'inverno.

Il sole del mattino non aveva ancora scacciato del tutto la foschia che risaliva dal fiume e sfumava i contorni degli edifici, come in un acquerello. Camminò da via Romana fino a piazza de' Mozzi e si sporse dal parapetto per guardare il fiume. L'Arno era grigio di pioggia. Pochi giorni prima una burrasca aveva strappato alla città l'ultima illusione d'estate. Il bastone si incastrò nel selciato sconnesso e Ludovico dovette fermarsi per liberarlo dalle fessure dove si era incagliato.

Là sta piovendo di certo. Poveri cristi, pensò mentre camminava per Lungarno Torrigiani. La mente inciampò nel ricordo dei Gordon Highlanders. La compagnia di Freeman era stata decimata dalla controffensiva, il reggimento soppresso. I pochi sopravvissuti erano stati assegnati ad altre compagnie, in attesa che dalla Scozia giungesse un nuovo contingente.

Cercò di tenere un'andatura più rapida. Strinse la cartellina di cuoio in cui aveva messo i fogli e oltrepassò Ponte alle Grazie senza guardarsi attorno. Non era il solito percorso, quello. Una deviazione necessaria per raggiungere il piccolo negozio di modisteria dove depositava i messaggi indirizzati a Claudia.

Erano trascorsi due giorni dal suo ritorno.

Doveva vederla.

La redazione di via Ricasoli lo accolse con il suo consueto odore di olio di macchine e carte. Fu un'emozione rassicurante, che placò per pochi istanti il suo malessere. Subito dopo, percorse le scale, fermandosi quando le fitte al polpaccio lo facevano trasalire.

Entrò nella stanza dei giornalisti. Per un momento calò il silenzio e diverse paia d'occhi puntarono su di lui, simili a spilli. Poi, pian piano i suoi colleghi gli si fecero attorno. Salutò, scherzò con alcuni, accettò i complimenti screziati d'invidia di altri. Persino il direttore Ghelli uscì dal suo ufficio per venirgli incontro con aria visibilmente soddisfatta.

«T'è finita bene come al solito.» Il tono di Franceschini era saturo di gioia maligna. «Volevi dimostrare di essere meglio degli altri? Hai rimediato una pallottola.» Glielo aveva detto in faccia. Alcune risate gli fecero eco, più in imbarazzo che per reale divertimento.

Lui si limitò a stringersi nelle spalle. «Tu invece, cos'hai ricevuto stavolta? Uno sputo in faccia da qualche contestatore?»

La tempia di Franceschini iniziò a pulsare violentemente. Stava per ribattere ma intervenne Ghelli. «Basta così, bischeri. Aldisi ha dimostrato di avere gli attributi e ha fatto un gran lavoro. E ora di nuovo a scrivere, tutti.»

Ludovico li guardò allontanarsi ridendo.

Avvertiva una sorta di estraneità. Né fastidio né insofferenza. Solo puro, glaciale distacco.

Non era mai stato come loro. Adesso ne aveva la piena contezza, eppure non provava quel trionfo che si aspettava, pur sapendo di essere migliore. Solo un vago sentore di amarezza, e la coscienza di aver sprecato tempo ed energie per chi non lo avrebbe mai accettato come un proprio pari.

«Aldisi, vieni», lo aveva chiamato Ghelli.

Il direttore, invece, era davvero felice di vederlo. Lo accolse bene e gli disse che, grazie ai suoi articoli, Firenze aveva avuto per la prima volta un vero reportage di guerra. «È un peccato che tu sia stato ferito e che non abbia potuto continuare», aggiunse. Lo guardò attraverso le palpebre socchiuse. «Se avessimo soldi a sufficienza, sarei tentato di rimandarti lassù. Ma credo che mi sarai più utile qui, con quella linguaccia che ti ritrovi.»

Ludovico domandò: «Sarebbe a dire?»

Ghelli si lisciò i capelli dietro le orecchie. «Articoli di politica interna. Quattro colonne dalla prima pagina. Pare che il governo stia seriamente pensando di schierarsi contro l'Austria. Si tratta di voci, beninteso, ma se così fosse, voglio che sia tu, e tu soltanto a occupartene.»

Cronaca politica. *Prima pagina.* Il cuore di Ludovico sussultò e finalmente, dopo molti giorni, un fugace sorriso di soddisfazione gli si allargò sul viso. Era un traguardo diverso da ciò che aveva sognato, ma era carico di prestigio e di visibilità.

«Perché non ha scelto qualcuno degli anziani?» chiese. Puntò l'attenzione sul bastone per non tradire l'interesse.

Il direttore si protese in avanti, con i gomiti appoggiati sulla scrivania. «Cristo santo, voglio uno che faccia infiammare gli animi con una sola lettura, non un altro cronista che mi racconti l'omicidio dalla contessa Tiepolo. Si stanno muovendo le cose, Aldisi, e se tutto va come deve andare, l'Italia entrerà in guerra tra un paio di mesi, massimo un anno. Mi servi tu, adesso.»

Il respiro abbandonò i polmoni di Ludovico. Il freddo che gli era rimasto dentro dalla Marna si impossessò di lui e lo raggelò.

«Due mesi? Così presto?» azzardò.

«Già. Si vocifera di trattative segrete, ma è tutto molto nebuloso, specie dopo la morte di San Giuliano. Ho intenzione di sentire i nostri collaboratori a Roma per capire se possono ottenere altre notizie. Ne parleremo al tuo ritorno, comunque.» Ghelli si era alzato e lo aveva accompagnato alla porta. «Tra dieci giorni ti voglio di nuovo alla scrivania, e possibilmente senza quel bastone. Ce la farai, Aldisi?»

Lui aveva indossato il cappello. «Certamente», rispose con sussiego.

Più tardi, quello stesso giorno

Dante Ducceschi guardò a lungo quella figura seduta al tavolino d'angolo prima di prendere una decisione. Entrò nel caffè Gilli a passi decisi, evitando d'incrociare gli sguardi degli altri avventori. Era ben strano che lui, conosciuto negli ambienti universitari di Firenze come neutralista, entrasse in un caffè considerato una delle roccaforti degli interventisti. Settimane prima c'erano stati degli scontri proprio lì vicino.

Si fermò dinanzi al tavolino con il piano di marmo a cui era seduto Ludovico. Il giornalista era assorto, teneva il capo chino su una copia del «Corsera» e sottolineava alcuni passaggi dell'articolo che stava leggendo. L'altra mano, invece, giocherellava con il pomolo di legno di un bastone. Unica sua compagnia, una tazza di caffè.

«Ludovico», lo chiamò Dante. Avrebbe voluto chiamarlo con leggerezza, ma la voce gli uscì roca, impacciata.

Ludovico alzò gli occhi. Si fissarono per alcuni secondi, incerti. Il giornalista era rimasto sorpreso nel vedere il suo vecchio amico in quel caffè, così come Dante aveva accusato il colpo, stupito nel vedere il viso scavato e pallido.

«Ehi. Buongiorno.» Un saluto guardingo.

«Ti ho visto dalla strada. Ho sentito che sei stato ferito», mormorò. Si avvicinò di un altro passo. «Come stai?»

Il cronista lo squadrò per alcuni secondi. Poi gli fece cenno di sedersi, dopo aver spostato il bastone. «Adesso, bene. Non è stata una passeggiata.» C'era una durezza nuova nella sua voce. «Mi hanno ferito durante la controffensiva. Mi sono trovato sulla linea del fuoco quando le truppe inglesi hanno riconquistato la zona dell'Aisne.»

Dante scostò la sedia e si accomodò. Dietro di lui, alcuni ragazzi spalancarono le braccia, stupiti dalla sua impudenza. Come si permetteva, quel pacifista da quattro soldi?

Ludovico li gelò con uno sguardo feroce. Chiamò per le ordinazioni. «Prendi qualcosa?» chiese, quando vide arrivare il cameriere in livrea scura.

«Un vermouth.»

«Due, allora», ordinò il giornalista sollevando le dita.

Dante rimase in silenzio mentre lui riponeva il giornale. Lasciò che lo studiasse, così come era accaduto poco prima, quando si era sentito addosso le occhiate curiose e un po' compiaciute dei suoi colleghi di redazione.

Le cicatrici fresche sullo zigomo e sul collo, il colorito pallido, la ruga sulla fronte. Tutto era avvenuto in poche settimane.

«Cosa ti è successo?» chiese Dante. Sembrava disorientato da quei pochi, ma profondi, cambiamenti. «Intendo *davvero*, Ludovico.»

Lui si voltò senza saper bene dove guardare. Per un

istante, le corde del passato si tesero tra loro, fili invisibili che cercavano di riannodare quei legami che gli anni e le differenze sociali avevano spezzato.

Come se fosse così facile.

«Ero al seguito di una compagnia di soldati scozzesi. Avevo fatto amicizia con alcuni di loro e il capitano mi aveva preso a ben volere. Sono stato molto fortunato: ai cronisti non era permesso avvicinarsi alle truppe, men che meno al fronte. Poi c'è stata la ritirata dei tedeschi. È stata la fine.» Si fermò per permettere al cameriere di servirli. La voce era bassa, il viso duro e concentrato sul bicchiere colmo di liquido trasparente. «Quando gli inglesi sono andati in avanti per conquistare un paese vicino all'Aisne, i tedeschi hanno contrattaccato con l'artiglieria e hanno fatto un massacro. Lì sono stato ferito anch'io. Un soldato tedesco ha pensato che fossi un inglese e mi ha sparato al polpaccio», concluse, indicando il bastone.

«Dal giornale non sembrava che la faccenda fosse andata così.» Dante era senza fiato.

Lui ghignò senza allegria. Tracciò un ghirigoro immaginario sul piano di marmo. «Sono tante le verità che non si dicono», disse con un filo di amarezza. «Per molti motivi.» Non riuscì a guardare Dante. Non voleva leggervi compassione, o senso di rivalsa. Gli era bastato ciò che aveva scorto nelle espressioni dei colleghi, quando era arrivato in via Ricasoli.

Dante seguì con il dito l'impronta del bicchierino di vermouth sul tavolo, fino a cancellarla. «Mi spiace per quello che ti è successo. Hai descritto la tragedia della guerra con grande intensità.» Una frase imbarazzata, che sapeva di circostanza. Probabilmente si era già pentito di essersi fermato a salutarlo.

A quell'idea, Ludovico provò un moto di sconforto. Da che era tornato, la solitudine lo innervosiva: i pensieri finivano per inciampare in ciò che aveva vissuto in Belgio. Tentava di liberarsi dei ricordi, ma non riusciva a farlo, non del tutto.

«Ti ringrazio», mormorò. «Adesso però devo rimettermi, guarire alla svelta. Il direttore pensa di assegnarmi un nuovo incarico.»

«Ah, ottimo. Partirai di nuovo?»

«No, no. Qualcosa di diverso.» Fece una pausa. «Cronaca politica. Dovrei affiancare Ghelli.»

Dante fischiò piano. «Maremma», commentò, stuzzicandosi i corti baffi con il pollice. «Ma non mi sembri particolarmente soddisfatto.»

«No, lo sono invece. È che...» Ludovico lo fissò con aria pensosa. «Ho passato giorni difficili. Dopo il ferimento, sono rimasto in un ospedale da campo finché non sono stato in grado di rimettermi in forze. Ma a Parigi la ferita si è riaperta, ho avuto la febbre e ho dovuto aspettare che si cicatrizzasse di nuovo prima di rientrare a Firenze. È per questo motivo che non ho ripreso a lavorare subito, devo stare a riposo e lasciare che la gamba guarisca del tutto.»

L'altro annuì lentamente. «Cosa farai, allora?»

Una scrollata di spalle. «Nulla. Leggerò i libri che ho sulla scrivania e proverò ad abbozzare un paio di articoli da sottoporre al rientro.»

«Non hai l'aiuto di nessuno? I tuoi familiari...»

«Mia madre è anziana, Dante, e non può prendersi cura di nessuno tranne che di se stessa. E i miei fratelli, chissà… credo siano imbarcati. No, me la caverò da solo, come sempre.» Disse queste parole con una spavalderia tagliente, al limite della spocchia. Afferrò il bastone e si alzò, cercando di nascondere la fitta di dolore. Frugò nella tasca del panciotto per trovare le monete e pagare la consumazione.

Dante socchiuse le palpebre. Tamburellò con le dita sul tavolo, combattuto.

«Oh, al diavolo!» sbottò tra sé. Gli corse dietro, bloccandolo proprio mentre stava per allontanarsi. «Ho un'idea. Vieni con me alla Torricella.»

Nello sguardo di Ludovico si materializzò un enorme, perplesso punto di domanda. «Cosa hai detto, scusa?»

Dante lo prese per il gomito, e uscirono in via Roma. «La Torricella, a Greve in Chianti. La tenuta della mia famiglia. Devo tornare domani per controllare la raccolta delle olive e pensare alla cantina, perché tra un po' metteremo il vino nelle botti d'invecchiamento. Luciana è già lì da alcuni giorni. La casa è spaziosa, non ci sono problemi», spiegò con foga.

Ludovico arretrò, sorpreso. Lo bloccò, quasi invocando un po' di calma.

«Dante, ti ringrazio, ma in tutta franchezza l'ultima volta che ci siamo visti abbiamo quasi litigato. Non mi pare molto saggio da parte tua invitarmi a stare sotto lo stesso tetto.» Era sconcertato. «Davvero, sei fin troppo generoso. Non è il caso.»

«Ubbìe. La Torricella è grande, te l'ho detto, e io sarò

impegnato nei campi. Non ci vedremo che la sera e, a dirla tutta, mi manca qualcuno con cui discutere di politica. Poi se mi farai girare il vento, ti dirò di andartene.» Dante era entusiasta. «Dai, vieni, che ci si butta via dalle risate, come all'università!»

Ludovico avvertì un calore improvviso scaldargli il petto. In quel momento, una cascata di ricordi gli precipitò addosso, riportandogli alla memoria gli atti generosi e impulsivi d'un ragazzo dalla zazzera scura che aveva diviso con lui i libri quando non poteva permettersi di comprarli. Quel ragazzo adesso era dinanzi a lui.

Si appoggiò al bastone ed esalò un sospiro profondo. «È passato tanto tempo… davvero, non so se è un bene.» L'imbarazzo era tanto, vischioso come cera calda. Eppure, l'idea di trascorrere alcuni giorni in compagnia lo attirava immensamente.

L'altro gli si avvicinò. Erano al centro della strada, circondati da passanti e dal chiasso dei carri che attraversavano la piazza vicina. «Non darai nessun fastidio e magari è vero, ci scanneremo sulla politica o chissà che altro. Del resto, è molto probabile che accada, visto che alla villa c'è anche la figlia del professor Laurenti, che è un bel tipino. Ma sarà bello, e mi risparmierai di passare le giornate a parlare soltanto con i contadini e con Luciana. Sul serio, Ludovico. Vieni.» Gli strinse il braccio. «D'accordo?»

Il giornalista non rispose subito. I pensieri erano rimasti impigliati nella notizia che Dante aveva gettato lì per caso e si erano avvinghiati a quell'informazione. Irene Laurenti era alla Torricella. Rammentò il fiotto di desiderio che aveva provato durante il sogno di alcune settimane prima.

«Io partirò domani pomeriggio, ché di mattina sono all'università. Passo con la Fiat?» lo incalzò. «Abiti in via Romana, giusto?»

Ludovico assentì. «Sì, ma non…»

Quello si calcò il cappello in risposta. «Vengo a prenderti alle tre.»

«Ma io…»

Dante se n'era già andato. Si voltò, camminando all'indietro come un ragazzino. «È deciso, ormai. Affila le tue armi, Aldisi, perché non uscirai tutto intero dalla Torricella.»

Claudia era seduta sotto un albero, su una panchina in disparte dal viale principale del giardino della Gherardesca. Aveva un libro, che teneva sulle ginocchia senza leggerlo. Dal cappello a falda stretta sfuggivano alcuni riccioli biondi che le accarezzavano la fronte, mossi da una bava di vento.

Faceva freddo. Rabbrividì nel soprabito di velluto e considerò che avrebbe dovuto chiedere alla cameriera di riporlo per l'inverno, poiché ormai era troppo leggero. Si era inoltrata tra i viali del giardino, oltrepassando la grande tuia che faceva ombra sul prato, aveva raggiunto un angolo appartato, in attesa che Ludovico arrivasse.

Anche se si trovava all'interno della città, quel giardino privato era tranquillo, al riparo da sguardi indiscreti. Niente balie con carrozzine, niente coppie che passeggiavano seguite dagli occhi vigili di cameriere o anziane parenti. Un luogo che lei amava molto.

Udì la ghiaia crepitare sotto passi lenti e irregolari. Sollevò il capo.

Ludovico si stava avvicinando. Aveva i capelli più lunghi di quanto lei ricordasse e camminava sorreggendosi a un bastone. Zoppicava leggermente.

Il libro le cadde a terra. Claudia gli corse incontro e lo strinse forte. Inalò il profumo di colonia, quell'aroma di legno e agrumi che aveva sempre associato a lui.

Il cappellino finì a terra mentre l'uomo strofinava il viso sul suo collo.

«Sei tornato finalmente», esclamò lei in un soffio. «Sei tornato da me.»

C'era una fame di vita disperata in quell'abbraccio. Claudia la percepì con chiarezza oltre la barriera gli abiti: le entrò nel corpo, le fece accelerare il battito cardiaco. Lacrime le punsero le palpebre. Si avvinghiò a lui, mormorando il suo nome, dandogli quel conforto che Ludovico, a suo modo, stava chiedendo.

«Sono stata così preoccupata per te. Come stai?» gli chiese con la guancia contro la sua.

Ludovico si separò da lei. Claudia raccolse il cappello che era caduto a terra, lo spolverò e lo indossò mentre lui la guidava alla panchina per sedersi. «Sto bene, adesso.» Intrecciò le sue dita con le proprie. «Non avresti dovuto preoccuparti per me. Me la so cavare.»

Claudia era disorientata.

Ludovico non la guardava. Era teso, distante: sfuggiva il suo sguardo, torturava nervosamente il manico del bastone. Il volto era scavato, il corpo magro. Ma ciò che la turbava più di tutto era quell'atteggiamento vigile, nervoso, come se si sentisse minacciato e non potesse abbassare la guardia.

«Che ti è successo? Sei stato ferito, lo so... Non mi hai scritto per settimane», sottolineò con una punta di rimprovero. Si rannicchiò sul suo petto, cercando rassicurazione nel suo calore. Saperlo lì, vicino, era un sollievo che regalava splendore a quel giorno di sole malato.

Ludovico le passò un braccio attorno alle spalle. «Ho passato brutti momenti. Non ho potuto comunicare con l'Italia per giorni e quando ho potuto ho chiamato subito la "Nazione". Mi sono trovato in un assalto, in mezzo a delle rovine, e un soldato tedesco mi ha sparato.»

Trattenne il fiato per un istante. Non riusciva ad ammettere di aver ucciso lui quell'uomo. Era un macigno, una pietra di lava nera che gli scorticava la coscienza e che voleva dimenticare a tutti i costi.

«Mio Dio, ecco perché zoppichi.» La donna gli sfiorò con cautela la gamba. Guardò il bastone disgustata. «Eri da solo, senza aiuto... ero così in pena, non sapevo più nulla.» Gli rassettò il colletto della giacca con una tenerezza ansiosa. «Pazzo. Sciocco e pazzo. Non saresti mai dovuto andare. Non avrei dovuto darti quei soldi.»

«Tutti gli uomini laggiù erano soli e senza aiuto. Io ero solo uno dei tanti, e la mia non era nemmeno una ferita particolarmente grave.»

Ludovico rispose in tono di rimprovero. Lentamente, Claudia si scostò da lui. «Nessuno di loro, però, era importante per me», mormorò.

Insofferente, l'uomo sferrò una bastonata sul terreno. Sassolini schizzarono tutt'intorno. «È sempre così per te, vero? Ciò che non ti tocca non ha la minima importanza.»

«Sei ingiusto.» Claudia si ritrasse. «Sì, di te mi importa, e allora? Perché sei così strano? Che t'è successo da farti diventare tanto irascibile?»

Il silenzio si dilatò, si riempì di domande, incertezza, confusione. «Nemmeno io lo so. Ho bisogno di tranquillità, e di capire cosa mi è successo davvero lassù», spiegò, gli occhi fissi sugli alberi. Sembrava distante da lei e da Firenze. «Ma ci tenevo a vederti. Sapere che c'eri ancora», concluse con un sussurro.

Claudia si rese conto che il sollievo provato nel rivedere Ludovico si era trasformato in un grumo scuro, leggero e inconsistente come cenere.

«Ludovico», lo sollecitò. «Guardami.» Lo fece voltare verso di sé con una leggera pressione. «Ti prego.»

Lui le rivolse un'occhiata triste. «Perdona la mia rudezza. Non riesco a parlarne, non ancora», ammise prendendole il polso. «Credo di aver fatto un errore di valutazione. Pensavo che la guerra fosse qualcosa di...» Si fermò per cercare la parola adatta. «Qualcosa di *diverso*. Invece, quello che sta succedendo è devastante, Claudia, e non parlo solo dei soldati morti o della violenza. È come... È stato come essere testimoni dell'inizio dell'apocalisse. Perché questo è solo il principio, non lo avevo capito fino a che non l'ho visto. Decine di migliaia di persone le une contro le altre...»

Claudia avvertì un soffio di gelo sulla nuca. Ludovico, *il suo Ludovico*, quello che la faceva ridere e che l'aveva conquistata con la sua spavalderia, non le avrebbe fatto questi discorsi angosciosi. L'avrebbe baciata fino a toglierle il respiro, prima. Lui, invece, stava immobile sulla panchina, con il viso colorato d'inquietudine.

«Passerà», lo incoraggiò. «Vedrai, ti basterà tornare a lavorare al giornale, qui a Firenze, per cancellare questi brutti ricordi.» Lo abbracciò. «Ci sarò io con te.»

Sperò, supplicò tra sé che lui rispondesse a quella stretta. Che cancellasse con il suo calore la tristezza che la stava avvelenando.

Per un momento, sembrò che Ludovico volesse risponderle. Ma, anziché parlare, si chinò su di lei e le sfiorò la bocca con un bacio, e poi un altro, e un altro ancora. Pronunciò il suo nome a occhi chiusi, contro le sue labbra.

«Ti riprenderai», ripeté lei per confortare Ludovico e se stessa: stava male, ed era sconvolto, ma avrebbe reagito, sarebbe tornato da lei. Doveva essere paziente con se stesso, e lei lo avrebbe aiutato.

«Ho una cosa da dirti, invece. Mario sarà fuori per degli affari nelle tenute di famiglia e starà via per un po'. Potremo dormire insieme in tutta tranquillità. Verrò da te, ogni giorno, e ti farò dimenticare queste settimane orribili.»

Per un istante Ludovico non reagì, poi si sciolse dalla sua stretta. La donna vide riaffiorare la sua espressione sfrontata. «Desolato, ma sono costretto a declinare l'invito. Parto domani per Greve e tornerò tra qualche giorno.»

«Nel Chianti? Che vai a fare lì?» Disappunto e fastidio si concretizzarono in una ruga al centro della sua bella fronte.

Lui si limitò a una scrollata di spalle. «Mi ha invitato un vecchio collega di università. Ha una grande casa colonica e passerò alcuni giorni di convalescenza laggiù.»

Il sospetto incise ancor di più il solco tra le sopracciglia. «Non sapevo avessi un amico che ti invita nella sua villa. In verità, non sospettavo nemmeno che tu potessi reputare qualcuno tuo amico. Chiunque sia, è molto fortunato», replicò sarcastica.

Ludovico si irrigidì. Si scostò da lei.

«È una persona che ho rivisto di recente. Del resto, come avrei potuto sapere dei progetti che avevi fatto?»

«Credevo che avessi piacere di stare insieme a me. Non hai intenzione di cambiare idea?»

Comprese di aver compiuto un passo falso quando lo vide sbuffare. Lo aveva messo in difficoltà ed era una cosa che lui detestava.

«No. Mi dispiace.»

«Capisco.» Claudia si alzò dalla panchina. La contrarietà aveva un sapore amaro, sgradevole. Sì, era infastidita dall'idea che Ludovico avesse una sua vita e che potesse – o, peggio, volesse – condividere quei giorni di libertà con qualcuno che non fosse lei.

Aveva fantasticato a lungo sulla possibilità di restare con lui, di poter trascorrere ore e ore insieme senza pensare all'orologio, senza dover tornare indietro di corsa alla sua villa, e invece…

«Claudia.» La sua voce era calda.

Si voltò. Incontrò il suo sguardo. Non riuscì a nascondere l'insoddisfazione.

«Immagino che ti farai vivo quando vorrai al tuo ritorno», considerò con durezza.

Ludovico la sorprese. La attirò a se e le baciò il palmo, appena sotto il polso. Le rivolse un'occhiata da sotto in su, contrita e insieme carica di promesse. «Esattamente. E tu sarai lì ad aspettarmi.»

Claudia avvertì con precisione il momento in cui la rabbia la abbandonava. Fu quando lui si rimise in piedi e le circondò la vita con un braccio. Il soffio del respiro sul proprio viso era caldo, rassicurante. *Forse è tornato il Ludovico di sempre*, sperò. *Ci vuol poco con lui. Basta provocarlo.*

Si aggrappò al suo soprabito, indecisa se attirarlo o respingerlo. «Sei troppo sicuro di te stesso.»

In risposta Ludovico le sistemò la tesa del cappello con un gesto premuroso. «No, mia cara. È di te che sono sicuro», le bisbigliò, prima di allontanarsi.

E mentre scompariva in fondo al viale, Claudia sospirò, perché aveva ragione.

Greve in Chianti, il giorno dopo

«Fortuna che abbiamo acquistato la macchina quest'anno. Luciana era contraria, ritiene che sia stata una spesa inutile, ma io m'ero stufato di farmi scarrozzare su e giù da Firenze con carretti, omnibus e treni.»

Dante gridava per coprire il rombo del motore della Fiat Zero. La vettura aveva ruote ampie con i raggi sottili e bianchi. I paraurti di metallo nero erano schizzati di fango e, talvolta, grumi di mota arrivavano fin nell'abitacolo. Le strade di campagna, dissestate dalle prime piogge, trasmettevano senza pietà ogni scossone alla schiena dei passeggeri. Ludovico si ritrovò a pensare che sì, Luciana aveva ragione, e che il viaggio in treno sarebbe stato più confortevole. Di certo, non avrebbe dovuto subire gli spifferi che gli arrivavano sulla faccia e sul collo.

La Torricella apparve all'improvviso dopo una curva, su una collina circondata da vigneti. Per un istante, fu una macchia di bianco e ocra contro il cielo d'autunno; poi, la sagoma di una costruzione su due piani sovrastata da una torre quadrata, prese una forma definita. Ludovico sgranò gli occhi e l'espressione si animò di uno stupore quasi infantile. «È questa?»

Dante mugugnò un assenso, concentrato per evitare le buche.

«È enorme», considerò il giornalista, piegandosi per osservare meglio. «Non mi avevi mai detto che fosse così grande.»

«Quando i miei genitori erano vivi, ci venivo poco. Non mi piaceva fare il figlio del padrone e preferivo stare a Firenze, a fare lo studente. Da quando sono morti, però, ho dovuto farmi carico di tutto.»

«Quanto tempo fa è successo?»

Dante affrontò un dosso punteggiato di erbacce. «Quattro anni mio padre e due mia madre. Io ero a Parigi.» Tirò su con il naso. «Un colpo apoplettico. Sono partito che lei stava bene e quando son tornato, non c'era più.»

Ludovico annuì, comprensivo. «Anche mio padre è morto quando io non c'ero. L'ho saputo che era già stato sepolto.»

Dante continuò: «Abbiamo superato anche questa. Si supera tutto nella vita, no?»

«Già.» Ludovico rispose in tono incolore. Si concentrò di nuovo sul panorama per abbracciare con lo sguardo l'intera costruzione.

Alte pareti, in cui si aprivano finestre con i davanzali grigi. Agli angoli, grosse rocce. Le mura sembravano esser nate direttamente dalle pietre, abbarbicate a quei massi che emergevano dai campi. C'era un unico ingresso: un portone di legno rovinato dalle intemperie e decorato con delle bugne, sormontato da un arco. «È imponente. Sembra più un bastione che una tenuta agricola», disse Ludovico, mentre la Fiat si inerpicava lungo il sentiero che dalla strada portava alla proprietà.

«Lo era. Negli atti di proprietà del Settecento si parla della Torricella come di una casa-torre che apparteneva a un militare. I miei antenati, i Ducceschi, erano suoi fittavoli e all'inizio del secolo scorso presero possesso della costruzione e la trasformarono in casa colonica. Guarda lassù», disse, e indicò la torre che si ergeva al centro della villa. «Quella è la parte più antica. Mio nonno ci fece costruire attorno le stanze per la famiglia e trasformò la parte superiore in piccionaia. Da un paio d'anni, però, abbiamo sfrattato i piccioni. Ho trasformato quella stanza in studio, ci ho sistemato la mia vecchia libreria, lo scrittoio e un divano. Vedrai, ti piacerà.»

Ludovico non rispose. Si voltò verso Dante per un momento, e poi puntò la sua attenzione sulle vigne che delimitavano la strada. Foglie ancora verdi mostravano i primi segni di un autunno che si preannunciava glorioso, si accartocciavano sui tralci mentre i bordi iniziavano a tingersi di rame. Le colline attorno trattenevano le tinte del tramonto imprigionandole tra i rami degli olivi e i campi a riposo. Uccelli cantavano e, qui e là, stormi si alzavano in volo nell'azzurro lucido.

«Sei fortunato», commentò a mezza voce senza guardarlo.

«Oh, lo so… anche se la tenuta è impegnativa da dirigere. Se non controlli, e non ci metti il cuore e le gambe nella campagna, va tutto in malora.»

Con un ultimo sussulto, il motore dell'auto si arrestò dinanzi al portone della Torricella. Ludovico allungò il collo per scrutare la massa di pietra e mattoni che incombeva su di lui. C'era una leggerezza elegante in quelle forme tozze: forse l'intonaco chiaro, forse la pietra serena degli architravi, o il legno d'olivo delle imposte, non avrebbe saputo dirlo. Era un luogo, quello, in cui passato e presente si sovrapponevano fino a diventare indistinguibili.

Fu distratto dal tonfo dello zaino ai suoi piedi. «Toh, entra. Ci sarà Elena in giro: è la governante ed è stata pure la nostra balia. Cercala e chiedile di Luciana: mia sorella sarà già in cucina per la cena.»

Dante era rimontato in auto. «Vado alla rimessa, così ne approfitto per controllare le stalle. Ci vediamo dentro.»

Ludovico afferrò lo zaino. Il portone era socchiuso, lo spinse ed entrò. L'ingresso era composto da una sala grande con il pavimento di cotto, piastrelle usurate dal tempo che avevano visto generazioni avvicendarsi sotto quel tetto. I mobili di legno, una credenza massiccia, sedie e poltrone di velluto rosso disposte attorno a un imponente camino in cui ardeva un fuoco, evocarono immagini di famiglie riunite, di teste chine che sussurravano storie, persone che ricamavano, o cucivano, o intagliavano. Il benessere della famiglia Ducceschi era testimoniato dal tavolo con portafoto e soprammobili d'argento, coperto da una tovaglia di pizzo e accostato alla parete sotto una finestra. Su di esso, pezzi di argenteria. Ludovico si chinò e scorse i visi delle persone raffigurate. C'erano i genitori di Dante, lui con Luciana ritratti da piccoli, e poi la foto della laurea di Dante. Prese la cornice quando si riconobbe nell'immagine sbiadita: erano vicini, un braccio sulla spalla dell'altro, attorniati da altri studenti.

Si sentì colpevole come un ladro. Rimise la foto al suo posto e girò per la stanza. «C'è nessuno?» chiamò. Si mise in ascolto. Udì il rumore di stoviglie. Quasi contemporaneamente, avvertì il profumo speziato di stufato.

Si girò. A sinistra c'era una porta chiusa. Odori e suoni provenivano da lì.

La raggiunse e aprì l'uscio. Un corridoio spoglio, in ombra. L'odore delle pietanze e quello pungente del pepe lo investirono in pieno.

«Ehi, di casa, c'è nessuno?» ripeté percorrendo il corridoio che portava alle cucine.

Luciana comparve sulla soglia. Era accigliata. Si asciugò sul grembiule che copriva un abito da lavoro e scostò una ciocca di capelli dalla fronte. «Ah. Benvenuto. Mio fratello dov'è?»

Ludovico sventolò la mano per indicare un punto imprecisato all'esterno. Aveva intuito che Luciana aveva un carattere severo, ma non era preparato a quell'accoglienza brusca. «Fuori. Ha detto che sarebbe passato a controllare le stalle dopo aver messo l'auto nella rimessa.»

La donna assunse un'espressione disgustata. «Lui e quel dannato trabiccolo! Mi ha fatto stare in pena per tutto il pomeriggio.» Gli fece un cenno brusco e Ludovico la seguì. Nella cucina, ampia e ben organizzata, c'era caldo. Due donne, madre e figlia all'apparenza, stavano impastando del pane su una fratina, mentre Luciana si occupava della cena. «Domani è giorno di forno. Stiamo iniziando a fare il pane», spiegò lei. Indicò le due donne. «Loro sono Elena e Anna.»

Prese un mestolo e si avvicinò alla grossa pentola di rame che bolliva sulla cucina economica.

«Peposo?» chiese Ludovico annusando la pietanza che sobbolliva su un fuoco basso. Lei confermò. «Per domani, per i lavoranti. Stiamo concludendo la raccolta delle olive.» Indicò un'altra pignatta più piccola, di coccio. «Questa è per noi, per stasera. Zuppa di farro e cicoria.»

Ludovico avvertì un calore struggente che si insinuava tra le pieghe dell'animo.

Quella era una casa, una casa vera, e la sua cucina era il cuore che pulsava seguendo il ritmo delle stagioni. Era accogliente, piena di vita. Non una cucina polverosa come quella in cui aveva vissuto nella sua infanzia a Castiglioncello, né lo stretto stanzino in cui la padrona di casa gli permetteva di preparare i pasti a Firenze.

Luciana coprì le pentole poi si mordicchiò un'unghia, con aria seria e perplessa. «Sono rimasta stupita quando Dante m'ha mandato a dire che saresti arrivato», dichiarò, schietta. Era passata al tu, senza preamboli.

Lui abbassò lo sguardo sul pavimento. «In tutta franchezza, anch'io», ammise. Poi sollevò gli occhi. «Ti prometto che non pianterò grane e non farò polemiche.»

Lei si mise le mani sui fianchi e lo squadrò, scettica. «Vedremo. Non posso sopportare la gente che litiga, e tu sembri un attaccabrighe.»

«Lo sono. Ma riuscirò a contenermi.» E lo disse credendoci veramente. «Davvero», cercò di rassicurarla quando colse lo sguardo sospettoso della donna.

Luciana ignorò l'ultima frase. «Bada di non mettere altre ansie addosso. Ho già Irene Laurenti cui pensare», lo ammonì seccamente. Si avvicinò alle due donne e indicò della farina bianca e dello zucchero. «Non dimenticate i biscotti.» Continuò, indicando loro cos'altro preparare per l'indomani.

Ludovico la osservò mentre dava ordini alle due serve. Luciana, così ruvida e brusca, in realtà doveva essere solo di pochi anni più grande di Irene. Eppure dirigeva una tenuta, e si sentiva responsabile per quella ragazzina, così come – ne era sicuro – per il fratello.

Infine, Luciana si fermò dinanzi il tavolo. Tornò a fissarlo. Lo valutò in maniera esplicita, soppesandolo con attenzione. «Sarò impeccabile», promise Ludovico.

Lei sospirò. Aveva lo sguardo di chi non riesce a fidarsi, ma è costretto a farlo. «Bene», concluse soddisfatta da ciò che aveva visto. Indicò un angolo vicino alla madia. «Posa lì le tue cose e va' in giardino a cercare Irene. Tra mezz'ora metteremo in tavola, e se Dante non si sbriga mangerà la zuppa fredda.»

Ludovico obbedì senza un fiato. Quella donna avrebbe potuto rivaleggiare con Jasper Freeman quanto ad autorità.

Il giardino della Torricella si estendeva dietro la proprietà, racchiuso da un muro basso. Era più un orto che un giardino: erbe aromatiche, verdure, cavoli e zucche si mescolavano a cespugli e fiori, divisi in riquadri da sentieri di terra battuta.

Nelle aiuole spiccavano chiazze ordinate di erbe mediche e folti ciuffi di margherite tardive. Sulla destra, un piccolo roseto ormai spoglio, in attesa dell'inverno. Avanzò di alcuni passi.

Oltre le siepi di bosso e le spalliere di buganvillea, si apriva la vista sulle colline del Chianti. L'atmosfera era particolarmente tersa e la campagna splendente, satura di colore. La tranquillità era intrecciata al sussurro del vento tra gli alberi e al fischio di un merlo che salutava il giorno.

Scorse Irene sotto un alberello di pittosporo dall'aria antica. Era vestita di chiaro e aveva uno scialle che le copriva le braccia nude. Seduta su una panchina, leggeva muovendo le labbra senza fare alcun suono. Assaporava il gusto delle parole come un frutto, l'una dopo l'altra.

Ludovico rallentò sin quasi a fermarsi. A tradimento, l'immagine del sogno che aveva fatto lungo la Marna gli sovvenne alla memoria. Gli era apparsa sensuale, una donna consapevole del proprio potere.

Quella che aveva dinanzi, invece, era una ragazza assorta nei propri pensieri.

Eppure...

Irene Laurenti era bella in maniera inconsapevole. Lo scialle in cui era avvolta le lasciava scoperta la linea della nuca, e i capelli neri le si arricciavano attorno al viso. La pelle era bianca, sottile.

Le arrivò alle spalle, in silenzio, per vedere cosa la stesse appassionando tanto. Si puntellò al bastone e sbirciò verso di lei.

«Rimbaud?» esclamò quando scorse l'intestazione sulla pagina.

Irene si girò, colta di sorpresa. Chiuse il libro di scatto.

«Cosa ci fa qui?» Gli occhi erano spalancati. Nascose il volume sotto lo scialle e si alzò.

«Luciana mi ha mandato a chiamarla per la cena.» Ludovico si accostò alla panchina per cercare un sostegno. Si sentì in colpa per aver turbato la sua tranquillità.

Lei negò con un gesto impaziente. «Non mi ha capito. Voglio sapere perché lei è qui alla Torricella. Non sapevo del suo arrivo.»

«Nemmeno io, fino a ieri. Dante mi ha invitato per trascorrere una parte della convalescenza e perciò... eccomi.» Indicò la gamba ferita.

«Oh.» Irene lo scrutò con più attenzione. «Avevo sentito che era stato ferito. Mi spiace.»

Ludovico aggirò la panchina e le si avvicinò. Si inclinò verso di lei. La superava di tutta la testa. «Sul serio?»

«Lei sarà anche un interventista, signor Aldisi, ma io non sono tipo da augurare il male a nessuno.»

Lui rise. Una risata profonda, di gola. «*Touché.*» Indicò il libro che teneva stretto contro il seno. «E lei non smette mai di stupirmi. Una lettura inappropriata, quella. Come le sigarette. Mi domando cos'altro nasconde.» Non riuscì a impedirsi di ridacchiare. Rimbaud, soprattutto quello che stava leggendo lei, non era una lettura per ragazzine di buona famiglia.

«Perché?» chiese sulla difensiva. «A casa mia circolano tanti tipi di libri, anche dei simbolisti. Non vedo cosa ci sia di strano.»

«Quella è un'edizione integrale, signorina, e credo che il professore non sarebbe poi così d'accordo nel sapere che è in suo possesso. Il buon Arthur era un uomo tormentato, e così le sue poesie.» Tese una mano verso di lei e le chiese il volume con un cenno.

Irene esitò per un istante prima di cederlo. Per un attimo, le loro dita si sfiorarono e lei colse nello sguardo dell'uomo un barlume che non riuscì a comprendere. Avvertì la brezza che le muoveva i capelli, come se i suoi sensi si fossero amplificati.

Ludovico lo prese. Si sedette sulla panchina e mise il bastone accanto a lui, poi iniziò a sfogliare il libro. «Era un uomo inquieto, aveva una vita difficile e degli amori...» Si fermò. «Be', non son cose che dovrei dirle.»

Irene arrossì. Come una bambina. «Era un.... Sì, lo so.» Si mosse a disagio, senza sapere se allontanarsi o leggere con lui. «Non importa. È stato un poeta straordinario e ha saputo descrivere l'ossessione amorosa come pochi altri.»

Ludovico le indirizzò uno sguardo provocatorio. «Lei ha un'anima da contestatrice. Chissà perché me lo aspettavo», la stuzzicò.

Irene lo ignorò per concentrarsi sulla lettura. Si accostò fin quasi a sfiorargli il braccio. «*Bal des pendus*», mormorò.

L'uomo continuò a sfogliare il libro, sovrappensiero. D'un tratto si arrestò su una pagina e la lesse, rapido, mentre il suo viso diventava terreo.

Irene percepì con chiarezza la sua tensione. Guardò la poesia ma ebbe il tempo di scorgere solo un frammento del titolo. Poi Ludovico chiuse il volume con un colpo secco e glielo restituì. «Sarà meglio rientrare.»

Riprese il bastone, si alzò in piedi. Irene avvolse lo scialle attorno alle spalle e lo seguì, camminandogli accanto. Attraversarono l'orto senza scambiarsi una parola, mentre la sera scivolava allungando i suoi tentacoli di ombra tra le siepi di bosso e i cespugli di erbe mediche.

«Mio padre sa che leggo Rimbaud, o Verlaine. Non ne è contento, ma non me l'ha mai proibito espressamente. Sono altri gli autori che non vuol farmi leggere, perciò conserva i testi nel suo studio. Ritiene che siano inadatti.» Rise piano.

Ludovico si fermò, più incuriosito che perplesso. Poi un lampo gli accese gli occhi grigi e lucidi di pensieri. «Cioè?»

«Dice che sono già fin troppo impetuosa e che la mia indole non ha bisogno di letture sfrenate o poeti dissoluti.»

L'uomo si avvicinò all'ingresso della cucina. Dietro la porta, la voce imperiosa di Luciana dava le ultime raccomandazioni per la cena; fuori, invece, era iniziato il frinire dei grilli e il fruscio lieve della brezza.

Si accostò allo stipite. La gamba aveva iniziato a dargli fastidio e aveva bisogno di riposarsi. «Ha ragione. Solitamente, a diciotto anni, la passione porta via la mente e il cuore.»

Irene afferrò la maniglia con un gesto arrabbiato. «Giusto. Mentre essere uomini adulti giustifica il farsi sparare a una gamba per inseguire sogni di gloria su un campo di battaglia. Oh, questo sì che è molto logico.» Nel tono, sarcasmo tagliente.

La mano dell'uomo si poggiò sulla sua, impedendole di aprire l'uscio. Irene si voltò per protestare ma incontrò lo sguardo paziente di Ludovico.

«Non ho fatto il suo nome, signorina Laurenti. Ho

detto che, in generale, a diciotto anni ci si comporta in maniera avventata. E anche a ventotto.»

«Ah. È un'ammissione, questa?»

Lui preferì ignorare quella battuta acida. «Lei non è una persona immatura. Ho visto che a Firenze leggeva *Nanà*, e nemmeno quella è una lettura da poco. Mi metta alla prova. Mi dica un titolo. Un libro che vuol leggere e che le è proibito, e io glielo procurerò.»

«*Vraiment*? Non protesterà dicendo che non è una lettura adatta a una fanciulla?»

Lui si limitò a fissarla.

«*D'accord*», rispose, alzando il mento quasi come se volesse sfidarlo. «Baudelaire. *Les fleurs du mal.* Mio padre lo tiene chiuso nella sua libreria personale e non ho mai potuto leggerlo.»

Ci fu una lunga pausa. «Oh. Suo padre potrebbe aver ragione», considerò infine lui. Subito dopo, però, le aprì la porta della cucina e le fece segno di precederlo nascondendole una risata. «Ma credo che lei saprà stupirmi.»

Il giorno dopo

Irene adorava svegliarsi all'alba. Era un momento prezioso, in cui la pace acquistava consistenza fisica, qualcosa di assoluto e reale. A Firenze, e ancor prima a Parigi, la quiete era un bene raro, confinata in pochi, fragili attimi di solitudine.

Lì nel Chianti, invece, il silenzio era una presenza costante. Un bozzolo che l'avvolgeva e la proteggeva persino dai propri pensieri. Si alzava insieme a Luciana, e l'aiutava a preparare la colazione per le persone della casa. Le piaceva rendersi utile, la faceva sentire parte di quel mondo racchiuso nella Torricella.

In quei giorni, aveva avuto inizio la raccolta delle olive. Luciana e Dante andavano in giro a turno per gli uliveti alle pendici della collina e si occupavano personalmente dei lavori.

Anche quel mattino Irene seguì Luciana fino alla cucina della tenuta. Attorno alla tavola già si affaccendavano Elena e la figlia con bricchi e pentole. Luciana preparò del caffè, poi mise a tostare delle fette di pane raffermo.

Qualcuno bussò alla porta che dava sull'orto; poi senza

attendere il permesso, un uomo entrò nella stanza. Aveva addosso un mantello e, sul capo, un cappello di feltro. Depose vicino alla cucina economica un secchio di latte. Irene lo sfiorò: era ancora caldo, segno che era stato munto da poco.

Frattanto, Luciana si era slacciata il grembiule e lo aveva piegato, deponendolo accanto alla madia.

«Stamane sarò fuori con Dante.» Sollevò la testa e vide il nuovo arrivato. «Oh, Nerino. Salve!» Il saluto che gli rivolse era caloroso, confidenziale.

Quello si levò cappello e soprabito e si sedette al tavolo, a poca distanza da Elena. «Signore, buongiorno.» Era un uomo che aveva superato già da alcuni anni la soglia della gioventù, pacifico, ma attento. I capelli chiari mostravano una traccia di stempiatura sulla fronte, eppure il suo viso dai lineamenti forti non sembrava risentirne.

Luciana tolse dalla gratella il pane tostato che poi avrebbero messo a bagno nel latte. Ne porse una fetta all'uomo che ricambiò con un grazie accennato.

«Com'è la situazione giù all'uliveto, Nerino?»

Lui si schiarì la voce e attese di aver ingoiato il boccone prima di parlare. «Buona, signorina. Hanno iniziato a battere i rami per far cadere le olive ancora attaccate. Sarà un'annata carica, questa.»

Lei assentì. «Perfetto.» L'uomo chinò il capo con un cenno di ossequio, che tradiva una consuetudine di gesti, fatta di quotidianità e di rispetto reciproco.

Nella stanza si diffuse il profumo del caffè che Irene stava versando nella cuccuma. Elena ripiegò la stoffa con cui avevano coperto l'impasto del pane, la sera prima, per controllarne la lievitazione. La ragazza scorse le forme chiare dalla crosta di un bel giallo, spolverate dalla farina.

«Allora, signora, provvederemo noi al forno?»

«Sì, vi farete aiutare da Nerino per la legna e il fuoco. Verranno anche Pia e Cristina dalla Torre dell'acqua a portare il loro pane.» L'uomo cercò il suo sguardo, quasi per rassicurarla. «Baderò io al forno, signorina Luciana. Stia tranquilla.» Soddisfatta, lei girò attorno al tavolo per prendere la caraffa del latte. «Grazie.»

Irene mise su un vassoio la ciotola con la marmellata di pesche e dell'uva e lo portò nella sala da pranzo. I padroni mangiavano lì, mentre le donne di servizio e i lavoranti in cucina.

Luciana la seguì con il bricco del caffè e del latte. «C'è qualcosa che non va? Hai un muso lungo...»

La ragazza sembrava contrariata. «Oh. Pensavo che se tu e Dante sarete per i campi, dovrò restare con quell'Aldisi.»

«Nemmeno per sogno. Verrai con me. Ti presterò degli stivali alti da indossare.»

A quelle parole, Irene assentì.

C'era qualcosa in Aldisi che la sconcertava e la disorientava. La sera precedente, prima di dormire, aveva cercato nel libro la poesia che lo aveva turbato.

Non si aspettava che fosse proprio *Le mal.* Il male.

I versi le riecheggiavano ancora dentro. Ne sentiva il gusto aspro, come un acino d'uva acerbo.

Tandis que les crachats rouges de la mitraille
Sifflent tout le jour par l'infini du ciel bleu;

Qu'écarlates ou verts, près du Roi que les raille,
Croulent les bataillons en masse dans le feu;

Tandis qu'une folie épouvantable, broie
Et fait de cent milliers d'hommes un tas fumant;
– Pauvres morts! Dans l'été, dans l'herbe, dans ta ioie,
Nature! Ô toi qui fis ces hommes saintement...[1]

Aveva trovato gli echi degli articoli che il giornalista aveva scritto dal fronte, prima del rimpatrio, in quei versi così crudi, e aveva provato una strana pena.

Ma non era solo questo a turbarla. Era lo sguardo che la sera prima le aveva rivolto, così serio, privo di malignità.

Doveva ammetterlo. Era riuscita a spiazzarla.

Non le piaceva cambiare idea, o peggio, riconoscere i propri errori. Ammettere che il proprio giudizio su Ludovico Aldisi fosse imperfetto la innervosiva.

Ludovico si tirò su dalla poltrona con un moto di rabbia. Gettò via la copia del «Corsera» e iniziò a camminare per la stanza, infastidito dal suono che produceva il bastone sull'impiantito di cotto.

Le cronache della «Tribuna» e del «Corriere» dicevano tutte la stessa cosa.

---

1. Sibilano tutto il giorno i rossi scaracchi/della mitraglia, nel cielo infinito d'azzurro;/mentre, scarlatti o verdi, accanto al Re beffardo,/crollano in massa nel fuoco i battaglioni;/mentre un'orrenda follia maciulla cento/migliaia d'uomini e li ammucchia fumanti;/– Poveri morti! Nell'estate, nell'erba, nella tua gioia,/Oh Natura! tu che li creati santamente!...

Che la guerra si era arrestata sul confine tra la Francia e il Belgio, che gli eserciti francesi e inglesi stavano creando linee di fortificazione per arginare la pressione dei tedeschi.

Che il Belgio era martoriato, che le navi venivano assalite e bombardate appena uscivano dai porti.

Morti, sangue, odore della polvere da sparo e pirite, terra smossa.

I ricordi lo aggredirono, gli serrarono la gola. Ludovico dovette sostenersi al tavolo dove erano disposte le cornici con le fotografie. Ansimò, provò a concentrarsi su quelle immagini in bianco e nero in cui erano stati imprigionati i momenti importanti della famiglia Ducceschi.

Finalmente, l'ansia si ritirò ai margini della coscienza, come la marea, e lasciò la sua eredità di rabbia e frustrazione, detriti di cui ancora Ludovico non riusciva a disfarsi.

Rabbia per non aver terminato ciò che voleva.

Frustrazione per non esser stato in grado di reagire subito. Perché quelle settimane continuavano a gravargli addosso. Perché – poteva ammetterlo solo con se stesso – non aveva mai pensato di essere così fragile.

Voci frantumarono la quiete del salone. Provenivano dal corridoio delle cucine.

«Sei tutta rossa. Avresti dovuto indossare un cappello!»

Dante, seguito da Luciana e Irene, entrò nella stanza. «Ludovico! Ti sei annoiato?»

«Affatto.» Mostrò libri e giornali sul tavolino accanto alla poltrona dove aveva trascorso gran parte del pomeriggio. «Avevo di che tenermi occupato. A proposito, grazie per avermi fatto avere le copie della “Tribuna” e del “Corriere”.»

«Di nulla.» Dante si fermò a sbirciare i titoli dei giornali. «Mi spiace solo che siano dell’altro ieri. Chissà cos’altro sarà successo.»

«Vado a cambiarmi e a occuparmi della cena. Con permesso.» Luciana toccò il fratello e gli indicò il piano superiore con un cenno deciso. «Cambiati anche tu. Non è decoroso stare così, come un bracciante, quando abbiamo ospiti.»

«È ciò che stavo per fare, miseriaccia!» Dante emise uno strano suono a metà tra un grugnito e uno sbuffo. Si diresse verso il piano superiore strascicando i piedi. «Santa donna, dammi pace», biascicò. Dietro di lui una scia di terriccio.

Nella stanza rimasero Ludovico e Irene. Lei sembrava divertita. Aveva il viso colorito e l’orlo del vestito coperto da una striscia di marrone sfocato. Tracce di erba macchiavano qui e là la stoffa.

«Non fanno altro che beccarsi tutto il tempo. Non si direbbe che Luciana sia la sorella minore», considerò la ragazza.

Ludovico annuì distrattamente. Si avvicinò alla poltrona, frugò tra le pagine dei quotidiani, nel mucchio dei libri. Ne estrasse uno.

Sorrise tra sé, soppesando il volume. Poi si voltò e glielo porse senza una parola.

Le dita della ragazza si chiusero attorno al cuoio usurato della copertina, segno che era stato letto molte volte.

«*Les fleurs du mal*. Per me?»

«Sì.» Ludovico tornò sui suoi passi e iniziò a raccogliere le sue cose. Irene scorse fogli zeppi di una scrittura fitta e lunghe righe di lapis rosso che tagliavano frasi. Un articolo, senza dubbio.

«Grazie.» Era imbarazzata. Lui dovette accorgersene perché si fermò a guardarla. Indicò il volume.

«Non glielo presterei se non sapessi che saprà farne buon uso.» Si chinò su di lei. «E che non lo dirà a suo padre.» Dimostrava un divertimento sottile, quasi un velo di derisione.

Irene premette il libro contro il petto. Poi, di colpo, lo aprì alla prima pagina. «È suo?» chiese quando vide il nome scritto all'interno.

«Sì. Non lo sfogliavo da un bel po' e quando Dante mi ha invitato qui, ho pensato di portarlo con me per rileggerlo.»

«Ma non è giusto che...» protestò lei.

«Mi piacerebbe avere qualcuno con cui parlarne, invece.» Ludovico scorse gli appunti, senza porvi particolare attenzione. «Quando l'ho letto, anni fa, ero uno studente universitario. Adesso ho un po' di vita addosso, e mi sono tolto qualche sfizio. Voglio capire se lo stupore che Baudelaire riusciva a trasmettermi allora era legato alla mia gioventù, e cosa può darmi adesso.»

Era malinconia quella che affiorava dalla sua espressione? Irene non ne era certa. Si limitò ad assentire mentre i pensieri si intrecciavano e scioglievano come nastri di seta.

La cena era stata lauta, ma semplice. Avevano mangiato e, alla fine, Luciana aveva tirato fuori una bottiglia di vino robusto. Adesso erano nella grande sala dell'ingresso, accomodati sulle poltrone e sul divano dinanzi al camino acceso. Elena e la figlia, insieme a Luciana, rammendavano della biancheria. Irene, Dante e Ludovico erano poco distanti.

I due uomini fumavano scambiandosi poche battute. Ludovico colse lo sguardo di Irene. Immaginò che non potesse chiedere una sigaretta, non alla presenza dei fratelli Ducceschi. Le indirizzò un fugace gesto di solidarietà, cui lei rispose con un sospiro sconsolato.

«Vedi, io sono convinto che la gente debba sapere davvero cosa accade al fronte. Per questo i tuoi articoli mi erano piaciuti: anche senza dare i dettagli, sapevi lo stesso a trasmettere la sensazione della tragedia che stanno vivendo lassù.» Dante si accalorò e si batté un colpo sulla gamba. «Non riesco a immaginare nulla di più atroce di quel massacro.»

Ludovico alzò gli occhi verso il soffitto, il capo contro la spalliera. «La verità non è sempre così lineare.» Aspirò una boccata e riprese a spiegare. «Laggiù ho conosciuto un uomo. Jasper Freeman, capitano di una compagnia di soldati scozzesi. Aveva accettato che io seguissi lui e i suoi soldati ponendomi una serie di condizioni, prima fra tutte che lui potesse leggere e controllare i miei articoli. La censura esiste, Dante, e influenza la verità. La distorce e la trasforma.»

Spense la sigaretta e unì le dita a piramide. «Ho taciuto su molte cose che ho visto. Ho parlato dell'eroismo dei soldati e del coraggio degli ufficiali, ma avrei dovuto chiamare le cose con il loro vero nome.»

Dante si protese in avanti, fissandolo con intensità. «Cioè?»

«Che quando sei sotto il fuoco di centinaia di migliaia di fucili, o dei proiettili dell'artiglieria, non puoi che sparare. O spari, o sei morto, ed è così, non ci puoi fare nulla.»

I lineamenti di Ludovico si erano irrigiditi; le iridi erano diventate scure come metallo brunito. «In quei momenti, ci sono stati uomini che hanno difeso delle postazioni mentre tutti i loro compagni morivano. Sparavano mentre altri gli cadevano addosso, ed erano coperti di sangue. È eroismo questo, è vero, ma è dettato dalla forza della disperazione. C'è un momento in cui si supera la convinzione di lottare per il bene o per ciò che è giusto. Si combatte per la sopravvivenza: tu o lui, una vita contro una vita.»

Irene lo ascoltava con attenzione, cercando di intuire cosa volesse dire davvero. Poi, all'improvviso, comprese. I versi di Rimbaud acquistarono un altro suono, un gusto acido.

Dante, invece, assentiva con grandi cenni. «È così», ripeteva. Strinse il braccio di Ludovico. «Vedi? Avevo ragione!»

Ludovico gli regalò un ghigno triste. «Non è semplice. Là, in Belgio, ci sono uomini e donne che stanno resistendo, che lottano per proteggere se stessi e la propria dignità. Subiscono un'invasione che li sta schiacciando, che devasta campagne e villaggi, e nonostante ciò rimangono nelle loro case. Se non ci fossero gli eserciti francesi e inglesi, i tedeschi ne avrebbero già fatto strame.»

«Lo comprendo. Si doveva intervenire a luglio, subito dopo l'attentato all'arciduca. La diplomazia avrebbe dovuto agire prima che la situazione si deteriorasse.»

Ludovico si alzò, sorreggendosi al bastone, si accostò al camino. Mise un ceppo nel focolare, dove la fiamma aveva iniziato a languire. «Sai cosa temo? Che sia troppo tardi.» Iniziò a camminare per la stanza, a passi lenti. Le donne avevano sollevato il viso dal lavoro di cucito e lo ascoltavano con gli aghi a mezz'aria.

«La situazione è ormai fuori controllo. Non c'è modo di fermare, anzi: non c'è la *volontà* di fermare questa guerra.» Quando si voltò verso l'amico, Ludovico incrociò lo sguardo di Irene. Lo scrutava, ferma e severa. La riga al centro della pettinatura divideva i capelli neri, tenuti fermi da due forcine e i riccioli sfuggiti ai fermagli creavano giochi d'ombra sul viso soffuso da scetticismo e incredulità.

«Non posso credere che sia così», rispose la ragazza, quasi che fossero da soli nella stanza. Gli andò davanti. «Nessuno può volere un simile massacro. È contro natura, contro ogni logica.»

Ludovico scosse lentamente la testa. L'impotenza che lo aveva accompagnato nelle ultime settimane lo stava minacciando di nuovo.

Distolse gli occhi da quelli di Irene. Era alla ricerca delle parole più adatte per esprimere quei pensieri che lo aggredivano dal ritorno dalla Francia. Respirò e trattenne il fiato nei polmoni, concentrandosi sulla sensazione dell'aria che tendeva le costole.

Non poteva parlare dei dubbi che stavano rosicchiando le sue convinzioni giorno dopo giorno. Non riusciva a capire nemmeno lui cosa gli stesse accadendo. Sentiva solo che un veleno senza nome e senza antidoto gli era entrato dentro e stava facendo effetto.

Aveva abbozzato un articolo nel pomeriggio. Ma, mentre scriveva, definizioni e idee erano andate in direzioni opposte, senza che potesse impedirlo. Le frasi grondavano ambiguità, la scrittura era confusa.

Aveva sentito montare un'irritazione cocente, mai sperimentata prima, e che l'aveva riempito di rancore. Aveva appallottolato le carte e le aveva guardate bruciare tra le fiamme, prima di ritrovare il distacco emotivo necessario per scrivere.

Si avvicinò a Irene e Dante. Il bastone produsse un rintocco cupo sui mattoni di cotto. «È iniziato qualcosa di cui non possiamo nemmeno immaginare la portata o la dimensione. Se saremo molto fortunati, cesserà entro alcuni mesi con un accordo che lascerà tutti scontenti. Ma non sarà facile. Soprattutto, nulla sarà più come prima.» Scandì la frase. «Nulla. Gli equilibri che esistevano prima si sono frantumati. Adesso non è più in ballo un trattato, o un pezzo di carta. È una prova di forza, e non importa che a pagare siano migliaia di uomini. Finirà solo quando uno dei contendenti cederà.»

Dante lo ascoltava con un'espressione di fuoco e sdegno. «Devi dirlo, allora», esclamò. Indicò fogli e libri che Ludovico aveva accatastato sul tavolino. «Devi scriverlo!»

Ma il giornalista negò. «No.» Dal suo volto traspariva una tensione dolorosa. «Non è più così. Ho letto i quotidiani: dal "Corriere" alla "Tribuna", tutti hanno iniziato a parlare con favore della guerra e ad accusare il governo di immobilismo. Scrivono che non sa come agire, che non sa farsi valere. Questo significa che si stanno muovendo altri poteri, più grandi di quanto tu o io possiamo immaginare. Non sarebbe di certo un mio articolo a cambiare le cose. Mi ritroverei soltanto senza lavoro», concluse con amarezza.

Per un istante, la sua spiegazione rimase sospesa in una atmosfera attonita.

Non fu Dante a reagire. Fu Irene. «Come dice Rimbaud, "C'è un Dio che ride sulle tovaglie di damasco degli altari"», sussurrò. «C'è chi approfitta di tutto ciò, passando sopra la morte di migliaia di uomini, uomini che lei ha visto morire. È ciò che intende, non è vero?»

Gli occhi di Ludovico si spalancarono. Si sentì vulnerabile.

Come se qualcuno avesse visto una ferita aperta, e avesse distolto lo sguardo. Non poteva sopportare la compassione che si stava diffondendo sui volti di Dante e degli altri. No, non era pronto alla pena o alla commiserazione altrui.

«Sono stanco», bofonchiò. «Spero non mi riterrete scortese se vado a letto.» Luciana ed Elena gli indirizzarono un buonanotte appena udibile; Dante un cenno vago.

Ludovico prese un libro dalla pila sul tavolino e si diresse verso le scale. Il ticchettio sommesso di passi dietro di lui lo indusse a voltarsi.

Irene lo aveva seguito sotto lo sguardo vigile di Luciana.

«Cosa c'è?» domandò con più asprezza di quanto avesse voluto.

«Mi spiace. Non volevo metterla a disagio, né essere indiscreta.»

Lui scrollò le spalle. Riprese a camminare, deciso a ignorare il rancore feroce che lo perseguitava, insieme a quella ragazza troppo perspicace.

«Non lo ha fatto. E comunque, è un problema mio, non suo.»

Era notte. Non riusciva a prendere sonno, come spesso accadeva.

Nella stanza in penombra si diffuse un odore suadente di terra bagnata. Sapeva di pulito, di fresco. Ludovico rimase fermo, a occhi chiusi dinanzi alla finestra spalancata ad ascoltare il rumore della pioggerella che cadeva. Teneva le braccia aperte, le dita avvinghiate alle maniglie, e ascoltava il canto della pioggia, incurante dell'umidità.

C'era già un sentore d'inverno in quella fragranza, imprigionato tra le foglie degli olivi che si piegavano sotto la spinta gentile dell'acqua, o nel crepitio dei tralci ormai nudi. Presto, l'aroma dei camini e legna bruciata l'avrebbe sostituito, fino all'arrivo di una nuova primavera.

Era uno di quegli istanti in cui passato e presente si sovrappongono, in cui il confine nel tempo e nello spazio diventa labile. In quel momento, Ludovico era alla Torricella, ma si sentiva ancora in Francia, prigioniero di quella notte di pioggia accanto a Latimer. Ne poteva sentire il peso e la pressione sul fianco, come l'eco di una sensazione. E ancora, era con Claudia, abbracciato a lei nella sua stanzetta a Firenze. L'aveva tenuta stretta, in quel pomeriggio di ottobre dell'anno precedente in cui erano diventati amanti.

Claudia si era presentata nel suo alloggio, avvolta in un cappotto anonimo e con un cappello che le copriva parte del viso. Lo aveva squadrato con un atteggiamento che all'epoca aveva considerato sfacciato. Adesso sapeva che era la maschera che indossava quando era spaventata o insicura.

«Non mi fa accomodare?» aveva chiesto, alzando il mento.

Pigramente, si era domandato cosa fare di lei, incerto su come comportarsi con quella donna con cui aveva scherzato in maniera spudorata. Non si aspettava che venisse da lui, così, in pieno giorno. «Prego.» Si era fatto da parte dopo una breve esitazione e aveva chiuso l'uscio.

«Perché è qui?» aveva chiesto ruvidamente.

Lei non aveva risposto. Si era guardata attorno e aveva gironzolato per la stanza, soppesando i mobili di poco prezzo, il cibo non finito nel piatto sullo scrittoio, e gli abiti sgualciti abbandonati sulla sedia.

Poi si era voltata.

«Ne avevo voglia.» Aveva occhi azzurri e grandi, dove spirito di sfida e terrore di essere rifiutata si davano battaglia.

Ludovico aveva serrato le labbra, disorientato da quella sincerità che confinava con la sfrontatezza. «E ha dato per scontato che io l'avrei fatta entrare, o che sarei stato lieto di vederla.» Aveva sfoderato un tono tagliente, così freddo da bloccare qualunque tentativo di seduzione.

Claudia aveva accarezzato il pendente di smeraldi che portava al collo. «Non è così?» La voce tremava appena.

«Potrebbe.» Improvvisamente, nella stanza si era fatto silenzio. «Ma non mi piace che mi si metta dinanzi al fatto compiuto. Lei è venuta con uno scopo ben preciso, mettendo a rischio la dignità e il buon nome di entrambi.»

«Non è lei a rischiare.» Claudia aveva abbassato il capo. Era apparsa per ciò che era: una donna fragile, forse anche disperata. «Mi scusi. Ho fatto un errore a venire qui», aveva sibilato con orgoglio.

Si era diretta alla porta ma lui l'aveva fermata. Le aveva afferrato il polso e l'aveva stretta contro la parete. Per la prima volta, aveva sentito il suo profumo di tuberosa.

L'aveva baciata prima che potesse sfuggirgli. «No. Non hai fatto un errore.»

Il cappello era finito a terra. Le aveva sfilato di dosso il cappotto, l'aveva portata nella sua camera.

Riaprì gli occhi. Il buio dinanzi a lui era spezzato dal lucore argenteo della pioggia sulle foglie d'olivo.

Claudia.

Abbandonò la finestra e si spostò verso il letto, alla ricerca delle sigarette che erano rimaste nella giacca, poi cambiò idea e ritornò alla finestra.

Claudia aveva perso da mesi l'*allure* seducente della scoperta, per assumere quello rassicurante e un po' monotono della certezza. Lei era il tepore dopo il sesso, il corpo sinuoso, la voce roca e annoiata.

Claudia non era una ricca signora in cerca di distrazioni: era fatta di solitudine, indecisione e timore. Paura del marito che l'aveva disprezzata per la sua sterilità, paura di perdere ciò che aveva. Soprattutto, paura della solitudine. Paura di invecchiare. Sebbene avesse quarant'anni, era ossessionata dalla vecchiaia.

Ludovico l'aveva percepita, quella angoscia, nel modo in cui la donna si osservava allo specchio: fugace, quasi tentando di fuggire alla propria immagine.

Le angosce di Claudia gli erano rimaste dentro: un sussurro nel retrobottega della coscienza che si faceva sentire quando meno se lo aspettava. Invecchiare significava rassegnarsi al fatto che il tempo a disposizione sta scemando e trascina con sé la speranza, prima ancora della vita. Il pensiero di non riuscire a realizzare ciò che desiderava lo torturava e lo atterriva.

Non poteva negare che, a suo modo, Claudia lo amava. Un sentimento che lo lusingava, ma che aveva volutamente ignorato.

Assieme all'amore disperato e malinconico, gli giungeva a fiotti la sua angoscia, e questo Ludovico non poteva tollerarlo. Considerava la sofferenza altrui come una sostanza vischiosa che potesse contaminarlo, trasformarlo in una persona sconfitta e per questo motivo lo teneva a distanza.

La gioia degli amanti si era persa per strada, sfumata in un oceano di parole non dette. Per parte sua, Ludovico riconobbe che non aveva mai avuto voglia di sapere davvero cosa Claudia nascondesse oltre quell'apparenza incantevole. Semplicemente, non gli interessava.

Ma adesso?

Anche lui aveva un carico di dolore, ora. Non aveva

mai immaginato di tornare dalla Francia con quel grumo nell'anima, eppure era lì, aspro, brutale, e si era sommato a rabbia e insoddisfazioni che portava con sé da anni, forse sin dall'adolescenza. Emozioni con cui non era ancora in grado di venire a patti, che aveva relegato nell'angolo più buio della memoria, negandone persino l'esistenza.

Aveva dovuto fare i conti con ciò che si agitava nell'angolo oscuro della memoria sin dal suo rientro a Parigi, e non sapeva come liberarsene.

Claudia non era la persona più adatta per aiutarlo. Bugie e tradimenti erano una quinta teatrale e lei un'attrice, una creatura in bilico tra ciò che avrebbe voluto essere e ciò che era. Lei aveva già il suo inferno personale: aveva trasformato un matrimonio infelice con un uomo violento in un'esistenza tollerabile, secondo i propri desideri. Non avrebbe mai accettato che qualcuno, fosse anche l'uomo di cui si era incapricciata, potesse alterare il suo mondo finto e perfetto.

Voci allegre, miste a risa.

Gli occhi di Ludovico si puntarono sul soffitto. Si passò una mano sul viso. A giudicare dalla luce che trapelava dalla finestra, doveva essere giorno avanzato.

Si mise a sedere. Aveva avuto una nottata orribile, travagliata da pensieri e ricordi, e solo poco prima dell'alba aveva preso sonno. *Sono un pessimo ospite.*

Cercò il bastone, si levò dal letto. Barba, camicia pulita, gilet. Esitò nel pettinarsi i capelli, poi lasciò che seguissero il loro movimento naturale, senza tirarli indietro.

Dal cortile, le voci si erano spostate nella sala d'ingresso. Ludovico udì distintamente Irene Laurenti e Dante, e la voce di un altro uomo.

Quando apparve in cima alle scale, scorse un giovanotto che aveva già incontrato a casa Laurenti. Si sforzò di richiamarlo alla mente: Daniele Ricardi? Ricciardi? Non riusciva a rammentare quasi nulla di lui, a parte che gli era sembrato infatuato di Irene.

Quell'uomo stava dinanzi a Dante e sembrava avere con lui una gran confidenza. Irene era lì accanto, e tutti ridevano delle sue battute.

Fu il ticchettio del bastone ad attirare l'attenzione del padrone di casa. «Ludovico! Stavo per venire su, cominciavo a pensare che non ti saresti più svegliato o che ti era preso un accidente.» Gli andò incontro con sollecitudine. «C'è Daniele Ricciardi. È venuto a trovarci di buon mattino. Non ti abbiamo disturbato, vero?»

«*Non. Désolé pour le retard*», rispose lui in francese. «Ho avuto una pessima notte.» Indicò la gamba e abbozzò una scusa. «I dolori non mi lasciano in pace.»

«Il prezzo dell'eroismo», commentò Daniele con aria che avrebbe voluto essere compita, ma che Ludovico trovò insolente.

Con indolenza arrivò sino al gruppetto. «Il prezzo del lavoro, direi, signor Ricciardi. Suppongo che lei non ci abbia avuto nulla a che fare.»

Dante lo prese sottobraccio e lo guidò alla poltrona. «Ti serve un medico?»

Con gentilezza lui si divincolò. «No. È qualcosa cui dovrò abituarmi, come hanno detto in Francia. Con i cambiamenti di temperatura la ferita farà male, ma le fitte diminuiranno nel tempo. Già adesso, uso meno il bastone.»

«Effettivamente, stamane ha fatto un piccolo scroscio di pioggia.» Irene si sedette dinanzi a Ludovico. Daniele, senza aspettare il suo permesso, si accomodò accanto a lei.

In quel momento, Luciana entrò nella stanza, seguita da Elena che portava un bricco di caffè e dei biscotti. «Ah. Buongiorno», esclamò vedendo Ludovico. «Brutta nottata stanotte, eh?»

Il giornalista assentì. Una ruga di sorpresa gli solcò la fronte. «Ti ho sentito camminare», spiegò la donna mentre gli porgeva una tazza.

«Fastidi alla gamba.»

Luciana si soffermò per un istante su di lui, scettico. Poi si rivolse a Daniele. «Allora? Hai finito di ammorbare mio fratello con le tue carte?»

«Finalmente sì. Ho presentato ieri la tesi al professore e in facoltà. Da questo momento, ogni data sarà buona per laurearmi.»

«Un altro paio di braccia negate all'agricoltura», mormorò sottovoce Ludovico, facendo roteare il pomello del bastone tra le dita.

Irene gli indirizzò uno sguardo perplesso. Era vicina abbastanza da aver udito quell'esclamazione palesemente ironica, persino offensiva. Si voltò verso Daniele. «E cosa pensa di fare dopo? Non me ne ha mai parlato.»

Dante, che stava aggiungendo lo zucchero nel caffè, lo precedette. «Vuol provare la carriera universitaria anche lui. Io gli cedo volentieri il posto. Del resto, con il daffare che mi dà la Torricella...»

Ludovico fece correre gli occhi dall'uno all'altro. Un lampo di astio apparve per un istante, subito cancellato da una quieta indifferenza.

«L'università? Buona fortuna», si limitò a dire.

Daniele si rilassò contro la spalliera del divano. «Oh, non è questione di fortuna, signor Aldisi. È tutto merito di applicazione e pazienza. Solo i migliori riescono nella carriera accademica, e io… Be', spero di arrivare là dove mi sono prefissato. La mia famiglia non è benestante come la tua, Dante», aggiunse poggiando la tazzina sul vassoio, «ma mi ha dato le basi materiali e morali per poter andare avanti. So di potercela fare.»

«Lo studio come un diritto degli *aristoi*, dunque. Una visione dell'istruzione molto poco progressista.» Ludovico distese le gambe e si abbandonò sullo schienale della poltrona con aria annoiata. «Mi domandavo quando avrebbe tirato fuori il suo lato autentico. Quello che nasconde dietro il suo… pacifismo.»

La stanza precipitò in un mutismo imbarazzato. «Cosa intende dire?» Daniele si irrigidì. Ludovico socchiuse le palpebre, poi si rivolse a Irene e osservò la sua reazione mentre continuava a spiegare in tono pungente.

«Che se uno dichiara di essere pacifista e afferma che le masse dovrebbero ribellarsi alla guerra, può poi dichiarare che l'istruzione è un privilegio riservato a chi può permettersela? Non è un controsenso?»

«Non credo che Daniele intendesse questo. Lui ha parlato solo di sé», obiettò Dante, sconcertato.

«Davvero?» Il tono di Ludovico era diventato mellifluo.

«Davvero.» Daniele aveva risposto con asprezza.

«E tuttavia riconosce che il denaro e una *certa condizione sociale* assicurano, o meglio garantiscono il diritto a una buona istruzione.»

«È inevitabile, suppongo. Se un fanciullo vive in difficoltà economiche, o se proviene da famiglie disagiate, lo studio è l'ultimo dei suoi pensieri.»

«Così continuerà a essere un povero bifolco senza speranza, che metterà al mondo altri disgraziati senza speranza come lui. Bene, signor Ricciardi, lasci che le dica una cosa che forse le toglierà qualche certezza. Si sbaglia. Tanto. Perché non c'è nulla più forte della volontà di un uomo che vuole migliorarsi e cambiare la sua vita.»

Daniele divenne paonazzo. «Lei non sa niente di me e…»

«Su, ché state dicendo cose molto simili.» Dante lo interruppe. «Daniele intendeva dire che è stato fortunato ad avere una famiglia che lo sostiene e Ludovico dice invece che lo studio dovrebbe essere una possibilità concessa a tutti. Suvvia, mica c'è bisogno di alterarsi.»

Irene aveva sostenuto lo sguardo di Ludovico per tutto il tempo. Non aveva abbassato gli occhi verdi, anzi, avevano assunto una luce piena di rabbia, riempiendosi di collera e perplessità. Il sorrisetto dell'uomo si accentuò, e lei avvertì una fastidiosa stretta allo stomaco. Sembrava quasi che avesse fatto apposta ad attaccare Daniele, come se volesse dimostrarle qualcosa. «Non pensavo che aveste così a cuore un problema come quello dell'istruzione per le masse popolari», considerò infine lei.

Per tutta risposta, lui prese a sgranocchiare un biscotto. Attese prima di rispondere, continuando a squadrarla con insistenza, quasi con insolenza. «Il fatto che io abbia idee interventiste, signorina Laurenti, non mi colloca automaticamente nella schiera degli industriali.» Si toccò la camicia. «Se così fosse, vestirei abiti di vigogna e passerei le mie giornate a chiacchierare nei caffè come uno sfaccendato», concluse, in tono di sfida.

«Come mai...»

«Eppure lei scrive per la "Voce". Anche lei non è un campione di coerenza: non mi sembra che il direttore Papini condivida idee tanto progressiste sull'istruzione.» Daniele aveva anticipato la risposta di Irene.

«La "Voce" è un giornale che accoglie i contributi di molti autori, non solo italiani, con provenienza culturale e politica diversa. Visto che la legge, dovrebbe saperlo. E la mia coerenza, non è oggetto di discussione. Non ho mai finto di essere ciò che non sono.» Ricciardi restò a fissarlo fremendo di rabbia mentre Ludovico si rimetteva in piedi. Per lui la discussione era chiusa.

Luciana lo imitò. Prese il vassoio del caffè. «Porto questo in cucina, ché devo occuparmi delle faccende. Daniele, resti a pranzo? Ti avverto, sarà una cosa breve, poiché mio fratello deve andare all'uliveto.»

Il giovane rifiutò. Aveva ancora il viso segnato dalla collera. «No, vado. Devo essere a casa in serata e non credo di potermi fermare oltre.»

Ludovico lo salutò con una stretta fredda e sfuggente. Osservò Dante e Irene che lo accompagnavano all'uscita e fu infastidito da quel suo atteggiamento confidenziale: dall'abbraccio con Dante, dalla mano che indugiava sul polso di Irene. Distolse lo sguardo, stizzito, senza sapere bene perché.

Non si accorse subito di Luciana che, sulla soglia del corridoio delle cucine, lo stava studiando. «Ludovico.»

Si voltò. «Porta quel cesto di biscotti in cucina.»

L'uomo la seguì zoppicando. Quando giunse in cucina, poggiò la ciotola sulla fratina che traboccava dei colori dell'autunno: cavoli, verze, carote, patate, uva, zucche, funghi.

Luciana, i capelli neri tirati indietro, gli mostrò uno stipo sopra la madia. «Mettili lì, nel vaso di coccio con il coperchio.» Poi afferrò un cencio, iniziò a pulire le verdure e ridacchiò piano.

Ludovico la guardò, confuso.

Lei agitò lo strofinaccio. «Nulla. È che m'è sembrato di vedere due cani che alzavano la zampa, oggi.»

La perplessità crebbe ancora.

La donna iniziò ad affettare un grosso cavolo. «Sai come fanno i cani quando devono marcare il territorio? Stanno su con la zampa e via.» Lo indicò con la lama. «Ecco.»

Ludovico la fissò per alcuni secondi prima di rendersi conto che sì: era stato appena paragonato a un cane che piscia agli angoli delle strade.

Il calesse di Daniele era appena scomparso dietro l'ultima curva quando Dante richiuse l'uscio. Poggiò la testa contro il battente chiuso ed esalò un sospiro spossato. «Ricordami di non invitare mai Ludovico e Daniele insieme. La prossima volta si salteranno alla gola.»

Irene si avvolse nello scialle. Sostare lì fuori, l'aveva infreddolita. «Daniele è una persona molto pacata. Aldisi lo ha provocato con quelle battute stupide. Sembrava ci provasse gusto.»

«Forse è così. Ma non è semplice da spiegare.»

La prese sottobraccio e la guidò al tavolo dove erano esposte le foto di famiglia. Prese quella della sua laurea. «Ludovico proviene da una famiglia molto povera. Non ha avuto grandi mezzi per studiare, eppure c'è riuscito, con tenacia, quasi con rabbia. L'ho capito quando all'università lo vedevo arrivare con le stesse scarpe, che fosse estate o inverno. E poi l'ho compreso davvero quando si è laureato e son venuti i suoi genitori da Castiglioncello: povera gente, che non era mai entrata in una scuola, figuriamoci in un'aula accademica. Lui ha trascorso molto tempo a lavorare come archivista al giornale, per avere un po' di soldi in tasca. Gli prestavo i libri per studiare, o i quaderni di appunti. Cercavo di farlo senza offenderlo perché, te ne sarai resa conto, è una persona orgogliosa...»

Con i polpastrelli, sfiorò l'immagine che risaliva a parecchi anni prima. Malinconia, riverenza e rimpianto si susseguirono sul viso ombreggiato da una barba scura.

«Io sapevo che lui voleva seguire la carriera universitaria. Lo sapevo, Irene, perché era stato lui a dirmelo. Ed è vero, sarebbe stato un insegnante straordinario: era più bravo di me, più brillante, semplicemente migliore. Ma dopo la laurea, tutto è cambiato. Siamo rimasti in contatto per un paio d'anni, ma erano incontri sempre più sporadici, in cui lui era... *distante*. Non era più la persona che conoscevo.» Rimise a posto la foto con calma. «Ha scelto il giornalismo perché amava scrivere, e sa farlo bene. Ma, soprattutto, ha scelto di poter avere qualcosa che gli portasse soldi e potesse cancellare le sue origini. Hai notato? Non parla mai della sua famiglia, oggi ancor meno che in passato. Credo se ne vergogni.»

Irene si avvicinò a lui. Studiò il giovane Ludovico nella foto. Era serio, ma l'espressione era pulita, piena di aspettativa, carica della fermezza che hanno i giovani, quando ancora immaginano che il mondo sia ai loro piedi.

«Non è una buona cosa vergognarsi della propria famiglia», commentò.

Dante, accanto a lei, assentì. «Ma accade più spesso di quanto immagini. Si cresce, si cambia e si diventa persone diverse. E talvolta, guardandoti indietro, capisci che avresti voluto agire in maniera differente oppure essere qualcun altro.» Le strinse la spalla con un gesto fraterno. «Questo significa crescere. E non è detto che ciò accada sempre nel modo giusto.»

Lo stesso giorno, qualche ora più tardi

«Buon pomeriggio.»

Irene trasalì. «Mi ha di nuovo spaventata.» Accennò una risata imbarazzata e si alzò dalla panchina, la stessa dove Ludovico l'aveva trovata al suo arrivo. Con il giorno il paesaggio era aperto, invaso dal sole freddo dell'autunno.

«Non volevo disturbarla. Solo che la signora Elena mi ha detto che lei e Luciana eravate qui fuori e così...»

«Luciana è dovuta correre all'uliveto, alle pendici della collina. Pare che un ragazzo si sia fatto male durante la raccolta delle olive. Lei è sempre molto sollecita nei confronti dei fittavoli.»

Ludovico si guardò attorno. «E Dante?»

«Anche lui con i braccianti. Se non lo avessi visto con i miei occhi, non ci crederei. A Firenze è uno studioso azzimato, ma qui si trasforma in un vero contadino.»

L'uomo la oltrepassò. Sul viso, fastidio. Si lasciò cadere sulla panchina. «Non riesco a trovare pace per i dolori alla gamba.» Infisse il bastone nel terreno. «Detesto farmi vedere in giro con quest'attrezzo, mi fa sentire uno storpio. Maledizione!»

Irene rimase interdetta. Poi con cautela si sedette accanto a lui. «Dev'essere stato difficile, in Belgio.»

Ludovico mise la fronte sulle dita incrociate che trattenevano il pomello. «Abbastanza.»

Aveva la medesima aria nervosa e irritabile della sera precedente. A fatica, si rialzò. «Proverò a camminare un po'. Devo rimettermi a posto come si deve per il rientro a Firenze e devo abituare la gamba a stare in piedi.»

«Aspetti!» Irene lo inseguì. «Posso venire con lei?»

Per un istante rimasero a sorpresi entrambi: l'uno dalla richiesta, l'altra incredula di aver fatto una simile proposta.

Ludovico annuì adagio. «D'accordo.»

Camminarono senza parlare per alcuni minuti. Procedettero piano per il sentiero che portava dal giardino sul retro verso le stalle e poi oltre, ai vigneti che rivestivano i fianchi della collina su cui sorgeva la Torricella. I pampini ondeggiavano appena nella brezza frizzante, simili a una marea verde e oro in perpetuo movimento. Videro Nerino che portava fuori un cavallo dalla piccola scuderia a ridosso della casa. Lo salutarono con un gesto e l'uomo rispose toccandosi il cappello.

Dalla stalla, un edificio squadrato di mattoni rossi con due finestre chiuse da cotti forati, giungeva il muggito delle poche vacche che i Ducceschi allevavano per le necessità della tenuta. Irene seguì lo sguardo curioso di Ludovico. «Ci sono anche un paio di cavalli. Sopra, nel soppalco, conservano il fieno», spiegò.

L'uomo assentì, distratto, preso da pensieri che lo portavano lontano. Fissava, senza vederle, le colline violacee oltre il passo del Sugame. Nel vento tiepido e profumato d'autunno, risuonavano i versi di merli e beccacce.

Irene passeggiava guardando le punte degli stivaletti di capretto che si impolveravano. Provava una sorta di pena, una stretta al cuore. Aldisi sembrava una persona così diversa dal giornalista arrogante che aveva conosciuto.

«Come è stato davvero vedere la guerra?» chiese a un tratto. Non riuscì a trattenersi, e non per curiosità morbosa, quanto per comprendere cosa avesse determinato quella metamorfosi.

Gli lanciò un'occhiata, pronta a ricevere una risposta ruvida.

L'uomo continuò a camminare. La ruga tra gli occhi si era accentuata, la presa sul bastone era così forte da fargli tendere la pelle sulle nocche. «Cerca argomenti da rinfacciarmi alla prossima discussione?»

«No. Voglio capire perché una persona così risoluta nel parlare della guerra come l'unico rimedio alla crisi dell'Italia abbia potuto cambiare atteggiamento.»

Un'altra pausa. Interminabile, riempita dal fischio dei merli e dal gracchiare delle gazze.

«Lei è la prima persona che lo nota davvero.»

Ludovico aveva parlato così piano che, per un istante, aveva pensato di non aver sentito bene.

Irene rispose dopo alcuni istanti, nel medesimo tono sommesso. «Allora il resto del mondo è cieco. Lei è cambiato. È impossibile non accorgersene.»

L'uomo la gratificò con un'occhiata di ammirazione

frammista a malinconia. «Non credo. Piuttosto, direi che le persone notano solo ciò che vogliono vedere. Oppure preferiscono non parlarne.»

Irene si fermò al centro del viottolo. Parlò con attenzione, studiando le sue reazioni. «È molto confuso e arrabbiato. Deluso, persino.»

Ludovico emise un suono a metà tra un riso soffocato e un singhiozzo. Oltrepassò la ragazza e si diresse verso uno degli olivi che costeggiava la stradina, un maestoso albero dalle radici nodose. Si lasciò cadere per terra e abbandonò le braccia sulle ginocchia.

Irene lo seguì. Si sedette.

«Non ci riesco. A raccontare quello che ho visto, intendo», mormorò Ludovico con il viso rivolto al panorama. «Ci sono cose che non riesco a dimenticare.»

«Allora, la strada giusta non è dimenticare. È ricordare, è cercare di accogliere ciò che è avvenuto. Talvolta, lasciarci sommergere da ciò che temiamo è meno faticoso che provare a opporvi resistenza.» Gli occhi di Irene si erano fatti lucidi, il battito delle ciglia accelerato. «Quando mia madre è morta, l'anno scorso, ho tentato di essere forte, di resistere a tutti i costi alla disperazione. Ho pensato di doverlo fare, perché ormai ero cresciuta, e *mon père* aveva bisogno del mio sostegno. Poi ho capito che era inutile, che non serviva a nulla tenere fuori dalla coscienza ciò che mi faceva star male. Che avrei dovuto accettare che il dolore facesse il suo corso.»

«Come la piena di un fiume», considerò lui a bassa voce.

«Come la piena di un fiume», ripeté Irene.

Ludovico sollevò il capo e percorse con lo sguardo la sagoma delle colline, il verde della campagna, le poche nuvole sparse sull'orizzonte. La Torricella era un'ombra dietro di loro, il sole un manto di luce che rivestiva le cime degli alberi.

Non si rese conto di aver iniziato a raccontare fino a che non percepì una sorta di smottamento, come un animale che si muoveva sotto lo sterno.

«Ho conosciuto molti uomini laggiù. I loro volti mi erano divenuti familiari, tanto da poter considerare alcuni di loro amici. Sono morti davanti a me, e io ero con loro, così vicino da toccarli. Non ho potuto far nulla per impedirlo. Sono riuscito a salvare solo una persona. Una.»

«È pur sempre una vita», obiettò lei. Si avvolse nel soprabito per combattere l'umidità che gravava sotto le fronde dell'olivo.

L'uomo negò. «No, non lo è più se ti manca un braccio.» Spalancò la mano destra. «Tutto questo, vede? Le dita, il palmo, non esistevano più. Ho dovuto bloccargli l'emorragia e poi...» Deglutì. Come uno spettro, ricomparve la sensazione del calcio della pistola di Freeman. Ne sentì il peso, il freddo, il grilletto che gli scavava la carne. Il contraccolpo degli spari.

«Era il capitano della compagnia che seguivo, i Gordon Highlanders. Durante un assalto sull'Aisne, i tedeschi li hanno decimati con l'artiglieria. Jasper Freeman, così si chiamava, si è salvato perché è stato sbalzato via dall'onda d'urto, ma è stato ferito gravemente dalle schegge. Io sono riuscito a salvarlo e l'ho trascinato, fino a che non sono arrivati gli uomini dell'infermeria.»

Chiuse gli occhi. Il ricordo della pistola fu sostituito da quello più gravoso e pesante di Jasper.

Quando gli spari erano diminuiti fin quasi a cessare del tutto, lui se l'era caricato in spalla e lo aveva trascinato oltre il muro crollato. Nelle orecchie risuonavano ancora le grida dei feriti e le urla che cercavano di richiamare l'attenzione dei soldati rimasti in piedi.

Era riuscito ad avanzare solo di pochi metri. Il dolore alla gamba era divenuto insopportabile. I passi erano malfermi, il corpo esausto. Era caduto più volte e poi, alla fine, era stato costretto a trascinarsi sul terreno devastato dalle esplosioni.

Era rimasto in mezzo ai campi. Aveva tenuto Jasper, sanguinante e privo di conoscenza, stretto in un abbraccio disperato.

«L'ho protetto», sussurrò. «Quando sono arrivati gli infermieri, hanno dovuto strapparmelo a forza. Non volevo staccarmi da lui, non volevo che morisse.»

Respirò, quasi una sorta di rantolo. Tremava.

A tradimento, altre mani, bianche e minute, si accostarono alle sue. Fermarono il tremito, placarono la tensione.

«Continui.»

«Non posso.»

La stretta si fece più forte. «Sì, invece.»

La barella sporca di sangue rappreso, il buio della cantina dove era stata allestita la sala operatoria. Il dolore gli aveva morso la carne quando i medici avevano estratto un frammento di pallottola. E altre urla. Altri lamenti.

Una lacrima scivolò lungo la mandibola. L'uomo la ignorò.

«Quando mi sono svegliato, ho chiesto subito di Jasper, se era sopravvissuto. Non volevano farmi parlare con lui, visto che ero un giornalista italiano e lui un ufficiale, ma alla fine ce l'ho fatta. Mi sono alzato con l'aiuto di una stampella, e l'ho trovato in un letto in una stanza piena di uomini che avevano subìto amputazioni. Quando mi ha visto arrivare, si era voltato dall'altra parte. Ho temuto che non volesse parlarmi, che fosse furioso perché lo avevo salvato. Invece stava piangendo. Si vergognava, non voleva che lo vedessi a quel modo. Come un invalido.»

Ludovico si coprì il viso. Pianse. Pochi singhiozzi trattenuti, mentre lo strazio vibrava nel corpo e si liberava attraverso la carne, oltre il respiro. «È stata l'ultima volta che l'ho incontrato. Poco dopo io sono stato trasferito a Parigi e lui verso nord, per essere imbarcato alla volta della Gran Bretagna. Mi ha detto che era onorato di avermi conosciuto e che mi ringraziava per averlo salvato.»

Ma gli aveva detto ben altro.

È una persona migliore di quanto lei pensi. È un uomo coraggioso che cerca un'opportunità per vivere. Ha un'esistenza davanti, non la sprechi per inseguire la sua rabbia.

Jasper aveva fissato il moncherino che occhieggiava sotto il lenzuolo con tristezza. Sembrava un uomo finito, eppure si aggrappava alla propria dignità. Cercava di mantenere un contegno, ricacciando indietro le lacrime che gli erano sfuggite in un momento di debolezza.

Io non potrò mai più suonare il violino, o accarezzare mia moglie. La mia compagnia è stata distrutta e ciò che resta del mio battaglione sarà accorpato alle altre divisioni. I miei uomini, la mia gente, non ci sono più. Io sono so-

pravvissuto grazie a lei. Dovrò imparare a vivere come un invalido, senza i miei uomini e, anche se non so come, lo scoprirò. Tuttavia, so una cosa: se il destino lo vorrà, sappia che potrà contare su di me.

Sollevò il capo. Il cielo era azzurro, sgombro di nubi.

Come quel giorno tra le rovine di Bourg-et-Comin.

Irene custodì tra le proprie quelle dita che fremevano di tensione. Osservò gli occhi grigi farsi più scuri. Lo vide piangere e insieme cercare di frenare le lacrime in un sussulto di pudore. Quando lui si liberò della sua stretta per coprirsi la faccia, non lo trattenne.

«Gli ha salvato la vita», disse, con dolcezza. Esitò. Poi gli sfiorò il braccio con un cenno che era una carezza e un incoraggiamento.

Ma Ludovico negò rabbioso. «No, che non basta. Anch'io sono stato parte di quell'incubo e ne ho portato un frammento con me.» Si asciugò le lacrime irritato con se stesso. «Jasper aveva ragione. Seguire i Gordon Highlanders è stato davvero vincere un biglietto di sola andata per l'inferno.»

La presa di Irene si fece più forte. Lo obbligò a voltarsi. «Ha fatto molto più di quanto immaginassi potesse fare.»

«Non so dire come, o perché l'ho fatto. Passare in mezzo ai campi, con i colpi di fucile che arrivavano ad alzo zero... A ricordarlo, sembra una follia. Eppure in quel momento non ci ho pensato. Sapevo solo che non potevo accettare di veder morire un altro uomo, così come avevo visto gli altri.» Si appoggiò al tronco dell'albero, ascoltò lo stormire delle foglie, il mormorio del vento tra i rami.

La sofferenza stava scivolando via, soppiantata da un vuoto confortante. Arrendersi, scegliere di rivivere ciò che aveva vissuto attraverso le parole non era affatto semplice. Ma era il primo passo necessario per ricominciare a vivere. Accettare il senso di perdita che provava, insieme all'impotenza, persino alla desolazione. I ricordi si rimettevano al loro posto, ogni cosa si rivestiva di scopo e significato. Tutto acquistava un senso.

Quasi tutto.

Perché il soldato tedesco che aveva ucciso non era qualcosa con cui sarebbe potuto venire a patti facilmente. Era lì, come una pianta maligna che non poteva sradicare. Qualcosa che non avrebbe mai potuto scordare, e che lo avvelenava con un rimorso acre e violento.

Avvertì accanto a sé la presenza di Irene. Sembrava serena, quasi che ciò che le aveva raccontato non l'avesse scossa. «Non so nemmeno io perché le ho detto tutte queste cose. Mi spiace.»

«Non deve. Sono stata io a chiederlo. Dispiace a me che questo le abbia causato sofferenza, invece.»

«Già.»

Cercò di rimettersi in piedi. Era come se, all'improvviso, il corpo fosse divenuto leggero, spinto dal bisogno spasmodico di muoversi.

Irene lo lasciò fare, senza aiutarlo. «Credo che lei abbia parlato con me perché sono un'estranea. Ci siamo dati fiducia proprio perché ci conosciamo molto poco.»

Ludovico la scrutò, curioso, mentre tramestava con il bastone. «Cosa vuol dire?»

La ragazza si spazzolò il vestito per togliere delle foglie

che si erano attaccate alla stoffa. «Io le ho spiegato ciò che ho provato per mia madre, lei quello che ha passato poche settimane fa. Abbiamo parlato solo di noi, non di politica, o chissà che.» Spiegò.

Lo sguardo grigio di Ludovico incrociò il suo. Irene sentì il sorriso affievolirsi sino a spegnersi completamente.

«Materia sopravvalutata, la fiducia», le sussurrò con un filo di arroganza. «Non ne avevo mai accordata tanta. A nessuno.»

Lei scrollò le spalle e lo precedette sul viottolo.

Ripresero a camminare, con le braccia che si sfioravano. Tuttavia la ruga sulla fronte di Ludovico non era sparita.

Il sentiero digradava dolcemente, in direzione di una piccola valle popolata da olivi secolari. Portate dal vento, arrivavano a tratti le voci di lavoranti. Ludovico procedeva con lentezza. Si sentiva in pace come non accadeva da settimane.

Sbirciò verso Irene. Camminava con la schiena ben eretta, avvolta in un soprabito di velluto, fuori luogo per una passeggiata in campagna.

«Come sta suo padre?» le domandò.

«Bene, immagino. Non lo vedo da una settimana.» Il tono era teso. Il viso aveva assunto un'aria indispettita, e per un istante Ludovico immaginò come dovesse essere Irene da bambina, con quella bocca arrabbiata.

Inarcò le sopracciglia. «Immagina?»

«In questo momento io e mio padre abbiamo delle... divergenze. Abbiamo trascorso alcuni giorni qui, tra agosto e settembre. Quando lui è dovuto rientrare a Firenze, io gli ho chiesto di restare e Luciana ha acconsentito, grazie al cielo.»

Ludovico accennò una risata. *Pover'uomo*, pensò. Avere una figlia irruente come lei non doveva essere affatto facile.

Irene fece schioccare la lingua in maniera poco signorile. «Non c'è nulla da ridere, almeno per me. *Florence*... io non riesco a viverci. Voglio tornare alla mia vita, a Parigi.» Abbassò il tono, parlò in un soffio. «Ma so che non è più possibile. Avrei dovuto oppormi mesi fa, quando siamo tornati in Italia. Adesso sono prigioniera.»

«Prigioniera addirittura? Ha un senso del tragico degno di Racine.»

«Sì.» La ragazza si fermò al centro del viottolo. Mosse la testa di lato, poi spostò la sua attenzione sulle scarpe e scalciò un sassolino, cercando i termini adatti per spiegare cosa provava. «Laggiù, mio padre aveva un atteggiamento diverso. Più libero, se comprende cosa intendo. Ma da quando è tornato in Italia, è come se si sentisse in dovere di adeguarsi a ciò che accade qui. Mi impone comportamenti che non riesco ad accettare.»

L'uomo la fissò con un misto di scetticismo e di perplessità. «Mi perdoni ma non ho ben compreso le ragioni della sua insoddisfazione.»

«Quello che tento di dirle, è che vorrebbe che io avessi delle amicizie consone. Dovrei trovare un *bravo giovane* con cui mettere su famiglia.» Sembrava che avesse inghiottito qualcosa di disgustoso. «Non è così che avevo pensato al mio futuro. Immaginavo di studiare ancora, di poter...»

Si fermò. Strinse le labbra, quasi per impedire fisicamente alle frasi di uscire.

«Cosa?» le chiese Ludovico.

«Nulla.» Riprese a camminare. «Un sogno di bambina.»

Lui la seguì, la raggiunse. Irene aveva un'andatura nervosa e veloce.

«Io mi sono fidato di lei», la incalzò.

Irene aprì la bocca, poi la richiuse. Infine parlò, e lo fece con rabbia e impazienza. «Avrei voluto continuare a studiare, in Francia, per diventare un'insegnante universitaria, come lui.» Si fermò di nuovo. «Perché il mondo è così ostile alle donne, signor Aldisi?» chiese con veemenza. «Perché non ci viene permesso di essere semplicemente noi stesse? Dobbiamo essere solo madri e spose, o poco di buono. Non abbiamo risorse, capacità, l'intelligenza? La libertà è una parola femminile, eppure è appannaggio degli uomini.»

«Non lo so», rispose lui dopo un'interminabile pausa. Ricordò la cameriera al bancone della birreria di Mons, e le infermiere che lo avevano curato in Francia. E poi pensò a Claudia. «Mi dispiace che sia così.»

Irene lo osservò con palese scetticismo.

«Davvero», ribadì Ludovico.

La ragazza non rispose. Dalla fine della stradella arrivò la voce forte di Luciana che la chiamava.

«Ludovico! Sei arrivato fino qui con il bastone?» Dante si ripulì i calzoni dalla terra. I contadini stavano spostando bastoni e ceste per portarli ai magazzini. L'uliveto appariva segnato dal passaggio dei lavoranti. «Abbiamo finito. Quest'anno le olive sono maturate prima e dobbiamo raccoglierle di corsa. Dovremo sbrigarci, prima che ci mandino il raccolto in malora.»

Passò una mano attorno alle spalle di Ludovico e lo indirizzò verso il sentiero da cui era giunto. «Più tardi manderò qualcuno a Greve per i giornali e la posta. Tu hai bisogno di qualcosa?»

«Tabacco. E devo spedire un paio di lettere.»

Si incamminarono parlando del lavorante che era cascato dalla scala, dell'infestazione delle mosche. Dietro di loro, Irene e Luciana procedevano più lentamente.

«Dovresti coprirti con un cappello. Hai la faccia tutta rossa», considerò la sorella di Dante.

«Sarà per il freddo del mattino.» La ragazza si toccò le guance. Trasalì.

Erano roventi.

Firenze, 12 ottobre 1914

Mia cara Claudia,
spero che la delusione sia passata. Se così non è, cercherò di farmi perdonare la prossima volta che ci vedremo. Ho bisogno di raccontarti molte cose e di parlare con te.
Scusami se ti sono sembrato scostante, ma avevo bisogno di chiarirmi un po' le idee, e riposare.
Qui a Greve la vita ha un ritmo molto più tranquillo. Mangio bene, mi riposo e leggo moltissimo. La gamba sta finalmente guarendo: i dolori sono diminuiti, riesco a muovermi senza il bastone per pochi passi e presto sarò in grado di abbandonarlo del tutto. La campagna è incantevole in questo scorcio d'autunno, e le giornate si concludono spesso con chiacchierate tra me, i padroni di casa e un'altra ospite della villa.
Non mi dispiacerebbe passeggiare qui insieme a te. Sì, sto cercando di dirti che mi manchi, se te lo stai chiedendo. Ma lo sai che non sono tipo da ammetterlo.
Presto tornerò a Firenze. Fino ad allora, aspettami. Ti penso sempre.
L.

Mario Anselmi asciugò il labbro superiore umido di vino. La peluria dei baffi era cresciuta, considerò tra sé. Avrebbe dovuto dire al barbiere di ritoccarli.

Picchiettò le dita sulla lettera che aveva trovato nella scrivania della moglie. La sera prima era rientrato a Firenze, richiamato con urgenza da un affare dello studio legale che i suoi collaboratori – *quegli inetti!* – non avevano saputo risolvere.

Così era dovuto partire dalla villa a San Clemente per tornare in città. Più fastidioso ancora era stato salutare Adele, la sua amante.

Adele, da lì a poco, avrebbe partorito un altro marmocchio, dopo i due che già gli aveva scodellato. Erano bastardi, certo, ma all'occorrenza sarebbero tornati buoni per farli eredi della fortuna di famiglia. Figlia di un mezzadro, morbida e burrosa, mansueta come un agnello, gli aveva dato i figli che quella puttana frigida di sua moglie non era riuscita a dargli.

E adesso...

Rilesse il biglietto.

Quando aveva sposato Claudia D'Alatri era stato contento. Bella donna, proveniente da una famiglia di piccola nobiltà fiorentina, senza troppe pretese. La moglie ideale.

Ma i figli non erano arrivati.

Aveva provato e riprovato a ingravidarla. Nulla: era sterile come un ceppo di legno secco. A quel punto Claudia aveva perso ogni attrattiva. Era diventata inutile, un elemento dissonante in un quadro altrimenti perfetto.

Dopo mesi d'indecisione, un giorno di cinque anni prima Mario si era alzato, aveva fatto colazione e si era preparato per uscire. Con Claudia non avrebbe mai avuto ciò che desiderava. Non un figlio legittimo, nulla, nemmeno la parvenza di devozione che lui riteneva doverosa da parte d'una moglie.

Adele, invece, in pochi momenti rubati gli aveva dato molto più affetto di sua moglie in anni di matrimonio. Così, era andato a San Clemente, aveva parlato con il padre della ragazza e l'aveva sistemata in casa propria, insieme con il figlio che avevano avuto.

Claudia non aveva accettato di buon grado quella scelta. Aveva strepitato, gli aveva tirato contro degli oggetti. Lui aveva dovuto batterla più volte per ricondurla alla ragione.

Da allora, anche la parvenza di rispetto che si era instaurata tra loro era svanita, evaporata come la bruma del mattino. La realtà era sotto gli occhi di tutta Firenze.

Mario si considerava un uomo generoso. Sapeva che Claudia gli era infedele. Era venuto a conoscenza del primo tradimento attraverso un collega fin troppo zelante che gli aveva svelato la tresca con dovizia di particolari. Del resto, l'amante di Claudia era anche lui un avvocato.

Lui non aveva battuto ciglio, aveva finto di ignorare la fregola con cui la moglie si buttava nelle braccia degli altri. Era sterile, il suo utero era morto, non gli avrebbe dato un bastardo. E quanto al resto, era lei che faceva la figura della puttana.

Poi erano arrivati gli altri. Gente che sapeva che Claudia avrebbe aperto le gambe con un paio di occhiate e una conversazione carica di sottintesi. Mario aveva continuato a girarsi dall'altra parte, lasciando la moglie nella convinzione che lui non sapesse nulla. Con il tempo, Claudia aveva imparato a essere discreta, a scegliere uomini della loro cerchia, di classe sociale elevata, e non svilirsi con relazioni squallide che lo avrebbero umiliato.

Mario sapeva che avrebbe potuto chiedere l'annullamento del matrimonio, ma a che sarebbe servito? Molto meglio tacere, mantenere tutto così com'era. Paradossalmente le infedeltà l'avevano resa una moglie più rispettosa e quieta, forse per il timore di uno scandalo.

A suo modo, Mario si considerava un uomo morigerato, fedele a una sola donna. La moglie si era trasformata in un malaugurato incidente di percorso, un sasso scivolato nei meccanismi dell'esistenza.

E ora?

Chi era quest'ultimo amante?

Accennava a una tenuta a Greve, presso cui si trovava, e a dei fantomatici dolori alla gamba. Mario Anselmi passò in rassegna i propri conoscenti, scartando i ragazzini o gli uomini troppo anziani. No, nessuno che conosceva aveva problemi alle gambe. E poi quella iniziale. «L.»

Lo avrebbe saputo.

Con aria assorta, ripiegò la lettera e tornò nella stanza della moglie, alla scrivania sotto la finestra. Mise il foglio lì dove lo aveva scorto, seminascosto tra il sottomano e il tampone.

La Torricella, la sera successiva

«Domani vado a Greve con l'auto. Mi tocca pagare dei conti e saldare delle fatture, e non mi va di farlo fare ad altri.» Dante si stiracchiò sulla poltrona dinanzi al fuoco. Allungò le braccia oltre la testa e le incrociò all'altezza della nuca.

Ludovico, sprofondato nel divano dinanzi a lui, sfregava i polpastrelli sul velluto consunto del bracciolo. Era assorto.

Dante lo aveva notato durante la cena. Mentre Irene e Luciana parlottavano tra loro, Ludovico aveva tenuto le palpebre socchiuse, senza partecipare alla conversazione. Sembrava perso nei suoi pensieri.

«Vieni con me?» gli domandò.

«Con piacere.» Ludovico si raddrizzò. «Non so come ringraziarti per questo invito. Non solo la gamba si sta rimettendo in sesto ma... Be', credo di aver capito di dover rimettere in sesto anche altre cose.»

Un ceppo di legno nel camino crepitò. La sagoma, ormai grigia e nera, collassò in una miriade di scintille con uno scoppiettio sommesso.

«Inizierai a pubblicare pamphlet pacifisti?» Dante cercò di mascherare la propria curiosità.

Anni prima, una conversazione del genere sarebbe stata consueta. Ci si metteva al tavolo della biblioteca per studiare e si finiva a parlare di libri, o di ciò che avrebbero fatto in futuro. Oppure, si sedevano sul muretto sopra l'argine dell'Arno a importunare le ragazze che passavano.

C'era stata confidenza, un legame intimo tra loro, un filo che li legava e che pensava non si sarebbe mai spezzato. Erano i giorni in cui la vita sembrava appartenergli di diritto, dove non vi era confine tra i desideri e la loro realizzazione.

Poi, era svanito. Non avrebbe saputo dire perché, o come. Quel legame viveva ancora nei loro ricordi, imprigionato dalla luce che avvolgeva la memoria della gioventù, ed era qualcosa di diverso rispetto a ciò che stavano condividendo adesso. Qualcosa che ancora non sapeva come definire, ma che lo faceva stare bene, lo rassicurava.

Dante si voltò a osservare l'amico sul divano. Teneva la gamba distesa, e tamburellava sul bracciolo di velluto. Il fuoco gli inondava la pelle chiara di bagliori rossi, scolpiva i suoi lineamenti attraverso la luce.

Era cambiato molto dall'ultima volta che lo aveva visto, a casa dei Laurenti. Sembrava quasi che lo studente universitario pieno di passione fosse tornato a esistere, ma l'uomo che era diventato, cinico e carico di disprezzo, rifiutava di soccombere.

Si alzò per prendere del vino, poi tornò sui suoi passi e gli porse un bicchiere. Ludovico ringraziò con un cenno.

«Non mi hai risposto», lo sollecitò.

«Perché non so cosa rispondere, in realtà. Devo fare chiarezza, ma non so se ne ho davvero voglia. Mi sono invischiato in una situazione complessa e devo trovare il modo di uscirne prima che diventi ancora più intricata.»

«Al giornale, intendi?»

«Una donna.» Bevve un sorso. «Un gran pasticcio, che non mi porterà da nessuna parte.»

Dante comprese che non avrebbe aggiunto altro. «Femmine, sempre guai!» Si concentrò sul bordo sdrucito del tappeto e lisciò il pizzetto. «La prossima settimana dovrei riportare Irene a Firenze. Il professore mi ha scritto, chiedendomi di rimandarla in città. Pare che la sua pazienza sia agli sgoccioli e che non sopporti più i capricci della figlia.»

«Buona fortuna.» Ludovico accennò un ghigno, seguito da una rapida occhiata al piano superiore, dove si trovavano le camere da letto. «La signorina Laurenti mi sembra una ragazza molto testarda.»

«Lo è.» Dante posò il gomito sul ginocchio, fissando le fiamme. «Ha idee intransigenti per essere una ragazza di quasi diciannove anni.»

«Ne ha solo diciotto? Sembra molto più matura.»

Gli occhi scuri di Dante si socchiusero. «Dici?»

«Ho trascorso alcuni pomeriggi con lei. È una persona che sa ascoltare.»

Dante fischiò piano. «Impossibile.»

«Perché?»

Il padrone di casa sollevò il viso verso le travi del soffitto. In una mano teneva il bicchiere, facendolo dondolare. Una goccia di vino cadde sul pavimento.

Una macchia rossa si allargò sul tappeto.

Latimer a terra. Il sangue sulla schiena, la bocca aperta. Morto.

Ludovico distolse lo sguardo.

«Perché Irene è molto *tranchant*, non ammette repliche che non concordino con le sue opinioni. Suo padre e sua madre l'hanno cresciuta così. Adesso il professore ne sta pagando le conseguenze.»

«Una ribelle. Non lo eravamo anche noi alla sua età?»

Dante annuì. «Proprio così. Bada, le voglio un bene dell'anima perché è una ragazza fuori dal comune, ma non capisce che ciò che lei pensa, o che vuole fare, è impossibile. Almeno qui a Firenze.»

«Mi ha detto che avrebbe voluto diventare un'insegnante universitaria, come il padre.» Ludovico scrutò Dante. Si pentì di aver rivelato quella confidenza nel momento in cui pronunciava la frase.

«Ti rendi conto? Una ragazza che pensa di occupare il posto di un uomo? No, il professore ha ragione. Al massimo, se vuole, potrà fare la maestra, ma non di più. Potrà mettere il broncio e non rivolgermi mai più la parola, ma tornerà presto a Firenze, anche a costo di portarla via di peso.»

Qualcosa gorgogliò nel petto di Ludovico. Strinse il bicchiere.

«Io credo invece che una cosa del genere la ucciderebbe.» Parlò a bassa voce. Incrociò gli occhi meravigliati di Dante. «Lo hai detto tu stesso. È stata cresciuta in maniera diversa, ha una libertà di pensiero che altre donne non hanno. Un matrimonio con la persona sbagliata finirebbe per renderla infelice. Ha bisogno di un uomo che la lasci libera di essere se stessa.»

«È ancora una ragazzina immatura sotto molti aspetti. Non è una donna», puntualizzò Dante. Si era fatto guardingo. «Donna lo diverrà quando troverà un uomo di cui potrà avere stima, che riuscirà a guidarla.»

Ludovico si alzò. Provava una sensazione di rammarico che gli gravava addosso come una nube di pioggia.

Dante lo seguì. Gli porse una sigaretta dall'astuccio che aveva lasciato sul tavolo, ma Ludovico rifiutò.

«Tu non sai cosa significa essere legati a un matrimonio sbagliato. Quali conseguenze può avere, quanto male può fare», commentò mesto.

Dante inclinò la testa, l'espressione pensierosa e insieme traboccante di curiosità di chi non osa chiedere ma muore dalla voglia di sapere. «Tu che ne sai?»

«Una mia cara *amica* si trova in queste condizioni», mormorò Ludovico.

«Ah. È lei la situazione complicata?»

No, amico mio. Non capisci affatto. Non puoi.

«Già», si limitò invece a rispondere. Si sostenne con il bastone e lo salutò. «A domani mattina.»

«Sì, d'accordo. Partiamo per le sette, che c'è già luce, e torniamo presto. Buonanotte.»

Dante lo osservò salire su per le scale di mattoni, fino a che non sparì alla vista. Ascoltò il tonfo ritmico del bastone che risuonava nella grande casa immersa nella quiete, e poi il cigolare della porta sui cardini. Tornò dinanzi al focolare, con lo sguardo fisso sul fuoco, prigioniero dei suoi pensieri. Vi rimase a lungo.

Il giorno dopo

Irene sobbalzò quando udì lo scoppiettio della Fiat che arrancava per il sentiero della Torricella. Chiuse gli alamari della giacca e si precipitò ad aprire il portone d'ingresso.

Gli sportelli dell'auto erano coperti da schizzi di fanghiglia che arrivavano sin quasi ai vetri. La pioggerella che cadeva fitta e lieve non aveva la forza di lavarli via.

«Irene, di' a Luciana che vado a ripulire la macchina, prima che il fango si incrosti. Ci vediamo dopo.» Dante aveva gridato per sovrastare il brontolio del motore, mentre Ludovico si affrettava per raggiungere la casa. Con una sgommata di sassolini, l'automobile scomparve in una nuvola di fumo maleodorante.

Ludovico si addossò allo stipite e provò a sfilarsi le scarpe inzaccherate. «Mi ha detto Dante di fare così. Dice che Luciana non sopporta le impronte sporche in giro per casa», si giustificò.

«Già, è vero. Aspetti.» La ragazza corse al camino e prese uno degli sgabelli dove la sera si accomodavano Elena o Anna. «Ecco, si sieda.»

Mentre portava a termine l'operazione, Ludovico rimase, colpito dal suo atteggiamento: lei, che di solito era molto calma, adesso sembrava irrequieta. Fremeva, pareva quasi sfavillare di impazienza.

Si puntellò contro l'uscio chiuso e si raddrizzò. «Cosa c'è?» le chiese.

«L'ho finito. *Les fleurs du mal.* Oh, è meraviglioso!» Era raggiante. «Vado a riferire il messaggio a Luciana e poi le racconterò», disse prima di sparire in cucina.

Zoppicando a piedi scalzi, Ludovico si lasciò cadere sul divano. Cercò nella tasca della giacca sigarette e fiammiferi, poi si distese per prendere il posacenere collocato sul tavolino tra il divano e la poltrona.

Donna lo diverrà quando troverà un uomo di cui potrà avere stima, che riuscirà a guidarla.

Aspirò una lunga boccata.

Stupido.

Avrebbe dovuto pensarci. Essere più prudente. Invece, si era fatto trascinare dall'istinto e aveva prestato a quella ragazzina un libro che...

«Eccomi.»

Gli occhi di Irene, verdi e allungati, lo studiavano apertamente.

«Confesso che non sapevo cosa aspettarmi da questo libro. È stato come avventurarsi in un territorio inesplorato.» Esordì con una voce piena di entusiasmo. «Mi ha emozionato moltissimo. Adesso posso ammetterlo: avevo un po' di timore.»

Ludovico le fece cenno di sedersi davanti a lui. «Paura?» chiese dubbioso.

«Sì. Di non comprenderlo davvero.» Mosse alcuni passi, a disagio. «Lei, Dante, mio padre. Voi tutti siete uomini e avete studiato questi testi, sapete comprenderli davvero. Ma io... io ero preoccupata di avere un tesoro e non riuscire ad apprezzarlo.» Si sedette di fronte a lui. Sulle ginocchia, il volume di poesie. Ne accarezzò il bordo con voluttà, poi glielo porse.

«Grazie.»

Ludovico lo prese. Lo aprì. «Se c'è una cosa di cui sono certo, è che queste poesie le appartengano, Irene. Di più. Che la descrivano, in un certo senso.» Si fermò, prima di dire ciò che sentiva. *Che sono piene di passione, di forza, di fame di libertà, come è lei.*

Quel libro aveva un fascino sottile, fatto di memorie e speranze perdute. «Qual è stata la poesia che le è piaciuta di più?» chiese mentre lo scorreva. Ritrovò le frasi che aveva scritto a margine, anni prima. La sua scrittura appariva sbiadita, priva di quelle asperità che la contraddistinguevano ora. Era una calligrafia rotonda, persino un po' infantile.

«Quella che lei ha commentato con la frase *Firenze come Parigi*. Forse perché io non sono d'accordo.»

Ludovico rimase sorpreso dalla sua risposta. Sfogliò le pagine con rapidità, mentre con la memoria cercava di ricordare quale fosse.

Trovò un segno con un lapis rosso circa a metà del libro, e poi i versi fiorirono sulle sue labbra.

C'était l'heure où l'essaim des rêves malfaisants
Tord sur leurs oreillers les bruns adolescents;

Où, comme un oeil sanglant qui palpite et qui bouge,
La lampe sur le jour fait une tache rouge;
Où l'âme, sous le poids du corps revêche et lourd,
Imite les combats de la lampe et du jour.[1]

«Questa?» la interrogò.

«*Le crépuscule du matin*. Confesso che l'alba è il momento del giorno che preferisco, in cui nulla è stato scritto. È così piena di promesse!» Irene additò il volume. «Non avevo mai riflettuto davvero sul fatto che ci sono donne e uomini che vanno a dormire quando io sto per svegliarmi.»

«Erano parte dell'umanità che Baudelaire frequentava. Donne di malaffare, ubriaconi e disperati.»

La vide arrossire lievemente. «Come mai aveva scritto quella frase? Il riferimento a Parigi, intendo.»

Ludovico rimase pensoso per alcuni secondi, poi si sciolse in un sorriso imbarazzato. «Avevo immaginato di vedere Parigi immersa nella bruma al mattino, come accade a Firenze in autunno o in inverno, quando l'umidità dell'Arno sale e si condensa attorno ai palazzi. Pensavo di passeggiare lungo la Senna coperta da un velo grigio, e in quella pace avrei udito solo il fruscio dell'acqua e il rumore di passi dei personaggi della poesia che rincasavano, al termine d'una notte di vita.» Quando era tornato a Parigi, dopo il periodo al fronte, si era trovato dinanzi una città

---

1. Era l'ora in cui lo sciame dei torbidi sogni/torce sui guanciali i bruni adolescenti;/la lampada fa sul giorno una macchia rossa/come un occhio sanguinante che palpita e si agita;/e l'anima imita le lotte della lampada e del giorno/sotto il peso del corpo greve e ruvido.

chiusa in una ragnatela di sospetti e angoscia, schiacciata dal coprifuoco. Di nuovo, la ferita della guerra si riaprì.

Gli spari, la carne ferita, la puzza di morte e disinfettante, il letto di ospedale.

«Ma non è proprio così.» La ragazza lo richiamò al presente. «Allora è questa la sua poesia preferita?»

«No.»

Ricordare ciò che era stato prima: quando era ancora uno studente disinvolto e pieno di stupore, quando aveva ancora desideri per cui combattere e non aveva compreso quanto poteva essere umiliante essere respinto per le proprie origini.

Sfogliò il libro fino a trovare ciò che cercava, e accarezzò la pagina. «È *Sonnet d'automne*.»

Irene si avvicinò per sedersi accanto a lui. I ricci neri gli sfiorarono la spalla.

Ludovico riuscì a sentire il suo calore attraverso gli strati di stoffa. La osservò leggere, impossessarsi di quelle frasi che per lui, molti anni prima, erano state preziose.

«Accenna alla vicenda di Faust. La conosce?»

Lei annuì senza guardarlo. «Sì. Tempo fa ho letto Goethe. Faust fa un patto con il diavolo pur di soddisfare la sua brama di conoscenza e di ricerca del piacere. Raggiunge onori inimmaginabili in cambio della propria anima, e per questo perde Margherita, che si era innamorata di lui.»

«Anche se saranno i rimorsi a portarlo alla redenzione e a farlo agire per il bene. Alla fine, si salva grazie a quell'amore perduto», terminò Ludovico.

La ragazza rispose infastidita. «Questa è una storia

per donnicciole. Non ho mai creduto che un uomo possa cambiare per una donna, e se anche accade, spesso è troppo tardi per entrambi.» Irene stava per continuare. Si voltò.

Ludovico era vicino a lei, così tanto da riuscire a sentire il soffio del suo respiro sulla guancia.

L'uomo sentì il fiato morirgli in gola. «È ingiusto», mormorò.

«È realistico», replicò Irene nello stesso tono. La voce le si incrinò. «Chiedere a una persona di cambiare per amore significa trasformarla in qualcuno di diverso. È una sconfitta.»

Un istante. Ludovico fu costretto a voltarsi per sottrarsi a quello sguardo verde e limpido.

Cambierai. Sarai costretta a farlo, sarà la vita che lo farà, sarà l'uomo che ti metteranno accanto. Cambierai e tu non te ne renderai conto fino a che non sarà troppo tardi, e i tuoi sogni non saranno che cenere.

Puntò i piedi, fece forza sul bracciolo e si alzò. «Lo tenga lei, il libro», sibilò, gettandoglielo in grembo.

Irene cercò di rifiutare. «Ma...»

Ludovico represse la familiare fitta di dolore al polpaccio e si allontanò verso la scala, zoppicando.

«No. È suo, adesso.»

Qualche ora dopo

La cena si consumò in una calma anomala, spezzata da poche chiacchiere forzate. Irene teneva la testa sul piatto di minestra. Ludovico, seduto dinanzi a lei, sospettò che avesse pianto.

Dante lo interrogava spesso, cercando di imbastire una labile conversazione. Domande di politica, perlopiù.

«Ciò che sta accadendo non mi piace. Da parte dei socialisti ci sono fin troppi cedimenti. Sull'"Avanti!" sono comparsi articoli che inneggiano in maniera non troppo velata all'intervento attivo dell'Italia contro l'Austria.» La delusione del suo amico era dilagante.

Ludovico fece roteare il vino nel bicchiere, imprimendo un cerchio sulla tovaglia bianca. «Te l'ho detto. Ormai la situazione è incontrollabile, e presto, quando anche i socialisti cederanno, non ci sarà più nessuno o quasi a perorare la causa della neutralità», concluse. «Anche tra la povera gente, operai e manovali, si sta diffondendo l'idea che l'Italia deve combattere.»

Luciana era scettica. «Non qui, però. Qui i contadini mica vogliono lasciare la terra.»

Dante si servì di una porzione di patate e verze e lasciò il tegame di coccio al centro del tavolo. Osservò Irene che, senza guardare nessuno, continuava a rimestare la minestra nel piatto, senza mangiare. Sospirò e riprese a discutere con Ludovico.

«Abbiamo già fatto una figura barbina con quell'inutile dichiarazione ad agosto. Allora avremmo dovuto invocare la violazione del trattato della Triplice Alleanza. Siamo ancora alleati con Germania e Austria, ma loro se ne sono infischiati bellamente e hanno comunicato al nostro governo di aver attaccato la Serbia solo a cose fatte. Se avessimo agito, avremmo avuto una buona ragione per mettere l'Austria sul banco degli imputati, ma adesso… Qualunque cosa faremo, sarà l'ennesima figuraccia.»

Ludovico si protese in avanti e fissò apertamente Irene. «Lei cosa ne pensa, signorina Laurenti?»

La ragazza sollevò gli occhi. Non si era sbagliato. Aveva pianto.

«È uno spettacolo squallido. I giornali non fanno altro che alimentare la polemica, senza rendersi conto che la guerra è una disgrazia, comunque la si consideri, come dice Giolitti.»

Luciana iniziò a sparecchiare. «Spero solo che Salandra non ci spedisca nei guai.» Impilò i piatti con un gesto nervoso e le stoviglie tintinnarono tra loro. «Qui la gente ha da lavorare, coltivare la terra e star dietro alle proprie famiglie. Forse queste vite hanno meno valore di quelle degli abitanti irredenti? No.» Prese la pila di piatti e fece cenno a Irene di portare la pentola con le verdure. «Gli interventisti pensano che si va in guerra e via, che s'è vinto in un paio di mesi. Abbiamo visto com'è andata in Francia, non è vero? Che ancora sono a spararsi addosso e solo il cielo sa quando sarà finita.»

I campi devastati dalle bombe, le case sventrate, le spighe dorate calpestate, i cadaveri nascosti dall'erba alta. Il sibilo dei proiettili. Gli shrapnel.

Ludovico dovette fare uno sforzo per impedire ai ricordi di trascinarlo di nuovo all'inferno. Inconsapevolmente Luciana lo aveva riportato al cammino insieme ai Gordon Highlanders. Quando si riebbe, vide le due donne sparire, ingoiate dal buio del corridoio delle cucine. Poi si rivolse a Dante. «Che è successo a Irene?»

Un tovagliolo finì appallottolato sul tavolo. «Le ho detto che dovrò riportarla a Firenze.» Dante posò il viso sui pugni chiusi. «Si è arrabbiata con suo padre, e poi anche con me. È scappata dicendo che vogliamo rovinarle la vita.»

Tacquero. Luciana e Irene erano tornate con un cesto di frutta. Mangiarono pere e mele. L'atmosfera era pesante, priva di quella serenità che Ludovico già rimpiangeva. «Anche io tornerò a Firenze tra pochi giorni», disse, senza parlare a nessuno in particolare.

Eppure, fu Irene a rispondere al suo sguardo allontanandolo dal piatto in cui giaceva una pera, sbocconcellata per metà. La vide accennare un sorriso, sistemare una ciocca nera dietro l'orecchio. «Bene. Si consideri già invitato mercoledì sera.»

Dante proruppe in una risata. «Addirittura? Inviti lui prima di me? Sono offeso.»

D'istinto, la ragazza si chinò verso di lui. «Tu sei uno

di famiglia, Dante. Tu e Luciana siete le persone più care che ho, qui a Firenze. Le uniche, oso dire.»

Il silenzio saturò lo spazio tra gli sguardi e le parole non dette. Dante annuì dopo un sospiro cupo. «Ed è così per noi, tesoro. Mi spiace per oggi, non volevo discutere con te, ma la richiesta di tuo padre è stata esplicita e io non posso che rispettarla. E così devi fare anche tu. È il tuo dovere di figlia.»

«Lo so.» L'irritazione si era impossessata del suo volto e si era trasformata in un rossore intenso che si allargava dal collo fino alle guance. Si congedò in fretta e corse alle cucine.

«Dove va?» chiese Ludovico a Luciana.

La donna allargò le braccia. «In giardino, credo.» Poi si rivolse al fratello. «Avresti dovuto aspettare che glielo dicessi io, zuccone», lo rimproverò. Raccolse la tovaglia sporca di briciole e l'avvolse per portarla via. «E invece no, devi fare di testa tua. No, è inutile che sbuffi», lo rimbrottò nel vedere Dante alzare gli occhi al cielo. «Le hai rovesciato tutto addosso e lo hai fatto presentandolo come un ordine.»

«Lo era, accidenti! Suo padre…»

«Zitto! Se me ne fossi occupata io, non ci saremmo trovati quella creatura in lacrime.»

Ludovico poggiò le nocche sul piano di legno spoglio e afferrò il bastone. «Provo a convincerla.»

Due paia di occhi scuri si appuntarono su di lui all'unisono: uno sospettoso, l'altro sbalordito.

«Abbiamo parlato parecchio in questo periodo. Magari riuscirò a farla ragionare», spiegò lui. Si massaggiò il collo, sentendosi in difficoltà, senza capire bene perché.

«La conosci solo da una settimana, e credimi ci vuole ben altro che le tue chiacchiere per riuscire a calmarla. Tu non sai quanto può essere ostinata e...»

Luciana inchiodò il fratello con uno sguardo furente. «D'accordo», disse asciutta, mentre Dante cercava di continuare. «Provaci tu. Non voglio vederla in giro per casa come un'anima in pena. E tu sta' zitto che hai fatto già danno», concluse, rivolgendosi al fratello.

Ludovico assentì e imboccò il corridoio delle cucine. Si rese conto di non sapere bene cosa dire a Irene per placarne la rabbia. Sapeva però che doveva parlarle, e che lei lo avrebbe ascoltato.

Oltrepassò la cucina dove alcuni dei lavoranti stavano finendo di desinare. Elena e Anna avevano già sistemato le stoviglie nell'acquaio per lavarle in un catino. Le salutò e infilò l'uscita che dava sul giardino.

La trovò sotto il gelso che delimitava l'orto, in prossimità del declivio che si apriva sulla valle. Si avvicinò con cautela, temendo che si allontanasse ma il pietrisco del viottolo scricchiolò sotto le suole delle scarpe, annunciandole il suo arrivo. Lo comprese dal movimento di stizza con cui si asciugò il naso. Si fermò, la chiamò per nome. Lei lo bloccò con un gesto secco, continuando a dargli la schiena.

«Volevo solo una possibilità: sentirmi viva per ciò che sono. Invece mi sento annegare. Mi stanno schiacciando, vogliono costringermi a vivere secondo le loro regole e io non riesco a difendermi!»

Ludovico rimase a distanza, in attesa che lei si voltasse. Mise una mano in tasca e contemplò il buio, là dove c'erano le colline e oscillò sui talloni. Quasi per caso, notò che il polpaccio gli faceva sempre meno male. Ma non era importante, almeno non in quell'istante.

«La vita non ci fa alcuna promessa. Siamo noi a farle, ingannandoci sulle nostre forze e su ciò che possiamo realizzare, attribuendole alle nostre speranze.»

«Magnifico! Grazie per il tentativo di consolazione. Se voleva confortarmi, sappia che non c'è riuscito.»

«Non volevo consolarla. Volevo farla riflettere. Lei è intelligente e può capire che ci sono cose cui si deve rinunciare e cose per cui val la pena di lottare nonostante tutto e tutti. Sta a noi scegliere le une e le altre. È da questo che dipende il nostro futuro.»

«Quindi, devo rassegnarmi a vivere così, come un soprammobile? È questo che intende?» La voce di Irene era salita di tono, e vibrava di lacrime e collera trattenute. La vide stringersi, e tentare di arrestare il pianto. «Mi lasci sola. Per favore.»

Ludovico esitò. Avrebbe voluto protestare, spiegarsi meglio, ma Irene era sconvolta e non lo avrebbe ascoltato. Fece un passo indietro, per tornare alle confortevole luce che rischiarava l'ingresso della cucina. Poi la guardò di nuovo.

Irene sobbalzò quando avvertì il tepore di un tessuto che le si poggiava sulle spalle. Si girò e vide che l'uomo le aveva messo sulle spalle la propria giacca. Le sue dita le sfiorarono il collo quando le aggiustò il colletto sulla pelle nuda.

Non le disse nulla.

La ragazza gli afferrò la mano. L'accostò alla sua guancia e chiuse gli occhi.

«Puoi ancora cambiare la tua vita, Irene. Tu sei forte abbastanza da poterlo fare.» Fu un sussurro accorato, una preghiera e un incoraggiamento insieme.

La ragazza si raggomitolò nella giacca. «Non so come.»

«Imparerai.» La strinse più forte, e poi la lasciò andare. Si avviò per rientrare in casa.

«Ludovico.» Irene lo chiamò. «Grazie.»

Lui annuì con un gesto impacciato. Riprese a camminare. Poi, quasi obbedendo a una tentazione improvvisa, o forse per sfidare se stesso, sollevò il bastone e azzardò alcuni passi cauti. La fitta c'era ancora ma non mordeva più come prima.

Era quasi guarito.

Eppure, in quel momento non provava una vera soddisfazione. Sbirciò verso la ragazza, raccolta nella sua giacca. Provò una pena sconosciuta e malinconica.

Sulla porta della cucina, Luciana li studiò pensierosa: Ludovico che camminava piano, senza il bastone e l'aria amareggiata; lei con il capo sul petto.

Sospirò, e rientrò in casa.

L'indomani

Ludovico chiuse con uno scatto la pagina del giornale che Dante aveva portato di buon mattino. Sarebbe partito, e finalmente avrebbe avuto notizie fresche. Sarebbe tornato in redazione con alcuni articoli, fogli, e, soprattutto, senza il bastone. Si era imposto di non usarlo più, e anche se ogni tanto si ripresentavano degli spasmi che lo facevano barcollare, ormai poteva considerarsi guarito.

Aveva scritto anche un articolo, e stava tentando di rivederlo. E ci sarebbe riuscito, se la mente non avesse inciampato nel ricordo della sera prima.

Passò in rassegna i quotidiani. Oltre al «Corsera» e alla «Nazione», sulla scrivania della stanza, dove aveva trascorso quei giorni alla Torricella, occhieggiava una copia dell'«Avanti!» che era arrivata il pomeriggio precedente. Dante gliel'aveva consegnata con aria avvilita.

«Anche loro, adesso!» aveva esclamato. «Se pure i socialisti pensano che dovremmo entrare in guerra, è finita.» Poi aveva tirato giù un bestemmione che gli era costato un rimprovero di Luciana.

Ludovico non poteva dargli torto. Mussolini, il direttore dell'«Avanti!», aveva scritto un editoriale che andava in direzione opposta rispetto a ciò che pensavano il Partito socialista e, più in generale, i neutralisti. Erano loro la vera spina dorsale del non interventismo in Italia, non i cattolici, che pure facevano quel che volevano. Se crollava l'unità tra socialisti e sindacati, intellettuali e anime pure non avrebbero avuto speranze.

La copia era del 18 ottobre.

Abbiamo avuto il singolarissimo privilegio di vivere nell'ora più tragica della storia del mondo. Vogliamo essere – come uomini e come socialisti – gli spettatori inerti di questo dramma grandioso? O non vogliamo esserne – in qualche modo e in qualche senso – i protagonisti?

Il messaggio era chiaro. Agire adesso, a fianco delle altre potenze europee, per sfruttare il momento migliore e ottenere un posto di rilievo nel nuovo equilibrio internazionale che sarebbe sorto al termine del conflitto.

«Con buona pace delle masse operaie mandate al macello, quelle che tu dovresti tutelare», considerò tra sé. Sottolineò alcuni passaggi dell'articolo, poi afferrò carta e lapis e iniziò a scrivere.

Quando Dante bussò alla porta, non lo udì subito. Era talmente concentrato che fece fatica ad allontanarsi dal testo.

«Stavi scrivendo?» chiese l'amico, entrando nella stanza. Puntò subito alla scrivania e diede una scorsa agli appunti di Ludovico. «Accidenti, già al lavoro?»

Ludovico gli porse l'articolo che stava scrivendo. «Eh, mi tocca.» Si alzò e cominciò a mettere ordine tra le sue carte dividendole in piccoli mucchi. «Al mio rientro voglio portare subito qualcosa a Ghelli. Piuttosto...»

Esitò. Lasciò cadere le carte sul tavolo.

Fissò il pavimento di cotto rosso. Il disagio dei primi giorni era sparito. Anni erano trascorsi, era vero, e restava un fondo di diffidenza, un guardarsi carico di scetticismo. La guardia era alta, ma insieme era tornato in vita quel legame che per tanto tempo li aveva uniti, e parlava un linguaggio diverso, qualcosa cui ancora Ludovico stentava ad abituarsi.

«Piuttosto cosa?» Da una tasca, Dante cavò fuori una mela per sé e una per lui. Gliela tirò e Ludovico la prese al volo.

«Piuttosto grazie.» Lo disse con sincerità. «Per tutto. Per l'ospitalità, e la stima, e per non avermi mandato al diavolo. E per avermi dato modo di riprendermi, qui, in questa casa: da ieri riesco a camminare quasi senza il bastone.»

Quella frase colse Dante alla sprovvista. «Ma cosa dici, torsolo!» Gli diede una botta sulla spalla. «E io che speravo in una bella litigata con te!»

«Sul serio.» Ludovico era rimasto fermo. Negli occhi grigi galleggiava una riconoscenza impacciata, che spense la risata di Dante. «Per quel poco che sono stato qui, mi sono rimesso in salute e ho capito quello che, forse, non avrei mai compreso se non avessi posto tra me e loro la giusta distanza.»

Con lentezza, Dante posò la mela sbocconcellata sulla scrivania.

«Alludi alla tua amica?»

«Anche. E non solo. La guerra mi ha fatto comprendere molte cose.» Ludovico seguì con lo sguardo la linea tra i mattoni di cotto. Non era un'ammissione facile, la sua. «Ho vissuto una battuta d'arresto da quando sono tornato a Firenze. Fermarsi ti costringe a pensare. A capire.»

«Ti insegna a fare ammenda, se necessario.» Dante gli andò vicino, a una spanna da lui. «Ti ricordi quando eravamo giovani, Ludovico? Quando correvamo per i corridoi dell'università e giravamo per le mescite fino a tarda notte e ci buttavamo via dalle risate? È questo ciò che mi manca. Ma non tornerà mai più ed è inutile illudersi: siamo uomini, e per di più con idee diverse. Però, so che c'è un presente, ed è l'unica cosa che rimane, che non possiamo sprecare.»

Ludovico sentì un calore irradiarsi dallo sterno, che si allargava fino a riempirgli il torace.

«Sei un vecchio sentimentale, Dante.» Lo strinse in un abbraccio goffo.

L'uomo lo scrollò con una mezza risata. «Accidenti a te.» Si separarono, a disagio. Dante indicò l'esterno con un gesto vago. «Ah, Irene ti stava cercando dabbasso. Da quand'è che ha iniziato a chiamarti per nome?» domandò, insolitamente curioso.

Ludovico si massaggiò il lobo dell'orecchio, sovrappensiero. «Da un po'. Ha smesso di chiamarmi fetido interventista, e ha messo a riposo la sua linguaccia. È una ragazza intelligente.»

«Anche troppo. E comunque, i miei complimenti. Pare che tu sia riuscito a farla ragionare: ha detto che tornerà a Firenze senza fare storie.»

Ludovico colse l'ombra di un sospetto nel tono dell'amico. Respinse il pensiero che gli era balenato dinanzi, raccolse le bozze degli articoli e le sistemò in una cartella. «Vado a raggiungerla.»

Il cielo sopra la Torricella era terso. Il paesaggio appariva nitido, trasparente come un vetro tirato a lucido. Nemmeno una nuvola spezzava l'incanto di quell'azzurro limpido.

In compenso, c'era un freddo becco. Ludovico soffiò sulle mani gelate e le tuffò nelle tasche della giacca che Irene gli aveva lasciato dietro la porta, la sera precedente. Si incamminò sul sentiero che portava all'uliveto, là dove Elena aveva detto di aver visto Irene. «Non fate tardi, che mettiamo in tavola per pranzo tra poco», aveva aggiunto poi. Non c'era bisogno di sottolineare che Luciana non avrebbe aspettato.

Irene era ferma sulla stradina. In quel punto, la stradella si piegava in un poggio e dava la sensazione di terminare nel vuoto. Laggiù, la vista spaziava fino alle colline a nordest. Sotto i raggi di un sole gelido, la campagna si trasformava in una fucina di colori: il verde trascolorava in oro, e poi in ruggine. L'odore della terra arata si mescolava a quello delle foglie marce. Il riposo dei campi era cullato dalla quiete, spezzata qui e là dal cicaleccio di pochi uccelli.

«Volevo riempirmi l'anima di questa pace», mormorò Irene. Era infagottata in una mantella blu che Ludovico aveva visto indossare a Luciana. «Sta arrivando l'inverno. Lo senti il profumo nell'aria?» continuò. Allargò le braccia a occhi chiusi. Quando li riaprì, Ludovico vi scorse malinconia e rimpianto in ugual misura. «Mi mancherà questo posto.»

«Anche a me», ammise lui.

Irene distolse lo sguardo. «Partirai domani?»

«All'alba. Dante mi accompagnerà fino a Greve e da lì prenderò il treno.» Ludovico scalciò un sasso. Lo guardò rotolare, fino a sparire.

«Avresti potuto aspettare un giorno o due. Io tornerò con Luciana e Dante, forse già dopodomani.» Il rimpianto era stato sostituito dalla rassegnazione. Le iridi verdi erano state catturate dalla tristezza che aveva sottratto loro ogni vivacità.

Un fiotto di rabbia si mosse nello stomaco dell'uomo. «Non devi essere così arrendevole. Non lo accetto da te.»

La confusione le disegnò una ruga sulla fronte. «Cosa ne sai? Cosa pensi di sapere di me?» chiese, aggressiva.

«Non voglio vederti così abbattuta», ripeté Ludovico. Le prese un polso, costringendola a guardarlo.

«Ho altra scelta?»

Irene si divincolò, e indietreggiò di alcuni passi.

Lui la lasciò andare.

Cosa sto facendo?

Cercò di riprendere il controllo di sé. «D'accordo. Non ti conosco molto, è vero. Ma so cosa significa sentirsi condannati a un ruolo che altri hanno scelto per noi e cercare di scrollarselo di dosso. Non farti ingabbiare solo per non dare un dispiacere a tuo padre. Perdona la brutalità di ciò che sto per dirti, ma tuo padre è vecchio, Irene. Vecchio. Non sta bene. Tu, invece, hai ancora la tua vita da vivere.

Rinunciare ai tuoi desideri lo farebbe star meglio? Forse. Ma alla sua morte, di te, cosa ne sarà?»

Lei non rispose. I suoi occhi divennero lucidi, le guance le si arrossarono. Si voltò, corse verso il campo lasciato a maggese che si estendeva accanto al viottolo. La gonna si riempì di steli e di petali dei fiori tardivi che si crogiolavano sotto il sole d'autunno.

Ludovico la seguì, la prese per le spalle e riuscì a fermarla. «Parlagli. Chiedigli di tornare in Francia. Non impedirti di essere te stessa. Se accetterai di fare ciò che lui vuole, o meglio, ciò che il resto del mondo pensa sia adatto a te, finirai per vivere un'esistenza che non ti appartiene. C'è chi si adatta a questo tipo di esistenza, o chi l'accetta perché ritiene sia parte dell'ordine naturale delle cose, ma non tu. Smetti di avere paura.» Le sue parole divennero accorate come una preghiera. «Una vita del genere ti ucciderebbe.»

La ragazza teneva le palpebre serrate per la rabbia. La voce era acuta, il tono aspro. «Smettila. Non dire più niente!» I capelli erano arruffati e fili di erba si erano impigliati tra i ricci. Ludovico ascoltò il suo ansimare, osservò il sollevarsi del seno sotto la spinta del respiro.

Lei si liberò dalla sua stretta e lo respinse. «Te l'ho detto una volta: sono una ragazza, ho diciotto anni. Per molti sono già vecchia, perché dovrei avere un fidanzato, o addirittura un marito. Per altri non sono ancora abbastanza matura. Mio padre e Dante continuano a considerarmi una bambina troppo cresciuta che campa in un mondo di favole.» Abbassò la testa per non guardarlo.

«Sciocchezze. Anche se non te ne rendi conto, o anche

se gli altri si ostinano a considerarti in maniera diversa, tu sei già una donna, Irene.» Ludovico lo sussurrò, quasi temendo che qualcuno potesse sentirlo. «Lo sei.»

Irene rimase immobile. Poi si voltò lentamente.

Si fissarono. Nello sguardo, Ludovico riuscì a seguire il percorso di una metamorfosi oscura e meravigliosa, come Eva che scopre il proprio corpo nel Paradiso terrestre.

C'era confusione in lei, uno stupore che aveva ancora il sapore dell'infanzia ma che già sbiadiva per trasformarsi in consapevolezza.

Irene toccò le sue dita, esitando, e le intrecciò alle proprie.

«Lo pensi davvero?»

L'uomo annuì. «Sì. Puoi essere tutto quello che vuoi.»

Con i polpastrelli Irene seguì il profilo dei tendini sul dorso di Ludovico, un'esplorazione simile a una carezza. «Sono sempre stata guidata da qualcuno che mi ha detto cosa era giusto o sbagliato. Adesso che voglio provare a decidere per me stessa, non so come fare», confessò.

«Restare da soli non ha mai ucciso nessuno.» Ludovico l'attirò a sé. Lo fece senza pensare, obbedendo al desiderio di rassicurarla. «Ti sottovaluti. Sei molto più forte di quanto immagini.»

E la abbracciò stretta.

Irene avvertì una sorta di capogiro, una vertigine che la turbò. C'era in lei un mescolarsi di frasi e gesti e parole, ma non riusciva a pronunciarle, sopraffatta da qualcosa per cui provava sgomento e insieme bisogno assoluto.

Solo dopo alcuni secondi, Ludovico avvertì il suo

smarrimento. Darle conforto, era stato naturale, lo aveva fatto stare bene. Eppure Irene era tesa.

Cercò di capire cosa le fosse accaduto. Si scostò di poco e trovò il viso di Irene vicinissimo al suo, così vicino che...

Si allontanò precipitosamente.

Represse un gemito quando il polpaccio protestò con una fitta di dolore. «Non dovrei essere qui. Men che meno con te.»

«Perché?» Irene iniziò a togliere i fili d'erba dai capelli, poi ci rinunciò. Lo guardò da sotto in su. Si sentiva confusa.

«Nulla.» Ludovico sembrava in collera. *Lo era*, si corresse mentalmente: respirava in maniera veloce e serrava la mascella.

L'uomo si mosse in fretta, come se volesse andarsene il più presto possibile da quel campo. «Torno alla tenuta, devo preparare la valigia», dichiarò. «Tu rientra alla svelta. O tra un po' Luciana ti verrà a cercare.»

«Ludovico, aspetta!» Stavolta fu Irene a inseguirlo. Lo fermò, lo strattonò per un braccio costringendolo a voltarsi. «Cosa volevi dire?»

L'uomo puntò lo sguardo sulla piccola mano che lo tratteneva. L'allontanò dalla manica della giacca, ma non la lasciò andare subito. Le accarezzò le nocche con il pollice. Sul viso affiorò il fantasma di un sorriso quando notò il rossore che le imporporava le guance.

«Che per alcune cose sei davvero ancora una bambina, Irene. Non posso e non voglio giocare con te.»

Il giorno dopo all'alba

L'aurora sulla Torricella portò con sé un cielo grigio ferro e folate di vento che sapevano di pioggia. Ludovico portava lo zaino e camminava verso l'auto senza guardarsi indietro. Si costrinse a non cercare la stanza di Irene che, ne era certa, era già illuminata dalla lampada a olio.

Dante lo scrutò sospettoso. «Che t'è successo?»

Ludovico scrollò le spalle. «Nulla.»

«Balle. Se vuoi prendermi per i fondelli, accomodati pure, ma non pensare che io ci caschi. Ieri sera non hai quasi aperto bocca e sei filato a letto senza un brindisi di commiato. E Irene sbirciava nella tua direzione come un cane bastonato.»

La Fiat affrontò la discesa della Torricella sollevando nubi di polvere.

«Che è stato? Avete litigato?»

Il giornalista assentì senza parlare. Preferiva immaginare che fosse avvenuto questo, lui per primo.

Dante diede un colpo al volante.

«Vedi? Te l'avevo detto, ha una zucca dura. Eh, sì, il professore ha ragione a volerla vedere al più presto sposata. Si darà una calmata e tornerà a più miti consigli.»

Ludovico continuò a non rispondere.

E poi caddero le prime gocce di pioggia.

Firenze, 16 ottobre 1914

Le recenti prese di posizione del direttore dell'«Avanti!», Benito Mussolini, trovano riscontro nell'atteggiamento dei socialisti emerso a livello internazionale. Di fatto, già durante il Congresso di Basilea del 1912 il pacifismo proletario era stato bollato come una prospettiva senza fondamento. In quel periodo di pace, lontano dalle tensioni belliche, i socialisti tedeschi e francesi avevano rivendicato con forza il principio di difesa nazionale e l'avevano anteposto al socialismo internazionale.

Oggi più che mai, con una guerra in corso, la necessità di partecipare al conflitto per preservare gli equilibri di potere in Europa si assomma al giusto anelito di libertà delle popolazioni delle terre irredente. L'ambiguità non paga, e se ne sono resi conto anche coloro che, tra i socialisti, sono i più illuminati. La guerra deve vederci in prima linea, e non per contrastare il potere di altre nazioni, come la Francia. Sarà il naturale corso degli eventi a ridimensionare le loro velleità. Restare neutrali, oggi, significa più che mai essere vicini a chi per secoli ha schiacciato l'Italia e continua a farlo.

Il viso di Ghelli si distese in un ghigno compiaciuto. «Ben fatto, Aldisi. Lo mettiamo in macchina già stanotte per l'edizione di domani. Era quello che volevo leggere, forte e senza giri di parole.»

Ludovico rimase impassibile. A braccia conserte osservò il direttore, la sua faccia segnata da anni di lavoro e la pelle macchiata di inchiostro. *Ha il potere di cambiare il pensiero delle persone*, considerò. Lui, Albertini al «Corriere», lo stesso Mussolini, stanno manipolando la coscienza di una nazione per portarla in guerra.

E io sto collaborando perché ciò accada.

«Aveva dubbi?» chiese con sussiego. Si sedette sulla scrivania e prese a curiosare tra gli altri articoli che i colleghi avevano già consegnato.

«No, non più.» Ghelli tirò un sospiro pesante. Si alzò e mise le mani sui fianchi. «Scendi da lì, porca miseria. Hai due sedie a disposizione.» Gli strappò i fogli con un gesto di stizza. «E poi questi devo ancora rivederli.»

Ludovico sprofondò nella seggiola. «L'articolo di Franceschini riguarda una donna che è caduta dalla finestra mentre faceva le pulizie? Sul serio?» Ridacchiò. «Uh, che notiziona. Sono certo che avrà trattato il pezzo con grande acume.»

Il direttore gli indirizzò un'occhiata torva. «Lo sai che sotto certi aspetti, Firenze è un paese. Tutti vogliono sapere tutto. Comunque...» Aggirò il tavolo per mettersi davanti a lui. «Il tuo pezzo è buono. Per lunedì, voglio dell'altro. Ce la fai? Per Roma puoi telegrafare ai nostri colleghi, di' pure che chiami a mio nome. Hai dei contatti su a Milano che possano dirti che cosa si dice là?»

Quale onore. Iniziò a giocherellare con la scatola dove Ghelli custodiva i suoi preziosi toscani. Ne avrebbe fumato volentieri uno. Chiuse l'astuccio con uno scatto. «Senza dubbio. Proverò a telefonare già adesso e poi di nuovo domani mattina per avere gli aggiornamenti. Del resto, mi sembra chiaro che i socialisti sono spaccati: Costantino Lazzari e gli altri capi dei rossi continuano a sognare la rivoluzione, mentre Mussolini sta tenendo banco sui giornali di tutta Italia.»

Ghelli annuì. Gli tolse la cassettina dei sigari e gliene passò uno. «Tieni, che t'ho capito.» Accese il tabacco per sé e per Ludovico, poi tamburellò sul piano di legno. «Ti farò avere anche l'articolo di quell'altro socialista torinese, Gramsci: pare che abbia accusato la direzione del partito di essere eccessivamente formalista e di non tener conto della realtà dei fatti. Scrive che solo il realismo dell'analisi di Mussolini potrà far uscire l'Italia dal pantano in cui San Giuliano, Salandra e tutti gli altri l'hanno cacciata.» Soffiò fuori un anello di fumo. «E ce ne sono altri dello stesso tenore in giro. Di articoli, dico.»

Ludovico fischiò piano. «Addirittura. Sta andando tutto a rotoli.»

«È già andato tutto a rotoli.»

La cenere del sigaro di Ludovico cadde sul pavimento e si frantumò in una miriade di schegge nere e impalpabili. L'uomo fissò il cilindro scuro, incapace di reagire.

«È questione di tempo, Aldisi, ma presto anche l'Italia dovrà combattere. Resta da capire quale posizione sceglieranno di prendere a Roma e chi saranno i nostri alleati.»

17 ottobre 1914

Mario Anselmi sollevò il bavero del cappotto per difendersi dell'umidità. Trovava quella situazione vagamente ridicola, oltre che umiliante, ma non aveva potuto agire in maniera diversa. Adesso mancava poco: avrebbe scoperto il nome dell'amante di Claudia e smesso finalmente di arrovellarsi.

L'avvocato non provava alcuna rabbia o indignazione per la condotta della moglie. Tuttavia, non sapere chi fosse l'uomo con cui Claudia aveva una relazione lo innervosiva. In lui albergava una curiosità tanto insistente da essere fastidiosa che lo aveva spinto a seguirla in quel pomeriggio d'ottobre.

Dopo la lettera che aveva rinvenuto, aveva provato a capire chi fosse il suo nuovo amante. Quella *L.* vergata non gli diceva nulla. Anche la grafia non era familiare.

Aveva cercato altri biglietti fra le sue cose. Niente. Forse non ne aveva ricevuti altri, o forse, sua moglie li aveva nascosti bene.

Si era concentrato su Claudia. Oltre le composte apparenze, sembrava avvilita. La ruga sulla fronte era più cupa del solito, e spesso aveva scatti di insofferenza con la servitù.

Poi il giorno prima, la donna era entrata in sala da pranzo con un'espressione felice e lo aveva gratificato con uno sguardo seducente. Questo lo aveva messo in allarme.

Non aveva perso tempo. Una breve ricerca, condotta mentre la moglie si preparava per la notte, l'aveva portato al ritrovamento di un altro messaggio, anch'esso celato nel sottomano della scrivania.

Era molto scarno, in verità. *Domani a casa mia, al solito orario. L.*

Quando Claudia era rientrata in camera da letto, il marito l'aveva vista recarsi alla scrivania, muovere degli oggetti a casaccio e poi andare alla finestra socchiusa. Nel pugno teneva un pezzo di carta che aveva gettato fuori. I frammenti erano turbinati per un attimo nel vento, prima di sparire.

Quel pomeriggio, Mario Anselmi aveva disdetto gli appuntamenti allo studio, aveva indossato un vecchio cappotto, un basco, e noleggiato una vettura pubblica per seguirla.

L'aveva vista allontanarsi dall'auto con lo chauffeur in piazza Santa Croce, nei pressi della modista cui si rivolgeva di solito. Dopo pochi minuti, Claudia era uscita dal negozio e si era diretta a passo svelto verso l'Arno. Nel viavai dei passanti, sua moglie camminava con il viso in alto e il passo leggero di chi è impaziente di giungere a destinazione.

Dopo aver lasciato la zona del centro, Claudia aveva attraversato Ponte alle Grazie e si era infilata nelle stradine dell'Oltrarno, oltre piazza de' Mozzi. Lì tenerla d'occhio era stato più difficile, specie nel tratto di Costa Scarpuccia.

Svoltò in via Romana. Era una zona popolare, quella dove si stavano inoltrando: c'erano case di operai e manovali, gente alla buona. Nella strada si diffondevano gli odori di avanzi di cibo mescolati a quelli del letame dei cavalli che trascinavano i carretti. Le botteghe erano piene di donne con i capelli legati o nascosti da fazzoletti e con la pelle segnata dalle ore trascorse a lavorare all'aperto. Nelle mescite, uomini in maniche di camicia sostavano con i bicchieri in mano, e scrutavano con malagrazia i passanti.

Mario camminava con gli occhi fissi su di lei. Il fastidio si era trasformato in un morso che gli stringeva le viscere. Si prefigurava scenari sempre più tetri.

«Perché è arrivata sin qui? Chi diamine sarà il suo spasso?»

Il pensiero che sua moglie avesse un incontro con qualcuno laggiù lo disgustava. Era una sorta di nausea, un fastidio epidermico per l'umanità sgradevole che lo circondava. Eppure Claudia sembrava non curarsene.

Una folata di vento fresco gli diede un po' di sollievo, e gli portò aromi puliti di fiori ed erba. Il Giardino di Boboli non era distante.

Con la coda dell'occhio, scorse la moglie attraversare la strada per arrivare al portone, piccolo e stretto, di un edificio di tre piani. Una palazzina beige, dimessa, con le persiane dipinte di verde. Le finestre erano aperte, schermate da tende di poco prezzo; l'uscio era anonimo, schiacciato tra i banchi di un ortolano e un calzolaio.

Claudia colpì la porta con il battente, più volte. Una donna anziana, con indosso un abito nero e un grembiule stinto, le aprì e la fece entrare. Sembrava che si conoscessero.

Mario avanzò fino all'ingresso del giardino. Si fermò a ridosso della cancellata e si appoggiò alle colonne di pietra. Cercò un segno della presenza della moglie e pochi istanti dopo intravide un bagliore biondo dietro le imposte di una finestra all'ultimo piano.

Poteva essere?

Un'ansia prepotente si impossessò di lui. Non gli era mai interessato chi si sbattesse sua moglie, fino a che aveva avuto la certezza che fosse una persona di livello sociale adeguato.

Ma adesso? Una stamberga in via Romana, tra negozietti alla buona e case di operai? La sua biancheria di seta toccata da qualche manovale con i palmi callosi?

Era una cosa che non poteva accettare. «Oh, Claudia, maledizione a te», mormorò. «Razza di puttana infoiata.»

Basta. Doveva sapere il nome. Fare in modo che quella storia schifosa avesse fine, che lei si desse una raddrizzata, e punire chiunque se la stesse scopando. Perché non si punta tanto in alto, specie se sei un morto di fame senza arte né parte.

Attraversò la strada e raggiunse il portoncino. Nessun nome o targa indicava gli inquilini. C'era solo una fessura in basso nel piano di legno scrostato, usata per la posta. Mario sbirciò inutilmente oltre i cornicioni, in direzione della finestra chiusa. Si avvicinò all'ortolano che stava fermo sulla soglia della bottega e lo osservava a braccia conserte.

«Chi vive qui, buon uomo?»

Il negoziante lo squadrò, diffidente. «Una vedova, la signora Romagnosi. La palazzina è sua: affitta camere a studenti e operai per tirar su qualche soldo.» L'uomo mise in ordine un cespo di indivia che non aveva alcun bisogno di esser sistemato e si prese tempo per studiare meglio quel tizio che tentava di mascherarsi da poveraccio.

«Perché?»

Mario tirò fuori una banconota. La protese verso il bottegaio, l'atteggiamento indifferente e sicuro di chi sa che la sua offerta non sarebbe stata rifiutata. «Ha molti pensionanti per adesso?»

Quello afferrò il denaro. Valutò per un istante il suo interlocutore, poi rispose: «Un paio. È un periodo fiacco, questo».

«Come si chiama quello che sta all'ultimo piano?»

L'erbivendolo indicò le finestre chiuse. «Chi? Il tizio alto? Quello che fa il giornalista? Mi pare Artisi, o qualcosa del genere... No, sinceramente non me lo ricordo bene.»

Per un momento Anselmi pensò di non aver capito.

Giornalista?

Barcollò come se gli avessero assestato un pugno in pieno stomaco.

«Lavora alla "Nazione"?» chiese con voce malferma. «È rientrato da poco da un viaggio?»

L'uomo fece un passo indietro, spaventato. Quel tipo era diventato rosso come se stesse per venirgli un accidente. E poi aveva un tono e una faccia che promettevano guai.

«Sì, è stato fuori per parecchio, ma non so dove lavori», ammise. Poi sembrò ripensarci e fece un cenno, come per respingerlo. «Senti, amico, non mi piacciono queste domande. Se vuoi sapere qualcosa, chiedi alla padrona di casa. Io mica faccio la spia, via!»

Mario respirò tra i denti. Si voltò e attraversò la strada di corsa. Ebbe un capogiro violento, e il sangue tamburellava con forza nelle tempie.

Giornalista.

L.

Di tutte le persone che conosceva, Claudia era andata a scegliere l'uomo più viscido e mediocre che Mario riuscisse a immaginare. *Un pescatore, Dio mio! Un miserabile! Un morto di fame!*

«Puttana», sibilò. Lo ripeté come una litania, fino a che non arrivò all'Arno e l'aria si fece umida e fredda.

Si fermò e si aggrappò al parapetto con dita rigide di collera. Guardò il fiume che scorreva impetuoso sotto di lui. Non poteva più chiudere gli occhi. Claudia lo aveva umiliato, aveva insultato il nome degli Anselmi. Aveva superato ogni tipo di limite, e questa volta non ci sarebbe stato perdono.

Con le mani guantate sul grembo, Claudia osservava senza vedere la strada che la riportava a Villa Anselmi. File lunghe e scure di alberi, il buio che copriva le facciate delle case, il viola del cielo che imprigionava gli ultimi istanti di luce.

Questa era la sera a Firenze. La luce rubata dalla notte.

«Cosa ti sta accadendo, Ludovico?» mormorò. Una malinconia difficile da accettare offuscava la coscienza, sintomo di una verità che non riusciva ad accettare.

Ludovico si stava allontanando. Lo aveva avvertito con tutta se stessa.

Appena arrivata nella sua stanza, l'uomo l'aveva trascinata dentro senza darle tempo di parlare. Aveva chiuso l'uscio con un colpo, e subito l'aveva schiacciata contro il legno, le aveva aperto la bocca con la propria. Gli abiti, strappati via.

Erano finiti a terra, un intreccio di braccia e gambe e bocche affamate. Ludovico l'aveva presa con il viso nascosto nell'incavo della sua spalla. No, non era stato come con Mario. Era disperazione, quella, non voglia di sopraffazione. Lui l'aveva amata come se volesse sparire in lei, entrarle dentro fino a raggiungere le ossa.

Avevano fatto l'amore, ma con una passione che rasentava l'angoscia. Come se non volessero pensare a cosa stavano facendo.

Non se ne era reso conto davvero, fino a che Claudia non si era liberata dalla sua stretta. Lo aveva baciato. Lo aveva chiamato per nome.

«Guardami. Resta con me», gli aveva sussurrato in tono supplichevole costringendolo a fermarsi.

Lui aveva risposto con un bacio disarmante. «Sono qui», aveva obiettato, colto di sorpresa. Si era mosso dentro di lei. «Non lo senti?»

Lei aveva negato. Gli aveva poggiato un palmo sul cuore. «No, non lo sei.»

Avrebbe voluto chiedergli cosa gli stava accadendo, ma Ludovico si era nascosto di nuovo nell'incavo della gola. Le aveva afferrato i polsi, portandoli sopra la testa e l'aveva amata ancora, con rabbia, a occhi chiusi, come inseguito da un pensiero che lei aveva appena lambito con le proprie parole.

Claudia cercò di concentrarsi sulla sensazione di calore che il corpo dell'amante le aveva lasciato addosso. Difficile spiegare cosa provava in quel momento. Si sentiva sospesa su un baratro. Riusciva a percepire il buio che le insidiava i piedi.

Sì, anche quell'illusione d'amore stava per frantumarsi. Se anche uno spiantato come Ludovico Aldisi si era stancato di lei, chi altri avrebbe potuto riempirle la vita?

Ma Claudia non voleva nessuno. Lei voleva restare con quell'uomo. Anche se era una bugia. Anche se la usava.

Era preferibile una bella menzogna a una esistenza insopportabile.

Ancora una volta, ammise di essere invidiosa di Adele, la mantenuta di Mario. Non aveva un nome rispettabile, né bellezza, ma possedeva dei figli, e questo l'avrebbe legata per sempre a lui.

Perché un matrimonio è una corda che si può spezzare, ma un figlio no. Ti lega per sempre, che tu lo voglia o meno.

Quando la macchina superò i cancelli della villa, Claudia avvertì l'angoscia che si chiudeva sopra di lei come un'ombra, simile a quella dei pini che orlavano il viale d'ingresso. La sommergeva fino a toglierle il fiato.

La luce dei lampioni gettò un'aura livida sul suo volto. Attese che l'autista le aprisse lo sportello ed entrò a passo lieve nella sua prigione personale.

La domestica che le spalancò la porta la guardò inespressiva. «L'avvocato ha chiesto di lei, signora. Ha detto che l'attende nello studio.»

Claudia sospirò piano. Si disfece del soprabito che lasciò cadere su una sedia in un angolo. Un incontro snervante con Mario e le sue paturnie era l'ultima cosa che voleva, ma non poteva evitarlo.

Consegnò la borsa e un pacchetto alla cameriera. «Portali nel mio guardaroba, per favore.»

Arrivò allo studio trascinando i passi sul tappeto persiano. Udì del tramestio oltre il battente, segno che Mario era nervoso. Prese un respiro profondo ed entrò.

La stanza era illuminata dal grande lampadario di cristallo. Le portefinestre erano socchiuse e un refolo di frescura notturna entrava dal giardino. Nel posacenere, una sigaretta si consumava tra molte altre che giacevano spente in una pozza di cenere.

«Luisa mi ha detto che mi cercavi.»

«Sì. Sei arrivata, finalmente.» Mario era fermo dinanzi la scrivania e le dava le spalle.

Claudia si lisciò il vestito. «Ho avuto da fare.» Sfiorò con uno sguardo distratto la bella libreria piena di volumi e codici rilegati in cuoio. «Hai qualcosa di urgente da dirmi? Sono piuttosto stanca e vorrei andare a cambiarmi.»

«Immagino.» Il marito si voltò. Aveva il suo solito fare annoiato, e insieme saturo di riprovazione. Giocava con un tagliacarte. «Farsi sbattere da Aldisi come una puttana di strada dev'essere faticoso.»

Per un attimo, Claudia pensò di non aver capito bene. Percepì il sangue che abbandonava le guance, risucchiato da un punto imprecisato nell'addome.

Non poteva... come... come aveva potuto saperlo?

«Cosa? Come ti permetti?» La voce fu un sibilo che si affievolì, fino a sparire.

Mario fece un cenno verso l'esterno. «Ti ho visto, oggi. Ti ho seguita. Non mentire. So chi è il tuo amante, così come ho sempre saputo dei vari uomini con cui te la spassavi.»

Sapeva? Aveva sempre saputo?

Claudia vide il marito avvicinarsi con il tagliacarte, lo roteava tra le dita. La lama con l'impugnatura di madreperla gettava bagliori d'argento. «Sempre. Ti ho lasciato credere di essere all'oscuro delle tue tresche, perché non mi interessava cosa facessi purché non recassi insulto al mio nome. Sei una cagna in calore che non è riuscita nemmeno a darmi un bastardo. Non vali nulla. Ma adesso non posso permetterti di offendermi in questo modo.» La inchiodò con uno sguardo di puro disprezzo. «Aldisi? Quel bifolco? Che schifo!»

Claudia rimase impietrita, immobile al centro della stanza. *Come lo ha capito?*, si domandò. Poi non riuscì più a parlare, o a reagire.

Un incubo. Signore, fa' che sia un incubo. Ti prego. Ti supplico.

Mario, invece, era padrone di sé, come se ciò che stava avvenendo non lo riguardasse. Non vi era traccia di turbamento, o di collera sul suo viso: i baffi erano lisci e curati, i capelli ben pettinati, l'abito era stato spazzolato di fresco.

Il colpo al ventre arrivò all'improvviso.

Un cazzotto allo stomaco. Il dolore si dilatò nell'addome, le spezzò il respiro. Si accasciò con un rantolo di tosse.

«Aspetta...»

«Sta' zitta, puttana. È solo colpa tua.»

Un calcio, poco sotto lo sterno.

Claudia emise un grido. Il marito si chinò su di lei, l'afferrò per i capelli. La donna cercò di proteggersi il viso: non era la prima volta che la pestava. Ma stavolta, ne era certa, non ne sarebbe uscita viva.

«Tranquilla. Non ti lascerò dei segni. Ti picchierò solo là dove io e lui potremo vederti.»

La lasciò andare e lei batté la faccia sul pavimento.

Poi arrivò una pedata all'addome. E un'altra.

Claudia sentì il sapore del sangue in bocca. Tentò di bloccare i calci che le arrivavano ma non ci riuscì. Rimase in posizione fetale, con i singhiozzi che la scuotevano.

Ludovico, pensò. *Mario mi ammazzerà e sarà stato per te, amore mio.*

Ogni percossa era uno strappo nella memoria, le sottraeva la gioia che aveva tentato di conservare. Il pelo ruvido del tappeto le graffiava la schiena tra una vampata di sofferenza e l'altra.

Tremò quando avvertì il freddo del metallo sulla gola.

Il tagliacarte. Per un momento, temette che Mario le avrebbe tagliato la gola. Un sussulto di vita la obbligò a battersi, ma il marito la bloccò sedendosi sopra il suo ventre, con le ginocchia che le schiacciavano il bacino. Le strappò i bottoni dell'abito. Poi passò ai nastri della biancheria intima.

«Visto che ti piace farti montare come una troia, vorrà dire che ti tratterò così.» L'afferrò per il collo e la trascinò fino alla scrivania. La costrinse a piegarsi in avanti con un pugno tra le scapole.

Claudia incespicò nei brandelli di abiti che le scivolavano di dosso. Provò a opporre resistenza, puntò i piedi. Si divincolò, riuscì persino a graffiargli una guancia. Lui la picchiò ancora e ancora, fino a che non ebbe più fiato.

Se lo ritrovò addosso, rantolante come un animale. Gli ansiti di Mario la fecero precipitare in un oceano di buio. L'ultima cosa che vide prima di svenire fu la tenda che ondeggiava nel vento.

Firenze, casa Laurenti, 21 ottobre 1914

La stanza del professore era soffusa di una luce chiara che addolciva il profilo scuro dei mobili di mogano. Irene sostò per un momento sulla soglia, e il suo sguardo si soffermò sul letto matrimoniale rivestito da un copriletto di filet color crema che la madre aveva realizzato nel corso di molti anni. La rivide, seduta dinanzi al camino nella casa di Parigi, con il padre che leggeva per lei il giornale. Sul grembo teneva la matassa di filo e con gli occhi, verdi e allungati come i suoi, seguiva uno schema che aveva disegnato su un foglio di carta a quadri.

«*Maman*...» mormorò. Toccò il tessuto, immaginando per un istante di sentire ancora il calore del corpo della madre. Lei non le avrebbe permesso di lasciarsi andare allo sconforto.

Poco prima aveva litigato col padre. Un'ennesima, feroce discussione.

Tu sei già una donna, Irene.

Non riusciva a dimenticare quella frase. Era qualcosa che l'aveva colpita nel profondo, più delle parole di Daniele Ricciardi a Fiesole, quando le aveva fatto capire che...

Ludovico ha saputo leggere dentro di me. Ha visto ciò che io non sono in grado di vedere.

Osservò la propria immagine riflessa nello specchio appeso sopra la cassettiera. Era sempre lei, una spruzzata di efelidi sul viso e i capelli corti e neri che si arricciavano sul collo.

Eppure.

Sbirciò rapida verso la porta, poi si accostò al primo cassetto del mobile e lo aprì. Il mobile si dischiuse con un cigolio.

Eccole.

Le perle che sua madre indossava quando ricevevano ospiti, custodite in un cofanetto di velluto bianco dai bordi consunti. E poi, orecchini d'oro, la spilla di corallo, gli anelli di venturina e onice. I gioielli che non aveva mai voluto mettere, perché pensava che fossero eccessivi per una ragazza come lei.

Ma adesso…

Sollevò la collana e la poggiò sul collo.

Sì.

Tornò a guardare dentro il cassetto. A poca distanza dal portagioie, una cassettina di legno. Irene trattenne il respiro e si mordicchiò il pollice.

Poteva osare tanto?

Quello stesso giorno, di sera

«Ehilà!» Dante rifilò a Ludovico una pacca sulla spalla. «Pensavo che non saresti più venuto.» Si fece da parte per farlo entrare. La casa del professor Laurenti era già piena di fumo. Dal salone, voci rumorose e tintinnio di bicchieri parlavano di ospiti impegnati in un'accesa discussione.

Armida si fece avanti per prendere il soprabito di Ludovico. «Irene è ancora nella sua stanza a prepararsi. Sarà di certo di malumore», spiegò Dante. Poi abbassò la voce. «Il professore mi ha detto che hanno avuto un'altra lite. Poi ti racconterò per bene», concluse, rispondendo all'espressione curiosa dell'amico.

Lui annuì, vago, e si tastò gli abiti in cerca del portasigarette. Era sovrappensiero. Aveva chiesto a Claudia un incontro. Doveva parlarle, e non sarebbe stato facile, già lo sapeva. Mettere un punto fermo a quello stato di cose era diventato essenziale per lui.

Ma il biglietto non aveva ricevuto risposta, e questo lo aveva sorpreso.

Portò una sigaretta alle labbra e l'accese, ne aspirò una boccata. Dal salone arrivarono le parole *Mussolini*, *dimis-*

sioni e *tradimento*. Nella sua mente nacquero considerazioni dure da pronunciare, che gli lasciarono un retrogusto amaro. «E questo è solo l'inizio», bisbigliò tra sé.

Entrò nella stanza. Agitazione e incertezza erano palpabili.

Dante lo aveva preceduto e si era seduto in una poltrona con un bicchiere di vino bianco ben freddo. Discuteva animatamente con alcuni uomini. Due di questi erano molto giovani, studenti universitari, forse. Un altro era un attempato signore con una giacca di tweed; in un angolo, il dottor Bottai discuteva con il professor Laurenti. Non lontano, Daniele Ricciardi sorseggiava del liquore. Lo squadrò con fastidio, poi rivolse la sua attenzione all'uomo in giacca di tweed.

Ludovico salutò il padrone di casa. «Parlavo giusto di lei, Aldisi. Ci racconti della guerra. Lei l'ha vista da vicino ed è un testimone privilegiato.» Il professore lo prese sottobraccio e lo spinse con delicatezza verso il centro della stanza. Occhiate, alcune malevole, altre curiose, si puntarono su di lui.

Parlare della guerra in un salotto. Ludovico per un istante non seppe se ridergli in faccia o andarsene. Come avrebbe potuto descrivere i corpi devastati, le grida dei feriti, il panico, i villaggi distrutti? Quanti di loro avrebbero inteso la dolorosa difficoltà di affrontare gli incubi che lo torturavano? Quanto sottile fosse il confine tra la vita e la morte?

«C'è poco da dire.» Scrutò la brace della sigaretta accesa. «È una carneficina. Continua, durissima, senza esclusione di colpi e senza logica. Dalle notizie provenienti sia dal fronte occidentale che dal mare, durerà ancora per un po'. Almeno sei mesi, visto che d'inverno sarà praticamente impossibile combattere e lassù, appena piove, tutto diventa un pantano.»

Un brusio agitato si levò dagli astanti. «Sei mesi?» proruppe qualcuno alla sua destra. Ludovico si girò e vide che a parlare era stato il medico, il dottor Bottai.

«Realisticamente? Sì.»

Dalla poltrona, giunse un'imprecazione di Dante. «Ecco perché quel voltagabbana di Mussolini ha scritto quell'articolo. Sta preparando il terreno. Hanno fatto bene a farlo dimettere dalla direzione del giornale.»

Ludovico si avvicinò alla finestra, aperta nonostante l'umidità della sera. Scrollò la cenere della sigaretta e si rivolse a Dante. «Molto probabile. I socialisti sono spaccati ormai in maniera insanabile, l'entrata in guerra dell'Italia fa gola a molti.»

Sul volto di Dante affiorò un chiaro rimprovero. «L'ho notato. Fai parte anche tu della schiera?»

«Mi sono limitato ad analizzare la situazione e a fare il mio lavoro», replicò lui, con distacco.

«Avresti potuto usare toni meno assolutisti.»

«In questo momento non c'è più spazio per le possibilità. È un *aut aut*.»

Dante si alzò, avvilito. Lo sconforto aveva preso la forma di una ruga amara che gli incideva la fronte. «Quello che io vedo, ora come ora, è la volontà di spezzare una linea politica unitaria in favore di interessi che non dovrebbero aver a che fare con il popolo. Sai chi spinge per la guerra, no?»

Ludovico aveva sentito spesso fare quel tipo di discorsi, a casa di Claudia. Si recò al tavolo e si servì un bicchiere di vermouth. «Chi trarrà giovamento dalle commesse del governo, nel caso in cui si dovrà procedere a una mobilitazione su larga scala dell'esercito? I padroni dell'industria pesante in primo luogo.»

«E più in generale, quelli che ce l'hanno a morte con i socialisti che gli hanno messo i bastoni tra le ruote per troppo tempo. Ora, grazie a quest'opportunista di Mussolini, hanno la loro occasione.»

Il dottor Bottai, che fino a quel momento li aveva ascoltati senza intervenire, si intromise nella conversazione. «Sì, ma il partito sta reagendo. A ben pensare, il fatto che lo abbiano costretto a lasciare la direzione dell'"Avanti!", è un segno di unità interna, no?»

Ludovico abbozzò una smorfia scettica. «C'è stato un congresso, a Bologna, dove si sono guardati in faccia e si sono contati, ma credete che tutti siano d'accordo con le dimissioni che gli hanno imposto? Non è così. Stamane, ho sentito un collega di Milano che mi ha raccontato che i socialisti di là, compreso il sindaco e un paio di assessori, hanno approvato un ordine del giorno in cui si chiede alla direzione del partito di fare un congresso straordinario.»

«Scusate il ritardo.»

La voce di Irene coprì il brusio per un istante. Gli ospiti si voltarono verso la porta dove era apparsa la figlia di Laurenti. Sorrideva appena, con le labbra socchiuse e gli occhi splendenti di sfida.

La ragazza salutò il medico che le era andato incontro, e gli altri presenti, compresi due invitati appena arrivati. Scambiò alcuni convenevoli, controllò lo stato delle bevande e dei canapè disposti sul tavolo, poi chiese ad Armida di vuotare alcuni posacenere già colmi. Infine, si accostò a Dante e Ludovico.

Dante la baciò su una guancia. «Dio, ma che hai fatto stasera? Sei… diversa. Più bella.»

Lei sfoggiò un'espressione ammiccante. «*Vraiment*? Ho solo messo un po' della cipria e del rossetto di mia madre. Ho pensato che è ora che la smetta di comportarmi come una bambina.»

Si voltò verso Ludovico, interrogandolo con lo sguardo. Lui l'aveva studiata con un'espressione dapprima disorientata, poi visibilmente irritata.

Irene unì le mani sul ventre per controllare la tensione. «Hai già iniziato a tenere banco?» lo stuzzicò.

Le palpebre del giornalista si socchiusero fino a ridursi a due fessure. «Mi hai rubato la scena con la tua entrata a effetto. Dante ha ragione: sei molto bella. Anche se eccessiva.»

La delusione affiorò sul viso di Irene. La maschera spavalda con cui si era difesa fino a un istante prima si sfaldò e apparve la ragazza che aveva imparato a conoscere.

Dante inchiodò Ludovico con uno sguardo di rimprovero. «Poi sono io quello brusco, eh?»

L'altro inarcò un sopracciglio, sprezzante. «Non le ho detto che è volgare. Solo che è…» Tornò a studiare Irene, fece un gesto sconsolato, di resa, incapace di trovare la parola esatta.

Perché la verità, per quanto lui provasse a ignorare la voce che gli gridava nella mente, era che Irene gli era apparsa così come lui l'aveva sognata quella notte sulla Marna. Bella, sensuale, piena di vita: l'immagine della donna che, di lì a breve, sarebbe diventata, abbandonando per sempre la crisalide dell'adolescenza. Era lui quello a essere in imbarazzo, e quell'idea lo aveva mandato in confusione.

Di riflesso, Irene accennò un gesto di stizza. «Bene, lo prendo comunque come un complimento.» Il tono, però, era gravido di tristezza.

Dante si torturò il pizzetto, visibilmente in difficoltà. «Mi hai lasciato di stucco, ecco, ma lo sarei anche se vedessi Luciana truccata e ingioiellata come sei tu. Anzi, a pensarci bene, non ho mai visto mia sorella incipriata», terminò, meditabondo.

«È più probabile che tu non te ne sia accorto. Luciana ha molta cura di sé», lo rimbrottò Ludovico. Poi si rivolse alla ragazza, le parlò in tono sommesso: «Davvero. Sei incantevole. Solo, mi hai sbalordito».

La ragazza accennò un ringraziamento stentato prima di andare dal padre con il cuore che bruciava di frustrazione.

Daniele la intercettò in quel momento. «È molto bella. Mi ha dato una vera ragione per restare qui stasera.»

Irene si guardò le dita. Prive di anelli, erano così semplici. Il complimento di Daniele l'aveva lusingata, certo, ma non riusciva a lenire la disillusione che la appesantiva, a metà strada tra lo stomaco e il cuore. Anzi: la rendeva più amara.

«La ringrazio. A quanto pare, Dante è rimasto parecchio sorpreso.»

«Ovvio. Lui la vede come una sorella.» Le si fece più vicino, fino ai limiti di quanto gli era consentito dalla buona educazione. «Ma non io.»

Irene sentì il nodo di delusione trasformarsi in esasperazione. Avrebbe voluto urlare.

Con delicatezza, si congedò.

Sul volto di Daniele passò un'ombra scura che si arrestò sulla fronte, trasformandosi in una fitta rete di rughe. Non gli diede il tempo di replicare. Raggiunse il padre, fermo dinanzi alla libreria.

«*Ma petite*, finalmente. Vedo che hai indossato le perle di tua madre. Ho pensato che le somigli molto, specie con questo trucco. Certo, non me lo aspettavo», concluse, pensieroso.

«Non pensavo di suscitare tanto scalpore per un po' di cipria», replicò lei con fastidio.

Il padre la tranquillizzò con un buffetto. Non voleva litigare, non di nuovo. «Via, non è una cosa grave. Stai crescendo ed è normale che tu indossi del belletto. Vieni, voglio presentarti delle persone.» Con gentilezza la spinse verso un angolo della sala dove sostavano due uomini. Sembravano padre e figlio. Stessa corporatura, identici lineamenti.

«Questo è il mio collega Francesco Valiani. L'ho invitato per il nostro salotto del mercoledì. Colpevolmente, non gliene avevo mai parlato.» Indicò il ragazzo alla sua destra. Alto, grassoccio, con un'aria mite. «Lui è suo figlio.»

Il giovane sfoderò un sorriso scintillante. «Sono Carlo Valiani. È un piacere conoscerla.»

Educatamente, Irene salutò i due uomini. Suo padre le aveva accennato di questo collega in maniera distratta, senza far mostra di una particolare stima. Non tale da giustificare un invito agli incontri del mercoledì.

«Cosa insegna? È anche lei un docente universitario, giusto?» Doveva comportarsi in maniera educata, essere socievole. L'uomo assentì. «Latino, mia cara. Il professore mi ha parlato molto della sua perizia con le lingue straniere e con la letteratura. È bello che lei cerchi di curare la cultura personale. L'intelligenza è una dote che molte donne non coltivano adeguatamente.»

«Non io. Ritengo che l'istruzione possa mettere le donne al riparo da molte delusioni e che le aiuti a scegliere con consapevolezza quale indirizzo dare alla propria vita.»

Il professor Laurenti si schiarì la voce. «E lei, signor Carlo?»

«Mi occupo di tessuti. Ho una rivendita all'ingrosso poco fuori Firenze. È un'attività che appartiene alla famiglia di mia madre e lei me ne ha affidato la gestione subito dopo la laurea. È una piccola impresa, ma rende bene.»

Irene dovette impedire ai propri piedi di fuggire. Davvero, non sapeva cose fosse peggio: se Daniele e le sue profferte, o i tentativi del padre di trovarle un fidanzato.

«Francesco, piuttosto, volevo scambiare con te una parola su una faccenda dell'università. Puoi riservarmi un po' della tua attenzione?»

La stava lasciando sola con quel tizio? Quanto miserabile e patetica era quella scusa? Irene lanciò un'occhiata di fuoco al padre.

Il professore ignorò la rabbia della figlia. Si lisciò i baffi e prese sottobraccio il collega, conducendolo al tavolo dei liquori.

Carlo Valiani sembrava confuso almeno quanto lei. «Ha una bella casa.»

Irene dovette farsi forza per non mettersi a urlare. «Grazie.» Rassettò il pizzo della manica che non aveva alcun bisogno di essere sistemato. «Sono mobili francesi. Quella, invece, è una consolle Mackintosh, un architetto scozzese. Lo conosce?»

«Confesso la mia ignoranza.» Aveva occhi buoni, colmi di tranquillità. «Sono laureato in legge, non in architettura», aggiunse, con un pizzico di rammarico.

Per un attimo, la ragazza provò un moto di simpatia. Probabilmente, era stato suo padre a trascinarlo lì, quella sera.

«E cosa avrebbe voluto fare?»

Lo sconcerto che affiorò sul viso di Carlo era autentico. «Prego?»

«Cosa avrebbe voluto studiare, se non avesse fatto legge.» Fece una pausa. «Mi pare di capire che non avrebbe fatto questi studi, se fosse stato libero di scegliere.»

«Ah. Non lo so. Sin da quando ero piccino, sapevo che avrei lavorato nella fabbrica dei nonni, quella che poi è passata a mia madre, e così è stato. Non ho mai avuto altri interessi, non ne ho sentito il bisogno, più che altro. Del resto, a venticinque anni non è più tempo di perdersi in fantasie.»

La simpatia che Irene aveva provato per un istante si ridusse in cenere.

Si guardò attorno, cercando di dissimulare la delusione.

La domestica stava rabboccando i piatti con le vivande, assorta nel proprio lavoro.

«Credo che Armida abbia bisogno di me. Con permesso.»

«Chi, la domestica? Ma non…»

Accennò un gesto di congedo che impedì a Carlo di continuare e si incamminò verso l'uscita. Aveva bisogno di stare da sola.

Passò accanto a Ludovico, gli sfiorò la spalla. Allacciò lo sguardo con il suo per un istante.

Cosa c'è?, le chiese lui con gli occhi.

La ragazza gli fece un cenno, come per farlo tacere. «Nulla», bisbigliò.

Era quasi uscita dalla stanza quando suo padre la fermò sulla soglia.

«*Ma chere*, potresti portarmi il volume del dizionario etimologico di francese che è nello studio? Vorrei chiarire un dubbio con il mio collega. Abbiamo una disputa e…»

Accanto a lui, Valiani protestava divertito. «Suvvia, non c'è bisogno. Se sei così sicuro, sarà come dici.»

«Vorrei esserne certo», replicò il padrone di casa piccato. Indicò un luogo indefinito dietro alla figlia. «Vai a prenderlo, per favore.»

«*D'accord*.» Con un sospiro simile a un brontolio, Irene lasciò il salone. La penombra confortevole del corridoio la avvolse e la consolò. Si appoggiò alla parete, e mise il capo tra le braccia, contro il muro.

Qualcuno si mosse nel buio. Irene scorse Ludovico nel quadrato di luce della porta che la scrutava.

«Va tutto bene?»

Un sussurro, così leggero che Irene dovette sforzarsi di leggergli le labbra.

Sì, avrebbe dovuto rispondere.

«No», disse invece.

Si diresse verso lo studio del padre, al termine del corridoio. Provò una sorta di sollievo, un'eccitazione mista a paura quando comprese che lui l'aveva seguita.

La mano affusolata di Ludovico precedette la sua. Afferrò la maniglia e spalancò l'uscio laccato di bianco, facendosi da parte per farla entrare e lo richiuse alle sue spalle.

Irene sembrava sull'orlo delle lacrime, come una diga che ha raccolto troppe acque e che è lì per tracimare.

«Che ti è successo?» le chiese Ludovico senza preamboli.

«Pare che abbia sbagliato tutto, oggi: dall'idea di indossare i gioielli di mia madre fino alle risposte che ho dato. E mio padre, come conclusione, ha deciso di portare a casa il figlio di un suo collega per...» Si coprì il viso. «*Mon Dieu!* Preferisco non sapere perché!»

Ludovico iniziò a curiosare tra gli scaffali che rivestivano le pareti fino al soffitto. «Quel ragazzo? Per te? Dio, dev'essere appena uscito dall'università, se non dalla scuola!» I suoi passi non facevano alcun rumore, attutiti dal tappeto persiano che copriva il pavimento. Sfiorò la libreria di mogano nero e si soffermò a leggere il dorso di alcuni libri. «Ha la faccia di un luccio bollito. E, secondo me, ne ha anche la stessa vivacità», disse, sperando di farla sorridere. Non ci riuscì.

La ragazza si appoggiò alla scrivania del padre, ingombra di manoscritti e relazioni. Avrebbe voluto avere una soluzione facile per cancellare la tristezza che la consumava sin da quando era tornata dalla Torricella.

«È tanto assurdo che io non voglia accettare ciò che gli altri pensano di me? Sono così strana?» chiese, il tono impregnato di rabbia, incertezza e sconforto.

Ludovico si voltò, con le dita bloccate su un volume di marocchino rosso e il cuore di piombo.

Irene aveva un'espressione così desolata da causargli pena. Sembrava incapace di comprendere ciò che il mondo voleva da lei.

L'uomo tornò a fissare i volumi rilegati. Si costrinse a prendere il dizionario dallo scaffale in alto e lesse il titolo sulla copertina scura.

Dizionario etimologico.

Se avesse obbedito al proprio istinto, avrebbe dovuto dire ciò che pensava. Ma non era giusto. Non poteva. *Non doveva.*

«No.»

Si girò e la raggiunse, fin quasi a toccarla. Abbandonò il volume sulla scrivania.

Il suo respiro le lambì le tempie. Le parlò piano, parola dopo parola, come una carezza. «Tu non sei strana. Sei la persona più forte che mi sia mai capitato di conoscere, la più intelligente e appassionata. La più generosa. Sei una donna straordinaria.» Sollevò la collana di perle che indossava e le toccò la pelle della gola. «Non hai bisogno di queste cose per dimostrarmelo. Io so chi sei, Irene.»

Indecisione, timore, ribellione. Erano lì, e correvano come un fiume dall'uno all'altra, si mescolavano come le correnti.

Il bacio arrivò all'improvviso. Timido, esitante, imprevisto.

Irene schiuse le labbra. Era imprigionata fra Ludovico e la scrivania. Non riusciva a sentire altro che un immenso straordinario silenzio, in profondità, insieme alle sue mani tra i capelli, sopra la nuca. La trattenevano con dolcezza, pronte ad aprirsi.

A lasciarla libera.

Ludovico non era riuscito a fermarsi. E non provava alcun senso di colpa. Tutti i dubbi erano stati spazzati via. Irene era quel frammento di anima che aveva smarrito nelle pieghe del tempo e di cui non aveva capito di sentire la mancanza fino a che lei non era entrata nella sua vita.

Si staccò dalla sua bocca a fatica. L'abbracciò forte e la ragazza nascose il capo nell'incavo del collo. Nessuno dei due parlò. Non volevano fare nulla che avrebbe potuto spezzare quel perfetto equilibrio.

«Io...» sussurrò lei, d'un tratto. Azzardò, provò a baciarlo di nuovo. Lui la accolse con gioia. Era spinta da un coraggio che non aveva immaginato di possedere. Ma non era coraggio, era passione, qualcosa che non sapeva come affrontare o gestire. Era lì, e non poteva far altro che accettarlo.

La porta si aprì di scatto.

«Che diavolo succede qui?» Dante era sulla soglia, paonazzo, gli occhi sgranati. «Cristo Iddio, cosa state facendo?»

Ludovico si staccò da Irene. Lei, però, gli rimase accanto. «Cosa vuoi tu, Dante?» domandò in tono carico di turbamento e collera.

«Tu cosa stai facendo?» L'uomo avanzò contro di loro e indicò Irene. «Tuo padre mi ha mandato a cercarti, te e quel maledetto vocabolario. E ti trovo con lui...»

Ludovico le strinse la spalla. «Va', Irene. Torna nel salone.»

Ma lei non lo ascoltò, e affrontò Dante con rabbia. «Non sono tua sorella. Non accetto prediche da te.»

L'altro scoppiò in una risata nervosa. Rivolse la sua attenzione a Ludovico. «È questo il tuo effetto su di lei? Buttarsi nelle tue braccia?» chiese, sarcastico. «Complimenti.»

La mascella di Ludovico si irrigidì. «Irene, per favore. Lasciaci soli.»

Si scambiarono uno sguardo e lui le fece un cenno per rassicurarla. Infine, lei prese il volume e uscì dallo studio con il viso in fiamme.

Dante chiuse la porta. Era furente. Parlò con le palpebre a fessura, come un cane pronto a battersi. «Dimmi solo questo. L'hai rovinata?»

«Credi che sia un animale? Non lo farei mai», sibilò Ludovico. «Ho ancora una coscienza.»

«È una bambina, Ludovico, maledizione! Deve ancora fare diciannove anni, è piena di fantasie, ma non è mai uscita di casa, non sa di cosa possono essere capaci gli uomini. Come ti è saltato in mente di provarci con lei?»

«Non ci ho *provato*», scandì lui. Sentiva la collera a fiotti che gli invadeva il cervello. «E sono state quelle che tu chiami fantasie a farmi capire che persona è, quanto è intelligente e sensibile, e forte. Non sono storie di bambina, le sue.»

«Immagino che avresti usato queste idee per portartela a letto. Molto furbo da parte tua. Hai fatto così anche con la tua amichetta?»

A quella frase, Ludovico fece un passo indietro. Squadrò Dante, disgustato. «Stai diventando volgare», lo avvertì. «Non ti permetto di parlarmi così o di offendere Irene in questo modo.»

«No. Sono io che non ti permetto di farle del male.» Puntò l'indice verso il corridoio. «Da quanto va avanti? Dalla Torricella? Maledizione a me che t'ho invitato, avrei dovuto lasciarti marcire da solo!»

Ludovico avvertì una sensazione simile a lava calda, fatta di delusione e rammarico, che gli dilagava nello stomaco. «Non è successo nulla. Ho rispettato lei e la tua casa. E fino a questa sera, non l'ho mai nemmeno toccata con il pensiero.»

«Questa sera?»

«Sì.»

Rimasero fermi uno di fronte all'altro. Dall'esterno arrivava il sommesso brusio degli ospiti che parlottavano in salone. Nella stanza, rimbombava il suono pesante dei loro respiri affrettati.

«Giurami che non la toccherai più.» Dante pronunciò la richiesta in tono basso e teso.

Ludovico gli diede le spalle. Sferrò una manata sulla scrivania.

Dannazione, perché era successo?

«È una promessa che non so se sarò in grado di mantenere.»

«Devi. O ti spaccherò la faccia.»

Il giornalista accennò una risata ironica. «Non ti temo.» Tornò a guardarlo. «Lei è preziosa per me. Preziosa. Ma so anche chi sono io, e comprendo le tue perplessità.»

Ogni parola era un grumo ruvido che gli graffiava la gola. «Non le farò mai del male, se è ciò che temi.»

«Ha diritto a un futuro sereno e a un marito che la ami e la rispetti. Lei è fuori dalla tua portata. È una persona pulita, Ludovico. Non merita un bastardo come te.» Dante lo fissava implacabile. Aveva ragione, lo sapeva bene. Ma non aveva mai immaginato che fosse così difficile ammetterlo.

Per la prima volta dopo molto tempo, Ludovico avvertì una fitta di vero dolore. Era acido, corrosivo, e faceva male. Più di quanto potesse immaginare.

Dante lo aveva ferito, deliberatamente. Gli aveva sbattuto in faccia la realtà, e lo aveva fatto senza pietà.

«E io non potrei darle né l'uno né l'altro, a tuo parere. Né l'amore, né la devozione», considerò con tristezza.

Dante non rispose. Si limitò ad annuire.

Rabbia, collera, sofferenza. Arrivarono in rapida successione, come una scarica di proiettili.

Non riuscì a difendersi.

Lasciò lo studio a passi veloci. Afferrò il soprabito dalla cappelliera, oltrepassò il salone senza salutare nessuno e uscì da casa Laurenti di gran carriera. I suoi tacchi rimbombarono nella tromba delle scale come spari di un fucile.

I Lungarni erano deserti, immersi in una bruma opalescente. Corse nel buio e si fermò solo quando arrivò a Ponte alle Grazie. Respirò in maniera affannosa la brezza del fiume, carica di odori e d'umidità, poi appoggiò la fronte sul parapetto e ascoltò il canto dell'Arno, ricacciando indietro le lacrime che gli offuscavano gli occhi.

Nell'anima, un'eredità di solitudine.

PARTE TERZA

Da Firenze a Greve in Chianti

Firenze, 23 ottobre 1914

Non aveva resistito. Incerta, divisa fra l'ansia e il bisogno di toccare di nuovo la strana felicità che aveva assaggiato due sere prima, aveva detto ad Armida che sarebbe andata dalle parti dell'Accademia per acquistare degli acquerelli e un album. Sarebbe andata da sola e no, non c'era bisogno che l'accompagnasse, aveva risposto con malagrazia.

Incurante dei rimproveri borbottati dalla domestica, Irene aveva indossato mantella e cappello. Suo padre sarebbe tornato nel pomeriggio inoltrato. Era spaventata, ma anche ben decisa a sapere. A capire.

Ludovico era scomparso. Nulla, nemmeno un biglietto.

Per due giorni un tarlo l'aveva tormentata. Che valore doveva dare a quel bacio rubato?

Aveva sostato all'inizio di via Ricasoli, in attesa di vederlo, giocherellando nervosamente con i bottoncini dei guanti.

Aveva dovuto attendere il tramonto per scorgerlo. Ludovico procedeva con lo sguardo torvo fisso sul selciato di pietra che circondava il Duomo. Nel crepuscolo che avvolgeva la città, il bianco dei marmi assumeva la consistenza spettrale di gigantesche ossa.

Irene si mescolò alla gente che tornava a casa, accelerò e lo raggiunse.

«Ludovico», lo chiamò. Lui si voltò, spalancò gli occhi.

«Irene.» Diede un'occhiata attorno a sé; poi la guidò in un angolo lontano dal flusso di persone che attraversava la piazza.

La ragazza accennò un sorriso timido, che si spense quasi subito. Ludovico la scrutava in modo severo. «Volevo vederti», bisbigliò. Non sapeva cosa fare. All'improvviso, l'idea di cercarlo non le sembrava più così buona.

L'uomo torturò l'asola della giacca. «Sei stata più coraggiosa di me.» Distolse il viso dal suo. «Anch'io volevo vederti. Non sai quanto.» Tornò a osservarla e finalmente, oltre il grigio delle iridi, Irene scorse ciò che aveva desiderato sin dall'inizio.

Le uscì un suono a metà tra una risata e un singhiozzo. «Io volevo capire cosa succede adesso. Tra noi.»

Ludovico si scostò di qualche passo. «Non qui.»

Irene si ritrovò a studiare i suoi guanti. Si chiese quando li aveva tolti, se un'ora o un istante prima. Non riusciva a ricordarlo. «Ho detto ad Armida che avrei comprato degli acquerelli dalle parti dell'Accademia. Ho pensato che dovessero esserci dei negozi di *beaux arts* lì vicino. Potremmo parlare per strada.»

Lui annuì e le indicò la strada da cui era venuto. «È vero. In fondo a via Ricasoli c'è una coloreria», disse, quando la ragazza gli si avvicinò. «Vieni con me.»

Passeggiarono l'uno di fianco all'altra. Superarono la

libreria Gonnelli e la sede della «Nazione». Poche luci illuminavano le vetrine dei negozi; nelle botteghe, i verdurai contavano i soldi mentre i garzoni stavano ritirando le cassette semivuote. La moglie del macellaio puliva il negozio a colpi di ramazza e acqua saponata.

Irene contemplava quelle scene con curiosità, come se non avesse mai visto nulla di simile. Aveva le labbra socchiuse, affascinata dalle sfumature della sera che avvolgevano via Ricasoli. In alto, su nel cielo viola del tramonto, resisteva un lembo di sole che gettava sui tetti un bagliore di rame.

«Non sapevo che sapessi disegnare.»

Ludovico, la sciarpa avvolta attorno al collo, aveva parlato senza guardarla. Lei chinò la testa e rise. «Infatti non sono molto brava.» Fece una pausa. «Cosa ci è successo mercoledì sera?»

Ludovico schivò una donna carica di pacchi, poi le toccò appena il gomito per allontanarla da una pozzanghera.

«Non so dirti cosa è successo. So che ci sei, sei nella mia vita e sei diventata importante senza che me ne rendessi conto.»

La ragazza si accorse di trattenere il fiato, mentre lui parlava. «Anche per me è così», ammise incerta. Poi continuò in tono sommesso. «Per un po' di tempo, ho pensato che tu potessi essermi amico, come Dante. Poi...»

La risata di Ludovico fu breve, secca. «Credimi, se potessi vedere nella mia mente, capiresti che non penso affatto a te come a un'amica.» Scosse il capo, con lentezza, senza curarsi del rossore che aveva imporporato le guance della ragazza. «Oh, Irene, Irene... Sei capitata nel momento peggiore della mia esistenza», concluse con amarezza.

La sua voce era così accorata, così satura di rimpianto che lei si fermò. «Perché?»

Ludovico contemplò lo spicchio di blu che si intravedeva ancora tra i palazzi. «Perché ciò che faccio non ha più valore. Fino a poche settimane fa, avevo un obiettivo: scrivevo per un giornale, avevo idee in cui riconoscermi. Credevo in qualcosa...»

«Poi sei stato sulla Marna», completò Irene. Lui, le mani in tasca, si limitò ad assentire. Ripresero il cammino, fianco a fianco quasi senza sfiorarsi.

«Non volevo una donna, o una relazione. Non volevo nulla che assomigliasse nemmeno vagamente a un legame, e invece sei arrivata tu. E scopro, e mi fa rabbia questo, che ne ho bisogno. Non so se posso rinunciare a quello che si è creato tra di noi, anche se non so bene cosa sia. Oltretutto, Dante mi ha detto esplicitamente che non vuole che io ti frequenti.»

«Dante non c'entra niente con questa storia!»

Lui sbuffò, impaziente. «Non c'entra, ma ha ragione su molte cose. Molte. E mi domando se non sia giusto dargli ascolto e risparmiare a tutti pena e vergogna.»

Irene lo ascoltava cercando una strada per vincere le sue perplessità, ben decisa a offrirgli le proprie certezze. Si accorse a malapena che lui si era fermato dinanzi a un negozio dalle vetrine incorniciate di legno usurato, dove dipinti e vedute di Firenze si alternavano ad astucci di matite e tubetti di vernice. Lì vicino sostavano dei ragazzi con le camicie macchiate da sbaffi di tempera.

«Siamo arrivati», annunciò Ludovico.

«Ah», bisbigliò Irene.

Entrò nel negozio. Chiese una scatola di acquerelli e dei cartoncini.

Sapeva che Ludovico stava continuando a osservarla e il suo sguardo le lambiva la schiena come una carezza. Era una sensazione fisica, intima, intensa. Come se a essere sfiorato fosse lo spirito, ciò che era custodito sotto la carne.

Quando uscì, si accorse che la luce dei lampioni aveva sostituito il tepore del giorno e che la sera era ormai dilagata tra i vicoli e le mura dei vecchi palazzi.

«Si è fatto tardi.»

«Ti accompagno fino a casa. Potremo sempre dire che ci siamo incontrati per strada.» Le indicò il grande arco di pietra e il portone. «La sede della "Nazione" non è granché distante.»

Procedettero senza dire una parola fin quasi al Battistero. Avrebbero voluto cercarsi, le mani prendersi, ma non era possibile.

«Cosa farai adesso?» gli domandò Irene d'un tratto. Ludovico la scrutò in tralice. «Con il tuo lavoro, dico», spiegò la ragazza. «Mi hai accennato che sei a disagio.»

«È un eufemismo.» Un ghigno sconfortato. «Non lo so. Ho necessità di uno stipendio e della visibilità che questo lavoro mi assicura. E so di saperlo fare anche bene.» Ebbe un sospiro nervoso e scalciò una cartaccia. «Non voglio tornare a essere la nullità che ero. Non sono più disposto a elemosinare, a chiedere che sia riconosciuto il mio talento come cronista.»

«Eppure Dante mi ha accennato che volevi insegnare. Come me.»

«Hai più probabilità tu di diventare una docente universitaria che io. Per fare questa carriera ci vogliono soldi, conoscenze e pazienza. Tutte cose che io, anni fa, non avevo.» Fece una pausa, poi continuò, con sarcasmo. «A dir la verità ora ho alcune conoscenze e un po' di pazienza, ma continuo a non avere i soldi.»

«Sei ancora in tempo. Sono certa che mio padre ti accoglierebbe...»

L'uomo proruppe in un sorriso sprezzante. «È troppo tardi, Irene. E comunque, presto ci sarà ben poco di cui parlare.» La sua mano si fermò prima di raggiungere la guancia. Avrebbe voluto accarezzarla ma si trattenne. Non lì, non in pubblico. «Se continua così, l'Italia entrerà in guerra e allora non ci sarà più spazio per desideri o rimpianti. Ci sarà solo da combattere. Sarà la fine di tutto.»

Si diressero al fiume. Ludovico aveva aumentato il passo. Un vento freddo proveniva dall'Arno, si insinuava tra i vicoli, si attorcigliava in piccoli mulinelli carte e foglie secche.

Quando giunsero sui Lungarni, una folata costrinse Irene a tenere il cappello per non farlo volare via. Il blu della notte si era mescolato al grigio delle nubi che si affastellavano sui tetti della città. La ragazza sorrise debolmente.

«Lo senti? C'è odore di pioggia», mormorò. «È in momenti come questo che mi manca Parigi. Questo profumo me la riporta alla memoria, così com'era quando passeggiavo con mia madre.»

E un attimo dopo arrivarono mille gocce d'acqua. Uno scroscio improvviso, che li sorprese e interruppe le parole di Irene, e spezzò i fili dei loro pensieri. Attorno a loro, carri e carretti accelerarono l'andatura; alcuni passanti si affrettarono su Ponte alle Grazie coprendosi con le borse o rimboccando le giacche sul capo. Il rumore del temporale si diluì nello scorrere del fiume, si confuse con il vento che spazzava la strada.

Si presero per mano. Quella sera, Irene si sarebbe chiesta chi tra loro l'avesse tesa per primo, ma non sarebbe stata in grado di dirlo. Nonostante l'acqua, la presa di Ludovico era salda, e la sorreggeva mentre correvano sul selciato viscido.

Quando giunsero al portone di casa Laurenti, erano fradici. L'acquazzone era diventato una tempesta, e la corsa era stata inutile: il viso di Irene era bagnato, circondato da ciocche gocciolanti. La giacca di Ludovico era ormai fradicia. Mentre rifiatavano davanti all'ingresso, si scambiarono un lungo sguardo, incerto.

«Sono arrivata», disse lei ansimando, con il pacchetto degli acquerelli contro il seno. Non prese le chiavi dalla borsa. Non le cercò nemmeno.

«Lo so.»

Le scostò un ciuffo bagnato dalla guancia. Poi, dopo un attimo di esitazione, le sfiorò con la punta delle dita affusolate il lobo, e scese in basso, sul collo, fino all'inizio della clavicola che la sobria scollatura del vestito lasciava scoperta.

Irene comprese che l'avrebbe baciata nell'istante in cui lui le racchiuse il viso tra le mani. Avvertì una morsa allo stomaco.

Le labbra di Ludovico erano umide per la pioggia. Erano delicate, caute e forti, le toglievano il fiato ma avrebbe voluto che non finisse mai.

Ma lo fece. Le sue braccia ricaddero sui fianchi. Indietreggiò e uno scroscio d'acqua lo colpì in pieno.

Gocce si impigliavano tra le ciglia di Ludovico, mescolandosi al grigio degli occhi così carico di rimpianto e passione.

Si allontanò senza voltarsi.

Firenze, 25 ottobre 1914

«Aldisi, aspetta. È arrivato questo messaggio per te.» Il segretario di redazione rincorse Ludovico giù per le scale. Sventolava una busta avorio, che Ludovico riconobbe immediatamente.

La carta da lettere usata da Claudia.

Si fermò per ricevere la missiva. *Ludovico Aldisi, s.p.m.*, diceva. Era stata recapitata a mano. In allarme, si fece da parte per far passare alcuni giornalisti che stavano salendo e aprì la busta.

Dobbiamo vederci immediatamente. È successo un disastro, Mario ha scoperto tutto. Ti aspetterò alla Fontana per tutta la mattina.

La Fontana. La pensione dove si erano incontrati alcune volte, quando Claudia non aveva potuto raggiungerlo nella casa di via Romana.

Ludovico si stropicciò gli occhi stanchi. Ecco perché non aveva avuto più sue notizie.

Mario ha scoperto tutto.

«Dannazione», imprecò. Accartocciò il foglio e lo infilò in tasca. L'avvocato era un uomo potente, e non avrebbe accettato di buon grado il tradimento della moglie.

E Irene?

Voleva vederla, nonostante ciò che Dante gli aveva detto. Ne aveva bisogno, ora più che mai.

E avrebbe dovuto chiarire con Dante. La prospettiva non lo attraeva affatto: lui era stato sgradevole e pesante, e Ludovico non aveva intenzione di chiedere scusa per qualcosa che non aveva commesso.

Anzi. A ben pensare sarebbe dovuto essere il contrario.

Si incamminò per via Ricasoli infagottato in una sciarpa che lo proteggeva dal freddo di quell'autunno inclemente. Il cielo grigio minacciava pioggia e sembrava aver risucchiato i colori del Duomo.

A poco a poco, anche i pensieri si misero in ordine e acquistarono corpo e concretezza. Dunque, il nobile avvocato sapeva della loro relazione. Da una parte, Ludovico si sentiva sollevato all'idea. Onestamente, lui era affezionato a Claudia, ma quello che sentiva per lei non era ciò che provava per Irene.

Perché quella ragazza con gli occhi verdi e il carattere impetuoso era riuscita a fargli abbassare la guardia e ottenere la sua fiducia. Era riuscita ad ascoltarlo, a fare ciò che Claudia non sapeva o non poteva fare.

Claudia era bellezza, denaro, classe. Ma era anche una creatura mutevole che, prima di lui, aveva compreso come la loro storia stesse andando in pezzi.

Sarebbe accaduto tutto questo se non ci fosse stata Irene?

Probabilmente sarebbe successo più tardi: si sarebbero trascinati, approfittando di momenti rubati per stare insieme. Lui avrebbe iniziato a covare uno strisciante fastidio per le pretese di Claudia e lei sarebbe andata in crisi, fino a che non si sarebbero odiati.

Chissà. Forse sarebbe andata così. O forse, uno dei due avrebbe posto fine a quella storia senza speranza in una giornata di stanchezza. O forse no.

Lui aveva preso una decisione nei suoi riguardi: trascorrere con Claudia l'ultimo pomeriggio al suo rientro aveva contribuito in maniera determinante a comprendere che l'avrebbe lasciata.

Ma non aveva più importanza. Mario Anselmi aveva saputo di loro e adesso la situazione diventava immensamente più complicata.

La Fontana era una pensione, seminascosta in un anonimo palazzo bianco con i davanzali di pietra serena che si affacciava su via de' Malcontenti, a poca distanza dall'Ospizio di Carità. Oltre le finestre coperte dalle inferriate di metallo brunito si scorgevano ragazzi chini su banchi di lavoro, con indosso abiti lisi e, dalle mura, si sentiva il vociare di bambini.

Ludovico si guardò alle spalle, prima di imboccare l'ingresso dell'edificio.

Era un posto tranquillo, non una bettola di infimo ordine: il proprietario ci teneva a mantenere una certa rispettabilità. Nell'atrio le pareti erano decorate con carta da parati a fiori e c'erano due poltrone di velluto sbiadito.

Le camere erano pulite, i mobili vecchi. Era gestita da un uomo di mezza età, con il ventre prominente e l'atteggiamento di chi aveva elevato il farsi i fatti propri al rango di arte. Riconosceva gli amanti clandestini dall'esitazione con cui chiedevano una camera, o dalla fuga precipitosa con cui uno dei due si allontanava.

Quando lo vide arrivare, il proprietario si raddrizzò sulla schiena e lo accolse con una sorta di inchino. «Posso esserle utile?»

«Sto cercando una persona.»

La mano grassoccia dell'uomo scorse il registro, poi lo girò, affinché Ludovico potesse leggere numero di stanza e nome.

D'Alatri C. Stanza 3.

Senza aggiungere altro, Ludovico gli allungò una banconota. Infilò il corridoio che portava alla camera e si fermò dinanzi a una porta con il battente gonfio per l'umidità e il tempo.

Bussò. Udì Claudia che lo invitava a entrare.

La donna era seduta sul letto, con le gambe raccolte sotto di sé, avvolta in un cappotto lungo con il collo di pelliccia. Quando lo vide, si alzò con un gemito.

«Ludovico.» Scoppiò a piangere. Lo abbracciò in maniera convulsa, così forte da fargli male. Lui si liberò con gentilezza dalla sua presa. La condusse verso la sponda del letto e si sedette dinanzi a lei.

«Sssh. Buona.» Le asciugò le lacrime. «Raccontami con calma quello che è successo, vuoi?»

Claudia si asciugò il naso. Rivoli di pianto disegnarono scie chiare sulle guance truccate.

«La settimana scorsa, mi ha seguito a casa tua. Quando sono ritornata alla villa, mi ha affrontato. Ha detto cose orribili. Mi ha fatto questo...»

Dita impacciate e tremanti risalirono su per il busto e toccarono i bottoncini di madreperla della blusa. L'uno dopo l'altro si schiusero e Claudia abbassò l'indumento e la biancheria intima fino ai fianchi.

La pelle del torace era un tappeto di colori. Viola, verde, blu, giallo. La sagoma di una scarpa era disegnata tra le costole e l'addome, un contorno violaceo che descriveva una violenza brutale.

«Mio Dio... Avrebbe potuto ucciderti.» Le sfiorò i lividi. Era nauseato. «Chi ti ha curato?»

«La mia cameriera, Eloisa, povera donna. Non è la prima volta che Mario mi picchia, lo sai. Lo ha fatto altre volte in passato, ma mai con tanta violenza. È stato attento a non colpirmi la faccia. Nessuno doveva sapere. Solo io, lui... e tu.» Tirò su la sottoveste con gesti impacciati. «Non riuscivo a muovermi. Non riuscivo nemmeno ad alzarmi dal letto, tanto forte era il dolore.» Le lacrime sgorgarono di nuovo, più violente. «È uno schifoso animale che merita di morire.»

Claudia si abbandonò contro Ludovico, terrorizzata. L'uomo la cullò in silenzio, lasciò che singhiozzasse fino a inzuppargli la camicia. Si sentì impotente: incapace di reagire, di trovare un modo per consolare Claudia.

La sensazione che subentrò, un istante dopo, fu sgradevole. Sia pure in maniera diversa, anche lui aveva fatto del male a Claudia. L'aveva sfruttata per i suoi soldi, l'aveva usata. Quelle ferite erano la conseguenza di ciò che lui per primo aveva fatto.

La donna si era aggrappata alla sua giacca. Adesso piangeva piano, con il corpo che sussultava e il respiro trasformato in un ansito.

«Come sei venuta qui oggi?» le chiese Ludovico. Le ravviò i capelli.

«Mario è tornato a San Clemente per qualche giorno, dalla sua mantenuta.» Claudia torturò con le unghie il ricamo sbiadito del copriletto. «Dice che lei sa stare al suo posto, e che non ha bisogno di batterla, o farle quello che ha fatto a me.»

L'ultima espressione fu pronunciata in un soffio impregnato di strazio. Trascorsero alcuni secondi prima che l'uomo comprendesse a cosa si stava riferendo.

«Cristo, no...»

Gli occhi di Claudia si riempirono di pianto e vergogna. «Sì. Ha detto che ero una poco di buono se mi concedevo a te, e che potevo accettare qualunque tipo di trattamento.»

Lo strazio che trapelava da quelle parole era consistente, vischioso come resina. Ludovico ne fu imprigionato.

Afferrò Claudia e la scrollò. «Guardami! Sei una donna che ha fatto il peggiore dei matrimoni, e che non sa come uscirne. Ma devi trovare il modo, Claudia, o questo disgraziato ti ucciderà.»

La donna deglutì a vuoto. Un lampo di speranza le animò le iridi azzurre. «È per questo che ti ho chiesto di vederti.» Si attaccò al suo braccio. Un sorriso disperato e fugace le illuminò il viso. «Ti prego, scappiamo. Fuggiamo insieme, dove vuoi tu. Ho dei soldi da parte, e tu... tu potresti lavorare, e lo farei anch'io. Conosci le lingue, potremmo nasconderci in Francia. Non mi importa come vivremo ma voglio andare via da lui e da questa città maledetta.»

Ludovico rimase a fissarla a bocca socchiusa, sbalordito. «Fuggire insieme?» mormorò, perplesso e spaventato. «Cosa dici?»

Non poteva pretendere una cosa del genere! Aveva la sua vita, la professione e ora gli stava chiedendo di mettere in discussione ogni cosa per lei? Istintivamente, si tirò indietro, quasi per prendere le distanze. Claudia se ne accorse e lo agguantò per la manica.

«Non abbandonarmi anche tu! Se mi lasci qui con lui, io cosa potrò fare? Mi ucciderà, ne sono sicura!» Lo supplicò con foga disperata. «È anche colpa tua se sono arrivata a questo punto!» gli rinfacciò.

Ludovico provò a calmarla. «Non ti sto abbandonando. Sto pensando a quali soluzioni può avere questa storia. Lo capisci che ciò che mi chiedi è una follia, vero? Distruggere tutto quello per cui ho lottato?»

Claudia proruppe in singhiozzi disperati. Si coprì la faccia e lo chignon si sciolse, scompigliandole i capelli. Le forcine finirono sul pavimento. Lunghi ciuffi biondi le ricaddero addosso. «Allora è così. Anche tu, anche tu mi abbandoni. Sono sola, non c'è più speranza!»

«Non...»

La donna sollevò il volto sfigurato dal trucco sciolto. Ansimava tra le lacrime, con il seno scosso da singulti violenti. «Lo avevo capito che non mi amavi, sai? Eppure speravo che qualcosa ti legasse a me, affetto, o almeno interesse per i miei soldi. Pensavo che tu fossi migliore degli altri, e speravo che ciò che provavo io potesse bastare per entrambi.» Gli mise la mano sul petto e Ludovico fu costretto ad arretrare di un passo, ad allontanarsi dalla sua espressione così afflitta. Un rimorso prepotente affiorò dai margini della sua coscienza e iniziò a scavargli dentro un vuoto oscuro. «E poi... in quel maledetto pomeriggio in cui lui mi ha seguito, ho capito che tu non c'eri più. Non eri con me, e ti avevo perduto per sempre, perché forse c'era qualcun altro. Ora ne ho la certezza.»

Ludovico non riuscì a rispondere.

Claudia aveva detto la verità. Per quanto duro fosse ammetterlo, era così. Lui aveva una buona parte di responsabilità in quella storia.

Così come era vero che lo aveva perduto per sempre.

Irene.

Cercò le parole giuste. Con sua grande meraviglia, le trovò subito: era semplice, bastava dire essere sinceri. Ma nello stesso tempo, erano pesanti. Pietre che gli graffiavano la gola.

«Hai ragione su tutto», ammise. «Ti sono affezionato, e sei una donna bellissima, ma non c'è altro, né mai c'è stato.» Pronunciò quella confessione in maniera atona, quasi impersonale. «E hai ragione anche su un ultimo punto. C'è un'altra persona.»

Si recò alla finestra. Aprì le imposte quel tanto che bastava per cambiare l'aria nella stanza, e permettergli di scrollare fuori la cenere della sigaretta che si era acceso. Un refolo fresco entrò nella camera e lo fece rabbrividire.

Claudia lo osservava implorante, semidistesa sul letto. Sotto la blusa aperta, i lividi causatigli dal pestaggio del marito erano una condanna senza appello.

Ludovico aspirò una boccata profonda, con gli occhi fissi sul muro bianco dell'Ospizio di Carità. «Questa persona mi ha insegnato una cosa.»

Rise sommessamente. Fino a poche settimane prima, non avrebbe mai immaginato che Irene Laurenti potesse essere in grado di cambiare la sua esistenza. «Mi ha dimostrato che seguire i propri desideri ha un costo, in termini di rimorsi e sacrifici. Talvolta il peso dei sensi di colpa è talmente gravoso che diventa preferibile rinunciare alle proprie aspirazioni e non opporsi a ciò che ci viene richiesto.»

Il pensiero corse ai soldati che aveva visto lottare fino alla fine in mezzo ai campi del Belgio, in nome di un trattato.

Lui era andato per trovare la fama. Aveva trovato l'orrore. «E vi è di più. Se vuoi ottenere qualcosa dalla tua vita, devi darle una contropartita in cambio, e spesso ciò che pretende non ha lo stesso valore di ciò che ricevi.»

Claudia si alzò dal letto. Si ricompose con gesti lenti, a capo chino nel tentativo di conservare un briciolo di dignità.

«Significa che non mi aiuterai?» chiese.

Lo sguardo che l'uomo le riservò era malinconico, carico di rimpianto. «Affatto. Significa che questo è il mio compito. Che adesso devo pagare per ciò che ho ricevuto.» Gettò la sigaretta dalla finestra. «Ti aiuterò. Non so come, ma ti aiuterò a lasciare Mario Anselmi.»

In una stradina poco distante da via de' Malcontenti, una Alfa 20HP nera parcheggiata in un angolo attendeva la sua proprietaria.

Claudia Anselmi, avvolta nel suo cappotto di velluto e pelliccia camminava in fretta, con il cappello calcato sulla fronte, incurante della pioggerella che aveva iniziato a cadere e che rendeva scivoloso il selciato.

L'autista la fece accomodare e tornò al posto di guida. Con un suono fluido, i quattro cilindri del motore si misero in movimento e l'elegante vettura si immise nel traffico dei Lungarni.

Claudia rimase immobile, il viso chino sulle mani guantate.

Mario Anselmi la squadrò, inespressivo. «Ha accettato?»

La vide assentire.

«Bene.» Si voltò a osservare la città attraverso il vetro. Firenze scorreva davanti a lui, un nastro di pietra e acqua in cui erano impresse migliaia di vite. «Confido nella tua discrezione.»

Claudia si girò verso di lui. Era impallidita. «Mario, per carità, non andare oltre. Ti supplico», lo implorò angosciata.

L'avvocato Anselmi seguì con un dito il contorno del sedile. Fu soddisfatto nel trovarlo pulito. «Tu hai perso il diritto di parlare nel minuto in cui sei andata con lui in quel postribolo da due soldi. Con la tua condotta vergognosa hai insultato il mio nome e la mia famiglia, ciò di più caro e importante per me. Dunque, mi aspetto una piena e completa collaborazione», le rispose.

La moglie si abbandonò contro lo schienale. «Cosa vuoi ancora? Non ti basta quello che mi hai fatto?»

«Quella è stata solo la tua parte. Quanto a lui, merita di essere punito adeguatamente per aver pensato di mettermi alla berlina in questo modo.» Mario fremette. La sola idea che Aldisi fosse entrato in casa sua comportandosi da padrone e che avesse avuto sua moglie lo nauseava.

Incrociò gli occhi addolorati della moglie. L'avversione che provava per lei divenne concreta, simile al gusto di un vino inacidito.

«E nonostante tutto, è a lui che pensi, vero?»

Quello stesso pomeriggio

Qualcuno stava bussando alla porta. Ludovico se ne rese conto dopo una manciata di secondi. Era disteso sul letto con il cuscino sulla faccia, alla ricerca di una soluzione per il disastro in cui era finito. Doveva essersi assopito.

Con cautela aprì l'uscio e sbirciò fuori. Temeva una visita dell'avvocato Anselmi e aveva la certezza che, se fosse avvenuta, non sarebbe stato piacevole.

«Tu?» esclamò sbalordito, quando vide di chi si trattava.

«Ce ne hai messo di tempo. La tua padrona di casa mi aveva assicurato che c'eri, altrimenti sarei già andato via.» Dante Ducceschi si dondolava su un piede, giocherellando con il cappello. «Allora? Mi fai entrare o dobbiamo parlare costì?» chiese, e additò la catena del fermo.

L'uomo chiuse la porta per togliere la catenella. «Vieni.»

Dante si guardò attorno, mentre Ludovico si recava alla scrivania e prendeva cartine e tabacco per arrotolarsi una sigaretta. «Ne vuoi?» domandò, indicando il cilindro bianco che stava confezionando.

Dante negò con un gesto distratto. Stava esaminando

i libri che Ludovico aveva accumulato nella piccola libreria a lato della parete d'ingresso, l'unico lusso che si era concesso in tutti quegli anni. «E poi vieni a raccontarmi che non ti piaceva più la letteratura...» Dante accennò un ghigno. «Qui non c'è un autore che non sia di quelli che abbiamo studiato.»

Ludovico accese la sigaretta. Si appoggiò allo scrittoio e incrociò le braccia.

«Perché sei venuto?» chiese con velata ostilità. Non era riuscito a dimenticare come si erano separati l'ultima volta che si erano visti.

Dante si schiarì la gola e cercò la risposta tra le fughe delle piastrelle del pavimento. Poi sbuffò. «Mi spiace, d'accordo?»

Ludovico inarcò un sopracciglio, con arroganza.

«Vedervi insieme... Tu che la baciavi, insomma. Mi ha fatto salire il sangue al cervello e ho detto scempiaggini.»

Il giornalista aspirò una boccata. «Quando si è arrabbiati, si dicono cose che si pensano veramente.» Non aveva alcuna intenzione di rendergli le scuse più semplici. «Devo desumere che ci sia del disprezzo nei miei riguardi? O che hai un interesse per lei?»

La mortificazione di Dante affiorò, in maniera immediata e sincera. «Cristo santo, proprio no! Disprezzarti? No, certo che no. Ero fuori dalla grazie divina, e ti ho offeso.» Gettò il cappello da una parte e gli si avvicinò.

«Ascolta.» Era in difficoltà, Ludovico lo comprese dal suo modo nervoso di muoversi. «Io voglio bene a Irene. Sul serio. Te lo ripeto, l'ho vista crescere e diventare una donna. Perché è vero, e avevi ragione tu. È cresciuta, e appunto per questo mi sono spaventato.» Giunse le mani, come in preghiera. «Ho visto come la guardavi, Ludovico. Ti prego: non cercarla più.»

Questa volta, fu il turno di Ludovico di abbassare il viso. «Sì. Lo farò. Non accadrà più.»

C'era qualcosa di nuovo nel tono, o forse nell'atteggiamento. Dante non avrebbe saputo dirlo, ma doveva essere una faccenda seria. Socchiuse le palpebre.

«Che intendi?»

La sigaretta finì schiacciata in un piattino che fungeva da posacenere. «Ti ricordi la faccenda che ti avevo accennato a Greve?»

Dante assentì. «La storia che avevi con quella donna. Anche per questo, non è corretto che tu e Irene...»

«Il marito ha scoperto tutto. È un uomo importante, qui in città, ed è anche un tipo vendicativo. Da un momento all'altro potrebbe scoppiare uno scandalo», lo interruppe Ludovico, cupo. «E se succede, sarò rovinato. Dunque, le starò lontano.»

Dante trattenne il respiro, prima di soffiarlo via. «Sarai rovinato sì, porca miseria. Non c'è speranza che la storia finisca sotto silenzio?»

Ludovico aprì le braccia in un gesto sconsolato. «Chi può saperlo? Quel tizio è una persona pericolosa: ha picchiato Claudia fino a farla svenire, senza contare quello che le ha fatto dopo. Ma so anche che ha un punto debole, ed è il suo buon nome. Credo che ci penserà due volte prima di trascinarci tutti nel fango. O almeno lo spero.»

Dante iniziò a passeggiare per la stanza. «Cosa conti di fare?»

Con indolenza, Ludovico si staccò dalla scrivania. «Prendermi le mie responsabilità.» Rise. Ma in quella risata scabra c'era già una nota di rimpianto. «Non avrei mai immaginato di dirlo, ma lo farò. Lei rischia la vita in quella casa: la aiuterò a scappare dal marito, e poi si vedrà.»

«Sei pazzo!» Dante lo afferrò. «Ci deve essere un'altra soluzione. In questo modo, sta' sicuro che lo scandalo scoppierebbe sul serio. Cerca di ragionare con calma: è normale che il marito sia infuriato e che le abbia rifilato qualche ceffone...»

«Non si tratta di uno schiaffo o due, Dante. Già questo sarebbe orribile, ma lui l'ha pestata, l'ha presa a calci nello stomaco e dopo l'ha stuprata. Credi che potrei lasciarla in quella situazione? È colpa mia. Se c'è una cosa che ho imparato in questi mesi è che ciascuno di noi ha dei doveri, e dei compiti da portare a termine. I soldati che erano sulla Marna non erano responsabili per quella guerra, eppure ciascuno faceva la propria parte. Invece, in questa storia io ho delle responsabilità, e devo farmene carico.» Allargò le mani sul piano del tavolo, a capo chino. «Chiederò a Ghelli di assegnarmi per un periodo come cronista su Milano o Roma, vedremo... non lo so ancora. In giro si dice anche che Mussolini stia per aprire un nuovo giornale. Poi cercherò di trovarle un posto in cui stare, almeno per un po'.»

Dante sussultò quando colse il suo sguardo grigio. «E soprattutto, cercherò di dimenticare Irene Laurenti, perché, che tu ci creda o no, lei è...» Si fermò, cercò la parola più adatta. La trovò e la pronunciò a bassa voce, con pudore. «Importante.»

Dante si coprì gli occhi. «Luciana aveva ragione», commentò con tristezza. «Quando le ho raccontato cosa era successo, non è rimasta stupita. Mi ha detto di avervi visto insieme alla Torricella, molte volte. Ha detto che non aveva mai visto Irene così serena da che è venuta qui a Firenze e che tu con lei sembravi un'altra persona.» Lo toccò con un gesto che era insieme di conforto e d'incoraggiamento. «Mi spiace.»

Ludovico assentì, malinconico. «Anche a me, Dante. Anche a me.»

Firenze, 26 ottobre 1914

«Signorina Laurenti. Buongiorno.»

Irene alzò la testa, piena di gioia. Aveva riconosciuto quella voce e aveva sentito lo stomaco contrarsi di aspettativa e timore.

Quella mattina, Armida le aveva portato una busta con un biglietto. Un luogo e un appuntamento. Non c'era firma, ma la ragazza aveva identificato immediatamente la grafia.

Ludovico lanciò un'occhiata rapida in giro per il negozio e poi le venne vicino. La libreria Gonnelli era a poca distanza dalla redazione della «Nazione», ed era un posto talmente frequentato da essere il più sicuro per incontrare Irene senza destare sospetti.

Una frase appena sussurrata. «Devo parlarti.»

Un presentimento maligno l'aggredì allo stomaco. Lo afferrò per la manica della giacca e lo tirò in disparte, tra le alte scansie che affollavano la stanza.

«Cosa è successo?»

Lo sguardo tormentato dell'uomo vagò tra gli scaffali.

«Non posso più vederti. Nemmeno come amico.»

Irene avvertì i polmoni che si contraevano fino a svuotarsi completamente. L'ansia e il desiderio si dissolsero in una nube di tristezza.

«Perché? È qualcosa che ti ha detto Dante?» chiese.

Un fruscio. Un commesso della libreria si muoveva tra i palchetti, rimettendo a posto i volumi che i clienti avevano abbandonato qui e là. L'uomo li scorse, e si fermò a osservarli, sospettoso. Allora Ludovico si separò da Irene e finse di cercare qualcosa tra i volumi di storia patria, ad alcuni metri di distanza.

Quando l'uomo riprese il suo giro, lei raggiunse Ludovico. «Cosa succede?» chiese di nuovo. L'ansia si stava impossessando di lei.

Lui deglutì a vuoto. Sembrava addolorato. «Ho commesso degli errori, alcuni mesi fa. Ho...» Rivolse gli occhi al soffitto. Candide vele si intrecciavano sulle volte sorrette dalle colonnine di pietra.

Riprese a parlare, a fatica. «Ho avuto una relazione con una donna sposata, la moglie di un uomo influente. Lei è ricca, e molto bella, e mi ha permesso di fare conoscenze che per me erano state irraggiungibili. Se te lo stai chiedendo... sì. Sono stato con lei perché mi piaceva, e perché mi faceva comodo. Dopo la Marna, però, tutto è cambiato. E poi, quando sono stato alla Torricella, ho capito di non voler più continuare, perché... Be', non lo sapevo ancora, ma c'eri tu, anche se mi rifiutavo di ammetterlo.» Le accarezzò i capelli sulla nuca. Presto non gli sarebbe più stato concesso.

«*Alors?*»

«Ho commesso un errore. Uno dei tanti, in verità.»

Come poteva spiegarle che aveva fatto l'amore con Claudia più per noia e rabbia che per autentico desiderio? No, non poteva. Era qualcosa che aveva compreso in maniera chiara quando si erano incontrati alla Fontana.

Si appoggiò a uno scaffale con i palmi e premette fino a sentire le scanalature del legno che lasciavano un segno sulla pelle. Fissò senza vedere il dorso dei libri che aveva dinanzi. «Quando è venuta da me, suo marito l'ha seguita e ha scoperto la nostra relazione. L'ha picchiata fino a devastarla, e lei teme per la sua vita.»

Non riuscì a guardarla. Preferiva non vedere la sua delusione, per non doverla ricordare per sempre. «Capisci adesso perché devo smettere di frequentarti? Se questa storia dovesse venir fuori, scoppierebbe uno scandalo e non voglio che il tuo nome venga associato al mio. Tu devi rimanere alla larga da queste brutture.»

Imprecò sottovoce. Il commesso stava per passare nuovamente accanto a loro. Afferrò un volume a casaccio e iniziò a sfogliarlo.

«Chi è?» sussurrò lei. Con la coda dell'occhio vide la sua mano che si soffermava su un volume di viaggi. Stava tremando.

«Si chiama Claudia Anselmi.»

«Non la conosco.». Gli prese il polso. «Sei innamorato di lei?» Ludovico rabbrividì. Le dita di Irene erano gelide.

«No.»

«Perché avevate questa *liaison*?»

Ludovico si costrinse a risponderle. Glielo doveva, anche se la frustrazione, la voglia di mettersi a urlare e la vergogna si sommavano e lo sommergevano. «Irene, ci sono scelte che si fanno per stupidità, per convenienza o per inseguire il piacere di un momento, se capisci cosa intendo. Questa è una di quelle.»

Irene avvampò. Si girò e lo affiancò, spalla contro spalla, con il viso rivolto allo scaffale dietro Ludovico.

«Tu e lei, allora...»

Ludovico deglutì a vuoto. «Sì.» Prese un respiro profondo e continuò. «Non è facile spiegare cosa mi ha attirato in lei, a parte i suoi soldi e il potere della sua famiglia. È bella, ma è sola, è senza speranza. E forse, anche io lo ero, soltanto che non me ne rendevo conto. Ma ora che ho conosciuto te, e la tua generosità, la tua forza ecco, io...» Esitò, poi continuò a spiegare. «So per certo una cosa: che non ti avrei nemmeno sfiorato se non avessi maturato la decisione di dover interrompere quella relazione.» Si interruppe di nuovo. Era in difficoltà. Non immaginava che essere sinceri potesse essere tanto arduo.

Le parole inciampavano nei sentimenti, si arrotolavano su se stesse per impedirsi di uscire e mettere in mostra la carne viva dell'anima.

Ma la difesa era un lusso che non poteva più permettersi. Era l'ultima occasione, forse, per essere onesto con Irene.

«Non ho mai provato per lei quello che sento per te. Anzi: non ho mai desiderato nessuno come te, e non parlo soltanto del tuo corpo. Parlo di te Irene, e della tua anima generosa. E so che quando uscirai da quella porta, io mi sentirò un disgraziato perché avrò spezzato il tuo cuore e sarà stata solo colpa mia. Anche il mio sarà in pezzi, ma non importa. Tu, e solo tu, sei ciò che conta.»

Si volse a osservare Irene. Lei teneva il capo sul petto, con le dita allargate sulla pagina di un volume che fingeva di leggere.

Poi, una lacrima cadde sulla carta. Si allargò in mille raggi come il disegno di un sole fatto da un bambino.

«Non è giusto.» Il suo seno si alzava e si abbassava in maniera frenetica. «Tu sei l'unico che mi ha ascoltato. Mi hai dato una libertà che non pensavo di avere.» Lo guardò. Gli occhi erano arrossati, pieni di pianto trattenuto e di collera. «E adesso mi chiedi di smettere di pensare a te?»

Ludovico la prese e la cinse in un abbraccio disperato. Serrò le palpebre, cercando di imprimersi la forma del suo corpo, di conservare per sempre nella memoria il profumo o la sensazione di calore che proveniva da lei. Poi la lasciò andare. Non voleva che qualcuno li vedesse insieme.

«Ti prego», le bisbigliò. Sentiva un groppo alla gola. «Niente e nessuno sarà mai come te. Ma da questo momento in poi, considerami soltanto un tuo conoscente. Non verrò più a casa tua. Ignorami. Metti più distanza possibile tra il tuo nome e il mio.»

Le tolse una ciocca di capelli dalla fronte e la sistemò dietro l'orecchio. Poi si obbligò a voltarsi, a ignorare il pianto muto che la scuoteva. Salutò il commesso curioso e si diresse con passi di piombo verso la redazione del giornale.

Non sapeva dire come era arrivata a casa. Aveva camminato a occhi bassi, con la mente satura della confessione di Ludovico. Sentiva la testa pesante, e aveva un disperato bisogno di pace. Si era rifugiata nella sua stanza e aveva detto ad Armida di voler riposare, che stava poco bene.

Un'altra donna.

C'era stata un'altra persona prima di lei. *Qualcuno cui lui era stato legato, e che forse ancora...*

Irene non piangeva spesso. E non avrebbe pianto nemmeno quella volta.

Si limitò a restare con la fronte sul vetro della propria camera, ad ascoltare il suono del respiro. Stava soffrendo, sì. Il dolore era un serpente che mordeva la carne e la stringeva tra le spire. Ma non avrebbe pianto.

Aveva affrontato altre separazioni nella sua vita, altri lutti. Sua madre. Parigi.

Non si sarebbe sciolta in singhiozzi per la morte di un amore che non era, forse, nemmeno nato. Era stato una speranza, il balenare d'un desiderio, una possibilità di essere felice e trovare la propria strada nel mondo.

Il senso di vuoto che provava nello stomaco sarebbe scomparso. Sarebbe rimasto lì per un po', le avrebbe fatto male al risveglio, nella zona grigia in cui la coscienza si riappropria dei pensieri e li libera dalla coltre del sonno.

Ma avrebbe superato anche questo. Ludovico Aldisi e quel suo modo di guardarla sarebbero diventati un ricordo; le loro mani che si intrecciavano sarebbero state relegate nel passato. E le frasi che le aveva detto, e quelle imprigionate nello sguardo con cui l'aveva salutata sarebbero state solo un ennesimo addio.

Avrebbe trovato una persona di cui fidarsi. Chissà.

Non si può piangere per qualcosa che non esiste, si ripeté con rabbia. Per qualcosa come un amore che non ha avuto il tempo di attecchire.

Allora, perché stava piangendo?

Firenze, Villa Anselmi, 31 ottobre 1914

Il giardino era immerso nel silenzio. Dal piano superiore della villa giungeva una melodia. Qualcuno aveva acceso il grammofono. Pianoforte. Beethoven. Una delle sonate preferite di Claudia. La musica scivolava tra le fronde degli alberi e si mescolava alla pioggia sottile che cadeva da quel mattino.

Ludovico, in stivali e giacca scura, percorse tutto il perimetro dell'edificio. Dietro un cespuglio poco distante dalle colonne dell'ingresso, c'era il suo vecchio zaino con un cambio d'abiti. In una tasca dei pantaloni, un po' di soldi e dei biglietti ferroviari per Milano.

Claudia gli aveva comunicato tramite Eloisa, la sua cameriera personale, che lo avrebbe aspettato alla villa al tramonto, quando Mario sarebbe uscito per recarsi a casa di alcuni amici. Lei non sarebbe andata e avrebbe dato alle domestiche il pomeriggio libero. Nessuno avrebbe sollevato obiezioni: era la vigilia di Ognissanti, e in più l'atmosfera della villa era divenuta sgradevole.

Quando Ludovico aveva sentito il messaggio, era rimasto spiacevolmente sorpreso. La prospettiva di andare alla villa non lo attirava affatto. Troppo pericoloso. Avrebbero potuto vederli, o peggio Anselmi avrebbe potuto trovarli insieme.

Tuttavia, comprese che non c'era altro modo: l'avvocato avrebbe usato la macchina con l'autista e dunque Claudia sarebbe rimasta da sola, a piedi.

Così, Ludovico aveva preso in prestito un calessino da un conoscente, prenotato i biglietti per il treno della sera e pagato in anticipo la pigione della stanza. A Ghelli aveva detto che sarebbe tornato entro un mese, e che per quel periodo avrebbe lavorato da Milano, a causa di certi affari di famiglia.

Il direttore l'aveva fulminato con un'occhiataccia. «Tu non me la racconti giusta, Aldisi. Non è che hai ricevuto una qualche proposta e vuoi abbandonare via Ricasoli, vero? Perché, se è così, vorrei che tu me lo dicessi in faccia.»

Lui aveva ostentato una risata strafottente. «Se accadrà, sarà il primo a saperlo.»

A ripensarci, quel dialogo gli aveva regalato una strana ebbrezza. Ghelli era allarmato all'idea che lui potesse lasciare il giornale. Sorrise con un angolo della bocca, poi tornò a concentrarsi sull'edificio.

Al piano superiore, le luci del salone e della stanza di Claudia erano accese. Dal retro, dove si trovavano le cucine, non provenivano suoni o tramestii che indicassero la presenza di altre persone in casa.

Controllò l'ora. «Dannazione, Claudia, sbrigati», mugugnò tra i denti. Se tardava ancora a uscire, avrebbero perso il treno.

Altri minuti passarono. Beethoven cessò e, un istante

dopo, echeggiarono le note di un'altra melodia. Orchestra. Ouverture della *Lucia di Lammermoor*. Un altro dei brani d'opera amati da Claudia.

Un'altra occhiata all'orologio.

Rimaneva pochissimo tempo.

Con uno scatto insofferente, Ludovico abbandonò il quieto rifugio della siepe dietro cui era rimasto e si avvicinò alle cucine sul retro. Rimase perplesso quando la trovò sprangata.

«D'accordo. Faccio il giro.» Si diresse all'entrata principale. La ghiaia che ricopriva il vialetto protestava con un suono ruvido e si sgranava sotto le suole degli stivali.

Superò le portefinestre dello studio di Anselmi che si aprivano sul giardino e arrivò al porticato anteriore. Afferrò il pomolo di ottone e lo girò. La serratura scattò sui binari, docile. Per un attimo rimase fermo sulla soglia, con la mano sullo stipite e l'altra sospesa sul pomello.

Una sensazione di pressante pericolo lo indusse a guardare attraverso la vetrata che sovrastava il portone, da cui proveniva un lucore fioco.

Ludovico aprì la porta quel tanto che bastava per permettergli di sbirciare dentro.

Il grande ingresso era immerso nella penombra. La luce malata che proveniva dal piano superiore non era sufficiente a illuminare quell'ambiente così spazioso

«Claudia», chiamò.

Nulla.

Entrò.

All'interno, la musica era più forte. Ma tra le note, Ludovico colse qualcosa di dissonante, un lamento o un singhiozzo. Giungeva dal piano superiore. Rimase in ascolto e quel suono si ripeté, più forte.

«Claudia!» esclamò. Affrontò le scale di corsa, i gradini a due a due. Sicuramente doveva esser successo qualcosa e non era più in grado di muoversi. Forse l'avvocato l'aveva sorpresa e picchiata di nuovo, forse...

«Buonasera.»

Quelle parole, quella voce. Ludovico ne fu travolto come da una folata di vento ghiacciato. Si bloccò a metà della rampa.

Mario Anselmi lo aspettava in cima alla scalinata. Accanto a lui, in lacrime, Claudia. La tratteneva per il braccio per impedirle di scappare.

E gli stava puntando addosso una rivoltella.

Ludovico sentì la tensione che gli invadeva il corpo: le dita si aggrapparono al corrimano, il respiro accelerò. Per la seconda volta in pochi mesi, si trovava contro un'arma. Non era piacevole.

Confusamente pensò di dover prendere tempo. Capì che, come in Belgio, avrebbe potuto salvarsi la vita.

«Buonasera a lei.» Indicò l'arma. «Non crede che sarebbe meglio parlare senza quella pistola?»

Mario Anselmi ebbe un gesto di diniego. «Affatto. Diciamo pure che questa è la mia via di fuga per la situazione incresciosa in cui mi sono trovato oggi, al mio rientro.» Era calmo, vestito in maniera elegante, sbarbato e curato come se fosse pronto per uscire e andare a teatro, o a una cena tra colleghi. Avrebbe rappresentato l'archetipo del gentiluomo, se non fosse stato per quell'arma.

«Claudia è sempre stata un'autentica vacca. Sterile come una pietra e, purtroppo per me, assolutamente scriteriata, ma brava a letto. Quanto a te, lurido verme, non avresti dovuto nemmeno sfiorarla con gli occhi. Dovevi restare a raccogliere pesce puzzolente come ti competeva, piuttosto che mescolarti alla gente perbene.»

Al suo fianco, Claudia piagnucolò. «Basta… ti prego.»

«Taci», le intimò il marito.

«La gente perbene non minaccia altri con una pistola e non violenta la moglie», disse Ludovico.

«È mia. Ne faccio quello che voglio.»

«È una persona, Anselmi. È una donna, Claudia è tua moglie e tu stavi quasi per ucciderla.»

Il ghigno dell'avvocato gli fece contrarre lo stomaco. «Ne avrei il diritto. Nessuna giuria mi condannerebbe se vendicassi il mio onore, dopo aver trovato mia moglie e il suo amante in flagrante adulterio.»

Claudia gemette. Solo in quel momento, Ludovico si accorse che la sua guancia era sfregiata da ecchimosi e che aveva un taglio sullo zigomo. Subito dopo notò l'anello di brillanti che l'avvocato portava al mignolo.

«Che cosa le hai fatto?» Avanzò di altri due scalini, fino a trovarsi quasi alla loro stessa altezza. Si protese verso la donna che singhiozzava. «Sta' tranquilla. Calmati», cercò di incoraggiarla.

Claudia continuava a dibattersi. Le lunghe ciocche di capelli caddero dallo chignon e le coprirono la faccia. Biascicò qualcosa di poco comprensibile.

«Sta' zitta.» Il marito le torse il polso all'indietro, strappandole un singhiozzo, ma Claudia si girò, e affondò le unghie nella faccia dell'uomo. Lui fu costretto a lasciare la presa per ripararsi il viso.

«Dirà che ti ha sorpreso qui in casa con me, che hai tentato di portarmi via. È per questo che mi ha picchiato, per darti la colpa di tutto», gridò lei. «Scappa!»

Ludovico li fissò, paralizzato dallo stupore. *Claudia gli aveva mentito? Era così? Era una trappola?*

«Maledetta schifosa!» Mario Anselmi si divincolò dalla moglie e la spinse verso le scale. Lei barcollò in avanti, ma Ludovico riuscì a impedirle di cadere.

«Sono qui. Sei con me», le bisbigliò, agguantandola.

Sentì le sue unghie che gli si conficcavano nella manica, fin quasi a graffiarlo.

Un proiettile. Un unico colpo secco.

Ludovico scorse la vita abbandonare le iridi azzurre di Claudia. Si spensero da dentro, come se la luce che li aveva animati si fosse affievolita sino a estinguersi. Il corpo si fece pesante e gli scivolò dalle braccia. Si accasciò sui gradini sotto il suo peso.

I capelli biondi si sparpagliarono sulla passatoia come una matassa di fili dorati. Una macchia affiorò tra le scapole. Sangue denso impregnò l'abito e sporcò il pendente di smeraldo che assunse una sfumatura nerastra.

Ludovico la toccò, la scosse. Non poteva credere che...

«Claudia», la chiamò.

Ritrasse le dita insanguinate. Tremando, le liberò le guance dalle ciocche chiare, sconvolto, e tuttavia, estremamente lucido.

Sulla Marna aveva visto abbastanza morte da riconoscerla subito. Era lì, sul viso di una donna che aveva stretto tante volte, e ghignava attraverso gli occhi ormai spenti. Si faceva beffe di lui e della sua impotenza.

Un tramestio lo strappò dal torpore in cui era caduto. I sensi, resi acuti dal panico, registrarono il fruscio del cuoio sul tappeto. Qualcosa, la disperazione forse, o l'istinto di sopravvivenza obbligò Ludovico ad alzare la testa.

«Povera Claudia! L'hai trascinata per le scale e mentre cercavo di impedirtelo, abbiamo avuto un alterco. È partita la pallottola fatale che l'ha uccisa. Subito dopo, però, tu sei inciampato e io ti ho infilato un proiettile nel cranio.»

Mario Anselmi era cosciente di ciò che stava facendo. Lo aveva progettato con cura. Non c'era follia o ira in lui.

Ludovico si abbassò di scatto sui gradini. Uno sparo gli lacerò la giacca senza riuscire a ferirlo. Cieco di rabbia si lanciò in avanti, afferrò Mario per le gambe.

«Maledetto bastardo!»

Anselmi gli rovinò addosso. Caddero insieme, lottando per il possesso della pistola. Ludovico afferrò la canna e la diresse verso l'alto. Un altro colpo raggiunse il soffitto e briciole di intonaco precipitarono sopra di loro.

Rotolarono giù per la scala sino al ballatoio.

La nuca di Anselmi incontrò le sbarre di metallo scuro della scala. Lo scricchiolio di ossa che si spezzavano rimase sospeso nell'aria per alcuni istanti. L'uomo perse i sensi e abbandonò l'arma, che finì oltre la ringhiera, sul pavimento di marmo.

Con il fiato corto, Ludovico arrivò carponi fino alla parete e si sedette. Il suo sguardo correva disperato da Claudia all'avvocato. Era esanime, ma non sembrava morto.

Respiri lenti continuavano a muovere il torace e la pelle non era trascolorata, come già stava avvenendo a quella della donna.

Claudia.

Gli occhi di Ludovico si annebbiarono. No, non poteva essere finita così.

In ginocchio, si trascinò fino al cadavere.

Claudia fissava ancora il soffitto. Le accarezzò le guance con i polpastrelli sporchi.

Così bella. E così infelice per tutta la vita. «Non dovevi morire», le sussurrò. Pianse e le sue lacrime bagnarono il volto della donna. «Perdonami.»

Un rumore frantumò il silenzio. Chiavi che sferragliavano in una toppa, il portone che si schiudeva.

«Signora?»

Una voce femminile, forse una cameriera rientrata prima del previsto

Preso dal panico, Ludovico scattò in piedi. Si girò su se stesso, poi si precipitò giù per le scale. Superò con un salto il corpo di Anselmi che aveva iniziato a lamentarsi e infilò la porta rimasta spalancata, proprio nel momento in cui una donna entrava nell'atrio dal corridoio delle cucine.

Udì un grido alle sue spalle. Una parola sola, che lo inseguì fino al viale d'ingresso, riecheggiando tra i pini.

«Assassinio!»

La Torricella, 3 novembre 1914

L'alba colorava di grigio e viola i filari di viti che si inerpicavano su per la collina. Un unico mantello di rami e foglie secche, accartocciate su se stesse, tagliava in due la sagoma bianca del sentiero.

Dante, reduce da una notte insonne, scrutava il paesaggio, pensoso. Emise un sospiro insofferente e iniziò a prepararsi. Di lì a poco avrebbe dovuto recarsi di nuovo a Firenze, per portare dei testi corretti al professor Laurenti. Di certo, avrebbe visto Irene.

Chissà come l'ha presa.

Ludovico Aldisi. Un omicida.

Aveva ucciso la sua amante e aveva tentato di assassinare il marito di lei, quando l'uomo aveva interrotto un incontro clandestino tra i due.

Dante osservò il proprio riflesso nello specchio. Non riusciva a crederci, e non solo per quello che gli aveva detto Ludovico. Con gli anni si era trasformato in un arrampicatore di prim'ordine, era arrogante e astioso, ma nulla e nessuno lo avrebbe convinto che era un assassino. Perché lui lo conosceva.

O almeno, pensava di conoscerlo.

La notizia era sulla prima pagina dei quotidiani locali ed erano comparsi articoli anche su alcuni giornali nazionali. Anche la «Nazione» si era occupata del fattaccio. In un lungo articolo, si diceva che l'avvocato Anselmi si era ripreso poche ore dopo lo scontro e aveva raccontato alla Regia Polizia di aver sorpreso Ludovico in casa con la moglie. Stavano avendo un violento alterco: pareva infatti che il giornalista volesse convincere la moglie dell'avvocato a fuggire con lui. I due, aveva dichiarato Anselmi, avevano avuto una relazione, ma Claudia, pentita per la propria condotta immorale, aveva deciso di porvi fine. Aldisi non aveva accettato il rifiuto e aveva provato a portarla via.

L'avvocato, rientrato anzitempo da un pomeriggio tra amici, aveva cercato di difendere la moglie con la pistola che teneva nello studio e aveva intimato ad Aldisi di andarsene. Ma l'uomo era fuori di sé e aveva avuto una colluttazione con il padrone di casa. Nella rissa, era partito uno sparo che aveva raggiunto la sventurata, deceduta all'istante. L'assassino poi aveva tramortito l'avvocato ed era fuggito. Il racconto era confuso, spiegava il giornalista, un tale Franceschini, ma era compatibile con il fatto che Anselmi fosse ancora provato dalle ferite e dalla perdita della moglie. Il pezzo terminava con una serie di valutazioni negative su Ludovico che avevano fatto ribollire il sangue a Dante.

Con l'aria accigliata, l'uomo scese in cucina, dove Luciana aveva preparato la colazione. Dante salutò tutti con un cenno distratto e ignorò l'occhiata preoccupata della sorella.

«Sto bene», le disse quando lei si avvicinò con il bricco del caffè.

Lei mugugnò un «E chi ci crede», e andò a sedersi al suo posto.

«Sto bene», ripeté lui, caparbio. Anche se sapeva che non avrebbe ingannato Luciana.

Firenze, più tardi, quello stesso giorno

«Non riesco ancora a crederci. Ludovico Aldisi che assale un uomo in casa sua», commentò il professor Laurenti. «Chi lo avrebbe mai detto? Fino a pochi giorni fa era qui, con noi. Non sembrava affatto un uomo capace di nutrire passioni tanto morbose da spingerlo a gesti folli e invece... Già: non si può mai dire di conoscere le persone.» Si forbì la bocca con il tovagliolo e ripiegò il giornale con cura. Nel piatto giacevano i resti della minestra che Irene, invece, aveva toccato appena.

«Non mangi, *ma petite*?» chiese con dolcezza.

«Non ho molta fame.» Irene teneva gli occhi bassi e torturava lo stelo sottile del cucchiaio. Troppe cose erano successe e suo padre conosceva solo una parte del suo malessere. E, in un certo senso, ne era responsabile.

Gelosia. Rancore. Angoscia. Provava tutto questo, si sentiva devastata all'idea che Ludovico avesse avuto un legame con quella donna, e che la storia fosse terminata in modo così tragico. Odiava Claudia Anselmi perché le aveva rovinato l'esistenza, l'aveva privata di ciò che lei considerava suo di diritto. Con la sua morte, le aveva strappato ogni possibilità di essere felice.

Suo padre non avrebbe potuto nemmeno immaginare cosa le stava accadendo. L'uomo emise un verso esasperato. «Ancora con questa storia, Irene?» esclamò. «Ho dato la mia parola a Francesco Valiani che domani sera tu saresti andata con lui, la moglie e suo figlio alla Società dei Canottieri. Il ragazzo è timido, ma è un buon partito. Gli sei piaciuta, guadagna bene. Cos'hai da far tanto la difficile?»

Irene torturò la stoffa della gonna scura. I riccioli le coprirono il viso, impedendo al padre di leggere la sua espressione. «Hai parlato con lui? Io sì. Due giorni fa lo hai portato a casa nostra con la scusa che ti aveva dato un passaggio, e mi hai costretto a intrattenerlo in una conversazione per un'ora buona. Non parla d'altro che dei suoi tessuti e del lavoro. Non conosce un libro oltre a quelli che ha letto per dovere di studio. Mi ha detto che in casa basta suo padrc comc lcttcrato.» Ccrcò di ignorarc il singulto che le aveva spezzato la voce. Rammentò la sera del consueto salotto del mercoledì e, insieme con essa, il bacio che aveva scambiato con Ludovico. «È una persona che vive per il suo lavoro, e non guarda al di là del suo naso. Non riesco a immaginare di poter trascorrere una vita intera con lui.»

«*Ma petite*, una persona così è da ammirare: vuol dire che è una persona seria e che penserà a te e alla famiglia.»

«Tu eri felice con *maman*. Vi amavate, e parlavate, avevate molto in comune. Perché non vuoi che sia così anche per me?»

«Tua madre e io avevamo un'affinità notevole. Lei era una donna intelligente e sensibile, e si è affidata a me completamente. Ecco perché siamo stati felici: perché lei ha compreso che l'avrei amata, guidata e protetta.» La malinconia si impossessò del tono dell'anziano professore. «Lei aveva una grande forza d'animo e sapeva riconoscere quello che era giusto.»

«Era una persona libera. Mi è rimasto impresso questo di lei: la sua indipendenza e il fatto che discutesse con te, e che tu l'ascoltassi.» Irene parlò con rabbia. Non riusciva più a trattenere l'insofferenza che le bruciava dentro. Ludovico era più grande di lei di dieci anni, eppure l'aveva sempre trattata da sua pari. «Tu descrivi mia madre come una donna passiva. Ma non era così: lei era piena di interessi, commentava il giornale e intratteneva gli ospiti proprio come faccio io adesso. Lei parlava con me.»

«Anche io cerco di parlare con te, figlia mia, e se mi ascoltassi sarebbe già un risultato», sbottò l'uomo in collera. Le andò davanti. «Tu non puoi sapere come sono andate le cose. Siamo maturati insieme. Non avrebbe potuto essere diversamente, o non saremmo mai stati così felici.»

«Vuoi dire che l'hai plasmata a tua immagine? Mi spiace, ma quella è una prerogativa che spetta solo a Dio e non mi sembra che ti sia spuntata l'aureola», replicò lei, pungente.

Il padre la schiaffeggiò.

«Santo cielo. Sei diventata così irritante che mi costringi anche ad alzare le mani!»

Irene, incredula, si toccò la guancia. Bruciava.

Lasciò il tavolo, gli occhi lucidi, il tovagliolo gettato sulla sedia. «Non ho più fame. Con permesso.» Lo oltrepassò senza aggiungere altro. Abbandonò la sala da pranzo per rinchiudersi nella sua stanza.

Rimasto solo, il professor Laurenti, si rimise a sedere. Non aveva mai picchiato sua figlia. Mai. Eppure ora, che era quasi adulta e avrebbe dovuto cominciare il cammino di una donna, si comportava in maniera riottosa e lo costringeva a gesti simili.

Chiamò Armida per farle sparecchiare la tavola e perché gli portasse del rosolio, per favore, ché voleva calmarsi i nervi.

Stava per bere il suo liquore quando il campanello suonò. La camminata strascicata della domestica riecheggiò nell'ingresso, i cardini cigolarono e subito dopo la voce allegra di Dante invase il corridoio di casa Laurenti.

«Vieni, ragazzo mio, vieni. Almeno tu, dammi delle belle novità.»

Dante entrò nella stanza portando sottobraccio un pacco di fogli e cartelle. «Eh, son tempi duri, professore.» Notò la «Nazione», ripiegata sul tavolo, con sopra il *pince-nez* dell'uomo. Sotto il titolo principale dedicato all'attacco di alcune navi militari inglesi nel canale della Manica, occhieggiava una colonna dedicata al delitto della signora Anselmi.

«Ci sono novità?» chiese tetro. La sola vista di quelle notizie lo aveva fatto rabbuiare.

Il professore scrollò le spalle. «L'avvocato sta migliorando. Ha riportato una commozione cerebrale, ma avrebbe confermato la prima versione che ha dato alla polizia. Del resto, la rivoltella è stata rinvenuta ai piedi della scalinata e di Aldisi non si trova traccia. Se fosse innocente, si sarebbe già fatto avanti. Non ti nascondo che sono rimasto molto scosso da questo avvenimento.»

Il volto di Dante si trasformò in una maschera di perplessità. «Non lo so, e non lo sapremo mai se la polizia non lo rintraccia. Spero per lui, se è innocente, che possa dimostrarlo.»

«Mah. Sarà difficile. I giornali lo hanno già condannato e l'opinione pubblica è rimasta molto colpita dal racconto di Anselmi. Pover'uomo… sapere che la moglie gli è stata infedele e vederla morire così, poi.» Il padrone di casa spostò la «Nazione», e inforcò gli occhiali. Afferrò un plico racchiuso da una cordicella. «Vogliamo cominciare?»

Dante assentì. «Certo.» Prese gli appunti che aveva raccolto alla Torricella e li scorse, spuntandoli con il lapis via via che esaminavano i saggi scritti dagli studenti.

D'un tratto si fermò con la matita a mezz'aria. «E Irene? Dov'è?»

L'uomo sollevò gli occhi dal foglio. Erano stanchi, velati. La luce grigia che trapelava nella stanza da pranzo di casa Laurenti rendeva ancor più evidenti le rughe e le macchie della pelle, cicatrici che gli anni gli aveva lasciato addosso. E insieme a queste, Dante vi scorse una tristezza nuova.

«Ho fatto una domanda che non dovevo fare?» chiese in imbarazzo.

Il professore si sfilò le lenti e prese a torturare la montatura dorata. «Abbiamo avuto una discussione che è terminata peggio delle altre volte. Volevo convincerla ad andare alla Società dei Canottieri con Carlo Valiani. È un bravo giovane, e Irene gli piace, almeno da quello che mi ha riferito suo padre, e vorrebbe conoscerla meglio. Ma lei, nulla: si oppone.»

Dante guardò le carte che aveva dinanzi, senza vederle. Riusciva a immaginare perché Irene non volesse vedere quel Valiani o chiunque altro.

«Le dia tempo. È una figlia devota e non le darà una simile delusione», cercò di consolarlo. Ma l'uomo negò.

«Stavolta sono stato io ad aver esagerato. L'ho schiaffeggiata ed è una cosa che non avevo mai fatto prima.»

Dante si trattenne dal ridacchiare. Aveva perso il conto delle volte che suo padre l'aveva inseguito con le canne o addirittura con la cinghia per punirlo dei guai che aveva combinato, almeno fino a che non era andato a scuola al collegio dei Gesuiti; ma non aveva mai alzato un dito su Luciana. Immaginò come potesse sentirsi Irene in quel momento.

Rimase a lungo pensieroso, mentre il professore rileggeva brani delle tesi e dei saggi che avevano corretto. Quando ebbero terminato, azzardò la richiesta che gli frullava nella mente da un po'. «Con il suo permesso, professore, vorrei parlare con Irene.»

L'uomo lo scrutò. «Perché? Cosa vorresti dirle?»

Eh. Sapesse.

«Cercherò di calmarla. Immagino sia molto agitata. Certo, Luciana se la sarebbe cavata meglio, ma credo di poterla aiutare anch'io», spiegò.

Laurenti assentì con un sospiro pesante. «Va bene. Dirò ad Armida di chiamarla non appena avremo finito qui. Forse hai quell'ascendente che io non ho più e le parole che mi mancano. In qualsiasi caso, saprai fare meglio di me.» L'uomo raccolse i fogli sparsi. «Finiamola qui. Questa storia mi sta uccidendo. Non voglio che sia infelice, anche se lei crede il contrario. Preferirei che avesse fiducia in me, e si lasciasse guidare in una scelta così importante qual è quella dell'uomo con cui dividere la propria vita.»

«È permesso?»

Dante si affacciò sulla soglia. Dietro di lui, fedele e guardinga come un mastino, Armida sorvegliava le sue mosse.

Irene era distesa sul letto, di fianco. Si mise a sedere. «Ah, sei tu? Avevo pensato che fosse mio padre a volermi parlare», disse, aggressiva. Si mise a sedere e si asciugò il pianto.

«Dai, smetti di versare lacrime come una dama affranta e vieni fuori. C'è Armida che deve andare a rigovernare la cucina.» L'occhiata carica di sottintesi che le lanciò le impedì di replicare.

Irene si limitò ad annuire. Indossò le pianelle e lo seguì in salone, dove si sedettero sulle due poltrone di chintz.

«Come te la stai passando?» mormorò lui quando furono soli.

Lo sguardo di Irene si puntò sulla tenda bianca che velava la finestra. Le unghie, notò Dante, scavavano solchi profondi sulla stoffa. «Lacerata. Devastata.» Le vide stringere i pugni. «Sono abbastanza patetica?»

«Non è una buona ragione per ribellarti alla volontà di

tuo padre. Lui cerca di darti il meglio, vuole proteggerti. Perché non vuoi prendere in considerazione questo Valenti?»

«Si chiama Valiani», lo corresse insofferente. «Non è che non voglio, Dante. È che non ci riesco.» Tormentò il velluto della gonna. «Non è lui.»

Dante capì. Le prese la mano e la massaggiò fino ad aprirla. «Non lo hai visto, vero?»

La ragazza sbuffò. «No. E sentire mio padre che blatera di quel tizio insignificante, quando Ludovico è là fuori e io non so cosa è accaduto, se lui ha davvero ucciso Claudia Anselmi… Dio! Ho solo voglia di urlare!» Cominciò ad andare su e giù per la stanza a passi nervosi. Dante la seguì e la fermò.

«Cosa ne sai tu?»

La ragazza lo scrutò con una punta di diffidenza. «Abbastanza», sussurrò. «Mi ha confessato che lui e questa Claudia avevano una *liaison*, e che il marito l'aveva picchiata quando l'aveva scoperto. Si sentiva responsabile per questo e temeva che sarebbe scoppiato uno scandalo. Ha detto che non avremmo dovuto vederci mai più perché non voleva arrecarmi alcun danno. E poi… poi scrivono che lui l'ha uccisa per gelosia? Non ci credo, non è possibile.»

Dante indirizzò uno sguardo teso alla porta. Armida o Laurenti potevano ascoltare la loro conversazione. Abbassò la voce, parlò rapidamente. «Irene, ascoltami. Già prima che succedesse questo disastro, tu e lui non avevate alcuna speranza.»

Lei digrignò i denti. Sembrava un animale ferito. «Perché dici questo?»

«Perché Ludovico è un uomo troppo duro per te. È cinico, abituato a una vita libera. Non hai idea di cosa significa vivere con una persona che ha un mare di rabbia dentro che riversa sul mondo intero.»

Il rancore che affiorò dal viso di Irene era nitido. «Io ho visto chi è veramente, Dante. Non si tratta solo di uno stupido bacio dato per errore: lo conosco più di tutti voi, ed è avvenuto perché me lo ha permesso. Quando mi ha detto di Claudia Anselmi, gli ho chiesto se era innamorato di lei. Mi ha detto di no, e io gli credo. Eppure, sono gelosa, e arrabbiata con quella donna, perché lui è stato suo prima di essere mio. Una parte di me è persino contenta che sia morta, ma l'altra parte, quella che sta male, vorrebbe solo che Ludovico fosse lontano da qui, sano e salvo. Non sopporto di non sapere come sta, o dove è. Mi sento come se dovessi andare in mille pezzi da un momento all'altro.»

«Me ne rendo conto», bisbigliò Dante con lentezza.

«No, tu non capisci.» Irene camminò fino alla finestra dove aveva parlato con Ludovico, la prima sera che era venuto a casa sua. Sfiorò il legno dello stipite. «È come se fossi sola al mondo. O peggio, come se urlassi e nessuno riuscisse a sentire quello che dico.» Si voltò verso Dante. Gli occhi erano lucidi e arrossati ma non piangeva. «Ludovico ha avuto cura di me. Altrimenti perché avrebbe detto che non mi avrebbe più cercato?»

A quelle parole, qualcosa scattò nella mente di Dante. Lisciò i baffi con piccoli gesti nervosi. «A me aveva detto che era Claudia Anselmi a voler abbandonare il marito e che gli aveva chiesto aiuto. Lui aveva accettato perché temeva che l'avvocato potesse farle del male.»

Irene sbirciò oltre la porta: Armida stava spolverando i mobili. Abbassò ancora la voce. «Anche a me ha detto la stessa cosa.»

Dante afferrò il giornale che il professore aveva lasciato sul tavolo. Rilesse l'articolo. «Non mi convince. Quello che è scritto qui non collima con ciò che lui mi ha raccontato. Delle due l'una: o Ludovico ci ha mentito sulla relazione con Claudia, ma non ci credo...»

«Oppure è l'avvocato Anselmi a dire il falso», concluse Irene in un soffio.

Il professor Laurenti comparve sulla soglia in giacca da camera e pianelle rosse. Accennò un sorriso complice a Dante. «Spero di non aver interrotto una conversazione importante.» Si mise a sedere sul divano verde e li osservò da sotto in su.

«Affatto. Pensavo piuttosto...» Irene esitò per un attimo. «Vorrei rivedere Luciana, stare con lei per un po'. Credi che potrei venire a Greve?»

«Ah. Mi cogli di sorpresa.» Dante guardò l'orlo del tappeto. Sentiva nubi di discussione assommarsi in quella stanza, proprio sulle loro teste, e non era una bella sensazione.

«Irene!» la rimbrottò il padre.

«Ho fatto una richiesta», rispose la ragazza con gelida cortesia.

«Non a me. Sono io che devo accordarti il permesso, ed è no.»

Dante scorse la bocca di Irene che fremeva. La ragazza si raddrizzò con uno scatto d'orgoglio e si rivolse all'amico. «Va bene. Puoi porgere i miei saluti a Luciana, per favore?»

Non gli diede il tempo di replicare. Sparì dalla stanza a passi rapidi, seguiti dal colpo secco della porta che sbatteva.

Il professor Laurenti si sfilò gli occhiali e si massaggiò le tempie. La stanchezza era stata sostituita dall'irremovibilità. «Sono stato fin troppo indulgente con lei, ma adesso basta. Visto che non si riesce a farla ragionare, la costringerò a obbedirmi, dovessi portarcela con la forza. Andrà a quell'intrattenimento con Valiani, che lo voglia o no.»

La Torricella, in serata

«E questo è quanto. Irene si è chiusa nella sua stanza e il professore ha deciso di usare il pugno di ferro.» Seduto al tavolo, davanti a un piatto di stufato ormai vuoto, Dante bevve un sorso di vino sotto lo sguardo crucciato della sorella. «Ti confesso che non so se sentirmi sollevato o se provare pena per lei. Irene è una ragazza testarda, ma non si meritava un simile trattamento.»

Erano da soli nella grande cucina della Torricella. Anna ed Elena si erano ritirate per la notte; Luciana invece aveva atteso il ritorno del fratello da Firenze, preoccupata che lui guidasse sulle strade buie.

La giovane donna mise il viso sul palmo. Fece una pallina con la mollica del pane e la rigirò sotto i polpastrelli fino ad appiattirla. «Lei non sposerà quel tizio o qualunque altro fino a che non si toglierà Ludovico Aldisi dal cuore. Suo padre potrebbe portargli in casa pure l'erede al trono, e lei gli sbatterebbe la porta in faccia.»

A quel pensiero, Dante ridacchiò. «Sicuro.» Scrutò il volto serio della sorella. Nella loro famiglia erano rimasti soltanto loro due, unica compagnia l'uno dell'altra. Per molto tempo, lei era stata la sua sola, vera amica.

«Che ne pensi di questa faccenda, Luciana?»

Lei schioccò la lingua contro il palato. Iniziò a sparecchiare con aria assorta. «Non penso, osservo», rispose dopo un po'. «Irene è innamorata di Ludovico, e lui di lei. No che non mi sbaglio, Dante, so cosa ho visto tra quei due», lo zittì, quando il fratello provò a obiettare. «Non essere questa gran bellezza mi ha messo all'angolo, ma mi ha insegnato a notare quello che gli altri non vedono.»

Dante abbassò gli occhi sulla tovaglia. Allargò le mani brune sul tavolo. «Non è stato Ludovico a uccidere la moglie di Anselmi. O se è accaduto davvero, è stato un incidente. Lui non lo avrebbe mai fatto.»

Luciana mise da parte le stoviglie e gli andò vicino. «Lo so.» Gli scompigliò i capelli come aveva fatto spesso quando era bambino. «Lo so», ripeté. Lui la abbracciò con la fronte sul suo petto.

In quel momento, qualcuno bussò.

«Topi?»

«Fanno un baccano della malora, signore. Sono nel fienile, sopra la stalla.»

Luciana porse a Nerino un boccale di vino caldo. Il profumo di cannella, anice e arancia si diffuse nella stanza. «Nerino, ma che bisogno c'era di dirlo a quest'ora? Sono quasi le dieci di sera, avresti potuto aspettare domani», obiettò. Dante annuì. «Verrò domani mattina a controllare. Se c'è un'infestazione, come temi tu, metteremo le trappole.»

L'uomo fissò Luciana. Assentì tra sé, come se fosse stato convinto da un pensiero segreto. «Le ho già messe io stamane. Di quelle che ho piazzato dabbasso nella stalla, solo due avevano due topolini, due cosine piccine.» Indirizzò uno sguardo contrito alla donna. «Non volevo dirlo per non farla agitare, signorina, ma credo che lassù ci sia ben altro che topi», ammise infine.

I fratelli Ducceschi si scambiarono un'occhiata perplessa; poi lo stupore trascolorò in aperta preoccupazione.

«Prendo la doppietta», dichiarò Dante. Indicò la sorella. «Tu resta qui.»

Al suo ritorno, trovò Nerino con un grosso randello insieme a Luciana che lo aspettava sulla soglia con una lanterna.

«Dove pensi di andare?» chiese alla donna. Luciana lo ignorò e si diresse verso la stalla, tenendo la luce in alto dinanzi a sé. Dante aveva messo il fucile sulla spalla e camminava parlando fitto con Nerino. Il freddo dell'arma trapanava strati di vestiti; l'umidità rendeva viscido il calcio, costringendolo a serrare la presa. «Che pensi?»

«Un mendicante che si è rifugiato lassù?» suggerì.

Dante sbuffò. «Può darsi. La botola non è chiusa a chiave.»

Era già accaduto che vagabondi si fossero nascosti nelle sue proprietà. Di solito se ne andavano con le buone, in certi casi piantavano rogne ed era necessario mandarli via a forza. Sperò con tutto il cuore che non si trattasse di uno di quelli della peggiore risma.

Luciana si arrestò a poca distanza dall'uscio della stalla

e sbirciò invano tra le losanghe dei mattoni forati. Non si vedeva nulla di anomalo.

Dante imbracciò l'arma e caricò l'arma, mentre Nerino stringeva il randello e prendeva la lanterna dalle mani della donna.

«Resta fuori. Obbedisci stavolta», le ordinò in un sussurro.

Entrarono.

Furono accolti dal tanfo dell'urina degli animali e dal calore vischioso del letame. La frescura della notte e il bagliore della lanterna colpirono il muso delle due vacche che alzarono gli occhi stolidi in una muta quanto inutile richiesta di spiegazioni. A destra, oltre la parete di pietra e canne, i cavalli nitrirono infastiditi.

Dante accennò al soppalco che fungeva da fienile. Una scala a pioli incastrata nella parete conduceva alla botola. Fili di paglia fuoriuscivano dalla fessura.

Un cigolio. Dal soffitto caddero briciole di segatura.

Dante alzò lo sguardo. *Decisamente troppo chiassoso per essere un topo, e troppo pesante.*

Attaccò la lanterna al pilastro che sorreggeva la parte centrale della costruzione. Il suo indice scivolò sul grilletto, si inserì tra il paradito e la camera di sparo, mentre con la sinistra sorreggeva le canne di metallo. Iniziò a salire le scale cercando di non far gemere i pioli. Dietro di lui, Nerino teneva pronto il bastone.

Fece forza con la punta del fucile. Il coperchio si dischiuse lentamente: la luce trapelò attraverso una nube di polvere; infine squarciò il buio che ristagnava nel fienile.

Con cautela, Dante spiò nell'oscurità. Nulla. Salì di un altro gradino e arrischiò una sbirciata in profondità.

La lanterna illuminò un corpo con gli abiti coperti di fango, raggomitolato tra le balle di paglia, e un volto sfigurato dalla paura.

Era Ludovico.

Raggomitolato davanti al focolare della sala della Torricella, con una coperta addosso, Ludovico beveva una tazza di vino caldo e miele. Assaporò l'aroma delizioso delle spezie che lo stavano scaldando. Da che Dante e Luciana lo avevano aiutato a scendere dal suo rifugio e ad arrivare all'abitazione principale sembravano passate ore, e invece si trattava solo di pochi minuti in cui lui aveva smesso di essere un animale braccato ed era tornato a sentirsi un uomo.

Celata dalla penombra della stanza, Luciana scrutava con durezza il fratello. «Non può restare. È ricercato dalla polizia del Regno. Se lo scoprono, finiremo coinvolti anche noi!»

«Cristo santo, taci!» Dante camminava avanti e indietro, con le dita nella zazzera. «Riesci a stare un po' zitta, miseriaccia?» Guardò verso le travi di legno del soffitto, quasi sperando di trovarvi incisa una soluzione a quel dilemma.

«Nerino lo ha visto», lo incalzò la sorella. «Deve andarsene.»

Dante premette le nocche contro le labbra. «Nerino starà zitto, lo sa che gli conviene.» Osservò Luciana, poi la sagoma infagottata e curva di fronte al camino. «Ho deciso. Resta qui», annunciò alla fine.

«Sei pazzo. Ci arresteranno tutti.»

«Resta», ripeté Dante.

Almeno fino a quando non avrò capito qual è la verità. Se l'ha uccisa lui, sarò io a chiamare la polizia.

«Scusate se vi ho messo nei guai. Datemi modo di rifiatare e mi toglierò di mezzo.» Ludovico li aveva sentiti. Si era voltato e adesso li fissava con semplicità, senza malanimo. Solo paura.

Forse fu questo a impressionare Luciana, più della barba lunga o degli abiti laceri.

«Tu lo sai cosa hanno detto di te?»

Lui annuì. Posò la tazza sul tavolo.

«Da quant'è che non mangi?»

Ludovico scrollò le spalle. «Un paio di giorni, credo.» Scrutò timidamente prima la sorella, poi l'amico.

«Cosa è successo davvero?»

Ludovico abbassò gli occhi sulle mani sudice. Solo allora Dante notò uno schizzo scuro sui pantaloni.

Ebbe un brivido di nausea. Non era fango.

«Lui l'ha uccisa davanti a me.» Sollevò il braccio indicando il vuoto. «Le ha sparato deliberatamente.»

Luciana trattenne il fiato. Dante gli andò vicino e si inginocchiò davanti a lui. «Raccontami tutto con calma dall'inizio.»

Lo sguardo di Ludovico vagò di nuovo dal volto di Luciana a quello di Dante, spaventato e insieme incredulo di trovare qualcuno che lo ascoltasse. «Era tutta una trappola. Claudia era stata costretta a mentirmi. Il marito ha fatto sì che io andassi laggiù, di sera. La villa era deserta per via della festa di Ognissanti. Quando Claudia ha tentato di avvertirmi, l'ha buttata giù dalle scale. Io l'ho afferrata ma non è servito a nulla, perché Anselmi era determinato a ucciderla. Le ha sparato alla schiena e voleva fare lo stesso con me. Me lo ha detto, così come lo sto dicendo io a voi: non è un folle, sa quello che fa, e vuole vedermi morto.»

I due fratelli si scambiarono un'occhiata eloquente. «Ti accusa di averla ammazzata durante la baruffa, e che lo hai colpito perché eri geloso», considerò Luciana con una fermezza che era in contrasto con la sua espressione sconvolta.

«Io non avrei mai ucciso Claudia. Mai. Ero lì per aiutarla a scappare, perché lei me lo aveva chiesto.» Si rivolse a Dante. «Te ne avevo parlato, ricordi? Io mi sentivo in colpa perché era anche a causa mia che stava subendo la violenza di quell'uomo. Quando Anselmi mi ha sparato, io mi sono difeso e ho provato a disarmarlo, siamo rotolati giù dalle scale e lui ha battuto la testa.» Parlava in maniera lucida. «Non sapevo cosa fare. Poi sono scappato quando ho sentito che una cameriera era rientrata.»

«E dopo?»

«Ho vagato per la città. Quando sono apparsi i primi strilloni dei giornali e ho sentito i titoli, ho capito di essere nei guai, così mi sono rifugiato sulle colline... e allora ho pensato di venire qua.» Un sospiro addolorato accompagnò le ultime parole. «Solo che adesso mi rendo conto di avervi messo in difficoltà.» Si rialzò. Sembrava stremato. «Fatemi tornare al fienile. Domani mattina me ne andrò alle prime luci dell'alba.»

Si avviò per il corridoio della cucina, ma barcollò. Luciana, che era più vicina, fu lesta a sorreggerlo.

Dante gli mise il braccio attorno alla vita. «Maledizione, ormai sei qui e ci resti. Stai per svenire.»

«Non voglio...» protestò l'altro.

«Via, ho deciso. Luciana, prepara una tinozza e vedi di trovare del companatico. Facciamo tutto in cucina, ché sarà più facile mettere in ordine, dopo.»

«Finirò per cacciarvi nei guai.» Ludovico si lasciò cadere su una sedia presso il focolare. Non riuscì a opporre altra resistenza. Era esausto.

Luciana preparò il mastello del bucato e riscaldò dell'acqua, mentre Dante gli metteva davanti del pane e del formaggio e smorzava i lumi.

«Ora lavati e datti una ripulita», ordinò l'uomo consegnandogli un pezzo di sapone da bucato. Fece un cenno a Luciana che assentì. «Prendo dei tuoi vestiti di sopra per farlo cambiare», dichiarò in tono sommesso prima di lasciare la stanza.

Ludovico era talmente spossato che non ebbe la forza di protestare. Si spogliò sotto gli occhi attenti di Dante e si infilò nella tinozza con un gemito. L'amico raccolse gli abiti dal pavimento, ne frugò le tasche senza farsi vedere. Trovò alcune banconote e i biglietti del treno per Milano. *Due.*

«Meglio bruciarli», disse, riferendosi agli abiti. Poggiò sul tavolo denaro e biglietti e cacciò l'involto di stoffa nel camino in cui ardeva ancora la brace. Vi gettò sopra due ceppi di legno e ravvivò la fiamma.

Rannicchiato nella tinozza, Ludovico guardò Dante affannarsi attorno a lui. Era così stanco da non riuscire a provare altro che una sorta di vaga gratitudine.

«Grazie», gli sussurrò a capo chino.

Dante gli rispose senza voltarsi, mentre alimentava il fuoco. «Io non ci ho creduto nemmeno per un istante. Che tu fossi impazzito e che l'avessi ammazzata, sia pure per sbaglio, dico.» Fece una pausa. «E non sono il solo.»

Ludovico si lavò il viso. L'acqua ruscellò tra le ciocche, fino al collo. Rimase con i palmi posati sugli occhi.

«Irene?» Lo chiese sommessamente, quasi non avesse il coraggio di sapere.

«Sì, Irene.»

L'uomo reclinò indietro la testa sul bordo del mastello. Una goccia, forse una lacrima, scivolò via dall'angolo delle palpebre umide per rotolare tra i capelli.

«Sia ringraziato il cielo», mormorò.

Firenze, 4 novembre 1914

Irene lisciò con dita incerte la carta gialla e sottile del telegramma che le era stato consegnato prima. Lo aveva inviato Dante quella mattina. Pianto e riso si mescolarono e dovette coprirsi la bocca per tacere.

«Ricevute buone notizie.»

Non aveva capito male, vero?

Perché se era davvero così, Ludovico si era messo in contatto con lui, e questo significava che era ancora in Toscana e che stava bene.

Sentì un'ansia traditrice che rosicchiò la gioia che aveva provato fino a un istante prima.

E se Ludovico le avesse mentito?

Il seme del dubbio aveva generato una mala erba, una pianta resistente che correva sottoterra e spuntava là dove era meno probabile. In quelle notti insonni, Irene aveva pensato anche alle ipotesi più sgradevoli e dolorose, compreso il fatto che lui fosse un bugiardo e un manipolatore, come lo descrivevano i giornali. Tuttavia il suo cuore ostinato si rifiutava di crederlo e si opponeva all'idea con una tenacia quasi disperata.

Lei avrebbe compreso se stava mentendo.

Calma. Doveva restare calma. Non mostrare nessuna emozione, fingere che fosse tutto perfetto.

Ma come avrebbe potuto riuscirci?

Da lì a poco, suo padre l'avrebbe portata al Circolo dei Canottieri a Lungarno Guicciardini, in mezzo a gente di cui non le importava nulla.

Non aveva mai provato una tale voglia di ribellarsi, di opporsi a ciò che le stava accadendo. Fino a un secondo prima si era sentita impotente, una sorta di vittima sacrificale che cercava una via d'uscita senza trovarne.

Scrutò il proprio riflesso nello specchio della toletta. Era molto elegante: i capelli erano legati da fermagli d'argento, l'abito chiaro aveva un giro di pizzo francese attorno al colletto e alle maniche. Il viso però era tirato e pallido. No, doveva fingere, non aveva altra scelta anche se fremeva di impazienza.

Si alzò di colpo, come se non potesse più stare seduta, e si diresse verso l'ingresso, là dove il padre custodiva un carnet con degli appunti con una copertina nera. Trovò ciò che cercava. Aveva il respiro corto. Camminò a passi nervosi per il corridoio, con i pensieri che si davano battaglia, divisi tra audacia e incertezza.

Si avvicinò al tavolo. La «Nazione» era spalancata alla terza pagina, dove erano stati confinati i fatti di cronaca da che era iniziata la guerra.

Nuove informazioni sul delitto Anselmi. Una storia di violenza e passioni torbide, recitava il titolo. Irene lesse, con l'ansia che le cresceva sotto lo sterno fino a causarle un disagio fisico.

Le condizioni dell'avvocato Anselmi sono più gravi di quanto si sospettasse all'inizio. Pare che il professionista abbia riportato una lesione alle vertebre. Al momento è impossibile stabilire se la vittima ritornerà a condurre una esistenza normale.
Da quanto si apprende dalla Regia Polizia, altre scoperte si assommano a quelle fatte nei giorni scorsi. La relazione tra l'ex giornalista della nostra testata e la signora Anselmi era iniziata lo scorso anno. Approfittando della melanconia che aveva aggredito la vittima – incapace di aver figli e per questo soggetta a ripetuti attacchi di nervi, come hanno testimoniato sia il marito sia alcuni domestici – l'uomo si era insinuato nelle sue grazie e aveva iniziato con lei un rapporto illecito.
Attraverso questa amicizia, Aldisi era stato ammesso nei circoli più altolocati della città. L'uomo aveva sfruttato la sua amante per raggiungere posizioni e conoscenze che altrimenti gli sarebbero state precluse. La passione, però, sarebbe sfociata in ossessione. Quando Claudia Anselmi ha compreso a quale soggetto infido si era accompagnata sino ad allora, ha tentato di porre fine alla tresca, con gli esiti tragici che tutti ormai ben conosciamo.
Che Aldisi fosse un uomo dal temperamento violento ed eccitabile lo si comprende anche dal numero di ferite di cui era cosparso il corpo della vittima.

Numerosi lividi sono stati riscontrati dai medici che hanno esaminato il cadavere, tutti prodotti prima della morte. Probabilmente, la signora ha opposto resistenza e lui, colto da furore, l'ha picchiata selvaggiamente. I segni della baruffa tra i due uomini testimoniano che Anselmi ha tentato di arginare la violenza folle di Aldisi, ma che ha avuto la peggio. Le autorità hanno effettuato un sopralluogo nella villa degli Anselmi e adesso bisognerà attendere l'esito degli accertamenti della polizia scientifica. Pare siano state prelevate anche delle impronte sull'arma e sul corrimano, che verranno analizzate secondo il metodo Gasti.

La gelosia divenne così pesante da essere concreta, persino palpabile. Si era battuto per lei? *Davvero voleva portarla via da suo marito?*

Le aveva mentito?

La paura, insinuante, viscida, rafforzò la presa, la indusse a chiudere il giornale. Arretrò verso la parete. «No», si disse a voce alta. Non si sarebbe fatta sopraffare dai sospetti. Avrebbe cercato la verità e l'avrebbe ottenuta, per quanto il prezzo fosse stato alto.

Ma se fosse tutto vero?

Firenze, notte del 5 novembre 1914

Non poteva restare in casa un minuto di più.

Irene si alzò dal letto senza far rumore. Il corridoio era immerso nel silenzio e si udivano solo il russare di Armida e il respiro ansante del padre. Afferrò il soprabito di velluto, indossò gli abiti che aveva deposto sulla sedia.

Non provò rimorso nel fare ciò che stava facendo.

La sera precedente era stata costretta a sorridere ed essere amichevole con Valiani e la sua famiglia. La madre era una donna algida, dai capelli castani striati di grigio che l'aveva squadrata con occhietti piccoli e malevoli. Aveva annuito e si era allontanata per parlare con le sue amiche, senza curarsi più di lei. Carlo, invece, era stato gentile. Le aveva preso della limonata, l'aveva accompagnata fuori sulla terrazza quando aveva chiesto di prendere una boccata d'aria.

Aveva osservato il fiume scorrere sotto il ponte di Santa Trinità, persa nei propri pensieri, mentre lui continuava a parlarle di alcuni suoi ex compagni di scuola che gareggiavano con la società.

Forse in un'altra vita avrebbe potuto accettare la sua

corte discreta, e il suo carattere quieto. Sarebbe potuto essere un buon marito.

Forse.

Se non avesse pronunciato quella frase infelice su Ludovico, avrebbe potuto essergli amica.

«Un uomo come Aldisi, uno che non rispetta una donna, non merita di vivere. Le donne sono creature fragili che devono essere custodite con amore, ed è facile che cadano preda di gente senza scrupoli. Sembrava una persona rispettabile.»

Lei si era sporta per guardare le acque del fiume, una tavola scura e lucida su cui si riflettevano le luci dei Lungarni che splendevano sopra l'argine di pietra. «Forse non è stato lui a iniziare quella storia. Forse anche Claudia Anselmi ha la sua parte di colpa. Ci ha pensato?»

«Certo, altrimenti non si sarebbe arrivati a questa tragedia. Lui era un poco di buono, ma lei era una debole. Le indagini della polizia e le parole del marito hanno dimostrato che è stato lui a entrare in casa e ad affrontare la coppia. Si era pure costruito l'alibi con il direttore del giornale: gli aveva detto che sarebbe tornato di lì a un mese. Di certo voleva abbandonare quella povera donna dopo averla esposta a chissà che scempio.»

A quel punto, lei aveva accennato a un improvviso mal di testa e lui si era dimostrato comprensivo e premuroso. Era rientrata nella sala e si era seduta in un angolo, consumata dall'ansia, in attesa che suo padre si decidesse a portarla via da quel teatrino.

Prese stivaletti, soprabito e borsa. Arrivò sino alla porta e tolse il fermo. Girò la maniglia. Trattenne il fiato.

Mise un biglietto in bella vista sulla consolle dell'ingresso e poi sgusciò fuori.

Indossò le scarpe sulle scale per non far sentire il ticchettio delle suole di cuoio e corse verso la stazione. Era ancora notte e l'omnibus per il Chianti sarebbe partito da lì a poco. Infagottata nel cappotto, con la sciarpa che le copriva il viso, sentiva il freddo che le graffiava la gola, ma, nello stesso tempo, il battito accelerato le scaldava la pelle.

Lo scorrere dell'Arno era un canto che la cullava. *Coraggio*, si disse quando sbirciò ombre di passanti che si muovevano nel buio. Cancellò il senso di colpa nei confronti di suo padre che iniziava a fermentare sul fondo dell'anima. Greve l'aspettava e con lei, all'alba, le risposte a tutte le domande.

PARTE QUARTA

La Torricella

La Torricella, 5 novembre 1914

Confinato nella torre che svettava sopra i tetti della grande costruzione, nella stanza che Dante aveva trasformato in studio privato, Ludovico aveva assistito all'arrivo dell'alba e al vano tentativo dei raggi del sole di prendere possesso del suolo, superando la trincea delle nuvole cariche di pioggia.

Sentì dei passi oltre la porta.

Trasalì. Nella stanza c'era una scrivania ingombra di fogli e una libreria che ricopriva interamente la parete a sinistra della porta. Addossata agli scaffali c'era una brandina che fungeva da letto di fortuna.

I libri lo avevano salvato dalla pazzia, quella notte. Si era concentrato, aveva letto alcune pagine di Rabelais e Molière. Aveva evitato i simbolisti.

Aveva goduto solo di poche ore di sonno disturbato da incubi, in cui continuava a comparirgli il viso di Claudia. Era una maschera che si trasformava sotto i suoi occhi, con la pelle che si disfaceva fino a rivelare il teschio. E da quelle ossa provenivano frasi smozzicate, domande cui non era in grado di dare una risposta.

E ancora si era svegliato per ritrovarsi nei campi della Marna, schiacciato a terra, incapace di muoversi. La guerra e le sue memorie non lo abbandonavano mai.

Davanti a lui c'era il soldato tedesco che aveva ucciso. La divisa era sporca di sangue, ma aveva la faccia di Mario Anselmi...

Nella mente, aveva chiesto perdono a Claudia così tante volte da aver perduto il conto. Aveva persino pensato di aver sbagliato: che avrebbe dovuto restar fermo e lasciare che Anselmi gli facesse esplodere il cervello.

Eppure non aveva potuto: lo spirito di sopravvivenza lo aveva costretto a reagire. Quando aveva recuperato un minimo di lucidità, aveva compreso che la sua fuga aveva permesso all'avvocato di rovesciare la situazione, facendo in modo che soltanto lui apparisse colpevole.

Se fosse rimasto, avrebbe potuto parlare, spiegare le proprie ragioni. E tuttavia, Mario Anselmi era un uomo potente. Sarebbe stata la sua parola contro la propria, ossia quella d'un figlio di nessuno che aveva una relazione extraconiugale con una donna morta durante una lite.

Lo avrebbero arrestato comunque e quasi certamente lo avrebbero condannato.

Tese l'orecchio. C'era di nuovo silenzio. Doveva essersi trattato di un servitore, o era stato uno scherzo dei suoi nervi tesi, non avrebbe saputo dirlo. Avanzò fino alla finestra e sbirciò fuori. Avvertì un brivido. L'inverno era arrivato anzitempo alla Torricella: di lì a poco si sarebbe scatenato il diluvio.

La porta cigolò sui cardini. Un passo, poi un altro. Qualcuno entrò.

Ludovico non si girò. Forse era Dante o Luciana, magari con il giornale e qualche notizia fresca.

Fu l'immagine riflessa sul vetro a farlo voltare di colpo.

Irene.

Era lì, immobile, le palpebre gonfie di pianto.

Negli occhi, una domanda che esigeva una risposta. Esitò, perché sapeva che qualunque cosa avesse detto, avrebbe segnato il loro futuro per sempre. In quell'istante lei era ancora lì con lui, ma se avesse parlato, forse, sarebbe finito tutto. Eppure Irene aveva il diritto di conoscere la verità.

Di sapere.

«Non sono stato io.» Una sola frase. Accorata, sofferta.

Vederla gli aveva tolto coraggio e respiro, aveva consumato le briciole di energia che ancora lo sorreggevano.

Se lei non gli avesse creduto, allora non avrebbe avuto senso continuare a lottare. Avrebbe rinunciato a ogni cosa. Si sarebbe costituito, avrebbe ammesso ciò che non aveva fatto, perché era solo Irene che lo legava alla verità e alla necessità di dimostrare la propria innocenza.

Non avrebbe saputo dire come o quando comprese che lei gli credeva.

Lo sentì immediatamente, quando le sue braccia lo avvolsero. Non si rese nemmeno conto che stavano piangendo entrambi, e che le loro lacrime si mescolavano a baci rapidi e angosciati. Erano insieme e tanto bastava.

«Lo sapevo che non avresti mai potuto farlo», mormorò Irene con voce spezzata, labbra contro labbra. «Lo sapevo, lo sentivo. Nessuno avrebbe potuto convincermi del contrario.»

Ludovico posò la fronte sulla sua, a occhi chiusi. Profumava di pulito e di pioggia. Emanava forza, ciò di cui lui aveva un'assoluta necessità.

Non riuscì a parlare. Avrebbe voluto stringerla così tanto da portarla dentro di sé, imprimere il suo corpo nelle proprie ossa, cancellarle ogni traccia di dolore e chiederle perdono per la sofferenza che le aveva scavato solchi sul viso.

Un tocco discreto li fece voltare. Ludovico la tenne stretta e Irene si rannicchiò contro di lui.

«Dante mi ha detto che eri arrivata. Non ho voluto crederci fino a che non t'ho vista.» Luciana era sulla soglia e la fissava con le palpebre socchiuse, spia di una chiara riprovazione. Chiuse la porta. «Sei una pazza. Tuo padre sa che sei qui?» le chiese.

«Gli ho scritto un biglietto.»

Entrambe le sopracciglia di Luciana si sollevarono. «A tuo padre? Dio degli eserciti!» Strabuzzò gli occhi. «Che t'è saltato in mente? Sarà tanto se non ce lo troveremo a Greve tra un'ora o due, e non è quello che ci vuole, con lui per casa», terminò indicando Ludovico.

Lui baciò Irene sulla fronte prima di lasciarla andare. «Partirò con la notte, Luciana. Non ha senso per me restare.»

«Ah no!» La voce di Irene era a metà strada tra un lamento e una protesta. «Non puoi andartene ora che ti ho trovato», si ribellò.

Luciana la prese per le spalle, la guidò verso il letto improvvisato per farla sedere. «D'accordo, troveremo una soluzione.» Irene obbedì di malavoglia mentre Ludovico la osservava con una tenerezza struggente.

«Hai combinato un pasticcio enorme a venire. Non so cosa sia passato per il cervello a mio fratello di mandarti quel telegramma, ma con lui me la vedrò dopo. Adesso dobbiamo pensare a te.» Nel dire quella frase, Luciana si rivolse a Ludovico con una rapida occhiata. Lui annuì appena.

«Proverò a mettermi in contatto con tuo padre. Sarà arrabbiato e preoccupato, ovviamente.» Fece una pausa venata di rimprovero. Irene, però, non reagì come si aspettava. Un lampo animava i suoi occhi verdi e li rendeva inquieti. «Comunque, cercherò di convincerlo a farti restare, almeno per oggi. Domani tornerai a Firenze, con le buone o con le cattive, e non farai altri colpi di testa.»

«Ma...»

Ludovico si sedette accanto a lei. «Luciana ha ragione.» Le scostò un ricciolo dal viso. «Mi basta sapere che mi credi. Cercheremo di risolvere questa situazione in qualche modo, ma tu devi stare lontana da questo scandalo. Promettimelo.»

«Non trattarmi come una bambina.»

«Non lo sto facendo. Mi sto preoccupando per te.»

Con sollievo, Luciana vide la schiena della ragazza che si rilassava e faceva un cenno di assenso, sia pure con riluttanza.

Si alzò e lisciò le pieghe della gonna. «Adesso non mi rimane altro che riuscire a calmare il professore. Dovrò andare a Greve, anche se con questa pioggia è l'ultima cosa che vorrei», considerò guardando fuori. Le colline avevano perso ogni confine con il cielo, ammantate di nebbia.

«Ludovico», lo chiamò. Lui incontrò gli occhi scuri e severi di Luciana. «Per la tua stessa salvezza, fa' silenzio e tieni la luce spenta.»

Si diresse alla porta. «Irene, vieni con me.»

Lei rimase ferma dov'era. «Resto con lui. È per questo che sono venuta», dichiarò.

Luciana strinse le labbra. C'era un avvertimento che avrebbe dovuto pronunciare, perché lei era la donna più responsabile, quella che avrebbe dovuto prendersi cura di Irene. Eppure una parte di lei si ribellò. Era giusto che a Irene restasse almeno un ricordo di felicità.

«Va bene», capitolò.

Quando l'uscio si chiuse dietro Luciana, Ludovico diede una doppia mandata. «Devo stare nascosto finché la polizia non smetterà di battere strade e campagne. Almeno, questa è l'idea di Dante», spiegò.

Irene assentì, poi osservò i piedi scalzi di Ludovico, coperti solo da un paio di calze di lana. «Per evitare il suono dei tacchi», spiegò lui quando comprese cosa stava guardando.

Risero sommessamente. Ludovico era rimasto appoggiato allo stipite, con le mani dietro. «Non saresti dovuta venire», disse all'improvviso, serio.

«Dici?» Irene fissò un punto imprecisato del pavimento. «Ho preso una decisione, la prima da che mi sono resa conto di poter scegliere cosa fare della mia vita. Voglio te.»

Ludovico si staccò dalla parete e si inginocchiò dinanzi a lei, le mise la testa sul grembo. Irene unì una mano alla sua e con l'altra gli accarezzò i capelli fulvi.

«In questa follia, l'unica cosa che mi ha tenuto legato

alla realtà è stata la necessità di farti sapere che ero innocente, e che la tua fiducia non era mal riposta.» Sotto le palpebre, gli occhi grigi di Ludovico erano immobili. Continuò così piano che Irene dovette abbassarsi per udire meglio. «Io non sono una brava persona, Irene. Sono un bastardo, ho cancellato ogni legame di amicizia da cui non potevo trarre utilità, ho mentito, ho sfruttato le persone per ottenere ciò che volevo. Tu, invece, sei diversa. Sei ciò che io ero, anni fa: idealista, libera, illusa di poter cambiare il mondo. Quando ti dicevo di lottare per realizzarti come persona, sentivo una parte di me che chiedeva che fine avessero fatto quegli stessi desideri che ti incoraggiavo a seguire. Ti ho invidiato, perché non avevo più nulla di ciò che tu ti ostinavi a proteggere con tanta forza. Mi hai costretto a mettermi in discussione e a un tratto ho capito che volevo che mi apprezzassi, che sapessi che potevo essere migliore di così.» Sollevò il capo. «Anche a costo di rinunciare a te.»

Si trovarono con i visi a pochi centimetri l'uno dall'altro, con i respiri che lambivano le loro guance. I capelli scuri di Irene formavano una sorta di cortina che li isolava dal resto del mondo.

«È per questo che hai accettato di aiutare Claudia, non è vero?»

«Sì. Se non avessi vissuto quel periodo in Belgio, se non ti avessi conosciuta, probabilmente l'avrei abbandonata al suo destino. Le avrei detto che… no, non le avrei detto nulla. Sarei sparito e basta. Anselmi, invece, ha pensato che io fossi innamorato di sua moglie e che l'avrei aiutata per questo motivo. Ha creduto che Claudia fosse importante, ma non sapeva, non poteva immaginare che la mia vera debolezza sei tu.»

La baciò in fretta, quasi avesse timore di vederla sparire.

«Io voglio restare con te», gli mormorò Irene contro l'orecchio. «Qualunque cosa accadrà, sta' certo di una cosa.» Gli prese il viso, lo costrinse a guardarla. «Non ti abbandonerò.»

Ludovico si rimise in piedi con un movimento rapido. «Non puoi.» Si allontanò. «Io sono rovinato, tu hai diritto alla tua vita.»

Irene gettò il capo indietro e rise, sarcastica. «Con chi, con Carlo Valiani? Non insultarmi, per favore.» Lo seguì, lo fece voltare. «Non mi accontenterò del meno peggio. Voglio il meglio, voglio un uomo che mi appartenga completamente.»

Ma Ludovico la zittì. «La polizia mi arresterà e, no, non interrompermi per favore, sarò imputato in un processo che quasi certamente si concluderà con la condanna. Sarà la parola di un giornalista spiantato contro quella di uno degli avvocati più importanti di Firenze. Non ci sono speranze per noi.»

«Allora andiamo via insieme.»

L'uomo si girò, ammutolito. Irene era seria, animata da quella risolutezza folle e incosciente tipica della gioventù che lui conosceva bene e che gli diede un brivido.

«No.»

«Sì.»

Rimasero in silenzio, lui con le braccia conserte, lei con i pugni chiusi.

«Irene, la tua reputazione ne uscirebbe a pezzi. Sta' certa che in quel caso tuo padre ne morirebbe.»

Gli occhi di Irene si velarono. Le ciglia batterono più veloci. «Molte donne lo hanno fatto, e sono sopravvissute.»

«Non mi importa delle altre. Mi importa di te. Non ti voglio a questo prezzo.»

Irene non reagì. Sotto molti punti di vista era ancora una bambina, ma non era più ingenua come tutti credevano. Era stanca di essere protetta. Voleva quell'uomo, voleva che fosse suo.

Si toccò il colletto della blusa. Trovò i bottoni di madreperla e, uno dopo l'altro, iniziò a slacciarli.

Ludovico se ne accorse solo dopo alcuni secondi. «Ma cosa stai facendo?» chiese rauco per lo stupore.

La ragazza scelse di non ascoltarlo. Il coraggio che l'aveva animata adesso era assediato da una strana paura, più simile all'ebbrezza che al timore. Continuò, fino a che non arrivò alla cintura. Fu allora che Ludovico la fermò.

«No», le ordinò. «Smettila.»

Irene abbassò lo sguardo sul proprio corpo. Oltre la barriera dell'abito, la sottoveste. Oltre la sottoveste, il seno bianco. Sotto il velo dell'epidermide, un reticolo di vene sottili come fili di seta.

Si liberò dalla presa di Ludovico. «Sì, invece, se questo può servire a legarti a me.»

Cercò la chiusura della gonna, riuscì ad aprirla appena prima che Ludovico la fermasse di nuovo. L'indumento le cadde di dosso e si raccolse attorno alle sue caviglie, mentre lui le bloccava i polsi.

«Non fare scempiaggini.» L'uomo emise una sorta di

gemito. «Io sono già legato a te, non capisci? Non rendere tutto più complicato.»

Irene non sapeva cosa fare. Avvertiva un freddo pungente e insieme un calore intenso, là dove il corpo di Ludovico era a contatto con il suo. Il coraggio era scomparso, trasformato in un'ansia fatta di impazienza e incertezza.

Si lasciò guidare dall'istinto. Si alzò sulla punta dei piedi e depose un bacio sulla gola di Ludovico, lì dove si delineava il pomo d'Adamo. Riuscì a indugiarvi, prima che lui la respingesse con violenza.

Imprecò. «Dannazione, smettila!» L'uomo cercò di sfuggire da quegli occhi verdi così pieni di paura. Non voleva vedere il proprio desiderio riflesso in loro.

«Ti prego, Irene...» Stavolta era un'implorazione.

La sua risposta fu un bacio goffo e appassionato.

«Cristo santo!»

Ludovico avvertì l'istante esatto in cui il proprio autocontrollo cedette. La prese tra le braccia e la portò fino al letto. Si distese accanto a lei, con la fronte sulla spalla nuda. Inspirò con forza il suo odore. Esitò. «Non posso farlo. Non è giusto, saresti rovinata per sempre.»

Irene gli mise l'indice sulla bocca per farlo tacere. «Non sei tu che decidi. Sono io che ho scelto. Se davvero rischio di perderti, allora voglio che tu sia mio, così come io voglio essere tua, almeno per una volta.» Si mise a sedere accanto a lui. Toccò la sua camicia e iniziò a sbottonargliela.

L'uomo si puntellò a un gomito, la prese per la nuca attirandola a sé. Un bacio, poi un altro ancora; scese sulla gola, fino all'epidermide sottile della clavicola.

L'indumento finì appallottolato sul cuscino, insieme con la blusa di pizzo.

Con un'esplorazione incerta, Irene si impossessò di quel torace, prima con timidezza, poi sempre più sicura, avanzò sulla sua pelle con la stessa curiosità di un pioniere in un territorio sconosciuto.

Le spalline della sottoveste scivolarono in basso, raccogliendosi sul ventre. In imbarazzo, Irene esaminò il proprio seno nudo e lo coprì con le mani. «È piccolo».

Le dita di Ludovico si unirono alle sue, le indussero ad aprirsi con una leggera pressione. «È perfetto.» Ebbe una lieve esitazione. Si chinò e le toccò l'areola chiara con le labbra. Fu un bacio casto, riverente, carico di ammirazione. «Tutto di te è perfetto.»

Non si accorsero della pioggia che scrosciava fuori, né dello scoppiettio della Fiat di Dante, in partenza per Greve.

C'erano solo il tenue canto dei loro respiri.

La stanza era calda. L'aroma acre del tabacco si mescolava a quello più dolce del profumo femminile. Su tutti, predominava un sentore di chiuso.

Dalla finestra, proveniva una luminosità grigiastra. Il cielo era coperto, infuriava un temporale. La tempesta batteva sul tetto di tegole e sulle mura di pietra che avevano visto generazioni succedersi le une alle altre. Il suono si riverberava all'interno dell'ex piccionaia, simile alla risacca del mare.

Irene era seduta sul letto disfatto, con le gambe raccolte e il capo sulle braccia che trattenevano le ginocchia.

La blusa le avvolgeva le spalle. Scrutava Ludovico con un misto di attenzione e tenerezza.

Su di lei resisteva il suo odore, forte come un marchio.

Lui fumava l'ennesima sigaretta di quel pomeriggio li vido. Sul tavolo, un piatto con resti di frutta e del pane. La camicia stropicciata gli ricadeva sui pantaloni scuri, tenuti su dalle bretelle.

Angoscia e adorazione si confondevano in un tentativo disperato di imprimersi quegli istanti nella memoria e nella carne. C'era solo il presente per darsi e riceversi completamente, soltanto un frammento di tempo che li separava da un futuro amaro.

Irene si ravviò i capelli dietro le orecchie. «Cosa è successo dopo che sei scappato da casa mia, quella sera?» gli chiese, spezzando il silenzio che gravava nell'aria.

«In realtà, è accaduto tutto pochi giorni dopo.» Si girò verso la finestra. «Se volessi andartene, lo capirei. Anzi. Sarebbe bene se lo facessi.»

Con lentezza, Irene scese dal letto. Lo raggiunse alla finestra e gli cinse il torace da dietro, con il viso tra le sue scapole. Unì le mani sul suo cuore e lui le custodì con le proprie.

«Ho deciso di restare con te. E poi, lo hai detto anche tu: sono meno fragile di quanto pensi.»

Lui gettò la testa indietro con un sospiro stanco.

«Ti rovinerai la vita e la reputazione.»

«No. E comunque, dopo quello che abbiamo fatto, è troppo tardi per parlare di rispettabilità, non credi? Fattene una ragione. Non posso più cancellarti dalla mia esistenza. Tu sei mio, io sono tua. Soprattutto, io sono cambiata. Farò le mie scelte, e ne subirò le conseguenze fino alla fine.»

«Irene...»

«È così. L'ho capito sin da ottobre, quando eravamo qui alla Torricella. Solo che allora non riuscivo a rendermi conto di ciò che stava accadendo, o forse ne avevo paura, ma non è importante.» Gli venne davanti e gli mise i palmi sul petto. «Parlami. Ti prego.»

Ludovico respirò a fondo. Le dita di Irene erano minute. Le sentiva attraverso la stoffa della camicia, percepiva il loro tepore che arrivava dallo sterno fino al cuore.

Iniziò a raccontarle tutto. Senza vergogna, senza fare sconti a se stesso: Claudia, la sua vita, la sua famiglia. La solitudine e la rabbia, il rancore e la voglia di rivalsa, l'ambizione, ciò che era e quello che era diventato.

Soltanto una cosa non le disse perché era sua, ed era la cosa che temeva di più adesso: la speranza di diventare una persona migliore.

Quello stesso giorno, più tardi

Il giornale arrotolato colpì con violenza la sedia del soggiorno. «Non ci posso credere!» Il professor Laurenti camminava per casa, pallido e scarmigliato, con la giacca da camera in disordine. «Mia figlia è impazzita.»

Armida rigovernava la cucina e ascoltava i rimbrotti del padrone. Era stata lei a trovare il biglietto sul tavolo dell'ingresso, e a lei era toccato annunciare a quell'uomo che la figlia era scappata in piena notte per prendere una vettura pubblica. Da sola. Per raggiungere Greve in Chianti.

Fortuna che la sorella di Ducceschi, l'assistente del professore, aveva telefonato al mattino presto al dottor Bottai, il quale si era premurato di avvisare il professore che la figlia era là e che sarebbe rientrata uno o due giorni dopo.

Se glielo avessero chiesto, Armida avrebbe detto che sì, c'era da aspettarselo che la signorina si sarebbe rigirata a quel modo. Che aveva avuto troppo spago e che a Firenze una ragazza seria non si comportava così. In Francia forse erano diverse, le donne erano meno rispettose, ma lì erano in Italia e, Dio santo, mica si fa così, che ci si alza e non si dice dove si va!

Nell'altra stanza, Bottai cercava di rabbonire il professore. «Suvvia, Irene ha avuto un momento di ribellione. È l'età, c'è da aspettarselo. Grazie al cielo è arrivata a Greve senza problemi.»

«È una pazza incosciente. Domani la vado a prendere e la trascino a casa per i capelli, dovesse strepitare per tutta la strada. Lo farò, oh se lo farò!» Giuseppe Laurenti era fuori di sé dalla rabbia. Cosa avrebbero pensato i Valiani nel sentire quella storia?

Il medico gli porse un bicchierino di cordiale, e gli fece cenno di berlo tutto. «Non andrà da nessuna parte, invece. Mi ascolti, sono suo amico da tempo: Irene ha bisogno di capire che ha sbagliato e lei di calmarsi. Resti qui e le dia modo di comprendere il suo errore.»

Controvoglia, l'uomo assentì. Provava un lieve, insinuante senso di colpa che non lo lasciava in pace. Il ricordo dello schiaffo e il viso deluso della figlia erano un rimprovero muto e continuo.

La sensazione di aver fallito, di non aver compiuto quanto poteva per la figlia e la sua educazione era un fantasma che lo tormentava.

Irene era cambiata in maniera misteriosa e, a suo modo, affascinante. Parlava un linguaggio sconosciuto, qualcosa che non avrebbe dovuto appartenerle perché era eccessivo, e troppo intenso per una donna. Eppure, una parte di lui provava orgoglio per quella intelligenza così tenace che aveva contribuito a creare. Un sentimento forse malsano, perché odiava che la figlia mettesse in discussione la sua autorità, ma era stupito dalla sua forza d'animo.

Irene stava diventando adulta, così come lui era diventato vecchio. Era questa la realtà e avrebbe dovuto affrontarla, che lo volesse o no.

La Torricella, al crepuscolo

Ludovico e Irene avevano parlato a lungo. Tentavano di riempire le lacune dei giorni che avevano trascorso lontani e insieme di colmare il vuoto di quelli futuri, così incerti.

Lui si era seduto sotto la finestra e aveva aperto di poco l'anta per far filtrare dell'aria pulita. La stanza era satura del fumo di sigaretta. La brezza aveva portato con sé l'odore della pioggia e dei campi bagnati.

Al tramonto, la stanza si era riempita di ombre che si erano impossessate del bianco delle lenzuola e delle pareti.

Irene era raggomitolata sul letto. Ascoltava Ludovico che raccontava della guerra. Era affamata di lui e delle sue parole. In un angolo remoto della coscienza, sapeva che pochi attimi le erano stati concessi. Non voleva sciuparli.

All'improvviso Ludovico si voltò. Vide Irene che lo guardava, gli occhi verdi che brillavano. Le venne accanto e si sedette sulla sponda del letto.

«Cosa c'è?»

«Pensavo che la nostra vita è cambiata radicalmente da quando ci siamo conosciuti.»

«Ma non so dire se in bene.» L'uomo fece una pausa. «Per conto mio, conoscerti è stato un disastro. Ma non tornerei mai indietro.»

Ludovico le accarezzò la guancia.

«E tu?» le chiese.

«Bene o male non lo so, non posso ancora dirlo. Però con te mi sento libera di essere me stessa, finalmente. So di poter essere padrona di me, non ho più timore di farlo.»

Dalla sala grande della Torricella giunse l'eco sbiadita della pendola. Le sette.

Ludovico si rimise in piedi. «Rivestiti», le suggerì in un soffio. «Tra un po' Dante o Luciana potrebbero venire qui e non è il caso che ti trovino in disordine.» Lei annuì. Si alzò, rassettò il letto; raccolse la gonna dal pavimento e la indossò. Stava chiudendo i bottoni della blusa quando Ludovico le venne dietro e l'avvolse in un abbraccio. Le loro mani si incrociarono sul ventre di Irene, proprio sotto lo sterno.

La baciò tra la clavicola e il collo. «Giurami che se mi arresteranno ti dimenticherai di me», la implorò. La strinse più forte. «Giuramelo.»

«Non posso», mormorò lei.

Un tocco alla porta. Discreto, rapido.

Ludovico accarezzò le sue dita con le proprie fino all'ultimo lembo di pelle e infine la lasciò andare a malincuore. Attese alcuni secondi, e aprì.

Erano Dante e Luciana, insieme. Dante ispezionò la stanza, sospettoso, prima di soffermarsi su Ludovico. Lui rispose con un sorriso angelico.

«C'è qualcosa che non va?» chiese.

Dante bofonchiò un «Nulla».

Luciana, invece, depose un involto di tela sul tavolo. «Pane, olive e pecorino. Stasera, quando tutti saranno a letto vedrò di farti avere dello stufato.»

«Questo è già sufficiente, Luciana. Non devi preoccuparti», rispose lui. Si rivolse a Dante. «Ci sono novità sulle indagini?»

«Nessuna, a parte che è entrato in carica l'ennesimo governo formato da Antonio Salandra, con Sonnino agli Esteri.»

L'amico gli passò la «Nazione» e Ludovico lesse in fretta la lista dei ministri e lo stralcio del discorso di insediamento. «Definitivamente, Salandra si è spostato a destra», considerò con freddezza. Continuò a scorrere il giornale, mentre frustrazione e pena affioravano sul volto. Avrebbe voluto essere lui a scrivere quella colonna, era ciò che sapeva fare meglio.

«Bah. Per togliersi i sassolini dalla scarpa con Giolitti manderà il Paese al macero e...» Dante si interruppe.

Ludovico non lo stava ascoltando più. Era impallidito e leggeva con il naso a pochi centimetri dal foglio giallo. Additò una colonna della cronaca a firma di Franceschini.

«Anselmi si è rotto la vertebra del collo nella caduta. I medici hanno dichiarato che non camminerà mai più.»

Irene si coprì la bocca. «*Mon Dieu!* Ma allora...»

Luciana imprecò; Dante, invece, afferrò il foglio, lo accartocciò e lo lanciò per terra. «Maremma!»

Ludovico rimase fermo al centro della stanza. Si mordeva le nocche e respirava forte. «A questo punto cambia l'imputazione. Non c'è più solo l'omicidio ma anche le lesioni gravi.» Cercò Irene con gli occhi. «Non c'è più speranza. Mi dispiace, amore mio.»

La ragazza si aggrappò a Luciana. «Non è possibile», scandì con rabbia. «Mi rifiuto. Deve esserci un modo, deve...»

Affrontò Dante, che la fissava con aria desolata. «Ci deve essere una soluzione.»

«Sssh, non strillare», la richiamò Luciana.

Ma Dante aveva alzato un dito. «Aspetta, che c'ha ragione.» Si girò verso Ludovico. «Mi hai detto che era stata la cameriera della signora Anselmi a portarti il messaggio.»

L'altro assentì. «Sì. Ma cosa...»

«Voglio provare a parlare con lei. Se riesco a convincerla, potrebbe testimoniare a tuo favore. Se si scoprisse che era stata Claudia a chiamarti alla villa quella sera, potremmo scardinare il racconto di Anselmi.»

Ludovico osservò scettico la speranza che si dipingeva sui volti di Irene e di Dante. «Siete troppo ottimisti. E comunque rimarrebbe l'accusa di lesioni personali.»

Luciana alzò le mani per ottenere un po' di calma. «Non hai nulla di Claudia che possa avvalorare le tue affermazioni? Che so, lettere... messaggi?»

Ludovico ebbe un gesto di frustrazione. «Poca roba. Distruggevo tutto non appena avevo letto. Lo facevamo entrambi, in verità: era stata lei a chiedermi di farlo, perché temeva la reazione del marito.»

«Non aveva tutti i torti, vista come è finita», commentò Luciana con cinismo, ma Dante la zittì con un cenno seccato. «La cameriera è una soluzione più pratica. Lei saprà parecchio. Voglio parlarle.»

Irene gli venne davanti. «Vengo con te.»

«Signorina, ho assicurato a tuo padre che domani o posdomani saresti rientrata a Firenze. Se vai con Dante, poi lui ti riporterà a casa», la minacciò Luciana.

Irene negò risoluta. «Dopodomani. Domani andrò a Firenze con Dante e domani sera saluterò Ludovico», ribatté decisa.

Luciana stava per replicare quando colse lo sguardo implorante di Ludovico: scosse la testa, rassegnata.

«E sia. Non un giorno di più, o tuo padre se la prenderà con noi e non vorrà più che ci frequentiamo.» Raccattò dal tavolo il cencio dove aveva conservato il cibo. «E adesso andiamo giù a cenare. Ho detto a Elena e Anna che sei arrivata da poco, mi raccomando.»

«E domani andremo a Firenze. Dove possiamo rintracciare questa donna, Ludovico?»

Lui si grattò il mento coperto da una barbetta dorata. Erano diversi giorni che non si radeva. «Eloisa Bessi. Vive alla villa, nel mezzanino.»

Dante annuì con un'espressione fiduciosa. «Tieni duro che la spuntiamo anche stavolta, eh?»

«Ci proverò.» Indicò la libreria. «Del resto, ho tanto da leggere.»

«Trattameli bene, che sono i libri che ho portato da Parigi, questi.» Dante si avvicinò alle due donne. «Ora andiamo, su.»

Erano sulla soglia quando Irene tornò indietro. Si avvicinò a Ludovico, gli prese la mano e la tenne sulla sua guancia per alcuni istanti. «Non ti lascio», gli sussurrò prima di andarsene.

Villa Anselmi, 6 novembre 1914

Erano partiti all'alba. Dante aveva parcheggiato la Fiat all'inizio della salita ove sorgeva la villa. Irene, avvolta nel suo cappotto e con un cappello a tesa stretta, gli camminava a fianco. Non riusciva a impedirsi di provare stupore.

Quell'edificio emanava fascino ed eleganza. Una villa monumentale, con una grande balconata posta sopra l'ingresso, e fioriere tutte attorno allo spiazzo. Il viale alberato era una striscia di pietrisco bianco che portava fino a quella casa enorme e immersa nella tranquillità.

«*Est magnifique*. Gli Anselmi devono essere molto ricchi.»

Dante mugugnò un assenso. «Hanno avuto parecchia fortuna quando Firenze è divenuta capitale d'Italia. Questa villa è la testimonianza del loro potere, un po' come facevano i nobili rinascimentali», spiegò. Procedeva con gli occhi fissi sulle finestre sprangate. Il fiato si condensava in piccole nuvole di vapore: la giornata era luminosa ma gelida e presto sarebbero iniziate le prime gelate.

Bussarono al portone d'ingresso.

Nessuna risposta.

Irene scattò in avanti con impazienza. «Se anche Anselmi è in ospedale, qua dovrà esserci qualcuno per occuparsi della manutenzione corrente. Dove saranno le cucine?»

«Sul retro, sicuramente. Vieni.» Dante percorse lo spiazzo e si diresse alla porta posteriore. L'uomo bussò e, dopo alcuni secondi, una donna in divisa scura venne ad aprire. Lo squadrò con sospetto.

Lui rispose con un'occhiata carica di alterigia. Fu allora che Irene comprese perché Dante aveva rinunciato ai suoi soliti abiti stazzonati per un abbigliamento più curato. Non aveva nulla da invidiare agli Anselmi in termini di ricchezza o prestigio.

«Salve. Sto cercando Eloisa Bessi.»

La donna si irrigidì. «La signorina Bessi è occupata. Cosa volete da lei?»

Dante le venne davanti, costringendola a indietreggiare all'interno. «Parlarle. Lei è la governante, suppongo.»

«Ho questo ruolo, sì. E lei è il signor?»

«Dante Ducceschi. Ora sorvolerò sul fatto che nessuno ha risposto al campanello quando ho suonato, poiché questa è una mancanza grave da parte del personale di casa. Sorvolerò anche sul fatto che lei sta tenendo un gentiluomo e una signora fuori dall'ingresso di servizio e ripeterò la domanda. Dove si trova la signorina Bessi?»

La bocca della governante si piegò in basso e accentuarono la piega cascante delle guance. «La farò venire al più presto. Aspettate.»

E chiuse la porta.

Sbalordito, Dante si voltò verso Irene. «Incredibile. Mai vista una governante tanto maleducata.»

«Probabilmente ciò che è successo l'ha resa malfidente», provò a scusarla Irene. Torturò il manico della borsetta per scaricare la tensione che la agitava.

«Non è un buon motivo per mancare di rispetto agli ospiti. Non siamo questuanti», replicò Dante con fastidio. «Se Elena avesse fatto una cosa del genere, l'avrei già licenziata.»

In quell'istante apparve una figuretta bassa, avanti negli anni, ma con un'espressione vispa e i capelli castani raccolti sotto la crestina.

«Eloisa Bessi?» chiese Dante.

«Sono io.»

Era riluttante. Irene se ne accorse subito dal modo in cui rimaneva sull'uscio, quasi aggrappandosi al battente.

«Vorremmo parlarle in privato. È possibile?» domandò Dante.

«Veramente...»

Irene le si avvicinò. «Per favore», chiese con dolcezza. La donna guardò prima lei, poi il suo compagno.

«Pochi minuti», capitolò. Oltrepassò la soglia e chiuse la porta senza far rumore.

«Allontaniamoci di qualche passo», disse Dante, indicando una panchina a poca distanza. La raggiunsero.

Le due donne si sedettero, mentre lui rimaneva in piedi. Vi fu un attimo di incertezza, in cui Dante e Irene non seppero cosa dire. Poi fu lui a parlare, a voce bassa e rassicurante.

«Lei sapeva della relazione tra la sua padrona e Ludovico Aldisi?»

Nell'udire quella frase, la donna entrò subito in agitazione. «Non voglio parlare di questo, non sono affari miei. Cosa volete?» Cercò di andar via ma Irene la trattenne.

«Aspetti, non si allarmi. Lasci che le spieghi.»

Ancora una volta, qualcosa nel tono della ragazza la colpì. Si liberò dalla presa. «Chi è lei? Chi siete?»

«Siamo due amici di Aldisi. Stiamo cercando di aiutarlo perché riteniamo che sia innocente.»

Dante le inviò un messaggio con lo sguardo. *Attenta a cosa dici.*

«Prima della tragedia, Ludovico ci aveva rivelato che era la signora a voler lasciare il marito, e che l'avvocato la maltrattava. È così?»

La cameriera assunse la stessa espressione di un uccellino prigioniero nella rete di un bracconiere. «Non so di cosa state parlando. Fatemi tornare al lavoro.»

«Per favore, è importante. Se la polizia arresterà Ludovico Aldisi, manderà in carcere un innocente. Lei lo sa, signorina Bessi. Lo sa, perché ha consegnato delle lettere per conto della sua padrona.» Irene era disperata. La incalzò. «Se ha qualcuno di caro nella sua vita, la prego di dire la verità, in nome di quella persona.» Quella supplica accorata indusse la donna a distogliere il viso dal suo.

Eloisa Bessi impallidì. Le sue mani si torsero nervose.

Dante scorse la governante che li spiava da una finestra. La fissò con intenzione, poi tornò ad ascoltare e si mise davanti alle due donne per bloccare la visuale di quell'impicciona.

«Io non posso testimoniare con i gendarmi», spiegò la donna in tono sommesso, dopo un tempo che a Irene sembrò interminabile. «L'avvocato mi licenzierebbe e soprattutto non troverei più un lavoro buono come questo. No, mi spiace, ho paura.»

Irene si coprì la bocca per impedirsi di urlare. Dante la squadrò con durezza. «Dunque è vero. Almeno può dire a noi cosa sa di preciso?»

Tra le dita screpolate della domestica apparve un fazzoletto. Di pizzo, elegante, troppo raffinato per essere suo. «Che l'avvocato picchiava la signora. Non accadeva spesso, solo quando lei era molto irritante. Ma ultimamente avevano avuto un litigio violento nello studio dopo che lui aveva scoperto la tresca con Aldisi. L'ha pestata a sangue. Io e la signora Leoni, la governante, abbiamo dovuto portarla di peso in camera. Non riusciva a muoversi.»

«Mio Dio...» Irene era sconvolta.

«Quando è accaduto?» chiese Dante, tagliente.

«Circa due settimane fa. La signora Claudia è rimasta a letto, poi il padrone l'ha obbligata ad alzarsi. Da allora, la picchiava quasi ogni sera. La signora Claudia aveva un terrore folle del marito, ha passato tantissimo tempo a piangere. E più lei faceva così, più lui la maltrattava. Un giorno, però, l'avvocato ha costretto la moglie a scrivere delle lettere. Lo abbiamo sentito perché gliele dettava a voce alta, nel suo studio. Poi la padrona mi ha dato dei soldi e mi ha ordinato di consegnare una busta in via Romana, ad Aldisi. Lì ho compreso che stava succedendo qualcosa.»

Irene provò un moto di compassione. Claudia Anselmi era stata una donna molto infelice. Ludovico doveva essere stata l'ultima, estrema speranza.

Provò pena per lei. Aveva perso tutto, nel peggiore dei modi. Adesso rimaneva solo la tristezza per la sua fine.

«Era la prima volta che svolgeva queste commissioni?»

«Affatto. La signora, che Dio la perdoni, era sempre stata molto libera nelle sue amicizie. Io lavoro in questa casa da sette anni e lei ha sempre avuto degli amanti. Cercava di essere attenta, distruggeva le loro lettere e nascondeva i doni che le facevano, ma non ci riusciva granché. Io sapevo, e come me, tutti gli altri.» Tirò su con il naso, in impaccio. «Era una brava padrona, comunque.»

«Non si parla mai male dei morti, giusto?» obiettò Dante pungente. «Ma dei vivi sì. Anche a costo di spedirli in galera per qualcosa che non hanno commesso.»

La donna replicò con veemenza. «Voi non capite. L'avvocato Anselmi mi licenzierà immediatamente. Ha mandato a dire a tutto il personale, attraverso la signora Leoni, che chiunque dirà anche solo una parola su quello che è successo non troverà più lavoro a Firenze.» Il suo sguardo implorante vagò dall'uno altra. «Tutti sanno. Dalla governante allo chauffeur. Nessuno parlerà.»

Dante gettò indietro la testa, furibondo. «Non ci posso credere. È una congiura del silenzio! Persino da un letto d'ospedale quel bastardo riesce a impedire che la verità venga a galla!»

«Il padrone è severo, ma paga bene. Poco fa mi avete chiesto se avevo qualcuno che mi è caro. Sì. Ho un fratello che ha perso il lavoro per un incidente in una cava ed è storpio. L'avvocato mi ha dato i soldi per farlo curare e periodicamente mi dà un extra sulla paga per mantenerlo.

Ho di che essergli riconoscente. Non posso tradire la sua fiducia.»

Dante si chinò su di lei con calma glaciale. «Io non parlerei di riconoscenza. Io direi piuttosto che ha comprato per tempo la vostra complicità e che sa di tenervi in pugno. Cosa ha fatto con gli altri? Ha risolto i loro problemi?»

La donna assentì. Era paonazza. «So che ha pagato i debiti del marito della signora Leoni e ha rilevato le sue cambiali.»

«E così, se qualcuno di voi lo tradirà, lui potrà tacciarvi di ingratitudine e menzogne. Ecco perché nessuno vi farà più lavorare: perché non sarete più ritenuti affidabili.» L'uomo raddrizzò le spalle. Era nauseato. «Andiamo.» Tese la mano a Irene, troppo delusa per reagire.

«Spero che provi almeno un po' di vergogna quando Aldisi sarà condannato», le disse.

La signorina Bessi aprì la bocca per rispondere ma Irene le fece cenno di tacere. Si incamminò con Dante verso l'uscita. Poi tornò indietro e indicò il fazzoletto che la donna stringeva ancora. «Ringrazi il cielo che l'avvocato è allettato. Se scoprisse che ha rubato la biancheria di sua moglie, non so se la terrebbe ancora a servizio.»

Percorsero il viale d'ingresso. Il cuore era pesante e si trascinava sul sentiero insieme ai loro passi avviliti. Irene si fece condurre fino all'auto e si sedette con un tonfo stanco.

Dante si appoggiò sul volante e guardò fisso in avanti.

«Non c'è più speranza, vero?» chiese lei in un soffio.

L'uomo chiuse gli occhi e appoggiò la fronte sullo sterzo. «Nessuna.»

Quel pomeriggio, alla Torricella

«Nessuno di loro parlerà in un eventuale processo. Quanto alla modista dove si è recata Irene, ha negato di aver fatto da tramite.» Dante tamburellò con le dita sul piano della scrivania dove si era seduto.

«Mi ha cacciato dal negozio, per essere esatti», replicò lei. Bruciava di indignazione. «Avrei voluto dar fuoco al locale.»

Ludovico, la schiena contro la libreria, osservava il pavimento senza vederlo. Ascoltava. Oltre le parole, oltre ciò che già sapeva e sospettava, ossia che non avrebbe trovato alcun tipo di aiuto, c'era qualcosa di molto più rilevante.

Due persone, forse le più importanti della sua vita, gli credevano e si erano battute per lui.

Era molto, ma non bastava.

C'erano scelte da fare e una strada da seguire fino in fondo.

Prese aria, lasciò che il respiro facesse il giro dei polmoni. Alzò lo sguardo su Dante, Luciana e Irene.

«Devo scappare dalla Toscana.»

«Cosa?» proruppe Irene. «Non puoi, non andrai da nessuna parte senza di me.»

Dante la seguì. «Irene ha ragione. Sei ricercato. Muoversi adesso sarebbe una follia.»

Ludovico li respinse, si avvicinò alla finestra. Camminava come un animale in gabbia, con passi ampi e nervosi. «Non capite che sono condannato comunque? Almeno non vi coinvolgerò. Nessuno di voi», terminò, soffermandosi su Irene.

Tutti tacquero. Dante ringhiò un improperio, mentre Irene continuava a fissare Ludovico con un'espressione di pura sofferenza. Sembrava sul punto di esplodere.

Luciana fu la prima a parlare. «Se così dev'essere, allora cercheremo di aiutarti. Avrai bisogno di documenti e soldi.»

Ludovico annuì. Luciana era l'unica che sembrava comprenderlo sul serio. «Grazie. Mi basterà arrivare ad Ancona, dove...»

La campanella attaccata all'esterno del portone della Torricella squillò con prepotenza. Prima che qualcuno potesse avere il tempo di chiedere chi fosse, risuonò un avviso.

«Polizia del Regno. Aprite, in nome del Re!»

Gli uomini entrarono nel salone con gli stivali coperti di fango e sporcarono il pavimento lindo che Elena aveva appena pulito. Li dirigeva un uomo dal volto squadrato e baffi folti, avvolto in una cerata che grondava acqua sul tappeto. Luciana, seguita da Dante e Irene, sbuffò in una chiara manifestazione di dissenso.

«È un problema, signore, se vi chiedo di far sgocciolare fuori le vostre mantelle?»

Dante stava per rimproverare alla sorella che quello non era il trattamento da riservare a un ufficiale del Regno, ma si trattenne. Luciana aveva una ruga sul viso, un solco che parlava di un'idea che stava inseguendo.

Capì al volo di cosa si trattava. Dovevano trattenerli il più possibile lì al pianterreno.

«Sono il padrone di casa, Dante Ducceschi, e questa è mia sorella Luciana.» Gli venne incontro. «In cosa possiamo esserle utile?»

L'uomo fece un cenno ai suoi compagni, prima di rispondergli. Dante li contò in fretta, otto uomini. Due si spostarono nel corridoio delle cucine, altri si diressero a destra. Trovarono una porta chiusa accanto alla scala. «Dove si va da qui?» chiese un ragazzino ancora imberbe, una recluta probabilmente.

«Magazzini e cantine. È un ingresso secondario che non usiamo quasi più.» Luciana pescò un grosso mazzo di chiavi nella tasca del grembiule. Aprì la serratura e fece entrare gli uomini, poi raggiunse il loro comandante e prese la mantella che l'uomo le porgeva. «Non ha ancora risposto a mio fratello», considerò con una punta di freddezza. Attaccò l'indumento a un chiodo sul battente e affiancò Irene che si era aggrappata a Dante.

L'uomo si tolse il cappello e finalmente dedicò loro un po' di attenzione. «Sono il commissario Alberto Borghi. Stiamo cercando una persona con cui avete intrattenuto rapporti amicali. Abbiamo ragione di credere che possa aver chiesto la vostra collaborazione per sfuggire alla giustizia.»

«Intende Ludovico Aldisi?»

L'uomo, che aveva iniziato a girovagare per la stanza, si fermò davanti al camino. Negli occhi chiari, la sfumatura di inoffensività riusciva a celare a stento il sospetto. «Esatto. Avete sue notizie?»

Dante avvertì il fremito di Irene. Si frappose tra lei e il poliziotto. «Nessuna. Tuttavia, circa quattro giorni fa, si è verificata un'intrusione nella stalla.»

L'uomo esalò un respiro profondo. Ordinò agli uomini di fermarsi. «Che intende?»

«Uno dei fittavoli ci ha detto che aveva sentito dei rumori nel fienile. Siamo andati a vedere e abbiamo notato che effettivamente c'era stato qualcuno. C'erano tracce evidenti del passaggio di un uomo, e lì per lì abbiamo pensato a un vagabondo: non è raro che si infilino nelle stalle per dormire al caldo.»

«Non ha tentato di mettersi in contatto con voi con messaggi o biglietti?»

Dante negò, e Luciana rispose per lui, impedendogli di parlare. «No. E comunque non gli avremmo dato alcun aiuto, non dopo quello che ha fatto. Sapere che ha causato la morte di quella povera donna è stata una sorpresa terribile.»

Borghi ebbe un sorriso affettato, da volpe. Sembrava quasi che potesse fiutare le menzogne, che riuscisse a leggere oltre la noncuranza di cui facevano mostra. Girò per la stanza e osservò gli oggetti che la adornavano.

«Vorrei controllare questa stalla e parlare con il vostro bracciante.»

«Certamente.» Dante si rivolse alla sorella. «Manda a chiamare Nerino. Digli che la polizia vuole vederlo.»

«La faccio accompagnare da uno dei miei uomini, signora», intervenne Borghi. Luciana scrollò le spalle e non attese di essere seguita. Procedette decisa in direzione del corridoio. «Scorterà la figlia della governante, allora. Io non ho intenzione di uscire sotto l'acqua per andare alla casa colonica con questo tempaccio», dichiarò. Scomparve in cucina, poi tornò indietro. I suoi capelli, crespi e neri, apparvero oltre lo stipite. «Irene, vuoi aiutarmi a preparare la cena?»

«*Oui*, con piacere», rispose la ragazza. Si era appena incamminata quando Borghi la fermò.

«Aspetti. Lei chi è?»

Irene tornò sui suoi passi. «Irene Laurenti. Dante e Luciana sono dei cari amici di famiglia», concluse. Ringraziò il cielo per essere riuscita a non far tremare la voce.

«Ah.» Il commissario la studiò attentamente, Irene abbassò lo sguardo per nascondere la propria incertezza e l'uomo le si avvicinò. Abbassò la faccia per cercare i suoi occhi. «Da quanti giorni è qui, signorina?»

«Sono arrivata ieri», mentì. Dannazione, il suo tono era roco. Si schiarì la gola simulando un colpo di tosse.

Borghi continuò a osservarla con un'espressione dubbiosa, mentre si rivolgeva a Dante. «Dobbiamo perquisire la casa. Vuol farci da guida?»

Dante annuì, compito. «Naturalmente.»

Irene rimase immobile, come inchiodata al pavimento di cotto mentre i militari e Dante salivano su per le scale.

Fu Luciana a strattonarla. «Togliti dalla faccia quell'espressione stralunata, o ci farai scoprire tutti», le sibilò. La spinse in cucina, messa in disordine dall'arrivo delle guardie. Luciana le mise davanti delle verdure da pulire. «Non pensare. Concentrati su quello che fai.» La donna alzò la testa verso il soffitto. «Dante è in gamba», riuscì a dirle, prima che uno dei due militari rientrasse in cucina, dopo aver ispezionato il giardino e l'orto.

Irene toccò gli ortaggi, li ordinò in mucchietti. Afferrò un coltello, iniziò ad affettarli in piccoli tocchi. Uno dopo l'altro, come i minuti che scorrevano sulla pendola.

Borghi sembrava contrariato. «Sono solo queste le camere da letto?» chiese, mentre i suoi uomini sciamavano dabbasso. Avevano messo a soqquadro stanze e ripostigli, compreso il grande armadio incassato nella parete dove Luciana custodiva la biancheria della casa. Sua sorella sarebbe stata di malumore almeno per una settimana.

Dante si dondolò su un piede, con i pollici infilati nella cintura dei pantaloni e l'aria innocente di un ragazzino. «Sono quattro camere, un salotto e una stanza da musica che nessuno di noi ha mai usato, oltre alla ritirata e alla sala da bagno. Cos'altro vuole?»

«Nulla. Solo che da fuori, la casa mi era sembrata molto più imponente.» L'uomo si chinò a osservare un dipinto della Torricella che risaliva al secolo precedente.

«Ah! Perché le mura sono piene e perché ai lati sono stati ricavati i magazzini e gli alloggi della servitù», spiegò Dante con pazienza. Cercò di nascondere il fremito che aveva sentito quando quello aveva accennato alla mole dell'edificio. La piccionaia era proprio sulle loro teste.

«E la torre? Da dove si accede alla torre?»

Dante avvertì una morsa di tensione allo stomaco.

«Dalla soffitta. Credo però che i suoi uomini l'abbiano già controllata.»

«Io credo di no», rispose il poliziotto. Aprì la porta di legno massiccio e quella si schiuse con gentilezza, mostrando i gradini ripidi che portavano alla colombaia. Alcune impronte fresche spiccavano sul pavimento di legno.

«Vi recate spesso lassù, signor Ducceschi?»

«Abbastanza. C'è il mio studio privato. Ci tengo appunti, libri… roba mia, insomma. Sono uno studioso di francese.» Gli fece cenno di precederlo mentre il sangue gli martellava le tempie.

Il poliziotto ridacchiò. «Non avevo mai incontrato il proprietario di una simile tenuta che trovi anche il tempo di studiare.»

«Ho dei fittavoli di cui mi fido e mia sorella è un valido aiuto.»

L'uomo lo scrutò con un misto di cautela e sospetto. «Allora è una persona molto fortunata.»

Impassibile, Dante sostenne il suo sguardo. «Non fortunata. Molto accorta.»

La soffitta era piena di mobili impolverati, alcuni coperti da teli, accantonati da generazioni precedenti che non avevano avuto il coraggio di liberarsene. La luce del pomeriggio che filtrava dagli abbaini si intesseva con la polvere, attraversava i fili delle ragnatele e portava dentro il grigio della pioggia.

Borghi controllò un paio di credenze e le trovò piene di ceste e bauli di abiti vecchi. Spostò poltrone, strappò i teli di copertura. Pulviscolo e ragni fuggirono per nascondersi nel buio.

Infine salì i gradini che portavano alla stanza nella torre. La maniglia oppose una leggera resistenza prima di abbassarsi, poi l'uscio si aprì scivolando sui cardini senza rumore. La scala fu inondata da un fiotto di chiarore grigio e una folata di tempesta causò un brivido al commissario.

L'uomo rimase sulla soglia. Osservò un punto in ombra, la mano rimase sullo stipite.

Dante trattenne il respiro.

«Chi vive qui?» chiese il militare. Entrò, indicò il letto contro la parete. Tirò le coltri, toccò le lenzuola sul letto. Fredde. Inchiodò Dante con un'occhiata inquisitoria.

«Gliel'ho spiegato, commissario. È il mio rifugio. Spesso finisco per restare a dormire quassù piuttosto che scendere nella mia camera, specie se si è fatta una certa ora.»

Il poliziotto non rispose. Si recò alla finestra, e controllò l'esterno, fino alle canne fumarie. Sotto di lui, il tetto della Torricella.

Schizzi d'acqua entravano, bagnavano davanzale e pavimento. L'uomo passò la mano sulla pietra scabra, poi si sporse e allungò il collo verso la grondaia. Le tegole erano scivolose e sporche di escrementi di uccelli, sedimentati da anni.

Rientrò. Si asciugò i palmi sui calzoni, con lo sguardo al panorama nebbioso delle colline. Infine si rivolse al padrone di casa. «Fuma?»

L'incertezza di Dante durò solo pochi secondi. «Cosa? Ah, sì. Sigarette arrotolate. Perché?»

«Ho trovato della cenere sul davanzale, ma in questa stanza non c'è nemmeno un posacenere.»

«Non ne troverà.» La risata di Dante suonò nervosa. «È una deplorevole abitudine, lo ammetto: spesso uso il davanzale come posacenere. Mia sorella si lamenta del fatto che butto cicche ovunque.»

«E come mai la finestra è aperta con questo tempaccio?»

Dante allargò le braccia. «Per far cambiare l'aria, è ovvio. Ho lavorato fino a tardi ed era divenuta irrespirabile.»

Il poliziotto tornò a osservare fuori. Il temporale scrosciava. Trasse un sospiro e chiuse le imposte con cura, tastandole quasi per saggiare la consistenza del legno.

«Va bene. Torniamo di sotto», capitolò. In faccia, però resisteva un'espressione circospetta.

Dante lo seguì e richiuse la porta. Stavano per percorrere la rampa di scale che portava al primo piano quando udirono un rumore, un crepitio secco.

«Cosa è stato?» chiese Borghi. Spinse Dante di lato, tornò nella stanza della torre. Spalancò l'uscio.

La stanza era deserta, la finestra chiusa. Con poche falcate, l'uomo la raggiunse e aprì le imposte, si sporse in avanti. Bloccata dalla grondaia, una tegola era sospesa nel vuoto, in bilico.

Il poliziotto si mise in ginocchio sul parapetto. Afferrò l'imposta e si issò per ispezionare l'unico angolo della tenuta che non aveva controllato. Il tetto della torre.

La pioggia lo colpì in pieno, gli impose di socchiudere gli occhi.

Un coppo mancava da una fila di tegole. Il legno della travatura era lì, gonfio d'acqua.

Ma non c'era altro.

Con un brontolio di frustrazione, si piegò sulle gambe e rientrò nella stanza. «Dovrà far riparare il tetto al più presto, signor Ducceschi. La tempesta ha fatto volar via una tegola», annunciò. Si ravviò i capelli bagnati e uscì seguito da Dante.

La finestra rimase aperta.

«Credo di aver pregato tutti i santi del paradiso e le anime del purgatorio come mai avevo fatto nella mia vita. Temevo che ti sfracellassi di sotto.» Luciana diede a Ludovico un altro asciugamano caldo con cui lui riprese a strofinarsi i capelli gocciolanti.

«Mi spiace per la tegola», si scusò lui, contrito. «È arrivata una raffica di vento e stavo quasi per cadere.»

«Meno male che ti sei spostato, altrimenti Borghi t'avrebbe trovato.» Dante gli passò una camicia asciutta e lui la indossò con un sospiro di piacere.

«Grazie. Lassù stavo congelando.» Si frizionò le braccia e, finalmente, poté sedersi.

Accanto alla libreria, Irene lo guardava, incapace di parlare. Aveva avuto il terrore di perderlo. Lui le tese la mano.

«Vieni qui.»

Non era un invito, era un ordine.

Senza una parola, si avvicinò. Si abbracciarono. Sotto gli sguardi imbarazzati di Luciana e Dante, Ludovico le baciò la fronte, poi si staccò da lei.

«Oggi il rischio che avete corso tutti è stato immenso. Non ci sarà una seconda volta.»

Irene lo interruppe. «Io verrò con te.»

Luciana portò le mani alle tempie. Non avrebbe avuto la forza di tollerare una scenata, non dopo quello che avevano appena affrontato. «Tu non vai da nessuna parte. Non capisci che se scappi con lui la tua vita sarà rovinata? E soprattutto non ti rendi conto della condizione in cui metteresti me e Dante?»

La ragazza stava per replicare, ma Ludovico la interruppe. «Luciana ha ragione. Devo andare da solo», cercò di convincerla. «Non puoi seguirmi. Sarà più facile per me far perdere le tracce.»

«Ecco, te lo dice pure lui!»

Dante alzò gli occhi al cielo. Scrollò il gomito di Luciana, e con aria esasperata le indicò la porta. Lei sbuffò, mormorò un secco rimprovero al fratello e uscì dalla stanza.

Ludovico prese il viso di Irene. Sentì la sua pelle fresca, la linea degli zigomi sotto i polpastrelli, la mandibola che premeva contro i palmi.

«Mi dispiace.»

Le dita di Irene si sovrapposero alle sue. «Non voglio. Sai cosa mi aspetta, vero? Mio padre che mi spinge a sposarmi con un ragazzino, la mia vita che diventa uno strazio… settimane, mesi e anni fino a che non sarò vecchia. Non avrò più nulla in cui sperare.» Stava piangendo adesso. «Non c'è nulla di consolante nei ricordi. Ti uccidono, ti fanno morire giorno dopo giorno perché ti costringono a rammentare cosa hai perso. Io non voglio perderti, Ludovico. Non voglio.»

«Non puoi venire con me, non adesso.» Glielo bisbigliò all'orecchio, un soffio. «Ma non mi perderai mai.

Sono tuo. E se il destino vorrà, io tornerò da te. Te lo prometto.»

Dante, a disagio, osservava l'oscurità che era dilagata sulle colline del Chianti. Aveva smesso di piovere e la notte era tersa. L'indomani sarebbe stata una giornata splendida.

Irene era disperata. Si divincolò dalla stretta di Ludovico. «No. Se te ne vai adesso non ti rivedrò più, lo so.» Lo picchiò sul petto. Ludovico l'attirò a se per calmarla. «Sssh…» le sussurrò nell'orecchio, sfiorandole i capelli e la schiena. Il suo tocco leggero la placò. «D'accordo. Ne parleremo domani mattina.»

Dante sussultò nel sentire quella frase. Stava per protestare ma Ludovico lo supplicò con lo sguardo di tacere.

Irene rispose con un sorriso scettico. «Davvero?»

Ludovico si chinò e la baciò. Un bacio lungo, struggente che lasciò senza fiato entrambi.

«Sì. Ne parleremo domani», la rassicurò. Le tolse un ricciolo dalla fronte. «Ora va' a dormire. È stato un pomeriggio terribile per tutti e tu sei spossata.»

Lei assentì, più stanca di quanto volesse ammettere. Ludovico l'accompagnò fin sulla soglia. Indugiò con la mano nella sua, prima di separarsi da lei.

Irene sparì nel buio polveroso della soffitta. Poco dopo anche la porta di comunicazione con il piano inferiore si richiuse.

La mano di Ludovico si serrò a pugno contro lo stipite.

«Non avrai intenzione di portarla con te, vero?»

La voce di Dante era quasi un sussurro, eppure risuonò nella stanza come il rintocco di un pendolo.

Ludovico si voltò. «Naturalmente no.» Nel tono c'era un sussiego che strideva con la sua espressione. Era uno strazio concreto, un dolore che lo corrodeva da dentro.

Si avvicinò a Dante a passi pesanti. «Credo di aver bisogno del tuo aiuto, amico mio. Per l'ultima volta.»

Il nero della notte era una vernice opaca che ricopriva ogni cosa. Non c'era traccia dell'aurora, nemmeno un vago presagio.

Il cavallo nitrì piano e Dante lo accarezzò sul collo per calmarlo. Dietro di lui, Ludovico con una sacca da viaggio e un pastrano da cacciatore.

«È un buon animale, docile. Fermati per farlo bere, e coprilo durante la notte.» Dante parlò sommessamente. Sopra di loro, la mole della Torricella.

«Tieniti sulle strade di campagna e, appena puoi, sali verso le montagne. Troverai i sentieri sulla mappa che ti ho fornito. Lì, potrà seguirti solo un vero montanaro, non certo quei pivellini di città che sono venuti ieri a cercarti.» Tirò la cinghia della sella. Aveva mosse nervose, ed evitava di guardarlo in faccia.

Ludovico era pallido. Ansava e l'aria si condensava in piccole nuvole. Cercò di parlare, ma non ci riuscì.

Fu Dante a trovare le parole per lui. «Non ringraziarmi.» Appoggiò la fronte sul dorso dell'animale e respirò tra i denti. «Non dire niente.»

Ludovico provò una fitta al cuore quando comprese che anche lui stava lottando contro la commozione. «È l'unica cosa che posso fare per te. Aiutarti, e sperare che tu possa ricostruire la tua vita da qualche parte, lontano da tutto questo.» Dante fece un gesto ampio per indicare la Torricella e tutta la campagna intorno.

«Sono stato felice qui. Grazie.» Ludovico seguì con lo sguardo la sagoma della grande casa, si soffermò sul piano superiore dove c'era la camera di Irene e Luciana. Comprese che quello era l'ultimo minuto che gli restava.

«Sono stato idiota e meschino, Dante.»

Lo abbracciò, come si abbracciano gli uomini, come se dovessero fuggire.

Come stava accadendo.

«Non è necessario che tu me lo dica. E poi sapevo che Ludovico… quel Ludovico che conoscevo non era sparito.» Lo colpì piano, sullo sterno. «Il mio Ludovico era ancora qui», concluse guardandolo negli occhi.

Il cavallo nitrì di nuovo. Dante distolse il viso dal suo. «È meglio che tu vada, adesso.»

Ludovico mise il piede sulle mani incrociate dell'amico e salì sull'animale reprimendo un gemito. L'umidità e il freddo si insinuavano sotto il fustagno dei pantaloni e gli aggredivano la ferita alla gamba, facendola dolere.

Dante gli passò le redini, poi gli strinse il braccio. «Non è un addio», disse deglutendo a vuoto.

Ludovico assentì. «No. Non lo sarà.» Tirò le briglie per fermare l'animale che si stava agitando. «Ringrazia Luciana da parte mia. Dille che è stata un'amica preziosa, che la stimo moltissimo, che è una gran donna.» Fece una pausa. La stretta di Dante si rinsaldò.

«E a Irene?»

Gli occhi di Ludovico si abbassarono, le labbra si assottigliarono. La sua risposta fu un sussurro.

«A Irene... No, a Irene non dir nulla. Lei lo sa già.»
Gliel'ho promesso.

Irene si destò all'improvviso, a causa della coperta che era scivolata per terra. A poca distanza, nell'altro letto, Luciana dormiva tranquilla, con la bocca socchiusa.

La quiete della Torricella la cullò per alcuni secondi. Si avvolse nella coltre per scacciare i brividi che l'avevano sottratta al sonno. Sbirciò fuori dalla finestra: i colli e la campagna erano inondati dalla luce dell'alba.

Sollevò lo sguardo verso il soffitto. *Ludovico.*

Voleva andare da lui, stringerlo, sentirlo vicino. Dopo quello che era accaduto il pomeriggio precedente, l'ansia di perderlo era divenuta così pressante da causarle incubi. Solo dopo mezzanotte aveva preso sonno.

Saltò giù dal letto, prese abito e calze e si vestì rapidamente, stando attenta a non svegliare Luciana. Quando aprì l'uscio, la giovane donna bofonchiò qualcosa e si girò dall'altra parte.

Irene rise tra sé. Aveva poco tempo per stare con lui e poi sarebbe dovuta scendere in cucina.

La soffitta era immersa nel silenzio. Era una calma strana, simile a quella di una dimora abbandonata. Un brivido le percorse la schiena. Corse su per i gradini che la separavano dalla camera nella torre e spalancò la porta mentre la paura cresceva.

Vuota.

Irene si aggrappò allo stipite. Entrò nella stanza. Arrivò fino al letto, lo sfiorò. Le lenzuola erano gelide. Si sedette e mise il viso sul cuscino, cercando il suo odore.

Dei passi sulle scale.

«Se ne è andato stanotte, mentre tu dormivi.»

La frase di Dante le risuonò nella mente come la lettura di una condanna. Un gelo feroce le penetrò nella pelle, le attraversò le ossa.

«Perché?» chiese con un filo di voce.

Dante le si inginocchiò davanti. Era affranto anche lui, ma Irene non se ne accorse.

«Per proteggerci. Perché vuole che tu sia felice e che viva la tua vita.»

Irene non riuscì a rispondere. Dante la strinse, e serrò gli occhi quando sentì i singhiozzi che la scuotevano.

Pianse a lungo, Irene, e le lacrime portarono via tutte le speranze e i desideri, come un fiume in piena. Trascinarono con sé le ultime tracce dell'infanzia, posero fine alla sua adolescenza e la relegarono senza speranza nell'età adulta, da cui non sarebbe più potuta fuggire.

In quel momento, nell'anima c'era una ferita aperta. Lo sarebbe stata per i mesi, forse anche per gli anni a seguire.

Poi un giorno si sarebbe richiusa, o almeno avrebbe smesso di sanguinare. Eppure sarebbe rimasta sempre lì. Una cicatrice che le avrebbe ricordato il suo primo vero amore.

Avrebbe provato per sempre un morso di rabbia, amore e rimpianto al ricordo di Ludovico. Le avrebbe fatto male ogni qual volta l'avesse anche solo sfiorato con il pensiero.

Di quell'amore, ormai, non le rimaneva più nulla.

EPILOGO

Firenze, agosto 1919

In quel tramonto di fine agosto Firenze risplendeva come una gemma. L'ocra delle mura, il bianco dei marmi, il rosso del cotto, e oltre il verde delle colline e il viola del cielo. Infine, il nastro d'argento dell'Arno che scorreva indifferente.

Dal colle di San Miniato, la vista spaziava dai tetti delle case ai piedi dell'altura, fino all'orizzonte, dove ristagnavano poche nubi. C'era pace lassù, interrotta solo dalle voci delle persone in visita alla basilica. Persino il vento era calato e ora si udiva soltanto l'insistente frinire delle cicale.

Un uomo in completo di lino e cappello camminava a testa bassa nel viale d'ingresso. I ciottoli bianchi e levigati erano ancora tiepidi del sole del pomeriggio, e scricchiolavano sotto i suoi passi. Ma l'uomo non era lì per ammirare lo splendido panorama che si vedeva dal sagrato, né per eseguire uno dei tanti studi di pittura, come facevano alcune signorine di buona famiglia accompagnate dalle loro istitutrici.

Scese le scale e attraversò il cortile centrale, si infilò

sotto i portici con un'andatura decisa e l'aria assorta. Il cappello chiaro gli nascondeva parte del viso, e l'ombra degli archi lo celava agli sguardi indiscreti.

Per sua fortuna a quell'ora il cimitero di San Miniato era quasi deserto. Una coppia di donne sostava accanto a un cippo. Un'altra sistemava dei fiori su una lapide sul muro.

L'uomo le ignorò. Procedette giù per la terrazza che si estendeva oltre la scalinata. Lasciò la confortevole oscurità delle arcate e si diresse nella parte centrale, là dove lapidi di marmo occhieggiavano sul terreno coperto di erba.

Si fermò dinanzi a una lastra candida. Vi erano incisi alcuni nomi. Un sepolcro di famiglia.

L'ultimo sembrava recente: tempo e sole non lo avevano ancora smussato e i contorni delle lettere erano abbastanza nitidi. Tuttavia, non vi era traccia di fiori, o candele. Nessun segno di devozione.

Sembrava una sepoltura dimenticata.

L'uomo scosse la testa. Era addolorato, lo si capiva dalla linea curva della schiena e dalla postura della testa. Si piegò sulle ginocchia, incurante di sporcare il completo chiaro, e collocò sul marmo una rosa rossa.

Rimase fermo per alcuni istanti. Toccò la lapide, sfiorò l'ultimo nome che vi era scritto. Il calore della pietra passò attraverso le dita, come un sussulto di vita che dalla tomba risaliva fino a lui.

Poi si allontanò senza voltarsi indietro.

«Bene, così può andare.» Irene Laurenti chiuse il testo di francese. Restituì il volume alla ragazza che sedeva davanti a lei. «Sei stata molto brava, Luisa. Sono molto soddisfatta di te.»

La ragazzina, un'adolescente brufolosa, rimase a bocca aperta per lo stupore. «Davvero? Lo dirà ai miei genitori?»

«Senza dubbio. Sono certa che quest'anno non avrai problemi a scuola.»

La sedia cigolò quando Irene la spostò per mettersi in piedi. La lezione era terminata, ed era già mezzogiorno. Voleva tornare a casa, riposarsi e lavorare alla traduzione che la casa editrice le aveva passato pochi giorni prima.

Uscì in strada. Da uno strillone acquistò una copia della «Nazione», e poco oltre, in un chiosco, la «Tribuna». Preferiva avere più di un punto di vista su ciò che stava accadendo, specialmente ora che la guerra era finita e che la situazione politica appariva confusa.

Strizzò le palpebre per il fastidio: il sole aveva invaso la città in quello scampolo d'estate, aveva riempito le vie deserte e lastricato le piazze vuote d'una luce abbagliante.

Era in momenti come quelli che Firenze appariva per ciò che era stata e per ciò che era diventata durante la guerra.

Pochi uomini si aggiravano per le strade. Alcuni di essi erano menomati da amputazioni o ferite, reduci da un conflitto che nessuno aveva voluto, ma di cui avrebbero pagato le conseguenze per il resto della vita. Le pensioni dei combattenti non erano arrivate: lo Stato non aveva più soldi per pagarle, dopo l'immenso sforzo bellico. Ridotti in povertà, alcuni mendicavano agli angoli delle strade. Altri, i più fortunati, cercavano di seppellire la memoria delle granate e dei fucili, insieme con neve e fango, nel fondo della coscienza.

Del resto, giornali e riviste facevano di tutto per rimuovere quei ricordi tanto tremendi. C'era stato un istante in cui tutti, chi prima, chi dopo, si erano chiesti il perché di quella mattanza. Evaporato il fervore patriottico, erano rimasti solo i numeri: i morti che crescevano e i soldi che se ne andavano via, inghiottiti da anni di battaglie.

Gli uomini al fronte e le famiglie in patria si erano posti la stessa domanda.

Perché?

Non cessavano di farla, ora che i disagi e la povertà si assommavano alle notizie irreali che trapelavano dalle trattative di pace.

Durante la conferenza di Parigi, le richieste dell'Italia si erano ridotte fino a trasformarsi in briciole, generosamente elargite da chi aveva vinto sul serio: Francia, Gran Bretagna e gli Stati Uniti. Orlando aveva provato a battere i pugni sul tavolo, ma gli esiti erano stati patetici. Lui e Sonnino, divenuto ministro degli Esteri, non sembravano rendersi conto che piagnucolare per Fiume o le isole della Dalmazia non sarebbe servito a nulla. Altri avevano già deciso per loro.

La vittoria, o quella cosa amorfa che avevano ottenuto a un prezzo altissimo, si era trasformata in una sconfitta, anche grazie alla stampa che fomentava il malcontento generale. Persino il «Corriere della Sera», con un ennesimo voltafaccia, aveva smesso di dare addosso alla politica del governo per unirsi al coro di voci sdegnate che censuravano il comportamento degli alleati. Il malcontento era guidato da Benito Mussolini che, dalle colonne del suo giornale, «Il Popolo d'Italia», sembrava godere in maniera quasi masochista degli esiti di un successo dimezzato.

Rimaneva soltanto il vuoto, la sensazione di un tradimento che aveva spezzato il labile filo che legava lo Stato alla gente. L'esercito, la propaganda, ministri e generali avevano mentito. I soldati erano stati sottopagati, malnutriti, abbandonati in condizioni disperate, senza una ragione. Le montagne al confine con l'Austria e le trincee di fango avevano divorato generazioni di uomini e ragazzi.

Era una sofferenza intollerabile che aveva il sapore dell'ingiustizia. Erano morti in troppi. A Firenze si aggiravano fantasmi di mariti, fratelli, amanti. Erano al fianco delle donne vestite a lutto, nelle fasce nere che i padri portavano al braccio.

A passo veloce, Irene lanciò un'occhiata ai caffè. Le persone, timidamente, ricominciavano a uscire. C'era voglia di vita, di normalità, dopo l'orgia di dolore degli ultimi anni.

Distolse lo sguardo.

Suo padre era morto un anno dopo la partenza di Ludovico. Il professore aveva subìto un tracollo a maggio 1915, quando l'Italia era entrata in guerra. La sua vita si era accartocciata su se stessa come una foglia secca. Irene lo aveva visto peggiorare, giorno dopo giorno, smettere di uscire o leggere i giornali. Fino a che aveva smesso di alzarsi dal letto.

Era stato l'inizio della fine. Il cuore si era indebolito, aveva dichiarato Bottai poco prima della sua partenza per il fronte, dove era stato arruolato in qualità di ufficiale medico. Presto o tardi avrebbe ceduto.

Così era accaduto. Giuseppe Laurenti se ne era andato senza un lamento, gli occhi stralunati e fissi sulla figlia, che restava sola. Perché lei si era rifiutata di sposare Carlo Valiani, o un qualsiasi altro spasimante. Lei apparteneva solo a un uomo, e lui era suo.

Irene non aveva avuto paura.

Aveva usato la sofferenza per trovare forza. A poco meno di vent'anni era sola in un Paese che era appena entrato in guerra. Non poteva tornare in Francia come avrebbe desiderato: i parenti di sua madre le avevano fatto sapere che non avevano modo di aiutarla, che le facevano tante condoglianze e addio, ciascuno per la propria strada.

Non c'era tempo per piangersi addosso.

Aveva lasciato l'appartamento sul Lungarno per uno più raccolto e modesto dalle parti di Borgo Pinti. Aveva licenziato Armida e si era trovata una domestica a ore per le faccende.

Non rimpiangeva la sua vecchia vita. Allora era stata meno libera, con la mente piena di idee che, adesso lo capiva, non avrebbe mai potuto realizzare.

Non del tutto.

Insegnava. Traduceva libri dal francese. Era stato Dante a darle quel suggerimento. Era diventata insegnante di lingua per una scuola femminile, e d'estate dava lezioni alle ragazze di buona famiglia, ma di scarso impegno – o ingegno.

Non era il sogno della sua vita, ma era ciò che gli si avvicinava di più. E tanto le bastava.

Aveva imparato ad accontentarsi.

Quegli anni erano stati difficili. Una discesa all'inferno, in cui l'Italia era precipitata quasi senza rendersene conto, fino a che non aveva visto le strade svuotarsi di uomini e i cimiteri riempirsi di lapidi.

Almeno per chi aveva avuto un corpo su cui piangere.

Non era stato così per i familiari di Carlo Valiani, disperso sul Carso. Non lo era stato il dottor Bottai, colpito da una granata austriaca mentre tentava di soccorrere dei feriti. Non lo erano stati gli alunni di suo padre, a cominciare da Daniele Ricciardi, che avevano abbandonato le tesi a metà per correre in guerra. Nessuno era più venuto a riprendere i fogli, rimasti ad accumulare polvere sulla scrivania dello studio, fino a che, nel trasloco, lei li aveva gettati via.

Dante era stato più fortunato. Riposava nel cimitero di famiglia, accanto ai suoi genitori. Un proiettile sul monte Nero gli aveva trapassato la spalla, mandandolo in ospedale per settimane. La tubercolosi contratta in trincea aveva fatto il resto.

Quando pensava al sorriso allegro dell'amico, Irene provava una sofferenza, una sorta di lamento che le striava l'anima. Di tutti, lui era quello che più le mancava, era il fratello che non aveva avuto. Era il vuoto a cui non sapeva rassegnarsi.

E ciò che più le faceva male, più della solitudine e del senso di abbandono che provava in certe sere di primavera, era la consapevolezza che nulla di ciò che aveva perduto le sarebbe tornato indietro.

Rientrò a casa che era quasi l'una. Appese il cappello all'appendiabiti verde e si diresse verso la cucina invasa di luce.

Mise la cartella sul tavolo, accese il fuoco sotto la pentola. In camera tolse fermagli e scarpe, e si rinfrescò.

Lo specchio le rinviò l'immagine di una donna stanca ma soddisfatta. Era divenuta più spigolosa, i lineamenti sembravano induriti, lo sguardo era severo.

No, non era più la ragazzina di un tempo. Eppure si piaceva. Si amava così, per ciò che era diventata. Si era ricostruita pezzo per pezzo, con fatica, ignorando il tormento che l'assenza di Ludovico aveva scavato in lei. Era una spina che le faceva male, una ferita su cui evitava di soffermarsi.

Il pensiero di ciò che avrebbe potuto essere e non era stato era ancora più doloroso del non sapere che cosa gli era accaduto. Per mesi le cronache avevano parlato di lui facendo ipotesi strampalate sulla sua fuga. Poi le notizie erano svanite, scivolate nel dimenticatoio, soppiantate dalla guerra e dalle ultime dal fronte. Il processo era stato celebrato e lui condannato in contumacia.

Mentre preparava il cibo, sfogliò i giornali. D'Annunzio e i nazionalisti continuavano a rumoreggiare per la questione di Fiume; un borseggiatore era stato arrestato e alcuni studenti avevano organizzato l'ennesima manifestazione. Nulla di importante.

All'improvviso, si rammentò della posta che aveva ritirato nell'androne della palazzina. Poche buste, una cartolina di una sua allieva in vacanza al mare. Si trattava perlopiù di comunicazioni della scuola dove lavorava. Infine l'ultima, una busta azzurrina, di carta leggera, che recava il timbro di Greve.

Sorrise: Luciana era sempre molto cara.

La aprì.

Dei versi. Una poesia.

Fu come se qualcuno l'avesse colpita al ventre.

Mi chiedono i tuoi occhi, chiari come il cristallo:

«Per te bizzarro amante qual è il insomma il mio merito?»…

Sonetto d'autunno. Charles Baudelaire.

Freddo e caldo si alternarono sulla pelle. In confusione, si alzò, girò per la cucina con la lettera in una mano e l'altra sulla bocca. La mordeva, incerta se piangere per la collera o per la gioia.

Riguardò il sonetto.

La calligrafia. Era la sua, maledizione.

La sua.

Era in preda a un panico rabbioso, una furia che non riusciva a spiegarsi. O che sì, si spiegava fin troppo bene. Cinque maledetti lunghissimi anni, in cui non aveva saputo se fosse vivo o morto, in cui aveva dovuto trasformare la propria vita e andare avanti a denti stretti, chiedendosi se avrebbe mai incontrato un amore altrettanto grande.

E adesso…

Irene scoppiò in una risata frenetica.

Accartocciò il foglio e lo gettò sul pavimento.

Si fermò. Dovette sedersi al tavolo. Non poteva essere, non dopo la fatica che aveva fatto per ricostruirsi dopo di lui.

Guardò la palla di carta che giaceva in un angolo. Spiccava come un fiore su un campo brullo.

La raccolse e la lisciò, rilesse le parole. Ricordò la sua voce profonda che leggeva per lei, nel salone della Torricella.

Stavolta, qualcosa che assomigliava alla gioia riuscì a germogliare tra le pieghe dell'anima.

Era tornato.

La Torricella, il giorno dopo

Luciana si tirò su con un sospiro stanco. La schiena le doleva, e la veste era impregnata di sudore. Sistemò una ciocca di capelli dietro l'orecchio e provò a rialzare il secchio.

Una voce la fermò. «Aspetta. Faccio io.»

Dita lunghe afferrarono il manico del mastello colmo d'acqua e lo sollevarono senza sforzo sul piano del tavolo della cucina.

«Non dovresti affaticarti così. Lascia le redini a Elena che ti può aiutare. Manca poco ormai, no?»

Luciana si strinse nelle spalle, indifferente. Tuttavia, accarezzò il ventre gonfio. «Secondo la levatrice, poche settimane. Io però mi sento bene, e voglio continuare a lavorare fino a che potrò.»

Ludovico le parlò con indulgenza. «Riposati almeno un po' con me. Saliamo alla loggia, ché ho bisogno di parlarti.»

«D'accordo.» Si affacciò sulla soglia della porta che dava sull'orto. Anna stava zappando e preparando la semina per l'inverno. «Sono alla terrazza, se Nerino mi cerca», le comunicò. La ragazza annuì e riprese a lavorare.

Ludovico la seguì su per le scale e attese che si fosse accomodata su una poltrona prima di sedersi.

«Come ti trovi con lui?» chiese in tono vago. Lei capì.

«È il meglio che potessi trovare, viste le condizioni di entrambi. Io ero una zitella e lui un mutilato di guerra. Anche se gli manca un occhio, Nerino resta un gran lavoratore e una persona a modo. È un brav'uomo, e mi rispetta.»

Ludovico studiò la linea arcuata delle poltrone di vimini su cui si erano seduti. «Sa chi è la padrona, insomma.»

Una ruga ironica increspò la fronte di Luciana. «Esatto. Soprattutto, mi ha dato quello che serviva.» Si sfiorò di nuovo l'addome, stavolta con una tenerezza imbarazzata. «Un erede per la Torricella. È ciò che volevo, un figlio cui poter affidare questa terra e tutto ciò che ha significato per me e mio fratello.»

Ludovico emise un sospiro addolorato. La morte di Dante era stato un colpo durissimo. Lo aveva saputo già mesi prima, ma essere lì, alla Torricella, senza di lui era sbagliato. Tutto sembrava fuori posto.

«Non ci credo ancora», mormorò. «Che lui sia morto, e che quella notte sia stata l'ultima che l'ho visto.»

«Ma è così.» La donna parlava piano, atona. Fissò un punto indistinguibile sull'orizzonte. Sul suo volto affiorò un rimpianto intimo: una crepa nella corazza forgiata dagli anni e dalle responsabilità.

«In ospedale, i medici mi hanno detto che nel delirio invocava due nomi. Il mio e il tuo.»

La verità, quella che nessuno avrebbe mai ammesso, era lì, sospesa tra loro.

«Lo avevi capito?» chiese infine in un soffio.

Ludovico fece un cenno di assenso, a testa bassa. «La notte in cui sono fuggito.» Il frinire delle cicale riempì gli interstizi del silenzio.

Si alzò per sporgersi dalla balconata. C'era odore di fieno e di sole. «Solo allora ho compreso quanto gli stesse costando vedere me e Irene insieme. Mi dispiace di avergli dato questo dolore.»

Luciana chinò la testa. La crepa si stava richiudendo. Il viso riprese il suo solito atteggiamento brusco. «Vi amava. Vi amava entrambi, ciascuno a suo modo.»

Si sollevò a fatica dalla poltrona. Il peso della gravidanza la fece sbilanciare in avanti e Ludovico dovette aiutarla per restare in equilibrio. «Non vedo l'ora che nasca. Mi sento un covone di fieno.» Ruotò il collo indolenzito e si avviò verso l'interno. «Vado a vedere cosa combinano in cucina.» Si tolse una ciocca che le era cascata sul naso e gli strinse un braccio.

«Nessuna novità, vero?»

Ludovico scosse il capo, avvilito. «No», sospirò. «Ma avevo messo in conto che lei fosse infuriata e non volesse più vedermi. Ne avrebbe tutte le ragioni. È passato troppo tempo e lei si è ricostruita una vita senza di me.»

Luciana confermò con un sorriso. «È stata brava, forte e coraggiosa. Tu, però, puoi restare ancora qui, se vuoi.»

«No, Luciana. Ti ringrazio.» Ludovico fece un passo indietro. «Non voglio mettere a rischio te o tuo marito più di quanto sia necessario, così come non voglio stravolgere la sua esistenza.»

«Sono trascorsi cinque anni, e c'è stata una guerra. Nessuno si ricorda più di quella storiaccia.»

«Ma io sì.» L'uomo fece una pausa carica di amarezza. «Ho saputo che quel bastardo di Anselmi si è sposato con la sua mantenuta che ora gli fa da balia, visto che è rimasto paralizzato.» Picchiettò la balaustra con le dita coperte di cicatrici. «Sono stato sulla tomba di Claudia, al mio arrivo. Glielo dovevo, dopo ciò che è successo. Era abbandonata, spoglia, e l'ho trovato così triste. Lei non meritava di fare quella fine.» Emise un suono a metà strada tra un verso di disprezzo e una risata. «Il senso di colpa che ho nei suoi confronti mi perseguita, ma è giusto che sia così. È la mia parte di pena, e me ne faccio carico. Quella di Mario Anselmi è di essere un povero invalido allettato. Spero solo che patisca le stesse torture che ha inflitto a sua moglie prima di ammazzarla.»

Luciana lo fermò sulla soglia della veranda. «Irene non ha avuto colpe tranne quella di innamorarsi di te, e per di più nel momento sbagliato. Non sarà facile per lei accettare il fatto che tu sia tornato.»

«Lo so. Per questo dico che la capisco. Sono sincero, non mi aspetto che torni da me.»

Luciana lo lasciò solo. Ludovico la udì allontanarsi giù per le scale e svanire. Si accostò alla balaustra, si sporse in avanti. Osservò la sagoma del fienile, lo spiazzo in cui lui e Dante si erano salutati per l'ultima volta e poi ancora, la panchina dove aveva scorto Irene che leggeva Rimbaud, e il gelso presso cui l'aveva coperta con la sua giacca.

No, il passato non sarebbe tornato.

Avrebbe fatto meglio a sparire, prendere la nave a Livorno e tornare là dove aveva vissuto in quegli anni.

Guardò la sua pelle segnata dalle cicatrici e ripensò alla

piccola casa che lo attendeva al di là del mare. Alla sua nuova vita.

Ancora tre giorni, si disse. E poi sarebbe ripartito. Questa volta, per sempre.

I suoi passi erano troppo lenti. La salita troppo ripida, il sole caldo. Irene si strappò il cappello e bussò con forza al portone della Torricella. Aveva il fiatone, poiché aveva fatto l'ultimo tratto di corsa.

Come quella mattina all'alba di molti anni prima.

La porta si aprì. Elena strabuzzò gli occhi. «Signorina Irene, che sorpresa! Cosa ci fa qui? Si accomodi, entri.»

Irene si fermò sull'uscio per riprendere fiato. «Luciana?» biascicò tra un ansito e l'altro.

«La signora è di sopra... anzi no, eccola!»

Luciana era apparsa in cima alle scale. Quando la vide, sembrò quasi che tirasse un sospiro di sollievo. Si sostenne l'addome rigonfio mentre scendeva gli ultimi gradini.

La rimbrottò. «Ce ne hai messo di tempo!»

Irene non sapeva se ridere o piangere per quella frase. «Lui dov'è?» chiese, incurante della presenza di Elena.

La padrona di casa fece un cenno alla governante, che si dileguò rapidamente. Le venne dinanzi.

«Dopo tutto questo tempo? Sei sicura?» le chiese con dolcezza.

«Sì.»

Luciana studiò la luce nei suoi occhi verdi, carichi di panico e desiderio. Indicò il piano superiore con un segno d'intesa. «Di sopra. Nella loggia.»

Irene percorse i gradini a due a due.

Era impaziente? No. O forse sì. Arrabbiata, di certo. Furiosa. E spaventata, perché non sapeva chi avrebbe trovato, così come non sapeva come avrebbe reagito lei stessa.

La vita aveva inciso su di loro come lo scalpello di uno scultore. Ma sapeva anche che rifiutare d'incontrarlo sarebbe stato il peggior torto che poteva fare a se stessa.

La portafinestra della loggia era spalancata. Il tepore del pomeriggio entrava nel corridoio e portava con sé i profumi della campagna.

Lo scorse attraverso i vetri, la schiena contro una delle colonne della balaustra. Guardava fuori. Stava fumando, come sempre. Era cambiato. Più magro, forse sciupato. I capelli erano cresciuti e si arricciavano in ciocche fulve sulla fronte. Aveva un velo di barba dorata sul mento. Gli alti zigomi sembravano scolpiti. Attorno alle palpebre, un reticolo di rughe sottili che la vita gli aveva portato in dote.

Irene varcò la soglia della portafinestra e si fermò a pochi metri da lui.

Quando la vide, Ludovico trasalì. Dall'incredulità, il suo volto mutò e divenne serio, persino intimorito. La osservò per un attimo che sembrò dilatarsi all'infinito. Gettò la sigaretta e rimase immobile.

Quattro passi li separavano, non di più.

Irene li compì, superò lo spazio che li divideva.

E lo schiaffeggiò.

Ludovico rimase attonito. Poi si massaggiò la guancia con lentezza. «È giusto. Me lo sono meritato», considerò a mezza voce.

«Come hai potuto?» La rabbia di Irene esplose. «Cinque anni senza nemmeno una parola, senza sapere se eri vivo o morto. Ho passato l'inferno dopo di te, disgraziato. Mi hai abbandonato, mi hai ridotto in pezzi e ho dovuto ricostruirmi, inventarmi un'esistenza. E ora torni, e pretendi di aggiustare tutto con questa?»

Gli scagliò addosso il foglio accartocciato della poesia.

Ludovico deglutì a vuoto. Raccolse la carta e la distese, rilesse i versi che vi aveva scritto. «Non ti chiedo nulla, Irene», rispose, accorato. «Sono qui perché volevo rivederti, e se possibile, fare ammenda per il dolore che ti ho causato. Sono stato costretto a partire. Non ti ho più dato mie notizie. Hai ragione: ti ho ferito e ti ho fatto soffrire. Ma era necessario. Per il bene di tutti.» Allargò le mani dinanzi e le mostrò i palmi. «Volevo essere una persona migliore. Volevo essere degno di te. Per farlo, dovevo andare via, e lasciarti libera di vivere, anche se questo significava rischiare di perderti per sempre.»

La guardò con attenzione. I lineamenti le si erano affinati, il corpo era diventato più maturo. L'adolescente aveva realizzato la promessa e si era trasformata in una donna forte.

Irene lo squadrò a braccia conserte. «Cinque anni, maledizione! Dove sei stato?»

Lui cominciò a spiegare. Il suo tono era ancora roco e profondo come rammentava. «Ho abbandonato l'Italia dopo pochi giorni. Per un periodo sono tornato in Francia e ho lavorato come bracciante in campagna, al Sud; poi, ironia della sorte, come pescatore, in Bretagna. È stato un anno durissimo. Infine ho pensato che forse potevo chiedere aiuto a Jasper Freeman. Ti ricordi di lui?»

Lei assentì. «L'ufficiale che avevi salvato durante la guerra.»

«Sì, esatto. Raggiungere la Scozia è stato un calvario. Ci ho messo dei mesi, ho affrontato una traversata pericolosissima con il rischio che i tedeschi affondassero il traghetto su cui mi trovavo, ma alla fine sono arrivato da lui ad Aberdeen. Gli ho chiesto di aiutarmi a trovare un posto dove poter cambiare nome e vita. In capo a tre mesi mi ha spedito da alcuni suoi parenti in Canada. Anche quel viaggio è stato un incubo, sempre con il terrore di essere attaccati. Sia come sia, l'ho scampata bella. In Canada ho iniziato a insegnare letteratura francese in una scuola.»

Irene lo interruppe. «Davvero? È la stessa cosa che faccio io qui, al collegio delle Orsoline.»

Si sorrisero. Con gli occhi, prima ancora che con le labbra, con l'incertezza e la paura e il rancore. Poi la risata si affievolì, si spense del tutto. Rimase solo l'attesa.

Un passo.

Un altro ancora.

Ludovico l'afferrò per la vita, Irene lo attirò a sé.

Il loro bacio fu liberatorio. Disperato, famelico. Lunghissimo.

Rimasero stretti. Il sapore dei loro baci non era cambiato.

Ludovico parlò con urgenza, come se non riuscisse più a trattenere le emozioni, il desiderio, la solitudine che si erano accumulati in quegli anni di separazione. «Nelle giornate in cui la tua mancanza si faceva sentire di più immaginavo di scriverti, e talvolta scrivevo sul serio. Le ho conservate, quelle lettere. Sono nella mia stanza, le ho portate perché volevo che tu sapessi che sei sempre stata con me.»

Irene si separò da lui. «Voglio leggerle.» Seria, persino sospettosa, non riusciva ad accettare che davvero avesse custodito il suo amore per tanti anni.

Ludovico non ne fu sorpreso. Acconsentì e sparì nel corridoio.

Quando rimase sola, Irene avvertì un senso di perdita che pensava di aver dimenticato. Era una sensazione di solitudine che le soffocava l'anima, e che la riportò ai giorni dell'abbandono. Quando aveva temuto di andare in pezzi.

Bastava così poco?

Pareva proprio di sì. E se da una parte era arrabbiata con se stessa, dall'altra avvertiva la consapevolezza che no, quell'amore che aveva cercato di dimenticare non era morto.

Anzi. Era forte, un seme tenace che aveva resistito alle ingiurie del tempo. E che adesso, nonostante tutto, stava rifiorendo.

Ludovico tornò con un pacchetto di lettere. Le aveva legate con lo spago, conservandole con cura. Fogli ordinati, dalle carte tutte diverse per colore e consistenza. Le mise tra le sue mani e le richiuse tra le proprie.

«Leggile», le sussurrò, in un tono di supplica. Poi riprese a parlare piano, scandendo le parole, come se avesse bisogno di dire ciò che sentiva e temesse di non riuscire a farlo. «Lo capirei se volessi dirmi di no. Ma vorrei anche che tu sapessi che quella notte ho abbandonato qui la mia vita, e che l'ho fatto per proteggerti da te stessa, oltre che da me. Stare con me, avrebbe significato il disonore e la vergogna, e se tu eri disposta a fare un simile sacrificio, io non ero disposto ad accettarlo. Oggi posso offrirti, se vuoi, un nome e una casa. Soprattutto, posso chiederti perdono per il male che ti ho causato. Oggi, se mi vorrai ancora, posso darti ciò che allora non avrei potuto.» Le braccia gli ricaddero lungo il corpo e arretrò di pochi passi. «Ecco. Ora sei libera di decidere.»

Irene tirò un sospiro profondo. Ludovico era tornato in Italia per lei, esponendosi al pericolo di essere riconosciuto e catturato dalla polizia. Era stata una follia, la sua.

Sollevò gli occhi dal mucchio di lettere. «Non è tardi per noi?» chiese con un'amarezza venata di rabbia.

«Sì. Lo so. Lo temo, anzi, non posso nascondertelo.» Ludovico si girò a guardare la campagna sotto di loro. «Ma te lo dovevo. Te l'ho promesso, ricordi?»

Irene serrò al cuore le lettere e gli si affiancò fin quasi a sfiorarlo.

«Non so se sono disposta a questo per te. La tua fuga mi è costata anni di sofferenza. Ora torni, mi mostri queste lettere e pensi di poter risolvere ogni cosa con un bacio e una chiacchierata?»

Ludovico fece cenno di no. «No. Ma voglio darti la prova che non sei mai uscita dai miei pensieri, anche se tu mi hai scacciato dai tuoi, e a ragione. Ti ho detto anni fa che ti rispettavo, che non appartenevi a nessuno se non a te stessa. Lo penso ancora.» Spostò lo sguardo su di lei. Era colmo di tristezza e speranza. «Quanto a me, voglio che tu sappia che mi hai sempre avuto», concluse.

Le sfiorò il viso con una carezza. Poi la lasciò sola.

Irene respirava in fretta, spaventata dalle lettere che lui le aveva affidato. Non aveva il coraggio di aprirle, non voleva rinunciare alle certezze che aveva costruito e protetto con tanta fatica.

Ma…

Si sedette. Sciolse lo spago che le teneva legate. Cercò la prima e iniziò a leggere.

Quasi non si accorse del sole che tramontava, o del freddo della sera che penetrava gli strati degli abiti leggeri.

Attraverso gli anni, il reticolo di frasi scritte in quei fogli intesseva una tela composta da mille fili che l'avevano lambita, custodita nel ricordo e insieme l'avevano tenuta viva. E quell'amore, ora, era arrivato fino a lei, e l'aveva consolata per tutte le volte che si era sentita sola al mondo.

Comprese di aver fatto tardi quando il chiarore divenne talmente fioco da impedirle di leggere.

Udì un rumore. Alzò il capo. Aveva le guance arrossate e umide.

Luciana era sulla soglia e la scrutava, seria. «Sono quasi due ore che sei qui.» La raggiunse e indicò le lettere. «Lui è giù in cortile che parla con Nerino. Che hai deciso?»

Irene deglutì un nodo salato che le graffiava la gola. «Non so se ce la posso fare dopo tutti questi anni.» Si appoggiò alla balaustra con gli occhi verso il cielo, là dove apparivano le prime stelle della sera. «Ho troppa paura, Luciana. Ho faticato per rimettermi in piedi, per riuscire a bastare a me stessa. Che ne sarà della mia vita?»

Luciana le si affiancò, le parlò in tono gentile, quasi materno. Ma le sue parole erano senza pietà. «Allora digli che è tutto finito. Se è davvero quello che vuoi, se pensi di non riuscire a perdonarlo, rendigli la sua libertà. Ma devi essere tu a decidere, e questa volta sarà per sempre.»

Quella sera, quando i lumi furono spenti e il silenzio calò sulla Torricella, passi furtivi percorsero il corridoio del primo piano.

Un tocco alla porta. Discreto, veloce.

L'uscio si aprì. Nel cono di luce, Ludovico vide Irene, scalza, in sottoveste e vestaglia che lo attendeva nel buio del corridoio.

«Irene, ma...»

Non gli permise di proseguire. Gli mise la mano sulla bocca. Ludovico la prese e ne sfiorò la punta con un bacio. «Verrò con te.» Lo disse in un soffio tagliente.

«Ne sei sicura? Non te ne pentirai?» Ludovico aveva risposto dopo alcuni secondi. Era incerto, come se non potesse credere a ciò che Irene gli aveva detto, perché...

«Non sono un'eroina da romanzo, né una sprovveduta. Ho avuto cinque anni per vivere da sola; ora ho riflettuto per tre ore. Sono più che sufficienti. Non ho più nulla che mi leghi qui. Verrò con te. Fin da adesso.» Non c'era alcuna paura in lei. Solo una decisione. Un consenso, una promessa che sarebbe valsa per tutta la vita.

Ludovico intrecciò le dita con le sue. «Ora?»

«Sì.»

Non c'era bisogno di aggiungere altro. La fece entrare, chiuse a chiave.

«Non c'è stata nessuna dopo di te», le mormorò all'orecchio, mentre la accarezzava dal viso alla gola e poi oltre, sulla schiena. «Voglio che tu lo sappia.»

«Non è importante», ribatté lei. Lo baciò. «E comunque, neanche per me. Nessuno.»

Gli prese il volto e lo guardò. E in quel momento Ludovico capì che era vero, che lei lo aveva perdonato. Che ogni cosa trovava il suo posto.

Irene si sfilò la vestaglia e aiutò Ludovico a liberarsi della camicia. «Sono invecchiato. Tu, invece, sei diventata bellissima.»

«Non è vero.» Gli fece cenno di tacere. Toccò il suo petto, quasi con curiosità. Lui chiuse gli occhi quando quell'esplorazione delicata scese verso il basso. Erano carezze impacciate, che alternavano forza ed esitazione.

Poi un fruscio di stoffa.

Riaprì le palpebre.

Irene era nuda davanti a lui. Il seno era diventato più pieno, il corpo non aveva più le spigolosità dell'adolescenza.

Era perfetta, ora come allora.

Lei lo prese per mano, lo guidò sui propri fianchi e gli venne più vicino.

Lui annuì. La sollevò di peso e la depose sul letto. Irene lo aiutò a liberarsi dei pantaloni e del resto della biancheria. Tremavano entrambi, non avrebbe saputo dire se per imbarazzo o desiderio.

Pelle contro pelle, i loro odori si mescolavano al calore dei respiri accelerati. Ludovico, con lentezza, percorse la linea che scendeva fino all'ombelico, fino al monte di Venere.

«Non avere paura», disse con una voce che era più una preghiera che una richiesta.

Irene si bagnò le labbra con la lingua e fissò il soffitto sopra di lei. «Non è paura, questa.» Poi rise piano. «O forse sì. È passato troppo tempo.»

Cercò la mano che Ludovico aveva posato accanto a lei, la unì alla sua e la mise sul cuore. Erano di nuovo insieme. Si erano toccati una sola volta, eppure adesso si ritrovavano, accoglienti e familiari, come due amanti che non si erano separati mai.

Ora si appartenevano davvero.

L'oscurità si era distesa sui colli, sulla campagna quieta. Aveva rimboccato su di loro una coltre di nuvole e stelle, aveva cullato la campagna nella quiete tiepida di quella notte d'estate.

In una stanza, o forse in un mondo a parte, due amanti dormivano, custoditi l'una nell'altro. La brezza d'agosto gli lambiva la pelle, preservava sogni, rimorsi e rimpianti. Tra pochi giorni sarebbero partiti per una nuova vita, forse diversa da quella che avevano sognato, ma completamente loro. Il cerchio si era chiuso, il passato era ormai alle spalle.

Nel silenzio, lontano, oltre le colline e il fiume, Firenze dormiva.

E tutto, finalmente, era in pace.

Grazie a tutti coloro che hanno creduto fino in fondo in me e in questo romanzo.

INDICE

Stampato nel settembre 2021 per conto di Baldini+Castoldi s.r.l.
da Vela Web S.r.l., Binasco (MI)